Till dig som ritar, bygger eller underhåller hus.

Till dig som har husdrömmar.

Till dig som gillar drama, kärlek och spänning.

Kreutzer Wesslund

DET FÖRSTA HUSET

Förändring kräver mod

ISBN: 978-91-7969-742-6
© 2024 Kreutzer Wesslund
Cover-Design by Nancy Salchow
© Grafik: Visualmind, Vector Nazmul, pavlofox, Imran,
Anna, CanvasPixelDreams – Adobe Stock
Standardlicens Adobe Stock:https://stock.adobe.com/
Förlag: BoD · Books on Demand, Stockholm, Sverige
Tryck: Libri Plureos GmbH, Hamburg, Tyskland
Upplaga: 2

Läshänvisning

I boken förekommer en del fackuttryck som berör byggandet av hus. I slutet av boken finns därför Monas personliga ordlista.

Dimman stiger upp i gläntan. Den blir tätare och tätare. Svampskogen försvinner i tjocka moln. Fåglarna som precis hade börjat med sina morgonmelodier tystnar, när en oväntad vind blåser upp.

En dyster gestalt visar sig mellan träden och rör sig sakta mot gläntan. Tunga steg, mörka kläder, ljust långt hår i flätor. I ena handen yxan, i andra handen skölden. Hon står avvaktande i diset när det hörs ytterligare steg från skogen.

Kraftiga snabba steg dundrar över marken och en ny gestalt stiger fram ur molnen med vapen i båda händerna, ännu farligare, ännu mörkare, ännu starkare.

Det är helt tyst när deras blickar möts en första gång. Rent hat och förakt syns i krigarnas ögon.

De går mot varandra med höjda vapen. De är kvinnliga vikingakrigare och deras kamp har precis börjat. De närmar sig sakta varandra och höjer sina vapen.

Swosch. Första slaget missar. Pang.

Andra slaget träffar skölden. Pang.

Flera okända personer kommer ut ur skogen och ställer sig runt dem, men ingen våga göra något.

Jag försöker ropa, men rösten hörs inte.

Jag försöker springa, men benen lyder inte.

Jag tar mig åt bröstet och sjunker ner på marken.

Jag vaknar. Svetten hänger kvar i pyjamasen, i sängen, på pannan.

Vad var detta?

DEL 1

Att bygga hus är som att vänta barn.

Först uppstår behovet, sedan startar tillverkningen och i slutändan har man en ny familjemedlem.

Alla förutsättningar anses vara perfekta just nu. Det finns tid, plats och ekonomi.

Sedan kommer man på att det saknas kunnande och erfarenheter.

KAPITEL 1 - UPPDRAG

STEFAN

Vilken mardröm. Jag känner mig fortfarande trött och hängig. Så intensivt brukar jag inte drömma. Dessutom inte om kvinnor. Skrämmande! Tur att det bara var en dröm och ingen profetia.

Min första runda på morgonen går som vanligt till kaffeautomaten. Jag behöver min morgondos av koffein, lite hjärnstimulans för att kunna hålla fokus. Kaffelukten tränger in i näsan och jag njuter av första klunken som värmer gott i strupen.

Jag vet att min kaffekonsumtion är för hög. Jag vet att blodtrycket kommer att stiga igen, men denna gång har det inte bara med koffeinet att göra.

Jag har fått ett uppdrag. Jag tar koppen och slurpar i mig kaffet på väg till mitt kontor på tredje våningen i kommunhuset.

Kontorsrummet är trångt och otrevligt, bara ett litet skrivbord och två stolar får plats. På bordet står den nya datorn. En hel del mappar och pärmar ligger huller om buller på den kvarstående ytan, i gott sällskap med ett trettiotal pennor.

Den neongula arbetsjackan hänger ovanför kontorsstolen, bakom bordet. Besöksstolen i hörnan är full av papper som kollegorna har staplat upp. *För din kännedom* brukar de säga. Inget jag direkt behöver läsa, bortsett från personalmatsalens meny som ligger överst på högen. Den studerar jag noggrant på måndagarna för att pricka in de dagar jag ska äta ute, definitivt på *schnitzeldagen*. Övriga dagar blir det frugans matlåda.

Blommor finns inte på mitt kontor, de skulle inte överleva. Min fru har familjens gröna fingrar. Att skaffa sig plastblommor, som några av mina kollegor har gjort, känns fånigt och töntigt.

Det är inte mörkt ute just nu men ändå känns det dunkelt i rummet. Fönstret bredvid arbetsplatsen vore tillräckligt stort för att släppa in dagsljus, men jag har nästan alltid gardinerna fördragna. Förklaringen är enkel, utan gardiner är det antingen för varmt, för kallt eller det bländar i datorskärmen.

Sen glömmer jag bort att dra isär dem igen. Kanske har jag dåligt närminne? Det blir som det blir. För det mesta är det i alla fall en dyster stämning i rummet. Utsikten mot parkeringen är ändå inte mycket att ha. Dessutom har min närsynthet redan nått lägsta möjliga dioptrinivå.

Jag flyttar fram stolen, städar av en hörna på bordet och placerar kaffemuggen där. Jag sätter mig ner och tar ett djupt andetag.

Igår hade kommunfullmäktige sitt sammanträde och de har fattat ett beslut. Jag tar upp *memot* igen och läser det en gång till.

Det är nästan trettio år sedan kommunen byggde något nytt. Under nästan trettio år har man inte spenderat en enda krona på utveckling i kommunen och nu är det panik.

Det har visserligen byggts om en del och man har även ställt upp ett antal provisoriska lådor till både unga och gamla, men man har aldrig seriöst investerat för framtiden.

En gång, när kommunen fick pengar över, skulle lådorna ersättas med permanenta byggnader, sa man. Det har naturligtvis aldrig skett. Alla nyvalda politiker flyttade fram samhällsutvecklingsfrågan till nästa mandatperiod och till nästa. De tillfälliga barackerna står kvar där de står, med alla tillhörande problem och gnäll från hyresgäster och omgivande invånare.

Kommunalpolitikerna, med honom i svarta kavajen i spetsen, har nu konstaterat att kommunen börjat växa. Nya stadsdelar ska planläggas och nya bostäder ska uppföras.

Det betyder också att det behövs en ny förskola. En riktig byggnad denna gång. Men inte nog med det. Kommunen ska dessutom bli känd för att ha den mest miljövänliga och klimatsmarta förskolan i landet. Den nya byggnaden ska sätta *oss* på kartan, ska synas långt över stadsgränserna, ska ge kommunens barn en hållbar framtid. Så står det i uppdraget.

Och jag har två år kvar till min pension.

Vad ska man börja med när man inte har byggt något nytt på trettio år? Jag tittar på den bifogade detaljplanen.

Det är en fin plats. Förskolan ska placeras, det kan jag hålla med om, centralt, synlig intill järnvägen men ändå nära skogen.

Byggs den innan bostäderna växer fram kan man kanske ha tur och bygglovsprocessen lyckas utan överklaganden av grannarna, men då måste det gå snabbt.

Säkert finns det någon dåre där ute som har synpunkter på placeringen vid skogskanten. Kanske finns en sällsynt groda som kan bli störd eller så är man orolig för barnens förstörelsemani när de får springa fritt i skogen och bryta av kvistar eller plocka hem mossa.

Någon finns alltid som har något att tycka till om och sedan tar det flera extra månader innan man får bygglov.

Ingen ändrar politikernas målbild ändå. När de nu har fattat sitt beslut, så är det fattat på riktigt.

Det enda som händer med överklagandet är att man stjäl tid från bygget och barnen i detta fall. Ändå är det en populär *fritidssysselsättning* i vårt samhälle.

Men nu ska jag inte vara så negativ från början.

Jag startar datorn. Hur var det där förbannade lösenordet igen? Den nyanställde *under trettio*-kollegan på dataavdelningen byter lösenord så många gånger att man aldrig kan komma ihåg det senaste längre.

Datorfolk är ett mysterium för mig. De så kallade IT-experterna är aldrig där när man behöver dem. Programmen de vill att man ska använda, blir mer och mer komplexa och strular när man precis hade tänkt att trycka på *Spara*-knappen.

Det var så enkelt en gång i tiden då man använde papper och penna och hjärnan för att ta fram en lösning.

Nu har maskinerna tagit över men byggkonstruktioner, budgetkalkyler eller leveransfakturor har inte blivit bättre för det.

Jag böjer mig ner vid skrivbordet och öppnar den översta lådan. Där ligger det, mitt anteckningsblock med inloggningsuppgifterna jag noterade förra veckan.

Den som söker han finner, skrattar jag för mig själv.

Datorkillen tyckte inte att man skulle ha en sådan lapp liggande synlig på kontoret.

Det är för riskabelt, sa han. Men det struntar jag i.

KrypKom62&28cp# är inget jag kan belasta mina hjärnceller med i onödan. Jag har inget emot ny teknik och folk som behärskar den, men måste man själv vara med på allt det senaste nya?

Nej, det tror jag inte. Nu ska jag lägga upp en uppdragsstruktur och letar fram all information.

Snart är det lunch, ser jag på mitt armbandsur. Vad tiden går och jag har inte kommit långt med mitt nya uppdrag. Lika bra att ta rast tidigare idag. Matsalen är överfull klockan tolv, idag är det *raggmunk*. Det blir långa köer.

»Herre min gud«, utbrister jag högt, när jag lägger märke till mina skor. Jag har inte ens bytt till inneskor idag, så förvirrad blev jag av det nya uppdraget.

Utomhusskor på kontoret, ett absolut tabu. Jag knyter upp mina skor och byter till tofflorna, det känns genast bättre. Dags för lunch.

Med fylld mage sägs det att man tänker bättre. Detta är något som jag definitivt kan motbevisa. Jag är trött, som bara den. Det sista baconet var definitivt för mycket, men man äter även med ögonen, så att säga. Det är ju där problemet ligger när man är närsynt. Jag behöver kaffe, får se om jag kan besegra tröttheten.

Hur ska jag kunna uppfylla kommunpolitikernas krav?

Jag måste leverera ett hållbart hus som lyfter kommunen i landet. Byggnaden får dessutom inte kosta mer än vad som finns i kassan, vilken aldrig räcker till. Och så skall förskolan stå färdig för inflyttning för hundra barn inom bara tjugofyra månader.

En olösbar uppgift, tror jag, i alla fall för mig. Jag måste hitta folk jag kan delegera ansvaret till.

Tur jag inte förmår att titta in i framtiden. Kvinnliga krigare under dödens vingar. Jag hade nog gett upp innan jag ens hade börjat.

Eftermiddagen är lugn, lugnet före stormen. Jag går igenom allt som finns om nybyggnadskrav på kommunens intranät och det är inte mycket. Jag hittar ett tio år gammalt lokalprogram för förskolor som beskriver barn- och utbildningsförvaltningens verksamhetsbehov gällande förskolors lokalutformning. Jag undrar om den fortfarande är aktuell?

Jag börjar med en *To-do-lista*.

Punkt ett: Kolla med verksamhetschefen.

En riktlinje för hållbart byggande finns inte. Inte heller några rutiner för miljöbedömningar eller energimål. Jag undrar hur svårt det kan vara att hitta den rätta prestandan för en hållbar förskola och startar sökmotorn för att ställa frågan till stora vida nätet:

Vad är ett hållbart, miljövänligt, energieffektivt hus för något? Jag får *172 000* svar.

Där ser man. Det gjorde inte saken enklare. Hur ska jag kunna bedöma vad som är rätt? Jag behöver träffa någon som har ETT svar. Jag skall väl ändå bara bygga ett hus och inte flyga till månen?! Hade vi inte nyligen fått en ny kollega som fick titeln *energistrateg*?

Det måste jag kolla, det ska med på listan.

Punkt två: Kolla med intern energistrateg.

Att anlita en dyr konsult för utredning om vad som är grönast och mest hållbart står inte på agendan.

Jag sneglar på klockan. Eftermiddagsfika. Var det inte idag det skulle bli tårta? Jag kollar igenom min mailinkorg igen.

Japp, det stämmer. Den nya kollegan på samma våning har fyllt trettio år och bjuder på tårta. Det ska man inte missa. Hon är ny i kommunen och anstränger sig säkert extra mycket för att komma in i gemenskapen.

Jag går till fikarummet och fyller muggen med gott doftande nybryggt kaffe, färskt tillrett i kaffebryggaren i stället för automatkaffe. Det blir dagens höjdpunkt. De andra kollegorna närmar sig och den nya arbetskamraten plockar fram tallrikar, servetter och öppnar tårtkartongen.

Ett sött bakverk med marsipanblommor på och mycket grädde inuti, hon vet hur man imponerar. Kolesterolen kommer stiga till maximal nivå idag men man ska ju inte vara ovänlig. Jag ställer mig först i kön, grattar omtänksamt på födelsedagen och tar min bit. Ingen liten med tanken på vänligheten. Jag skrapar loss de största marsipanblommorna, någon måste *offra* sig.

Den nya kollegan presenterar sig som »Energistrateg«. Vilken slump.

En kvinna till i huset, där ser man. Kvinnokvoten i kommunen har stigit till över *sjuttiofem* procent de senaste åren. Jag undrar i smyg, när det ska införs en *manskvot* bara för att män inte ska känna sig oprivilegierade i gänget.

Jag har absolut ingenting emot kvinnor, men man måste få undra hur det var tänkt med jämställdheten en gång i tiden, när det nu är män som befinner sig i klart underläge.

Jag hälsar henne välkommen »Vilket tillfälle att träffa dig här«, och berättar direkt om uppgiften som hamnade på mitt skrivbord i morse.

Hon ler och börjar genast rabbla upp alla kompetenser hon har samlat på sig under de senaste åren hon har jobbat i branschen. Jag är imponerad av hur man kan hinna med så mycket på så kort tid.

»Respekt«, säger jag och tänker *tur att jag slippa läsa genom de 172 000 internetsidorna. Nu har vi en expert i huset.*

Jag har alltid varit övertygad om att fikarasterna finns till främst för att lösa problem. Nu har jag delegerat den hållbarhetspunkten från min lista till en överengagerad kvinnlig energistrateg som inte vill något annat än att visa upp vad hon har lärt sig under sina tre år i ett av Sveriges ledande konsultföretag.

Pausen fick ta lite extra tid, man har ju trots allt hunnit beta av en punkt från *To-do-listan*. Jag går tillbaka till mitt kontor och slänger mig ner på den obekväma stolen. Det knakar i ryggraden.

Hur ofta har jag inte bett om en bättre kontorsstol, som kvinnan från hälsoundersökningen rekommenderade? Men för den typen av bekvämligheter finns troligen inga pengar i kommunen.

Ryggraden ska fortsätta forma sig i bananläge tills jag hinner få den uträtad av naprapaten igen.

Jag letar fram de kontrakterade konsulterna vi har skrivit ramavtal med. De har inte behövts så många gånger de senaste åren och om, så blev det mindre *kosmetiska jobb* som ingen riktigt ville engagera sig i. Jag kollar genom listan med arkitektbyråer och är förvånad över att jag dels knappt känner igen någon, dels att deras timpriser är så låga.

Fyra av de fem tecknade kontoren har inte ens sitt säte i närheten av kommunen och det femte består av bara en person, som jag vet har gjort bort sig i ett av de senaste renoveringsprojekten.

Ingen av dem verkar ha några som helst referenser gällande hållbart byggande. Det behövdes naturligtvis inte heller. Vi har ju inte efterfrågat den kompetensen och klimatkrisen är ett nytt fenomen, i alla fall i vår kommun.

Här tecknar man alltid avtal med de kontor som har lägsta timpris.

»Det behöver vi ändra på«, sa jag en gång till kommunchefen, trött på senaste arkitekten.

»Timpriset är inte på något sätt relevant. En bra konsult behöver mindre tid och en dålig behöver mer. Den sistnämnda är oftast bättre på fakturering och slutpriset högre, fast resultatet blir sämre«, la jag till utan att jag fick gehör. Här är vi traditionella.

Jag ringer numret som står längst upp på listan. Ingen svarar. Klockan är fem minuter i fyra och det är dags att byta till utomhusskorna igen.

Imorgon är en ny dag.

MARIE

Jag tar fram telefonen som vibrerar i kjolfickan. Ett okänt nummer. Jag orkar inte svara just nu och ignorerar uppringaren. Klockan är strax fyra. Jag vet att jag har en hel kväll framför mig med att återställa mitt anseende efter det här debaclet.

Jag anländer precis till det nya bibliotekshuset och blir helt chockad och besviken samtidigt. Så här hade jag inte ritat, så här hade jag inte tänkt att det skulle bli. Jag biter mig i läppen.

Aj, det gjorde ont, jag känner med handen och blodet droppar på pekfingret. Det blev droppen som fick bägaren att rinna över. Vad i hela friden har de gjort med mitt projekt?

Formen är klumpig i stället för luftig som i min illustration. Fasaden är askgrå med fula lodräta vattenränder i stället för den strålande duvblåa kulören som jag hade ritat i det vinnande tävlingsförslaget. På taket sticker det ut jättestora odefinierat placerade ventilationshuvar. Sockeln är delvis söndertrampad och delvis besudlad med graffiti. Har man ingen respekt här?

Glasfasadens rutor är helt gröna och nedstänkta med…, vänta, vad är det för något? Vita prickar? Jag går närmare. Kan det vara…?

Bredvid mig samlas en grupp ungdomar. Några fnittrar, pekar på de stora rutorna som är fulla av fågelbajs. Ja, nu ser jag det tydligt. Det är bajs. Finns det ens så många duvor mitt i stan? Jag hade ingen aning. Och varför bosätter de sig just på det nya bibliotekshustaket för att göra *sina behov*? Fekalierna har fastnat på nästan samtliga fönster på byggnadens långsidor.

En tjej, troligen inte mycket äldre än min dotter, med ljust kortklippt hår och modernt utställda jeans skrattar högt: »Jag har aldrig sett ett sådant fult hus.«

Jag tappar hakan. Att hon vågar. Vad vet hon om gestaltning, form, ljusinsläpp? Om öppenhet och materialsamspel? Ingenting!

Klart hon inte ser vad jag ser, eller bättre sagt, såg, när jag gjorde utkastet.

99,99 procent av människorna i landet ser inte det. De har inte privilegiet att vara arkitekt. De kan inte se sammanhangen som vi utformare ser när vi ritar husen. Det är vår uppgift att gestalta samhället och ansvaret är stort.

Husen står kvar långt efter de flesta som nu gnäller har lämnat jorden och uppskattningen kommer inte sällan förrän konstnären har dött. Det är ett öde vi delar med stora målare och virtuoser.

Många hus som kanske ansågs som fula på femtiotalet är nu kulturmärkta och arkitekterna har gått till historien. Vi har ett stort ansvar och ett minst lika stort inflytande.

Det var en totalentreprenör som tog över mina ritningar efter upphandlingen och slängde ut mig från projektet. Beställaren hade lämnat över totalansvaret till byggarna. Officiellt var jag *för dyr* för att jobba vidare med, skrev projektledaren i mailet när de avböjde mitt anbud. Jag tror nog att de ansåg mig för envis och drivande.

Ganska ofta anlitar entreprenören arkitekten som gjorde förfrågningsunderlagen, men inte här. De valde en lokal arkitekt, som troligen inte krånglade för mycket med egna förslag, utan jobbade efter entreprenörens krav på minsta möjliga kostnadsbild och för byggföretagets vinstmaximering.

Kostnadsbesparingar går före estetik och gestaltning. Det ser man tydligt på resultatet. De väljer billigare material, prutar ner installatörer och leverantörer till sista kronan och överskottet går till företagsledningen.

Det är inte ovanligt att även platschefen jobbar efter något slags bonussystem, ju högre vinst för företaget, desto högre blir sommarbonusen för honom.

De har förstört hela byggnadens design. Nu måste jag se till att inte tappa ansiktet inför branschkollegorna.

Varför kunde de inte bara bygga som jag hade ritat? Hur tydlig måste man vara och hur svag var beställaren som gick med på dessa avgörande ändringar?

Har stadsarkitekten varit bortrest när bygglovet lämnades in eller är han *vän* med entreprenören? Det kan man undra.

Nu står det här huset och ser helt annorlunda ut än på bilderna som jag hade ritat i datorprogrammet. Glas, färg och form var så vackra och talade för sig själva. Det nya bibliotekshuset skulle öppna sig mot stan, var idén, skulle bli vardagsrummet för invånarna och spegla den omgivande miljön i de stora glaspartierna.

I stället har dessa nu en grön solskyddsfilm, troligen för att man ville spara in kostnader för kylmaskiner. Och som lök på laxen är glasen fulla av duvavföring. Äntligen hade jag fått ett prestigeprojekt där jag skulle visa kollegorna min yrkestalang. Och så blev det här bara ett vanligt hus, där själen förstördes under förlossningen.

Jag ska inte gråta nu, jag är mer arg än ledsen. På mig själv. Varför kom jag ens hit och ville se byggnaden efter dess färdigställande? Projekten är normalt avslutade för mig när entreprenören tar över ansvaret och jag går vidare till nästa uppdrag.

Jag skulle inte ha kommit, men nu är jag här och behöver försvara mig.

Jag måste hitta ord som beskriver byggnaden som den var tänkt enligt min vision, ifall branschen blir uppmärksammad på huset och ifrågasätter mig. Jag hoppas bara att Arkitekturuppropet inte ser byggnaden och nominerar huset till det avskräckande *Kasper Kalkon-priset*.

De flesta av mina manliga kollegor skrattar bara åt den sortens förolämpningar, men jag är inte där ännu. Är man *Sveriges arkitektstjärna* får man i princip bygga vad man vill och tar emot tiotals priser varje år ändå.

Man blir dessutom programledare i teve, och sitter i juryerna för många prestigefulla arkitekturtävlingar. Är man i balans med sina utmärkelser, uppmärksamheten och inte minst sitt ego gör det inget att lämna spår av betongbunkrar eller glaslådor i landet. Någon annan kan ta hand om dem när de väl står på plats.

Mitt mål denna gång var att nominera biblioteket till det prestigefulla *Kasper Salin-priset* men det är kört nu.

Alla skulle bara skratta åt mig när de ser det här. Jag har egentligen ett bra självförtroende och okunniga ungdomars utlåtanden rör mig inte i ryggen, men denna gång är det annorlunda.

Detta är en riktigt mörk dag i mitt liv. Det måste jag säga. Kanske den mörkaste, näst efter att jag fick beskedet för många år sedan om att jag inte kunde få egna barn.

Nej, det ska jag inte säga, det var en dum jämförelse.

Det här är ju bara ett hus och egentligen inte mitt projekt längre. Jag måste släppa det nu. I nästa uppdrag ska jag räta på ryggen igen. Det är jag som är arkitekt och ingen ska blanda sig i och ifrågasätta mina visioner.

Jag undrar om det finns kvar en flaska Bordeaux i skafferiet, när jag kommer hem i kväll?

~

KAPITEL 2 – KVINNOR

MARIE

Väckarklockan ringer. Är klockan verkligen redan åtta? Jag försöker öppna ögonen. Det hamrar i mitt huvud, längst bak i nacken och framme innanför pannbenet. Nej, inte idag, inte nu. Inte migrän, snälla! Dottern har lämnat huset med sin pappa för en halvtimme sen, tur det, jag hade inte orkat med mer bråk om mina sena jobbkvällar.

Jag satt tills långt efter midnatt även igår. Först utvecklade jag texten om biblioteket och sedan utformade jag en kundpresentation som jag ska visa upp nu på förmiddagen. Den sista flaskan Château Saint Pierre hann jag tömma helt men de båda punkterna har jag betat av.

Nu måste jag anlita en duktig fotograf som förhoppningsvis kan ta bilder på enstaka lyckade detaljer i bibliotekshuset, kanske innehåller insidan några som blir bra motiv. Mycket urval blir det inte men med rätt ljus och bra fokus brukar fotografen kunna zooma in och ändå visa fram visionen. Om inte, så hoppar jag över projektet som referens på vår hemsida eller lägger bara ut illustrationer. Men jag är förberedd, har skrivit ihop vad jag vill att man ska se och var inspirationen för biblioteket ursprungligen kom ifrån. Det låter säljande. Om man bygger med lägre ambitioner är det inte mitt fel. Ingen kan hänga ut mig. Jag har gjort mitt jobb.

Huvudvärken vill inte släppa när jag långsamt tar mig ur sängen. Jag tar ett glas vatten och en huvudvärkstablett. Hoppas det inte blir ett migränanfall. Det vore hemskt nu. Jag har ett möte om två timmar och absolut ingen tid för denna typ av svaghet.

Tappar jag synen nu på ena sidan tar det inte lång tid innan det blir helt svart framför ögonen och då förlorar jag minst halva jobbdagen. Jag lägger mig igen och tar ett djupt andetag. Dagen kunde inte ha startat sämre.

~

STEFAN

Energistrategen knackar på dörren. Oj, det var tidigt. Klockan har precis passerat dagens första kaffeklunk som ska sätta i gång stimulering av nervsynapserna i hjärnan.

Så tidigt brukar ingen störa mig. Mina kollegor vet att jag behöver en lugn start på morgonen och låter mig vara ifred tills åtminstone första kaffemuggen har tömts. Men det kan naturligtvis inte energistrategen veta, hon är ju ny på jobbet. Kvinnan kommer glatt struttande in på mitt kontor och ignorerar mina försök att visa mitt missnöje via intensiva rynkningar av pannan.

»God morgon«, säger hon triumferande och lägger ett precis utskrivet dokument ovanpå mapphögen framför min näsa.

»Vad är det för något«, frågar jag, inte det minsta intresserad.

Hennes ögon är fulla av glöd, nästan skrämmande pigga. Jag läser första sidan: *Översikt av miljöklassningar och energicertifieringar för nya förskolan Kantarellen.*

»Jag har jobbat hela natten igår och har sammanställt de femton viktigaste märkningarna för hållbart byggande till dig«, säger hon stolt. Dessutom hittade hon på ett arbetsnamn till nya förskolan, inser jag förbluffat.

Respekt, tänker jag den här gången bara. Vi ska inte skämma bort henne med för mycket beröm.

Jag bläddrar till nästa sida och studerar den prydligt uppställda Exceltabellen. Där står det femton olika certifieringssystem: Kriterierna, fördelar och nackdelar, nationella och internationella referenser och kopplingar dem emellan, samt uppgifter till kontaktpersoner i motsvarande organisation.

»Bara välj«, säger hon, »har du frågor vet du var du hittar mig.«

Vet jag?

»Tack«, hinner jag knappt säga innan hon försvinner igen, lika snabbt som hon dök upp.

Att korta ner mina 172 000 sökresultat till femton konkreta mål ger dagen ett helt nytt perspektiv. Jag dricker ur kaffet och hämtar en ny kopp innan jag sjunker ner i stolen och öppnar hennes nattarbete.

~

MONA

Jag sätter mig försiktigt i soffan. *Made in Kina*, står det på kuddarna som luktar plast och någon annan kemisk odefinierbar substans.

Det var inte meningen att köpa möbler från Kina till det nya visningshuset. Vi har slitit så hårt de senaste sju månaderna med bygget, allt skulle vara ekologiskt och hållbart. Jag ville ha fina trämöbler från regionen, för att understryka miljötanken även med inredningen i det vackra trähuset. Men pengarna tog slut, lokala leverantörer hade långa leveranstider och ingen kunde garantera att alla produkter verkligen kommer från Europa.

Fotografen som var här för några veckor sen hade skickat en *dekoratör* innan, som valde möblerna ur en katalog.

Modern design som kontrast till den invändiga träpanelen gör bilderna mera säljbara, var hennes argument för dessa kinesiska produkter. Jag gick med på det, tyvärr. Möblerna kostade bara en bråkdel av de designmöbler jag hade önskat mig, men något behövde jag ha i huset när visningen startade.

Jag ångrade mig direkt efter leveransen. Det gick knappt att skruva ihop det billiga smäcket, allt kändes onaturligt och massproducerat för lite pengar och till ännu lägre arbetslöner.

Jag skämdes för att jag inte haft tålamod att satsa på kvalitét som jag annars var så noggrann med.

Men visst, bilderna blev fina, med rätt ljus och tillräcklig dekoration döljer man alla brister. Så lurar mäklare och husleverantörer folk varje dag.

Det är det andra huset jag har varit med om att bygga som *hantverkare*. Det är inte mitt yrke och jag är bara en kvinna.

Snickaren som hjälpte oss under bygget gjorde det tydligt flera gånger:

»Du är hobbysnickare«.

Att jag som energisamordnare inte hade lagt golv innan eller spikat panel och skruvat trall är faktiskt en skandal, tyckte han.

Ändå var det roligt att få lära sig hantverket från början och bygga ett hus med egna händer. Kombinationen av teori och praktisk verklighet är viktig, insåg jag, för att få förståelse för alla yrken och respekt för varandra.

När jag flyttade till Sverige var jag tjugosex år gammal, jag minns fortfarande nervositeten när jag väntade på mitt besked om praktikplatsen i Småland jag ansökt till. Jag lägger huvudet på kuddarna och blundar. Det har hänt mycket under tjugo år. Bara tekniken har utvecklats enormt.

Jag skrattar tyst när jag tänker på min stationära Dell Dimension XPS D300-dator med Pentium II processor, den senaste modellen år 2000. Det tog flera minuter innan datorn startade. Tålamod är inget jag fick med mig från vaggan. Det har visat sig vara en genomgående brist hos mig ända fram tills idag.

Våren 2000. Jag gick upp och ner i det lilla rummet jag kallade för *hemma* i den centrala tyska Hansastaden och försökte tänka på något annat, medan jag väntade på att datorn skulle starta.

Blicken drogs tillbaka till skärmen. Den blinkade en sista gång och Windows 98 dök upp. Jag startade Explorer och loggade in mig på mitt Gmail-konto. *Du har ett nytt meddelande.*

Jag kommer ihåg det som om det var igår, konstigt att vissa ögonblick i livet bränner sig så djupt fast i hjärnan, men annat vill och kan inte fastna. Mailet jag öppnade kom från en svensk avsändare men var skrivet på tyska.

Hej Mona. Är du fortfarande intresserad av en praktikplats i vårt företag så är du välkommen den första september.

Pang. Jag skulle flytta till ett annat land, ett för mig främmande land, med främmande människor som pratar ett främmande språk. Inom bara några månader skulle jag vara i Skandinavien och jobba som arkitekt i ett småhusföretag som exporterade de flesta av sina trähus till Tyskland.

Ett nytt kapitel i mitt liv skulle öppna sig. Jag anade inte att ett litet äventyr skulle bli en oändlig resa utan återvändo. Tur att jag inte visste då, utöver glädje och eufori, att det även väntade mig mycket frustration och motvind.

Jag är fortfarande här, nu sittande i en soffgrupp *Made in Kina* i ett trähus tillverkat i Lettland, byggt med hjälp av en österrikisk snickare och allt på svensk mark.

Jag blir avbruten i mina tankar när telefonen ringer.

»Var är min telefon?« Mannen som jag lever ihop med skrattar halvt ihjäl sig varje gång jag ropar det. Utan att överdriva blir det minst fem gånger per dag. Den där jobbiga signalen dessutom. *Dum didi lili dumdum dumdum dumdum.*

Sen evigheters evigheter har jag tänkt byta den men jag hittar ingen signalton som passar mig. *Alla* verkar ha samma ringsignal. Jag kollar varje gång på min telefon, när signalen hörs under möten eller i tunnelbanan. Visst är min telefon avstängd och det är någon annans mobil? Någon som inte heller lyckats ändra telefonens default-inställning.

»Hej«, svarar jag efter jag hittat mobilen på kudden. Jag presenterar mig artig.

»Hej«, säger en mörk röst på andra sidan, »Jag heter Stefan.« Han introducerar sig som projektledare i en kommun som jag blir tvungen att googla under samtalet för att se var den ligger.

»Jag ska bygga en ny förskola, en hållbar, miljövänlig och energieffektiv förskola, lyder mitt uppdrag. Jag har en lista framför mig med namn på experter inom detta område. Ditt namn står som nummer tre.«

Inte dåligt, tänker jag, något måste jag ha gjort rätt.

»Är du rätt person«, undrar Stefan, »kan du hjälpa mig att bygga det politikerna här önskar sig?«

»Absolut«, säger jag med ett självförtroende jag har fått träna upp under många år. Jag försöker resa mig upp från soffan för att fortsätta samtalet stående, men det är inte så lätt. Att stå under ett samtal är en slags symbolik. Det ger en upprätt position, öppnar lungorna, kanske en yrkessjukdom efter alla dessa år med föreläsningar och presentationer.

Jag förklarar för honom att vi har byggt många förskolor de senaste åren och att vi även har följt upp dessa. Resultatet blir alltid detsamma:

»Nittio procent mindre värmebehov än befintliga förskolor och minst femtio procent mindre energianvändning totalt än nya förskolor byggda endast enligt lagstiftningen.«

Han svarar förbluffad:

»Kan det verkligen vara sant? Var finns haken då?«, vill han veta. »Om man kan spara så mycket energi skulle ju alla bygga så? Det kanske kostar mycket mer?«

Han nämner sin budget och jag är överraskad över hans öppenhet i så tidigt skede.

»Nej«, säger jag, »med den budgeten är det inget problem att bygga en hållbar förskola. Merkostnader beror naturligtvis även på vilket folk du väljer ut i nästa steg, att jobba ihop med, deras öppenhet, samarbetsvilja och ödmjukhet för nytänkande spelar stor roll. Men jag ser inga ekonomiska hinder«, lägger jag till.

»Naturligtvis påverkas kostnaderna även av marknaden, hur mycket som byggs just nu, vad byggmaterialet kostar och hur tillgängliga både personal och produkter är«, avrundar jag.

Byggs det mycket är priserna högre, byggs det mindre får man bättre anbud på grund av högre konkurrens.

Det är tyst. Sedan säger Stefan:

»Det är väl ingen obeprövad teknik? Även om politikerna vill bygga ett prestigeprojekt som ska synas i hela landet ska vi inte bli försökskaniner?«

Jag lugnar honom:

»Konceptet finns sedan över trettio år och i hela världen med mer än femtusen certifierade byggnader vilket motsvarar över två miljoner kvadratmeter, berättar jag, jag kan skicka dig några referenser.«

Det är alltid samma frågor som ställs, så jag rapar upp hela min grundrepertoar för honom.

»Det är själva byggnaden som är i fokus här, klimatskalet eller höljet som vi kallar det. Vi optimerar först stommen, den del av byggnaden, som kommer att stå minst hundra år och är svår att förbättra i framtiden. Den gör vi bäst från början.«, säger jag stolt.

»Tekniken, som vi installerar, har enbart till uppgift att optimera inomhusklimatet och ska inte *rätta till* en dålig design eller hölje.« Jag tar ett djupt andetag.

»Vill politikerna gå ytterligare ett steg kan vi placera solceller på taket, det är dock i så fall det enda av det miljövänliga som syns. Själva huset ser ut som vilket annat hus som helst.« Jag kunde prata flera timmar till men vill inte att han tappar intresset.

»Mitt förslag«, säger jag på slutet, »är att jag kommer upp till er och presenterar hur vi jobbar och vilka möjligheter som finns i just ert projekt.«

Vi kom överens om att han ska höra av sig via mail när han har gått genom hela sin lista. Sedan lägger han på. En stackare till, tänker jag, som ska försöka hitta rätt i miljöcertifieringsdjungeln. Vad är bäst för barnen, kommunen och jorden? Det är inte lätt att fatta rätt beslut när man bara ser teoretiska krav och inte kan koppla dem till verkligheten.

~

MARIE

Det blev ingen migrän, bara vanlig huvudvärk, tur det. Jag hann med mitt förmiddagsmöte och presentationen. Kunden verkade vara nöjd, nu hoppas jag att vi kan få uppdraget också. Det skulle kunna bli ett nytt prestigeprojekt, hans ambitioner verkade vara höga.

Även en snabb lunch blev det på sushirestaurangen på Storgatan. Numera är det inte svårt att hitta köttfria maträtter även om jag är lite osäker på hur näringsrik den vegetariska Californiarullen var. Jag klarar mig till kvällen, tror jag.

Jag springer tillbaka till kontoret. En kollega har inlämning av ett stort bostadshusprojekt imorgon. Hon behöver hjälp med att lägga upp alla modeller i tid.

Vi är bara fyra arkitekter på vårt kontor och alla är vi delägare till lika delar. Samarbetet fungerar bra. Vi kompletterar varandra, varenda en har sina styrkor och specialområden, den ena på dagsljus, den andra på inredning, den tredje på stadsplanering och jag har tillgänglighet som fokus. Tillsammans är vi ett bra team och kan lita på varandra. Just nu har vi två praktikanter, det varierar lite i antal. De behövs för att utföra de tidskrävande ritningsjobben *bakom scenen*.

Jag tillbringar eftermiddagen med bostadshuset när jag kommer på att jag missade ett samtal igår. Jag brukar alltid ringa tillbaka. Det kan vara en ny kund och nya kunder behöver vi alltid för att hålla byrån vid liv. Jag tar fram telefonen ur handväskan och ringer numret jag inte kände till.

Det går fram fem signaler och jag tänker precis lägga på när en djup röst svarar: »Stefan här«.

Samtalet tar bara några minuter. Troligen har vi ett ramavtal med en kommun, jag vet inte ens var den ligger.

Han ville avropa tjänsten att rita en ny förskola, en miljövänlig och energieffektiv förskola skulle det bli och tidsplanen är tajt.

»Har du resurser på kontoret för att kunna ta uppdraget?«, undrar han. Efter dilemmat med biblioteket känns det som att bladet vänds igen.

»Ja, absolut«, svarar jag, vi har ritat många förskolor och har stor erfarenhet av den typen av verksamhet.

Det har hunnit bli kväll igen.

Förskolor har vi ritat några förr, jag kanske har ett passande utkast i någon av mapparna. Jag öppnar datorn och tittar genom våra senaste förskoleprojekt.

Ja, det finns en del goda exempel. Om de nu har potential för att kallas miljövänliga vet jag inte. Säkert, men det är väl ändå entreprenörens ansvar att reda ut. En budget ska jag ta fram för underlag till avropet. Allt handlar bara om pengar. Att de aldrig förstår att idérikedom inte kan mätas i kronor.

~

STEFAN

Arkitekten är också en kvinna, tänker jag för mig själv och noterar att punkt tre på listan kan anses vara avklarad.

Jag har ett samtal kvar med verksamhetschefen. Går det lika smidigt kan vi starta projektet Kantarellen med en gång. Jag flinar för mig själv, namnet passar till platsen där förskolan ska byggas. Förra hösten hittade vi många kantareller och trattisar där. Min fru rensade i flera dagar och det blev goda måltider av skörden. Jag slickar mig om munnen och märker hur suget ökar när jag tänker på den fina pajen hon serverade på min födelsedag. Snart dags att ta en skogsrunda igen.

Jag lyfter luren. Nuförtiden skickar de flesta bara e-mail när de vill komma i kontakt med någon men jag tillhör den gamla skolan, jag gillar att prata i telefon.

Verksamhetschefen svarar genast. Det kom nästan som en överraskning, hon brukar vara upptagen med ett ganska fullspikat schema. Hon hade självklart hört om beslutet om den nya förskolan och väntat på mitt samtal. I bakgrunden hör jag skrikande barn och hur hon stänger en dörr.

»Hur aktuellt är lokalprogrammet? Kan vi jobba vidare med kraven där«, undrar jag och hör henne skratta.

»Det är ju många år gammalt«, förklarar hon pedagogiskt för mig, »behovet ser helt annorlunda ut idag. Det finns naturligtvis en del nya pedagogiska strategier. «

Om jag har hört talas om *Reggio Emilio pedagogiken*, vill hon veta, men hon kompletterar därefter med:

»Det är egentligen ingen pedagogik utan ett förhållningssätt.« Jag pustar ut. Hon fortsätter:

»Det är alltså ett sätt att förhålla sig till kunskap, lärande, inställning till livet och mötet med andra. En filosofi med humanistisk grund,« blir jag ofrivilligt informerad om.

»Äh, nej«, säger jag. »Det har jag inte haft på radarn. Politikerna vill ha en energieffektiv och miljövänlig förskola, något mer har vi inte fått med oss i uppdraget.«

Verksamhetschefen höjer rösten manande och tydliggör: »Den nya förskolan SKALL ha en pedagogisk profil som passar till dagens samhälle och som ger barnen bästa möjliga förutsättningar senare i verkliga livet«, blir jag uppläxad.

»Är det du eller jag som leder kommunens barn- och ungdomsförvaltning?« En kvinna till som har något att säga till om, tänker jag frustrerat och svarar diplomatiskt:

»Du, naturligtvis«.

Jag undrar hur alla andra barn har klarat sig och till och med blivit vuxna idag, helt utan det nya förhållningssättet, men det behåller jag för mig själv.

Verksamhetschefen svarar med normal röst igen:

»Det är viktigt att vi alla delar samma värdegrund. Den nya förskolan ska verka för vänskap, solidaritet, kamratskap och lojalitet.«

»Ja, det låter ju klokt«, svarar jag taktiskt och lägger till, »När kan jag få lokalprogrammet uppdaterat för att skicka det vidare till arkitekten?«

»Jag mailar, så snart jag är klar«, rundar hon av samtalet. Vi lägger på samtidigt. Puh, hon måste vara en gammal militär, med tanken på de tydliga instruktioner jag har fått. Dagen är nästan slut. Frågan är om jag ska fortsätta ringa de andra kontakterna på energistrategens Excel-lista eller om jag ska byta skor?

Jag byter skor.

~

KAPITEL 3 - PEDAGOGIK

MONA

Det blev ytterligare en natt utan sömn. Antingen är det smärtor i nedre ryggen eller tankar och funderingar som håller mig vaken.

Jag avundas min mans sömn. Han somnar alltid och överallt på bara några minuter och förgyller omgivningen med skogshuggarljud. Det är verkligen orättvist.

Inte för att jag inte skulle kunna låta likadant som honom, utan för att jag helt enkelt är en kvinna och det finns vetenskapliga bevis på att kvinnor har det svårare än män att koppla bort sina tankar.

Det är det där med *lådorna* i hjärnan, visuellt tänkt.

Kvinnornas hjärna är som en förvaringsmöbel med oändligt många lådor. Dessa är alla fyllda med något, kopplade till varandra via ett datanät och är i drift dygnet runt.

Män har inte bara betydligt färre antal lådor, de lyckas också med att endast öppna en låda i taget. När de känner sig klara, med vad det nu kan vara, stänger de den lådan igen. I slutet av dagen, precis när de lägger sig, inaktiverar de ALLA lådorna och somnar som *Törnrosa* eller mer korrekt sagt *Törnroskungen*.

Vad män har i sina lådor är kanske också intressant att veta. Det kan exempelvis vara motorcyklar, nyheterna, fotboll, vedhuggning eller däckbyte.

Och det bästa med allt: Män har en *ingenting-låda*. Ja, det är en låda som är helt tom, i den finns absolut ingenting. Försök att ropa på en man när han har sin *ingenting-låda* öppen. Inte en chans. Det går inte att nå fram till honom.

Vi kvinnor däremot har alltid ALLA våra lådor öppna samtidigt. Dessa är fulla med uppgifter, planeringar, inköpslistor, födelsedagspresenter och massvis med annat onödigt material som enbart har som uppgift att hålla oss sysselsatta, främst på nätterna.

Vi ska absolut inte glömma att lägga in tvätten i torktumlaren, köpa julklappar, hämta barnen, packa väskor och det är bara de privata lådorna. Jobblådorna är ännu mer komplexa. Hur ska vi bete oss mot någon person under mötet, vad ska vi ha på oss nästa dag, vilka problem måste lösas i kommande projekt? Men det värsta av allt, kvinnor har INGEN *ingenting-låda*. Vi kan inte bara tömma hjärnan. Aldrig. Visst är det orättvist!?

Den lådan som inte lät mig sova i natt har jag haft öppen i många månader nu, ihop med vänskapslådan, ekonomilådan och den stora framtidslådan. Alla hänger ihop och har lyckats att beröra mig djupare än vad jag borde tillåta.

Jag tittar på den digitala klockan på nattduksbordet. Klockan är bara fem. Det lönar sig inte ens att försöka somna om igen. Inom en timme ska jag upp ändå. Jag kan lika väl gå upp nu och jobba med *mina lådor*. Jag kliver ur sängen, så tyst som möjligt för att inte väcka mannen, barnen och katterna. Jag drar ur sladden ur mobilen som alltid ligger bredvid sängen nuförtiden. Man vet ju aldrig vilka tankar som slår en under natten och då behöver man bli av med dem. Tidigare hade jag papper och pennor liggande på sängbordet, nu antecknar jag digitalt. Många av mailen jag läser på morgonen är mina egna påminnelsemail.

Ska jag sätta mig i köket och jobba eller ska jag gå direkt till visningshuset, som även är mitt kontor sedan några månader tillbaka? Jag bestämmer mig för att stanna och träffa familjen innan de ska åka till jobb och skola. Jag sätter på tevatten och går igenom innehållet i mappen med namnet *Visningshus*.

En *låda* som belastat mig så länge nu.

Vad har jag gjort fel? Varför kunde jag inte läsa signalerna? Varför såg jag inte fällan? Hur kan jag gå vidare utan att låta händelsen kring visningshuset påverka resten av mitt liv?

»Du behöver bli positivare igen«, sa mannen, ett jobb är bara ett jobb och ska inte beröra familjelivet. Det är lättare sagt än gjort, speciellt när just han är en stor del i många av mina jobb och inte minst visningshuset.

För två år sedan startade vi vår utveckling av ett nytt byggkoncept som skulle revolutionera småhusbranschen. Vi, det var en svensk arkitekt, en leverantör från Baltikum, min make som jobbar med tekniska lösningar i byggnader och jag.

Vi fick lite bidrag av en myndighet som såg innovationen i vårt koncept. Det var inte mycket men vi delade upp pengarna oss emellan. Det mesta gick till arkitekten för utveckling av en fungerade 3D-modell, som den lettiska tillverkaren kunde bygga sin trästomme efter. Alla vi fyra var laddade och ambitionen var hög.

Vi var fullständigt medvetna om att vi måste investera en del för utvecklingen och vi var alla överens om att det här inte handlar om att tjäna pengar. Vi skulle skapa en kostnadseffektiv byggmetod för energisnåla småhus som är vackra, snabbt monterbara och prisvärda så att alla bara vill ha dem. Vi hade inte skrivit något kontrakt oss emellan. Vi var ju vänner och som vän litar man på varandra. Så fel jag hade!

Min roll var att samordna och marknadsföra konceptet. Jag gick *all in* och köpte en tomt, belånade mitt företag för att överföra våra ambitioner till verkligheten. Ingen annan vågade men jag var så säker på konceptet att jag blint lät drömmarna sudda ut all skepsis och osäkerhet.

Jag hittade även ett småhusföretag som lovade att ta in konceptet som sin *gröna linje* när vi väl har bevisat vår hypotes.

Sedan började mardrömmen som fortfarande håller mig vaken under nätterna.

Jag hör att familjen sakta börja röra sig och går in i sonens rum. Där ligger han med nallen Bruno och katten Kattis i famnen ihoprullad under täcket. Så söt han är när han precis vaknar upp, sträcker sig, gäspar och kräver sitt morgongos med mamma.

Han är åtta år men utan minst fem minuters kliande på ryggen vägrar han att lägga sig på kvällen eller gå upp på morgonen. Tänk om han inte hade funnits. Om jag inte hade vågat att börja om med en ny man, ett nytt liv för tio år sedan.

Jag har fattat många bra beslut under åren men att lämna ett liv som inte var mitt och följa hjärtat var med lite perspektiv det bästa jag någonsin har gjort. Om bara hjärtat alltid skulle ha rätt, så lycklig man då kunde vara.

Jag kommer tillbaka till köket. Just det, tevattnet. Den tomma muggen står kvar på köksbordet, med tepåsen i och vattenkokaren har gett upp att hålla värmen. Åter igen har jag glömt att hälla det kokande vattnet i koppen, åter igen blev jag så försjunken i mitt arbete att jag glömde slutföra min morgonrutin.

Det kan i för sig anses som en rutin det med. Antingen blir tepåsen helt oanvänd eller så blir teet kallt innan jag kommer ihåg att dricka upp det. Jag bytte från kaffe till te, när jag insåg vart min morgonrutin tog vägen. Värre än inget eller kallt te är kallt kaffe.

Jag går tillbaka till sovrummet och klär på mig lite hastigt. Inget möte idag, det går bra med myskläder. I badrummet vågar jag ta en titt i spegeln, det skulle jag ha låtit bli. Ringarna under ögonen har blivit ännu mörkare och finns inte där en ny rynka runt ögonen?

Jag måste le när jag plötsligen minns hur ordet rynka en gång för länge sedan blev en pinsam situation för chefen jag jobbade åt i mitt första husföretag i Sverige. Bokstäverna Y och U är svåra för en tysk att skilja åt. Jag hade precis fyllt tjugoåtta år och mitt svenska ordförråd hade sina begränsningar än. Chefen gick förbi mitt kontor och grattade vänligt. Jag svarade självsäkert:

»Tack så mycket, men visst är det orättvist, män blir snyggare och mognare med åldern medan vi kvinnor får bara *RUNKAR*.«

Han blev röd i ansiktet och lämnade mitt rum utan någon kommentar. Jag hade ingen aning vad jag hade gjort eller sagt fel och han, en typisk svensk, hade inte tänkt att förklara för mig. Jag gick ner för trappan till en kollega i receptionen och berättade vad jag hade sagt. Hon skrattade högt och rättade mig.

»Du menade *rynkor* och inte *runkar*. Vad *runka* betyder får du kolla själv i ordboken.« Sedan var det jag som fick kämpa mot rodnaden i ansiktet. Ja, vissa bokstäver går bara inte att uttala. Troligen bodde jag mina första sju år i Sverige inte heller på *Buvägen* utan på *Byvägen*. Jag hör fortfarande ingen skillnad.

För mig låter det likadant Y eller U.

I alla fall har jag inte gjort något *oanständigt* med min chef som min bosniska kollega. När hon kom försenad till ett möte med viktiga kunder ursäktade hon sig hos sina kollegor med orden:

»Förlåt att jag kom för sent, men jag satt PÅ min chef.« Det gjorde hon så klart inte men bortsett från enstaka bokstäver som inte går att uttala rätt finns även dessa missvisande prepositioner. Hur ska en utlänning kunna skilja på dem alla?

När jag är riktig arg kan jag faktiskt gå *PÅ* taket även om många svenska påstår att de går *I* taket, vilket naturligtvis känns helt obegripligt för mig.

Bra att behålla sitt humör efter så korta nätter och inte tappa sin humor, tänker jag, eller var det nu tvärtom igen? Jag målar lite färg i ansiktet och känner mig genast fräschare. Lite ögonskugga, något rouge och lite mascara.

Man kan göra mycket med färg, det vet jag. Jag gillar alla färger och jag gillar att måla på allt och alla som tillåter. Måla är en av mina favoritsysselsättningar. Jag har en egen liten ateljé på plan 2. När vi byggde vårt runda hus för sju år sedan placerade vi en liten vinterträdgård längst upp. Det blev ett hobbyrum för hela familjen och min plats att drömma mig bort i färg och former.

Jag kammar håret. Det ligger fint, jag har klippt det kort för ett par veckor sedan. Jag har alltid haft långt hår men tappat lusten att frisera det på morgonen.

Min mamma skrev i ett textmeddelande *att jag ser minst tio år yngre ut nu med det korta håret.* Jag blev skeptisk direkt efter hennes kommentar. Vi har aldrig haft samma åsikter och smak gällande något: musik, karriär, familj, kläder.

Skulle vi plötsligen tycka om samma sak kan det bara betyda att jag antingen har fått en dålig smak eller att jag ha blivit gammal. Båda alternativen skrämmer mig.

Vi har några tunga år bakom oss, min mor och jag. När jag började ett nytt liv med en ny partner hade hon svårt för både mitt nya liv och min nya man.

En konflikt som blev djupare och djupare med varje ord vi sa eller skrev till varandra tills det smällde till slut. Som ensambarn, långt borta i ett främmande land med en partner hon inte kunde kommunicera med, sårade jag henne mycket. Kärlek kan göra ont på alla språk, i alla former. Min mamma och jag, vi är *enäggstvillingar*, fast den ena av eld och den andra av vatten.

Jag går tillbaka till köket, packar ihop min dator och säger hejdå till mina killar som sitter så fint i köket och äter fil. Oh, vad jag älskar dem!

Frukosten är dock en överskattad måltid tycker jag och hoppar över den idag med. Däremot skulle jag aldrig hoppa över en puss, dessa är faktiskt undervärderade och jag hämtar mig tre pussar av varje familjemedlem.

Mitt nya kontor i visningshuset ligger bara femhundra meter från det runda huset, en fin promenad blir det genom bokskogen.

Tio minuter för att rensa tankarna.

Idag är det en speciell dag. Solen skiner. Det upplever vi sällan här mitt i landet. Molnen brukar nästan alltid samla ihop en hel mängd vatten för att sedan öppna sig våldsamt direkt över sjöar och skog. Jag gillar min morgonpromenad oavsett vädret.

Bokskogar har något magiskt över sig alla årstider. Träden känns mäktiga och omfamnar en när man kliver in bland dem. Nu är löven mörkgröna och trädkronorna bildar fina skuggor. Det växer mossa på stenarna och trots dessa höga hopväxta kronor känns skogen öppen och luftig. Jag ställer mig i mitten, tittar upp och suger in den rena och klara luften. Som den tyske poeten *Goethe* formulerade så fint för över tvåhundra år på sin *Påskpromenad; Här är jag människa, här får jag lov att vara.*

Visningshuset syns direkt när jag lämnar skogen. Det sticker inte ut som så, det är ett vanligt hus när man ser det från långt håll. Kommer man närmare däremot ser man skillnader. De stående träpanelerna är gråa idag, det är torrt ute. Bruna blir de när det regnar. Jag gillar det gråa mer men tycker om variationen hos träfärgen. Det är ett speciellt alkoholimpregnerat och värmebehandlat fasadmaterial där man slipper underhåll i många år. Jag kan fortfarande känna överansträngningen i den högra armen efter allt skruvande. Plåttaket mot söder har en integrerad solcellsfilm, ganska snyggt kan man tycka, om än minnet av leveransen och servicen hos tillverkaren har lämnat djupa onda spår hos mig.

Det finns en del små byggnader dockade till huvudhuset med samma panel, men med sedumgräs i stället för klickplåt på taket. Jag tycker att alla fastigheter skulle ha några gröna landningsplatser för bin någonstans på tomten. Det är både snyggt och miljövänligt.

Jag öppnar dörren till visningshuset och trälukten tränger sig in i näsan. Det lukar fortfarande nytt och gott och jag beundrar de fina detaljerna varje gång jag kommer in.

Själva kontoret ligger vid östra gaveln, den mindre delen av huset, tänkt som en framtida separat lägenhetsdel med eget pentrykök och toalett med dusch. Här står det två skrivbord med två *ergonomiska* stolar. Maken krävde att vi skulle skaffa oss riktiga kontorsstolar för att man blir ju inte bättre i ryggen om man sitter ihopkrupen på en stol hela dagarna. Bakom kopiatorn hänger en av mina tavlor, färgglad med mycket orange. Jag gillar Kandinskys geometriska bilder som jag har låtit mig inspireras av i många av mina tavlor. Det finns en dörr in till vardagsrummet också. När den stora salen blev klar var jag inte helt säker på om jag verkligen gillar det sex meter höga taket som nästan ger en känsla av att vara i en församlingssal, men nu har jag vant mig.

Det är en öppen planlösning, där både sittgruppen, matbordet och ett speciellt anpassat kök med köksö får plats. Tre stora runda ljusbollar hänger från taket och när man tänder dem blir det vackra skuggor på de synliga vitlaserade träpanelerna. Rummet ger ett nästan övernaturligt intryck och det är inte förvånande att alla besökare blir imponerade. Trots den stora volymen känns rummet gemytligt och hemtrevligt. Jag måste medge att även möblerna passar bra, så länge man inte använder dem på riktigt.

En snygg men ej funktionell spartrappa med ett glasat räcke leder upp till ett öppet loft. Det skulle jag hoppa över om jag hade byggt huset igen, det var dyrt och loftet är litet, men nu är det ett extrarum att visa upp.

Vänster om trappan befinner sig mastersovrummet med utsikt mot skogen. På andra sidan finns en liten garderob med teknikhörna och ett funktionellt badrum kompletterar västra gaveln runt det centrala vardagsrummet. Det finns många detaljer jag älskar men de vackraste i huset är de generösa fönstren med sina tjocka fönsterbänkar som samtidigt bildar en praktisk sittnisch.

Det är en av många fördelar med energieffektiva hus. Den tjocka isoleringen i ytterväggarna ger djupa nischer. Man behöver inte ha radiatorer under fönstren. Det blir en hel användbar yta, en inredningsmöbel.

Den lamellformade fasta solavskärmningen på utsidan släpper in solen vintertid, i den mån sol finns på de här breddgraderna, men skärmar av solen sommartid. Det ger ett fantastiskt inneklimat året runt. Det är tyst i huset. Alla dessa hus är tysta.

Naturligtvis har jag idag världens bästa kontor och borde vara glad för den förmånen jag har, men företagslikviditeten är ansträngd och alla ihopsparade pengar är nu inbyggda i huset.

Det är ju klart att jag inte kan sova med alla dessa öppna lådor.

Jag går tillbaka till kontorsdelen, sätter på tevatten, placerar datorn i datorstället och startar den för att börja med dagens arbete, när telefonen ringer.

Stefan, läser jag på displayen. Jag har som vana att omedelbart ge alla nya telefonkontakter ett namn, så jag minns när de ringer upp för andra gången.

»Hej Stefan.«, svarar jag direkt.

Samtalet blev mycket kortare den här gången. Jag blev inbjuden till kommunen för att hålla ett föredrag om vårt energieffektiva byggkoncept och vilka kriterier som behöver uppfyllas för att klara de internationella kraven. Troligen finns det några politiker och en arkitekt med på plats.

Jag tackar för uppdraget och kollar tågtider. Att jag föredrar tåget och inte tar bilen har en simpel förklaring. Jag är rent av usel på att köra bil. Jag kör alltid för snabbt och efter maximalt två timmars bilresa faller ögonlocken ner och det blir farligt för alla trafikanter omkring mig. Men officiellt åker jag tåg för miljöns skull.

Jag ringer upp maken för att kolla om det finns några hinder för min resa nästa vecka och som vanligt löser sig allt direkt. Det är mycket jag gillar i vår relation men mest av allt att man kan fatta snabba beslut ihop. Jag bokar tåget. Det blir en spännande resa till en ny kommun och ett nytt uppdrag.

Tevattnet har hunnit bli kallt igen.

~

Jag lägger på luren. En timme kvar tills mötet med verksamhetschefen, det gäller att vara på hugget. Jag tar fram lokalprogrammet igen och läser beskrivningen av den nya pedagogiken som inte är en pedagogik:

Lärandet ska vara lustfyllt, men också meningsfullt. Vi anser att miljön ska vara välkomnande, inspirerande, utmanande, estetisk, tydlig och flexibel. Jag hoppas bara att barnen inte behöver jobba på kommunen, när de är stora, tänker jag. Det skulle förstöra hela deras världsbild.

Vi påverkar rummen, och rummen påverkar oss. Jag ser mig omkring på kontoret och flinar.

Gardinerna är fortfarande fördragna, högen med pärmar och mappar på bordet har hunnit växa ytterligare några centimeter. Det skulle behövas målas, väggarna har hunnit bli gula och fula. I ena hörnan syns en gammal vattenfläck som inte försvunnit trots att vattenskadan på taket åtgärdats för flera år sedan. Jag undrar på vilket sätt jag har blivit påverkad av rummet?

Ett mål är att alla barn som slutar hos oss som sexåringar ska kunna starta, genomföra och avsluta ett projekt själva.

Det är en bra utmaning. Snart ska sexåringar kunna genomföra projekt. De små rackarna ska alltså rädda samhället. Jag ser dem framför mig med pärmen under armen, diskuterande med arkitekten om utformningen av deras förskola. Tur att jag snart går i pension, barnen kan gärna ta över mina projekt.

Jag reser mig upp ur min obekväma kontorsstol, samlar ihop projektpärmen och lokalprogrammet för att ta mig ner till andra våningen. Naturligtvis inte utan att passera kaffeautomaten för att fylla på muggen.

Där står energistrategen och vinkar glatt till mig. Hon vill veta om jag kollade genom hennes underlag och vad jag tyckte om hennes arbete.

»Oh, ja, det var utmärkt, tack igen«, svarar jag inte helt utan dåligt samvete, »Jag tror jag hittade det som passar till projektet. Är på väg till mötet nu men du kan komma förbi efter lunch om du vill prata mer.«

Jag vänder mig om för att gå men kom på en sak.

»Förresten kommer en av dina kontakter hit nästa vecka. Om du har tid kan du gärna lyssna på vad hon har att säga.«

»Jaså«, säger hon uppenbarligen lite kränkt. Kanske ville hon att jag skulle ha involverat henne i beslutet?

»Vi kan prata sen, jag måste... Du vet, mötet«, ropar jag och låter henne stå kvar i fikarummet.

Skulle jag ha berömt henne lite mer eller skulle jag ha gett henne möjligheten att tycka till? Jag har ingen tid för känsloyttringar just nu. Jag ska ta det med henne efter mötet tänker jag och springer snabbt ner för trappan.

Jag öppnar det lilla mörka konferensrummet som jag lyckades boka via interna nätet på morgonen. Det luktar damm och gammal intorkad svett. Fönster finns inte här men indirekt ljus genom glasen till korridoren. Jag lägger mina underlag på bordet och väntar.

Verksamhetschefen kommer åtta minuter för sent, att ursäkta sig var inte aktuellt. Hon har med sig två kollegor. Den ena är den *pedagogiska* som hon beskriver som deras bollplank för pedagogisk utveckling i nära samarbete med alla pedagoger.

»Hon är den som rör till i det stillastående«, får jag veta. Vad det kan finnas.

Hur kunde jag klara mig utan henne alla dessa år, tänker jag och hälsar kvinnan vänligt välkommen.

Den andra damen som också följde med presenteras som *vanlig* förskolelärare. Jag undrar hur det måste kännas för henne att kallas *vanlig* i detta sammanhang.

Vi slår oss ner och verksamhetschefen berättar i nittio minuter vad de förväntar sig av förskolans utformning.

»Det ska helst vara ett enplanshus, gärna i vinklar, mycket ljusinsläpp och flexibla rum vill vi ha«, berättar hon. Förskolan ska i sin helhet anses som en demokratisk mötesplats. Rummen ska kunna ha olika funktioner och man skulle kunna flytta grupperna runt lite hit och lite dit, får jag höra.

»Viktigt är även ett stort samlingsrum, det ska gärna vara högt i tak men inte heller de andra rummen ska kännas instängda«, säger hon och är tydlig med sina önskemål.

»Minst tio kvadratmeter ska det bli per barn, ställer hon som krav.« Jag undrar om de har räknat in teknikutrymmen i sin kalkyl, men jag säger inget.

»Man ska absolut inte underskatta uteplatsen och förbindelsen till skogen«, understryker hon betydelsen av barnens miljö i sin helhet.

Pedagogiken som inte är en pedagogik har även olika material och koppling till vind, eld och luft är inkluderad. Hon visualiserar sin vision med fina glada barnbilder. Alla ser nöjda och friska ut, när de dansar och pusslar och springer i den demokratiska förskolan.

Jag räknar snabbt ihop de pengar jag fick av kommunfullmäktige och tänker bara: Det kommer bli tajt.

Hon avslutar sin presentation och förväntar sig troligen en reaktion av mig. Det ser jag i hennes ansiktsuttryck. Men jag vet ju när det är bäst att hålla munnen stängd. Jag tittar på klockan, den är snart elva. Jag tackar för informationen och säger hur intressant det var att lyssna.

»Jag tar med mig allt till arkitekten«, avslutar jag och lämnar konferensrummet.

Många verksamhetskrav. Har någon av dem har byggt och förvaltat ett hus förut, månntro?

Det finns lite tid kvar till lunch. Jag letar upp energistrategens kontor, som ligger på andra sidan korridoren. Det är ett likadant rum som mitt, lika stort, samma fönster, samma bord med två stolar och ändå ser det helt annorlunda ut.

Det är på något sätt *inbjudande*. Ja, det ser hemtrevligt ut, trots att även hennes rullgardin är nerdragen. Det står två gröna växter på fönsterbrädan. Jag kan inget om blommor men jag tror det är någon slags fikon. En blå poster med vattenliljor hänger på väggen bakom skrivbordet. Det måste vara en Monet, den enda jag känner igen. Han kladdar på ett speciellt sätt med penseln.

På skrivbordet står en dator och en behållare med pennor i, annars är det helt tomt, liksom besöksstolen. Man märker tydligt att hon är ny på jobbet.

Men vänta, vad är det för något hon sitter på?

En ergonomisk kontorsstol. Jag tappar hakan. Hon lyfter blicken från skärmen och ser mitt överraskade ansiktsuttryck. Energistrategen kollar bakom sig och förstår genast att jag tittar på hennes stol.

»En Håg Capisco 8106«, säger hon med stolt min. När jag återfår talförmågan frågar jag kanske lite förebrående, »Och hur kom den till ditt rum?«

Hon skrattar och berättar att hon vid anställningsintervjun förklarade hur viktigt det är att ha en bra hållning även framför skärmen.

Belåten visar hon även att skrivbordet går att höjdjustera.

»Det höll personalchefen helt med om, meddelar strategen utan osäkerhet, hon har själv en ergonom i familjen.« Jag nickar instämmande. Det är så det går till. Jag måste komma ihåg att kolla med personalavdelningen igen. Vad hade hänt med min senaste ansökan, från för typ två år sedan?

»Men du ville säkert något«, undrar energistrategen som registrerar min eftertänksamma min.

»Ja, javisst ja«, kom jag på. Jag berättar om mina tre telefonsamtal och att det tredje kändes som mest nytt och intressant att höra mera om. »Dessutom är klassningen internationell och vi ville ju synas«, berättar jag stolt över mitt enkla val.

Hon skulle gärna kunna lyssna nästa vecka, när hon, vad hon nu hette igen, håller föredragen. Energistrategen tyckte inte alls att mitt val var helt logiskt.

»Det finns fjorton andra och i Sverige mycket mer etablerade miljöklassningar«, sa hon, »men visst, jag kan komma och lyssna.«

Jag lämnar hennes rum, vågar en sista blick på stolen, skakar på huvud och tittar på klockan igen.

I dag står det *pyttipanna* på lunchmenyn och jag vill inte vara sist i kön.

~

JOHAN

Det är det första bygget efter pappaledigheten med andra barnet. Jag värmer mina makaroner med ketchup i en av byggbodens två mikrougnar och sätter mig tre minuter senare intill mina kollegor som redan har börjat att tugga i sig sin mat. Det är tyst vid bordet.

Jag saknar ungarna. Det var en rolig tid om än helt annorlunda än planerat. Jag hade tänkt renovera badrummet och isolera vinden, men inget av detta blev av. Jag flinar när jag tänker på den minsta som inte behöver mer än sex timmars sömn per dag, likt sin farfar. Hur jag än försökte så blev det maximalt en halvtimmes sömn under dagen och nattetid underhåller han hela familjen. Det är inte riktigt lika roligt nu, när jag jobbar igen.

Vårt hus på landet blev en alternativ lösning. Vi hade inte råd med de dyra bostadsrätterna i stan. Jag lovade min flickvän att vi skulle skaffa oss ett fint hem här, när hon var gravid med första barnet. Farsan hjälpte oss med kontantinsatsen, men till mer än det huset räckte det inte.

Våra inkomster är begränsade. Jag är snickare och hon vidareutbildar sig till grundskollärare, så vi tar det steg för steg. Vi har bytt takpannor och målat fasaden. Köksapparaterna är nya och barnens lekrum har fått ny färg.

Det blev inga fler investeringar, men vi tar alltid det som behövs som mest när det dyker upp. Nu är det troligen värmepumpen som snart måste bytas. Vi har börjat att lägga pengar åt sidan, lite varje månad.

Jag älskar att bygga med LEGO med fyraåringen. Att bygga något, det har jag gjort sedan jag var liten och alltid tyckt att det är det roligaste som finns, att sätta ihop bit för bit och steg för steg, enligt en beskrivning.

Nu bygger jag efter ritningar i stället, det är inte helt olika.

Det här huset ska bli ett LSS-boende, ett speciellt hus, vad jag förstod, för funktionshindrade som behöver stöd och service. Sex små lägenheter med gemensamt sällskapsrum och personalutrymmen ska detta enplanshus få. Det är inte svårt att bygga, allt är mer eller mindre av enklare kvalitet och enligt standardlösningar.

Det saknas LSS-boenden i alla kommuner i landet. Troligen finns det viktigare saker att investera skattepengarna i, för det byggs inte det antal som behövs. Jag står redo för jobbet, bara det inte är längre än trettio minuter från hemmet.

Byggnationen har passerat fasen med de tunga jobben redan, betongplattan är gjuten, trästommen är rest och takstolarna är monterade. Allt som hittills är byggt och som ska byggas är förskrivet som vanlig standard, konventionellt och utan speciella krav. Det betyder att vi varken behöver tänka eller göra något extraordinärt.

Farsan är arbetsledare på detta bygge. Vårt första gemensamma byggprojekt blir det. Han åker mellan två byggen fram och tillbaka. Är han här så känns det likadant som under barndomen, han säger vad jag ska göra och jag sågar, slipar, skruvar exakt som han har lärt mig.

Jag var tre år gammalt när jag fick första hammaren. Den har jag ersatt med spikpistolen idag men annars är det samma känsla.

Lunchen är över. Jag tar på mig snickarbältet och följer med de andra ut i sensommarvädret. Jag ska spika fasad de kommande dagarna. Att vara ute i det fria och jobba med händerna, speciellt nu när det fortfarande är varmt, är det bästa jag vet.

Mäta, såga, spika, mäta, såga, spika.

~

MARIE

För de flesta tar arbetsdagen snart slut, tänker jag, när jag tittar på klockan. Strax innan fyra. För mig börjar den nu på riktigt. Jag ska fixa en budget till en ny förskola och jag ska göra en säljpresentation till fastighetsägaren som vill bygga ett flerbostadshus i en stad tjugo mil söderut.

Mitt möte med honom ledde till nästa steg. Nu vill han att jag skissar upp hans visioner. Dessutom väntar även illustratören på mina ritningar. Han ska göra renderingen av radhusen till en markanvisningstävling. Den färdiga presentationen ska skickas in nästa vecka.

Jag sitter nog minst tre timmar till, idag också. Maken kommer inte bli glad. Han har ingen förståelse för mitt kreativa jobb. Jag hoppas att jag hinner hem innan det är läggdags för dottern.

Jag måste börja med budgeten, den kräver mest koncentration av mig. Uppdraget är viktigt för vi behöver flera bra referenser. Jag går in i ett gammalt förskoleprojekt och kollar budgeten och verkliga timmar. Timpriset vi hade avtalat med kommunen är helt orealistiskt, jag kommer inte ens ihåg hur och varför vi lämnade så låga priser. Det måste komma från en tid när det inte fanns så många jobb på marknaden. Jag behöver dubbla antalet timmar för att kompensera den låga timkostnaden.

Sedan är det extrakraven på miljö, de pedagogiska önskemålen och energitillägg som jag antingen behöver läsa in mig på eller anlita en extern kollega för, det blir inte billigt.

Jag räknar med flera extra möten. Han nämnde även något om utbildningar, här ska jag lägga till minst tio procent.

Alla dessa kalkyler. Jag känner att jag blir svettig och huvudvärken är på väg tillbaka. Jag går till fikarummet och hämtar ett glas vatten.

Frågan är om jag ska chansa med ett högre pris eller lägga mig på säkra sidan nu och ökar kostnaderna senare. Kommer han kolla med flera arkitektbolag när han inser att priset är för högt eller ska jag sälja in flera timmer i efterhand för dagsljusberäkningar eller inredningshjälp? Jag måste bestämma mig.

~

KAPITEL 4 – MÖTEN

STEFAN

De senaste fem dagarna har jag hoppat från möte till möte. Byggnadsnämnden, mark- och exploateringsavdelningen, kommunalpolitiker, Trafikverket, barn- och ungdomsomsorgen, energistrategen, och inte minst ett första möte med arkitekten.

Jag hann till och med till naprapaten för att rätta till ryggen igen. Alltid en otäck situation när ljudet bekräftar att något har flyttats. Varje gång ber jag himlen att det flyttades åt rätt håll.

Det börjar bli hektiskt. Jag har även slutat ta trapporna, hissen går snabbare och jag är mindre andfådd efteråt.

Jag hade tänkt att ringa de andra organisationerna eller bättre sagt konsulterna som jobbar med de andra tolv klassningarna men jag har helt enkelt inte hunnit. Att läsa genom alla krav och kriterier orkar jag inte med just nu. Om två timmar kommer hon, nu glömde jag namnet igen, och föreläser om de energieffektiva förskolor hon har jobbat med. Jag avvaktar mötet, kanske behöver jag inte ringa fler efter det.

Mötet med arkitekten ledde till ett avtal på slutet. Helt ärligt talat var hennes första budget långt ifrån acceptabel. Hon gick dock med på en justering och jag slapp ringa upp nästa på listan. Det är han som det inte gick så bra att samarbeta med vid ombyggnationen av vårdcentralen. Honom vill jag helst inte ha i ett prestigeprojekt till kommunen.

Vi har ramavtal för att undvika att gå genom *LOU*-processen varje gång vi behöver en konsult. *Lagen om offentlig upphandling* var säkert välmenad en gång i tiden, men det leder inte alltid till bästa resultatet.

~

MONA

Jag sitter på tåget, närmare bestämt på tredje tåget. Det går rätt så bra med tågförbindelsen söderut eller norrut men tvärs genom landet är det en katastrof. Så länge tågen är i tid, funkar det för mig med bytena, men någon garanti har man aldrig.

Nu är det bara trettio minuter kvar tills jag kommer fram, sedan har jag ytterligare tjugo minuter kvar till presentationen. Jag tar fram utskriften och läser genom mina anteckningar. Det behövs egentligen inte längre. Nu har jag gjort det så många gånger så alla fakta sitter på plats, alla svar finns, både på politikerspråket, arkitektspråket, på svenska och med hjälp av en barnbok även pedagogisk med illustrationer.

Jag har inte alltid varit så suverän, långt ifrån. Mitt första föredrag om energieffektivt byggande höll jag på en tysk säljkonferens, det är tjugo år sen. Därefter föreläste jag även på svenska säljkonferenser med mycket tysk brytning och stor osäkerhet, men jag hade förlåtande lyssnare i den svenska säljkåren.

Dessutom tror jag inte att språkförbristning var det största problemet med mig utan innehållet i mina föredrag. Energieffektiva hus i Sverige, där elen bara kostade en krona per kilowattimme, kändes helt irrelevant.

Med varje föredrag jag höll kände jag mig säkrare och säkrare, och min publik växte. Mina förberedelsetimmar blev färre och även antalet säkerhetskopior i form av först disketter, ja, minst tre i början, sedan USB stickor, minst två, man vet ju aldrig om man tappar en, tills jag bara hade med mig laptopen. Jag blev bokad på olika större konferenser, alltid med samma budskap om energieffektivisering av våra byggnader.

Första gången på Energitinget i Stockholm för minst tretton år sen var något helt extraordinärt och sitter som fastbränt i minnet, både hos mig och troligen även hos många fler.

Inte bara för att jag hittade en väninna för livet utan också för att jag vågade vara annorlunda än alla andra. Jag hade en stor ETTA tryckt på ryggen av en neongrön skjorta under kavajen. Jag satt längst fram i publiken. Det var den så kallade *talarbänken*. Här satt alla som skulle hålla tal på årets energievent. Att föreläsa i storstan Stockholm var för en smålänning som mig, dessutom med utländsk bakgrund, redan det en stor upplevelse. Men nu skulle jag också prata om Sveriges första internationellt certifierade förskola inför hundratals yrkesmän och kvinnor, de *ledande energiguruerna* i Sverige.

Som vanligt blev jag kissnödig, det händer mig fortfarande idag, när jag pressar mig själv för hårt. Jag brukar då slå benen över varandra och klämma, inte alls Ladylike, händerna emellan.

Det var helt omöjligt att lämna rummet framför hela publiken för att springa på toaletten, mitt i ett föredrag.

Naturligtvis brydde sig ingen om mig, vem jag var. Ingen såg heller de första svettpärlorna komma nerdroppande från pannan eller la märke till svetten under armarna, som jag kämpade emot. Men jag har alltid haft ett oerhört väl utpräglat luktsinne och kände mig rent av miserabel. Värsta lukten för mig är min egen svettlukt och när den tränger in genom näsan upp till hjärnan så skriker den högt av panik. På scenen pratade någon om hur viktigt det var med ventilation. Det kunde jag bara hålla med om.

Enda rummet som var UTAN forcering av ventilationen just nu var konferensen vi befann oss i. Snart var det min tur. Jag hade en skjorta med en ETTA under kavajen. Kavajen tänkte jag ta av på vägen upp till scenen och de svarta fläckarna under armarna skulle inte ge det intryck jag ville ge.

Känslomässigt oändligt många minuter senare, blev jag ombedd att komma upp på scenen och det utlöste ett fenomen som jag fortfarande anser är helt fascinerade. Scenskräcken var fullständigt borta liksom önskan att gå på toaletten.

Jag gick upp på scenen, tog av kavajen, vände mig med ryggen till publiken så alla kunde se ETTAN på ryggen och sa lugnt men tydligt: »Vi här i salen har alla ETT gemensamt mål. Vi vill göra Sverige mera energieffektivt! Låt oss göra det ihop!«

Jag vände mig tillbaka och höll mitt tal i femton minuter. Jag är helt säkert på att ingen efteråt kom ihåg vad mitt föredrag handlade om, men de första tio sekunderna har ingen i rummet glömt.

Nu är jag framme. Jag kliver av tåget ut på perrongen, speciellt inbjudande ser det inte ut vid stationshuset. Som i alla städer finns även här en *Pressbyrå* och en *Starbucks*. Har du sett en, har du sett alla. Vart tog mångfalden vägen, det som gjorde varje stad unik, undrar jag. Överallt samma kedjor, samma märken, samma reklamskyltar, samma byggstilar.

Jag har fem minuters marsch till fots till kommunhuset. Ett typiskt gult tegelhus från sextiotalet i tre våningar dyker upp bakom inköpscentret. Alla fönster är enhetliga. Någonting sticker ut uppe på taket bredvid fläktrumslådan. Kanske en utsiktsplats över Down Town City?

Jag registrerar mig i receptionen och blir ombedd att vänta tills projektledaren kommer ner och hämtar mig. Det tar inga tre minuter innan hissen öppnar sig. En stor, bred man strax innan pensionsåldern gissar jag, i svarta jeans och blå tröja och i tofflor, sträcker fram handen mot mig. Han får ett fast handslag av mig tillbaka och verkar vara nöjd med reaktionen. Inte helt typiskt svenskt är det att räcka handen, men han gör det kanske för att vara artig mot tysken.

»Stefan«, säger han, jag ler och nämner mitt namn. Han ler inte men ser inte heller ovänlig ut. Han frågar artig hur resan gick och jag svarar artig tillbaka:

»Tåget kom i tid.«

»Vi ska upp till plan fyra«, svarar han.

Oh, tänker jag, då blir det antingen fläktrummet eller utsiktskupolen han vill visa mig.

Det blev inte fläktrummet.

Penthouse-konferensrummet var målet, insåg jag när Stefan öppnade dörren. Ett *akvarium* till.

Jag plockar fram datorn, kopplar in projektorn och startar alla tekniska apparater. Överraskande nog synkar de ihop på första försöket och min presentation skiner upp på duken bakom mig. Det är ovanligt, något brukar alltid strula. Jag är nöjd.

Jag småpratar lite med Stefan om vädret och han medger hur mycket han tycker om tysk öl. *Small talk* är inte riktigt min grej men det hjälper för att bryta isen mellan oss.

Genom dörren kommer fyra män i slips och kostym, som knappt hälsar, det måste vara politikerna. Två kvinnor följer direkt efter, den yngre i ekostil med mörka byxor och stickad tröja och en äldre dam med fikavagnen. Jag smilar, det är nog det mest typiskt svenska jag vet, fika. Inget möte utan fika. I det här landet har man faktiskt kallat dagar efter olika kakor så man verkligen inte ska glömma bort att fika.

Ja. Det finns *semmeldagen*, *pannkaksdagen*, *våffeldagen*, *kanelbullens dag*, *mazarindagen*, det finns även *lakritsdagen*, helt otroligt eller?

Tre kvinnor promenerar långsamt in i rummet, fördjupade i ett samtal som troligen är så viktigt att de glömmer bort att hälsa. Det visar sig senare vara verksamhetsenheten som hade planeringsmöte på väg till föreläsningen. En gubbe i arbetsbyxor, med gnällig min, spatserar in. Bredvid honom går en som ännu inte riktigt är gubbe, i jeans. De går målmedvetna till andra sidan av rummet för att sätta sig längst bort från alla andra, helt klart, driftpersonalen.

En kvinna kommer till slut jagande in i rummet, ser sig omkring, nickar kort till mig, sätter sig nästan bredvid herrarna i kostym och tar fram sin mobiltelefon. Hon är mycket elegant klädd. Kjolen och kavajen matchar väldigt bra ihop, mörkblå fast i olika nyanser och som blickfång finns en sidenhalsduk i olika pastelltoner. Jag behöver inte fundera länge, det är arkitekten.

Jag nickar till Stefan som fråga om jag får börja. Han nickar tillbaka. Jag startar mitt föredrag.

~

MARIE

Vilken förmiddag det blev. Jag fick gå upp innan familjen vaknade, för att undvika morgontrafiken i stan. Inte riktigt min tid. Kvällen innan var lång igen och slutade med den vanliga anklagelsen från maken om orimliga arbetstider och ett oacceptabelt familjeliv.

Under den spartanska snabbfrukosten bestående av kaffe och naturell yoghurt med bananen som dottern vägrade att äta igår på grund av de bruna fläckarna på utsidan, skummade jag genom e-postens inkorg som var överfull. Det är helt otroligt vad folk jobbar mitt i natten nuförtiden bortsett från alla massutskick, reklammail, nyhetsbrev, inbjudningar och spammail som jag knappt hinner med att radera innan nästa pluppar upp.

Ett mail kom från kunden med flerbostadshusen, han gillade mina första skisser, skrev han. Typiskt, först är det tyst i många månader, sedan kommer alla projekt samtidigt. Fastighetsägaren med flerbostadshusen har gott om pengar och vill bygga dyra bostadsrätter. De får dock gärna vara med lite extra miljötänk.

Solceller och takterrass med växter, utegym och löparanläggning för att hålla profilen högt. Han ska klara en miljöcertifiering också, men det är inget jag behöver tänka på, meddelade han mig. Han har en duktig miljösamordnare som gör det i ett senare skede. Jag skulle sätta i gång och komma med detaljerade skissförslag inom en vecka.

Nu sitter jag här i en kommun som navigationen i bilen knappt hittade och ska lyssna på, vad hon nu sa att hon hette. Jag har verkligen ingen tid med det.

Jag tar av kavajen och nickar till politikern som nästan sitter bredvid mig. Det är viktigt att vara trevlig mot de som fattar beslut. Jag sträcker ut handen och presenterar mig som projektets arkitekt.

Jag undrar om de är lika ointresserade av den pågående presentationen som jag. En av dem gäspar och jag känner med honom. Jag måste koncentrera mig eller åtminstone måste jag se ut som att jag gör det.

Nu börjar hon ställa frågor till projektledaren och sedan även till mig. Vad undrade hon om vi vet? Jag gör som Stefan och skakar på huvud.

»Nej, jag har inte jobbat med *den sortens hus* förut.« Spelar det någon roll? Jag ska bara rita en förskola. Resten ska de andra konsulterna och byggarna lösa.

Hon pratar om utformningen. Det är viktigt med kompaktheten och glasandelen samtidigt som husen ska vara funktionella, flexibla och lättskötta. Intressant, men inget nytt för mig. Det gäller väl ALLA hus?

Jag håller med och nickar uppskattande när min telefon börjar vibrera på bordet. Föredragshållaren tittar lätt irriterad på mig.

»Förlåt, jag måste ta det.« Jag pekar på mobilen och lämnar konferensrummet. Det är fastighetsägaren med pengar som undrar om jag har läst hans email. Han ville gå genom tidsplanen med mig och budgeten.

Det är konstigt, de som har mest pengar har också alltid mest intresse av att behålla dem för sig själva. Jag vågar inte riktigt meddela honom att jag sitter i ett möte.

Jag vill absolut ha projektet och jag vill absolut att han ska känna att jag är intresserad. Den sortens byggnader kan bli mycket framgångsrika och synliga, det är viktigt för kontoret och meriterna.

Samtalet blir betydligt längre än jag trodde. Han gillar att prata om sig själv, sina framgångar och förväntningar, konstaterar jag. Han vill hålla en hög miljöprofil och jag ska vara glad över chansen att få synas med honom, så att jag vet, sammanfattar han sin monolog. Jag skulle återkomma med en mycket genomtänkt budget imorgon, så skriver vi skissavtalet. Jag tackar för förtroendet och lägger på luren. YES! Det blir ett projekt precis enligt min kvalifikation.

Jag öppnar tyst dörren till konferensrummet igen och försöker smyga tillbaka till min plats. Solen har kommit fram genom molnen och det har blivit väldigt varmt i rummet. Finns det ingen ventilation eller?

Hon som föreläser idag hade vandrat vidare runt i konferensrummet, jag såg henne först inte. Troligen delar hon ut något till publiken som genast sätter i gång lite diskussioner. Vad är det för något? Hon hade tagit med sig en hög av odefinierbara råämnen som hon flitigt distribuerar på borden.

»Vet du vad detta är«, frågar hon mig plötsligt och trycker en svart, hård men lätt bit av någon slags isolering i min hand, precis när jag tänkte sätta mig igen. Jag tittar på fragmentet, en skiva kanske, och nekar.

»Det är gjort av dina gamla vinflaskor«, skrattar hon, »och kallas *cellglas*«. Jag skulle dricka mer vin, det är bra för miljön, skämtar hon vidare innan hon går till den politiker som ser tröttast ut. Han håller en ljust grågul lika stor bit i handen. Det ser lite ut som ihopsatta träflis fast bleknad. Även han erkänner att han inte vet vad det är.

»Du kanske har rökt det förr«, försöker hon att skämta igen, »men de flesta vet inte att hampa är utmärkt isolering också. Den växer snabbt och har en hög isolerförmåga.«

Politikern tycker liksom jag inte heller att hon är så rolig men visar ändå stort intresse för provbiten. Han luktar på den och nickar godkännande.

Energiansvarige fortsätter med två andra överraskande material. Ett ser ut som en chokladkaka och ett som grovt kokain i en påse. Den ena visade sig vara vakuumisolering som används av NASA och den andra isoleringen har ursprung i vulkaner. Alla nickar intresserade, bortsett från projektledaren. »Jag föredrar mineralull, det har alltid funkat. Varför skulle man ändra på något som har visat sig fungera bra så här länge?«

Föredragshållaren menar att man fritt kan välja men det vore inte fel att veta att det finns alternativa material som är miljövänligare. Hon fortsätter med konstruktionskapitlet och visar först några detaljritningar och därefter färgglada bilder på så kallade köldbryggor i vägg och tak.

»Så ser det ut, när dessa detaljer inte byggs på rätt sätt«, lägger hon till. Köldbryggor skulle man föreställa sig som en brygga, där värmen leds ut till kylan. Hon målar upp en bro på tavlan. »Så tappar man värmen i anslutningarna när isoleringen inte är genomgående.«

Där ser man igen hur dåligt det byggs idag. Jag håller helt med henne. Både konstruktörer och byggare har verkligen något att lära sig. Det är ganska intressant, det hon visar nu, byggplatsbilder och termografier.

Så ser det ut på byggen? Då är det klart att biblioteket blev så dåligt. De vattenränder jag såg var kanske köldbryggor nu när hon säger det? Det är faktiskt bra med visualisering och nytt för mig, resan hit var kanske inte helt meningslös.

Hon pratar om kvalitetssäkring, som hon jobbar med i sina projekt. Det är säkert en bra idé med tanke på de bilder hon visar. Tur att allt detta inte syns när huset är klart. Då ser man hur viktig fasaden på utsidan är. Det är verkligen skrämmande.

Hon går vidare in i lufttäthetskapitlet. Det har jag hört förut är viktigt. Allt ska plastas in numera. Jag undrar dock hur bra det är för husen egentligen. Sa inte min professor på universitet en gång i tiden att husen behöver andas? Jag vågar inte fråga, vill inte att någon tror att jag inte har kunskaper eller ännu sämre, att jag vill framstå som *besserwisser*.

Nu säger ju hon plötsligt att det inte behövs en blå plastfolie och att dukar som kan andas är ett bättre, mer hållbart alternativ.

»Folien skall vara lufttät men kan absolut vara diffusionsöppen så att fukten kan vandra ut och inte skada byggsubstansen«, berättar hon nu, »så som det är med moderna regnjackor eller träningströjor«, lägger hon till. Tur jag inte sa något.

Intressant att hon tog med speciella tejper och manschetter som hon har liggande på bordet framför sig, inte heller dessa har jag sett förut. Troligen inte Stefan heller och det kommer upp en hel del frågor kring dem. Jag håller mig utanför.

Politikern bredvid mig har börjat gäspa igen och verksamhetschefen kollar i sin telefon. Inte alla är lika fokuserade, tänker jag, innan Stefan överraskar oss och ropar:

»Fikapaus.«

~

STEFAN

Jag går till fikavagnen och är nära att ta den första bullen men påminner mig själv om att det är hövligt att bjuda de andra först. Jag väntar artig tills de kommer fram och pekar på dagens erbjudande. Sedan ställer jag mig i kön och väntar på min tur.

Kaffe behövs verkligen nu. Luften i rummet blev så tjock att man lätt kunde skära den med kniv. Koncentrationen sjönk på slutet trots ämnets nyhetsvärde. Jag ropar till fastighetsskötaren. »Ska man öppna fönster eller kan du öka ventilationen?«

Konferensrummet har blivit upprustat med ett nytt ventilationssystem för några månader sedan, men jag anser inte att det funkar så bra ändå. Sedan fyller jag på muggen med den bruna njutningsdrycken som luktar så gott.

Föredragshållaren verkar vara upptagen med sin dator och inte speciellt intresserad av fikapausen, lägger jag märke till. Jag går fram till henne och påminner henne om bullen. Hon tackar vänligt: »Jag kommer snart.«

Kvinnan ser trevlig ut, tycker jag. När hon ler påminner hon mig om min fru för drygt tjugo år sedan. Hon verkar vara klok och mycket insatt i sitt ämne. Hon är väldigt fokuserad, lite för mycket kanske, med tanke på att hon låter fikabrödet vänta. Hennes gestalt är kvinnlig. Hon vet vad hon ska framhäva och vad hon eventuellt vill dölja under den luftiga blusen.

Den *tyska* brytningen är på något sätt ganska underhållande. Man märker inga osäkerheter under hennes föredrag, inte ens när hon blandar orden eller verkar hitta på egna, för mig okända, svenska uttryck. Konceptet hon presenterade verkar inte komplicerat eller unikt men skulle kräva lite nytänkande i utformning, material-val och byggmetodik.

Jag hoppas att arkitekten lyssnade. Det kändes lite respektlöst att hon försvann med telefonen när det berörde just hennes disciplin. Men vem vet, kanske är hon så väl insatt att hon har full koll på läget. Jag såg hur *verksamheten* blev fundersamma över en förskola i två plan så det blir intressant att se hur Marie lyckas med uppgiften.

Mona sa flera gånger att kriterierna hon jobbar efter inte är nya och att konceptet är över trettio år gammalt. Jag kan ana att politikerna inte riktigt ser potential att sticka ut och synas tillräckligt om vi skulle välja att bygga efter ett så *gammalt koncept*. Var är då nyhetsvärdet?

Samtidigt känns det tryggt med erfarenheter.

Något som funnits så länge kan inte vara helt fel. Ett obeprövat koncept i första nybyggnadsprojektet medför även risker. Jag gillar tryggheten och om man kan kombinera hennes energikrav med andra miljökriterier, solceller exempelvis, så känns det för mig som en bra kompromiss.

Sedan behöver jag inte de där nymodiga materialen som hon visade, de kändes helt onödiga.

Energistrategen ställer sig bredvid mig och instämmer med mina tankar om konceptets trygghet.

Sedan visar hon sin skrämmande innovativa sida igen. »Just de nya materialen var intressanta att se eller hur?« Hon hade naturligtvis hört talas om vakuumisolering, träull och skumglas tidigare.

»Om man vill ha en miljöprofil så är det inte fel att ha med mer ekologiskt material«, försöker hon motivera mig. Jag svarar inte utan tänker för mig själv.

Man måste lära sig krypa innan man kan gå.

»*Den mest miljövänliga energin är den man inte behöver alls*, det tyckte jag var bra sagt«, byter jag diplomatiskt ämne i stället. Energistrategen blev precis som jag såld på de låga energivärdena Mona presenterade i en tabell. Det var inga beräkningsvärden utan uppmätta verkliga värden. Det är ovanligt att man följer upp sina projekt, som hon gör.

»De har över sjuttiofem procent lägre energianvändning än i våra förskolor i kommunen«, hade strategen snabbt räknat ut, »man kan lätt bygga minst en likadan förskola till, för samma driftkostnad«, kommenterar hon sin egen kalkyl. Jag tar en stor tugga av bullen, himlar med ögonen och mumlar till henne. »Nu ska vi klara det här projektet först innan vi planerar fler.«

Mona kommer fram till mig och tar ett glas vatten. »Bullen och kaffet hoppar jag över idag«, säger hon glatt men är fokuserad igen. Bara bra, tänker jag, då har jag en extrabulle sedan.

»Kan jag fortsätta«, vill hon veta. »Jag är alltid tidsoptimist och har kvar en del att berätta.«

Politikern med svarta kavajen har nog hört tillräckligt mycket om energi. »Jag ber om ursäkt men vi måste vidare till nästa möte. Du har ju koll, Stefan, du vet vad vi vill ha«, säger han helt seriöst till mig.

»Mycket intressant«, hinner han även meddela Mona innan han lämnar det fortfarande kvava konferensrummet. Jag informerar de andra deltagarna om att vi ska fortsätta nu.

Sedan tar jag den kvarliggande bullen och sätter mig med påfylld kaffemugg på min plats igen. Det ser ut att det bli en sen lunch idag. Matlådan får vänta i kylskåpet en stund till.

~

Föreläsningen har knappt börjat igen när mobilen vibrerar. Typiskt. Det är dottern som ringer. Hon vet att hon inte ska störa mig under möten.

Jag trycker bort samtalet men skickar ett textmeddelande: *mitt i möte.* Hon svarar direkt. Otroligt hur snabbt ungdomarna kan skriva, man hinner knappt trycka på knappen *skicka,* så kommer redan svaret. *Mamma, det är viktigt, kan du svara, snälla.*

Jag tittar på föredragshållaren som tittar på mig och stönar tyst. Hon kommer nog inte bli glad när jag springer ut igen. Samtidigt är det sällan som dottern kräver så tydligt att jag ska svara, något viktigt måste ha hänt. Jag skjuter undan stolen så tyst jag förmår och lämnar diskret konferensrummet igen. Denna gång känner jag allas blickar på mig.

I trapphuset tar jag fram telefonen och ringer tillbaka till min dotter. Signalen ljuder fem gånger innan telefonsvararen går på. Så klart, hon har stängt av mobilen igen, det gör hon alltid, trots att hon ber om att man ska ringa. Jag skickar ett textmeddelande: *SVARA.*

Jag ringer igen. Upptagen. Långsamt känner jag hur frustationen stiger. Jag lägger på och väntar. Troligen gör hon samma sak, min mobil förblir tyst. Jag går fram och tillbaka i trapphuset och försöker andas lugnt. Jag ringer igen. Linjen är ledig och hon svarar. Äntligen.

»Gumman, vad är det?«, hinner jag få ur mig innan hon nästan bryter ihop. Hon berättar gråtande om sina nya vita byxor som hon hade på sig idag för första gången. Sedan hör jag orden: *blod* och *inget med sig* och *matteprov* och *hemskt* och *slut* och *hemma* och *vill inte leva längre.* Jag försöker tolka orden. Antagligen har hon fått sin mens och de nya vita byxorna fick röda fläckar. Jag försöker förklara för henne att hon ska ta det lugnt, att vi har en tvättmaskin och att allt ordnar sig och att hon säkert kan skriva om provet.

»Vi ses hemma i kväll och vi kan prata mera då om du vill.« Hon svarar trotsigt, »DU fattar ingenting, mamma!« och lägger på.

Jaha, mitt fel igen. Det har hon på sätt och vis rätt i, jag fattar ingenting. Jag försöker påminna mig om att jag också var tonårig en gång i tiden. Jag tar ett djupt andetag och går tillbaka till konferensrummet.

Nu är gardinerna fördragna helt, solen har värmt upp rummet ytterligare några grader och jag känner hur kall luft faller ner från taket och ihärdigt försöker bekämpa övertemperaturen.

Hon, som jag nu minns heter Mona, har hunnit förbi konstruktionsavsnitten och pratar nu om ventilationslösningar och värmesystem. Det var ju på tiden.

Två gubbar i hörnan, som jag inte såg förut, verkar har vaknat till liv och diskuterar ivrigt om problemen de har i de andra av kommunens förskolor. Hur trångt det är i undercentralen, vilka problem de har med lukt och ljud och klagomål.

När han säger det sista tittar han försiktigt på verksamhetschefen som i sin tur långsamt men bestämt nickar instämmande. Gubben säger att det största problemet är att man aldrig planerar in plats för installationer från början och att detta leder till att hans jobb blir så besvärligt.

Mona verkar ha svar på allt. Hon påstår att dessa problem inte kan förekomma med det energikoncept hon jobbar med. Det är hur som helst lugnt, hon är ju med i tidigt skede nu och ser till att han får utrymme för både sina kanaler och sig själv.

»Jag ska se till att byggnaden blir driftvänlig«, lovar hon bestämt.

Jag kikar på telefonen. Sa de inte att utbildningen skulle var över efter två timmar? Nu är det redan lunchtid och jag börjar känna att frukosten inte fyllde magen tillräckligt för att jag ska klara mig speciellt länge till.

Jag skulle ha tagit den extra bullen men Stefan var snabbare. Föredragshållaren är verkligen duktig på att sälja in sina tankar och idéer, det skulle kunna bli en intressant resa med henne. Rollerna måste bara vara tydliga så att hon inte hoppar in i gestaltningsidéer eller utformningsfrågor.

I pausen hann jag prata lite med verksamhetschefen. Hon betonade hur viktig den demokratiska förskolan är för personalen och barnen i kommunen. Vi bokade ett möte nästa vecka för att titta på de första skisserna. Nu blir det en del jobb med en gång.

Jag behöver prata med maken och måste ta hand om dottern i kväll. Det är inte lätt att sköta det privata och jobblivet lika bra samtidigt. Ibland blir det bara obalans och någon är alltid besviken. Jag undrar om jag någonsin räcker till.

Äntligen, Mona avslutar sin presentation med hänvisning till en del hemsidor, litteratur och en barnbok. Hon viker upp boken och visar sommarsolen och vintersolståndet med en liten plastpil fäst i boken. Pilen går att flytta upp och ner. Sedan är det olika luckor man kan öppna där tilluften och frånluften symboliseras. Hon skämtar att barnboken inte bara är bra för *barn*.

»Jag visar boken även för *byggare* säger hon.« Jag skrattar, det var roligt. »...och arkitekter.« fortsätter hon, jag skrattar inte längre.

Sedan kommer hon målmedvetet fram till mig och ger mig boken.

»En liten sammanfattning av dagens föreläsning«, säger hon, för att du missade ju en del. Jag känner att blodet stiger upp i ansiktet men tar emot boken.

Jag tackar artig men inuti börja ilskan växa. *Bitchiga kvinna*, hinner jag tänka, innan hon understryker hur mycket hon ser fram emot vårt gemensamma samarbete i detta projekt. Alla applåderar och hon tackar för uppmärksamheten.

Jag stoppar ner boken i väskan, tar min telefon och säger farväl till Stefan.

»Vi ses nästa vecka, jag har tyvärr bråttom nu men jag hör av mig med första skissen. Tack för bra initiativ, jag har lärt mig mycket.«

Till Mona vinkar jag med ett leende. Varken jag eller hon begriper just nu att kriget precis hade börjat.

~

MONA

Jag ler tillbaka mot arkitekten som heter Marie och undrar hur ärligt hennes leende är. Det var naturligtvis inte meningen att kränka henne med barnboken. Det hoppas jag att hon förstod men en liten hint till hennes frånvaro under föreläsningen kunde hon gott få med sig, även om det var i förtäckta ordalag.

Jag samlar ihop mitt material från bänken, ropar trevligt: »Vi ses«, till verksamhetschefen och energistrategen som i sin tur tackade för en intressant föreläsning. Sedan stänger jag av datorn.

Projektledaren kommer fram till mig, han verkar vara nöjd.

»Skulle jag kunna få presentationen för intern genomgång med berörda kollegor som inte hade möjligheten att vara med idag?«

»Självklart.« Jag lovade att skicka den under dagen. Projektledaren ville veta hur jag normalt blir upphandlad.

»Energisamordning betraktas fortfarande som en slags specialkompetens och kostnaderna överskrider inte den typen av direktupphandling. Du strider inte mot lagen om offentlig upphandling«, svarar jag. Han är nöjd.

»Då slipper jag att hämta in flera anbud. Fantastiskt. Det sparar tid och tid har vi inte mycket över i projektet«, sammanfattar han när vi beseglar vårt samarbete med ytterligare ett handslag.

Stefan tänkte följa med mig ner till kommunens reception. »Vi tar hissen«, säger han bestämt, när jag precis försöker ta första steget mot trapphuset, »Min rygg.«

Nere i receptionen är det tomt, lunchtid. Jag lägger tillbaka namnskylten som jag blev registrerad med på disken, tackar Stefan igen för uppdraget och lämnar kommunhuset.

Trettio minuter har jag kvar tills tåget ska avgå, då blir det en snabblunch vid stationen. Jag promenerar dit och letar fram från vilket spår tåget skulle gå. En röd text lyser upp bakom mitt tågnummer och meddelar resenären att tåget är försenat, hur mycket kunde man troligen inte ange.

Jag tänker på mina tågförbindelser som inte tillåter mer än en kvarts försening och hoppas på det bästa. Säkert signalfel någonstans söderut i landet, tänker jag, fortfarande med stora förhoppningar om att komma hem i tid. Att jag alltid förleds av min *tidsoptimism*.

Jag köper en kaffe och därtill tre *Snickers*, till priset av två och kollar genom mail-inkorgen på mobilen. Ett pågående projekt har problem med leverans av rätt isoleringsmaterial till grunden och vill byta till en annan produkt med något sämre isolervärden. *Det skulle väl inte göra någon större skillnad*, påstår inköpschefen i meddelandet till mig. Jag tar fram miniräknaren i mobilen och räknar ut konsekvensen för byggnadens energiprestanda. Resultatet för att behålla samma energivärde, blir tio centimeter extra isolering under plattan. Jag formulerar mitt svar till avsändaren.

Det tar mindre än två minuter innan telefonen ringer. Inköpschefen förstår inte mitt resonemang, markarbetet är nästan avslutat, merarbete med en decimeter extra utgrävt mark har de inte kalkylerat med, dessutom skulle det ta för lång tid.

Under samtalet visade det sig att han la beställningen på isolering för sent, och för tillfället var den slut i den bygghandel de har avtal med. Jag förklarar pedagogiskt att vi antingen behöver få tag i det isoleringsmaterial som har den föreskrivna värmeledningsförmågan eller så måste vi öka på isoleringstjockleken för att landa på samma värmemotstånd i plattan.

Det var inte riktigt populärt på andra sidan tråden, hör jag. »Det finns inte tillgängligt på marknaden och du måste förstå att projektet blir försenat eller fördyrat om jag inte får beställa det som finns.«

Jag svarar honom att jag återkommer med en lösning och avslutar samtalet. Jag kollar i mobilens kontaktlista och hittar till slut en leverantör som skulle kunna ha rätt sorts isolering. Jag ringer upp honom och han lovar hjälpa mig med projektet.

»Jag tackar aldrig nej till nya uppdrag«, säger han nöjt.

Jag skickar hans kontaktuppgifter vidare till inköpschefen. Leveransen kom fem dagar senare, priset var femton procent högre än det kalkylerade. Bygget höll tidsplanen, inköpschefen fick göra om sina kalkyler och den nya leverantören av isoleringen blev glad över affären.

Jag står kvar på perrongen, solen värmer bort lite av frustrationen att tåget fortfarande inte har kommit. Faktumet att jag missar både nästa och nästnästa tåget hem börjar bli ofrånkomligt. Som tur är meddelar tågbolagen inte hela sanningen från början utan släpper bara några förseningsminuter i taget. Det håller humöret uppe en stund, tills insikten når fram till hjärnan och slår över i ilska.

I kväll skulle jag komma hem strax innan läggdags, lyckligtvis visste jag inte det ännu.

~

STEFAN

I matlådan frun gjort till mig fanns *kyckling och potatis* från gårdagen. Det var mättande och jag känner mig beredd för resten av dagens händelser.

Föreläsningen var verkligen lyckad. Energistrategen instämde med mig. Vi går vidare med Monas energikoncept.

»Kan vi inte göra ett studiebesök i en av hennes förskolor i närheten«, vill strategen veta. »Det kunde vara en bra komplettering att även höra synpunkter från verksamheten.«

Det är en intressant tanke.

»Jag ska be Mona att återkomma med förslag om projekt och tid«, hakar jag på hennes idé.

»Jag skickar över en lista med ytterligare några miljökriterier som vi kan komplettera konceptet med«, avrundar energistrategen sin rådgivning till mig. Jag måste medge att hon har gjort sin hemläxa.

Konceptet verkar bli godkänt. Även driftteknikern, som normalt inte säger så mycket, gav en positiv feedback till mig. »Bara hon håller löftena om storleken på apparatrummen.«

Nu måste jag avropa VVS konsulten. Han ska skriva ramhandlingen och göra beräkningar för värme, ventilation och sanitet i förskolan. Jag behöver reda ut om förskolan ska ha fjärrvärme eller en värmepump. Själv föredrar jag en värmepump, men den typen av beslut fattas inte på min avdelning.

Fjärrvärmeledningar finns ännu inte framdragna i området och anslutningskostnaderna är dyra.

Men om jag känner politikerna rätt så vill de säkert ha fjärrvärme i alla fall. Kommunen har investerat och byggt till anläggningen med fliseldning och den investeringen behöver det värnas om. Det blir säkert svårt att undvika en fjärrvärmeanslutning om inte argumenten är helt vattentäta.

Även en markkonsult, en konstruktör, en landskapsarkitekt, en akustiker, en storkökskonsult och en fuktsakkunnig behöver vi snart blanda in. Jag kollar mina ramavtal: mark, storkök, landskap och konstruktion (K) finns med på min lista. Marie hade en akustiker sa hon och Mona en fuktsakkunnig, det är specialkompetenser med mindre arbetsomfattning och kan handlas upp separat.

Samarbete är nyckeln till framgång sa energisamordnaren, så det är kanske här utmaningen ligger.

De kommande tre veckorna ligger en hel del sammanträden framför mig och avgörande beslut ska fattas. Jag kollar i almanackan som nästan bara har fullbokade dagar. Möte efter möte. Viktigast är nu att kommunfullmäktige får bra underlag av mig för att kunna fatta och gå ut med ett officiellt beslut som förhoppningsvis motsvarar mitt.

Även lokaltidningen jagade mig häromdagen för att få veta mera om den nya förskolan. *Kommuninvånarna vill veta vad som är på gång, när det äntligen är något på gång,* meddelade en otålig journalist på telefonsvararen.

Jag går till köket och hämtar en ny kopp kaffe. På vägen dit behöver jag stanna. Vad är det för konstigt tryck på vänster sida av bröstet?

~

MARIE

Jag kommer tillbaka till kontoret. Två timmar tog bilresan. Lunchen blev lika torftig som frukosten men det fanns ingen tid för större ambitioner. Jag behöver ta tag i flerbostadshuset direkt, kunden väntar på både budget och en noggrannare ritning efter skissen jag presenterade på första genomgången.

Jag försöker nå dottern men hon svarar inte. Jag skickar textmeddelanden men det hjälper inte. Jag ringer mannen, han frågar när jag tänker komma hem, men jag svarar inte på det.

»Ok, jag tar hand om dottern IGEN, när jag är hemma«, säger han uppgivet. Jag tackar och vi lägger på.

Vårt förhållande är väldigt kyligt just nu, vi ses knappt på kvällarna och ännu mindre på morgonen.

Under helgerna tränar han antingen inför cykeltävlingar eller inför Vasaloppet och jag sitter på hemmakontoret och försöker arbeta av det jag inte hunnit med under veckan. Vad har hänt med oss? Vi var lyckliga en gång i tiden, var stolta över varandras karriärer och utveckling.

Nu, när det går bra på mitt jobb, då går det dåligt i vår relation. Kan det vara avundsjuka? Jag tjänar mer än han sedan jag startade mitt eget arkitektkontor och även om det tog lite tid innan de stora uppdragen kom in, så har jag idag mer än tillräckligt att göra, det måste han förstå. Det är min existens.

Dottern är fjorton, nästan femton år nu, hon har börjat sitt eget liv. Det är hon som har varit kittet i vårt äktenskap alla dessa år. Snart finns inget kvar.

Jag ringer dottern igen. Inget svar.

~

JOHAN

Idag var det en tung jobbdag, mycket styrketräning blev det. Den försenade leveransen av gipsskivor har kommit och fick bäras in i byggnaden. Delar av den utvändiga ställningen revs och lättmetallställningen inomhus är förberedd för användning.

Jag fick hoppa in förra veckan och hjälpa till med isoleringen av ytterväggarna. Som tur är blir det lösull på taket och den blåser en annan entreprenör in senare. Att isolera är verkligen det tråkigaste jobbet på hela bygget, det kliar i flera dagar efteråt på huden och dammet tränger in i ögonen och munnen.

Två kollegor jobbar nu med den blå plasten på taket och i ytterväggarna: överlappa, klämma, glesa. Det tar tid. Plasten är svår att vika, speciellt i hörnen blir den alltid knölig.

Jag har typ en vecka kvar utomhus med panelen, samtidigt har fönstren kommit. De ska monteras för att få det helt torrt inomhus innan höstvädret anländer.

Det kommer farsan att hjälpa mig med. Trots att han är arbetsledare kan han inte låta bli att ta spikpistolen i handen när han får tid. Han har ansvaret för byggarna och för leveranserna som platschefen beställer och bokar. Han är omtyckt, min farsa, har alltid ett skämt på läpparna. Han ser till att alla mår bra och det är ingen lätt uppgift. Ibland undrar jag om inte byggplatser är en slags dagis för vuxna män.

Nu är klockan fem i fyra och jag tar av bältet, inga beordrade övertimmar, så då slutar vi i tid. Om en halvtimme är jag på barnens dagis, därefter direkt hem. Det blir nog tid för ett nytt LEGO-bygge med store sonen medan flickvännen pluggar under matlagningen. Sådant kan bara kvinnor, multitasking. Vi är ett bra team när det gäller barnen.

Hon pluggar till sin lärarexamen sedan nästan tre år. Hon fick pausa när andra barnet kom, men hon är klok och envis.

Hon kunde plugga när hon ammade och när hon fixar käk, är på toan eller i sängen. Ingen aning hur hon får ihop allt. Det är helt klart att det är hon som är den med hjärnan och jag den med musklerna i familjen. Och musklerna måste värnas.

Jag vill till gymmet i kväll oavsett den tunga arbetsdagen, träffa kompisar, prata skit, träna biceps, triceps och bröstmusklerna.

~

KAPITEL 5 - BESLUT

MARIE

Det har blivit höst, löven på björkarna är gula och börjar trilla ner. Tre veckor har susat i väg och tog sensommaren med sig. Jag ligger efter med mina ritningar till förskolan, jag hinner inte skicka några skisser i förväg.

Flerbostadshusen tog det mesta av min tid men nu blev det ingenting av det. Hela eftermiddagen igår tillbringade jag med fastighetsägaren, som inte har problem med ekonomin, men troligen med mig påstår han nu. Han tog mina ritningar och bestämde sig för att avsluta vårt samarbete. Jag verkade inte ha tillräckligt *fokus* på hans vision.

Kontraktet vi skrev gällde bara skisskedet, det finns inget att göra åt beslutet. Jag är arg och känner mig utnyttjad och det är inte första gången. Jag fick naturligtvis betalt för mitt arbete men jag hade gärna utvecklat projektet vidare, just takterrassen blev riktigt häftig.

Nu går han med mina skisser till nästa arkitekt som troligen är billigare. Vi skulle kanske höras igen, sa han.

För att se något positivt med det hela så blir det mer tid över till förskolan nu. Jag ska lägga all uppmärksamhet på den nu.

Jag hade ett möte med verksamheten för två veckor sedan och de visade sig vara helt på linje med mina visioner. Lokalprogrammet och verksamhetsplanen är genomgångna och jag har bollat idéer med mina kollegor på kontoret. *Reggio Emilia*-filosofin ser olikhet som ett viktigt värde, det passar bra till mina första skisser som jag nu renritar i datorprogrammet. Formen, takhöjder, fönsteröppningar, allt kommer vara *olika*, helt anpassat till pedagogiken.

Jag har fått kontakt med projektets konstruktör. Jag tänkte skicka mina planlösningar till honom för att kolla att bärande väggar eller stolpar inte påverkar mitt budskap. Jag har lagt in några schakt och lämnat plats för kanaler till teknikern men jag hinner inte ta det med honom nu. Det räcker efter nästa möte. Då kan även energisamordnaren göra sina beräkningar.

Gestaltningen ligger på mitt bord, sa även beställaren.

Byggnaden ska vara ren, öppen och ljus både från insidan och utsidan. Olika material ska spegla jordens grundelement. *Olikhet* är min röda tråd. Väggarna varierar i form och material, fönster är olika stora med olika bröstningshöjder. Hela byggnadens form blir organisk, lite som ett *hjorthorn* för att anknyta till placeringen nära skogen. Jag valde efter samråd med verksamheten en förskola på ETT plan även om de troligen inte hade något emot två våningar.

Tomten tillåter en utsträckt byggnad, med fyra meter högt i tak och delvis sex meter upp till nocken. Barnen kommer uppleva förskolan som ett modernt museum. Alla funktionskriterier verkar vara uppfyllda.

Tyvärr hann jag inte till studiebesöket kommunen hade anordnat förra veckan. Jag var redan på väg dit när telefonen ringde. Fastighetsägaren med mycket pengar som han gärna behåller själv, ville att jag skulle följa med till byggnadsnämnden. De ville ändra placering av flerbostadshuset för att infarten till garagen inte blev tillgänglig från det hållet jag hade ritat.

Han var väldigt upprörd och jag hade inget annat val än att vända bilen, åka tillbaka och vara med på mötet. Hade jag vetat att han skulle slänga ut mig några dagar senare, hade nog studiebesöket varit det bättre alternativet.

Energisomordnaren har påmint mig ett par gånger om att visa henne mina idéer i tidigt skede, men det tror jag inte är någon bra idé innan gestaltningen är helt godkänd av verksamheten. Energifrågor har mest med konstruktionen och val av installationer att göra, den bollen ger jag mina kollegor.

Naturligtvis har jag lyssnat på henne och orienterat byggnaden mot söder. Här är nästan hela väggytan av glas för att få in solvinster vintertid som hon även påpekade så noggrant i barnboken. När det gäller miljöfrågor så kommer jag föreslå en trästomme. Massivträ vore *nice*. Det är väldigt populärt just nu och man kan få mycket uppmärksamhet och vinna priser idag, när man bygger i trä.

Jag har med min genomtänkta söderorientering även lyckats att få upp solceller åt rätt väderstreck och på så sätt ger vi huset *den gröna image* som kommunens politiker vill ha. Förskolan har blivit ett väldigt roligt projekt med mer potential än jag trodde från början. Inga begränsningar, bara möjligheter. Jag känner mig nöjd med mitt arbete.

Synd att det inte blir en annan miljöcertifiering. En svensk, kanske den med *svanen* på, den är mycket omskriven nu, ett nordiskt märke som man känner igen även från andra produkter. Eller den certifieringen där man bestämt hävdar att byggnaden blir koldioxidneutral, det låter också betydligt bättre än konceptet Mona presenterade som *enbart* handlar om energi.

Nu har jag läst på och ska försöka att trycka på från mitt håll, det kanske inte är helt kört ännu. Om tre veckor är det första projekteringsmötet där jag kommer att presentera mitt utkast. Presentationen måste bli övertygande och säljande. Jag behöver göra visuella modeller, barnbilder, illustrationer i mörkret för att visa ljuset som kontrast till natthimmeln.

Förutom alla bekymmer har vi även interna problem här på kontoret och strax ett oplanerat krismöte. Igår meddelade en av kollegorna att hon ville *gå vidare* och måste hoppa av från samarbetskontraktet. Det betyder att vi behöver omorganisera hela kontoret, ekonomin och uppgifterna. Vi lär behöva blanda in en jurist. Ytterligare extraarbete och kostnader och timmar kommer gå åt för att hitta en efterträdare.

Planen var egentligen att anställa fler och nu tappar vi i stället en viktig resurs.

Det är svårt att hitta nya erfarna arkitekter som passar in och kan börja jobba direkt. Oftast tar det flera månader innan de är självgående. Jag kommer inte hinna med alla projekt samtidigt och nu kommer dessutom personalhanteringen till.

Familjen hemma har knappt sett mig på sistone. I smyg är jag ganska glad att jag slipper se en surmulen man och en ännu mer dyster dotter som grälar och bråkar med mig om onödiga saker. Jag skulle hellre vilja ha deras problem. De är inte alls jämförbara med mina här på jobbet.

~

MONA

Hösten har kommit till det runda huset jag bor i. Det gröna grästaket har haft fina gula blommor under hela sommaren, nu börjar de bli bruna och taket förbereder sig för vintersömnen.

Jag har börjat sova något bättre igen. Det är familjen som ger mig stöd och trygghet men lådorna är inte stängda och irritationen fortfarande stor.

När vi valde att bygga visningshuset gav jag mig in i ett byggprojekt för andra gången. Det var inget jag hade planerat, inget jag hade önskat. Efter första husbygget, det runda huset, föll jag i ett stort svart hål. Där vill jag aldrig landa igen. Att falla tillbaka till utbrändheten är ingen option och ändå var jag nära igen. Det ekonomiska kommer att lösa sig, jag jobbar hårt för att hålla företaget vid liv. Men *vänskapslådan* har fått stora sprickor. Arkitekten, som jag litade på så länge, började kräva rättigheter till sitt utkast strax innan vi skulle skriva kontraktet med småhusleverantören. Jag skapade samarbetsmöjligheter där alla skulle vara delaktiga i kommande projekt men det räckte inte till.

Plötsligt handlade allt om pengar och prestige igen. Vi hade lyckats bygga ett visningshus. Flera månader hade tre samarbetspartner snickarbyxor på sig, kämpade och byggde. Den fjärde dök aldrig upp. Många människor skulle kunna få bo i ett hus med lågt fotavtryck var vårt gemensamma mål när vi startade projektet och sedan försvann allting med en gång: vänskapen, löften och likvärdigheten.

Det finns alltid en stjärna som vill lysa mest.

Mannen som älskar mig, försöker allt för att jag ska kunna må bra igen. Han lär mig att se framåt och löser ett problem i taget men ibland verkar allt vara så invecklat att jag känner mig som en katt som trasslat in sig i ett ullgarn. Min man betyder allt för mig och jag vill hålla ihop vår familj. Jag måste bara orka med min del, bara duga, bara kunna ta mitt ansvar.

»Du är en kastrull«, brukar min man säga, »och jag är locket. Ångar du för mycket, finns jag för att stänga dig så du inte kokar över.« Det är en manlig trygghet jag har saknat under hela min barndom.

Jag var sju år när mina föräldrar separerade. Bara det var ett trauma eftersom det kom så oväntat. Jag såg dem aldrig bråka. Pappa kom hem en dag, packade sin sportväska och försvann, inte bara ifrån min mamma utan även ifrån mig.

Han var min stora hjälte, min idol. Han som tränade östtyska idrottsstjärnor, han som kom hem med olympiska guldmedaljer.

Han gick en dag och kom aldrig tillbaka. Jag var säker på att det var mitt fel, att jag inte presterade tillräckligt mycket, att jag inte dög.

Jag följde hans karriär, lärde mig en hel del om doping i idrottsvärlden, såg hans fall efter tyska återföreningen och hörde hur han förnekade min existens i en teveintervju.

Familjen är allt för mig, alla barn *med och utan bonus* är VÅRA barn.

I morse kom den officiella uppdragsbekräftelsen för byggandet av förskolan med arbetsnamnet Kantarellen. Det är alltid en glädje att få höra att det finns förtroende för både mig och konceptet jag jobbar med. Kommunen hade i ett möte bestämt att gå vidare och låter förskolan uppföras energieffektivt enligt den internationella standarden.

De vill även ha solceller och en beräkning på materialens koldioxidutsläpp för att göra en komplett miljöbedömning. Det var ett önskemål från kommunens energistrateg vilket jag gärna realiserar.

Jag tror att vårt studiebesök på en av Sveriges första förskolor byggd enligt detta energikoncept skingrade det sista tvivlet hos både kommunpolitikerna och verksamheten. Man kan bygga energieffektivt och funktionellt, vackert och driftsäkert samtidigt. Jag kommer gärna tillbaka till alla mina barn och hälsar på dem. Det finns inget att dölja, ingen rädsla, det enda som känns är stolthet.

När både fastighetsägaren, förskolepersonalen och driftteknikern berättar om projektet och visar runt, kan jag stå helt tyst i hörnan och bara lyssna på dem. Jag njuter av deras positiva ord. Förskolan vi besökte ligger också vid skogskanten och är i två plan.

Den har en väldigt kvadratisk grundform men med många spännande detaljer i fasaden, solavskärmningar och pergolor för barnvagnarna. Balkonger med odlingslådor och färgrika entréer ger intrycket av en mycket mer komplex byggnad och bjuder in barnen till lek.

Olika fasadmaterial låter förskolan leva upp och smälter samtidigt in i skogens gröna rike. Det är lika stora fönster åt alla väderstreck men inte överdrivet stora. Djupa fönsternischer låter ana hur tjockt isolerade väggarna är.

Inifrån överraskar förskolan med ett öppet och ljust samlingsrum som just nu används som teater men ändrar sin funktion efter verksamhetens behov. Små kostymer ligger fördelade på olika bänkar och scenen har fått ett sagomotiv som liknar älvornas fantasivärld.

Väggarna består av olika material, obehandlad betong, mönstrade akustikskivor i trä och på golvet ligger mattor i olika färg. Varje rum är unikt inrett med lösa möbler som lätt går att flytta. Pedagogerna pratar om flexibilitet och öppenhet, om vänskap och lojalitet.

Alla rum är ljusa inte enbart genom det direkta dagsljuset utan även genom att innerväggarna har stora fönster för att öppna upp rummen mot varandra.

På nedre våningen i omedelbar anslutning till samlingssalen ligger undercentralen, ren, välskött och med mycket arbetsyta runt alla tekniska aggregat, pumpar och kanaler. Fastighetsskötaren som alltid blänger lite argt får nästan ett leende på läpparna.

En stor trappa leder oss upp till andra våningen.

»Är det ett problem för barnen att förskolan är i två plan«, frågade verksamhetschefen.

»Ja, det var det i början, men alla barn älskar trappor och vi hittade nya rutiner som idag är en helt naturlig del av vardagen«, svarar personalen ärligt.

Nästan två timmar fick vi gå runt i förskolemiljön både inne och på ute. Att byggnaden blev så bra i sin funktion är helt klart det viktigaste. Att man därutöver sparar så mycket energi att ytterligare två likadana förskolor skulle kunna förses med värme och varmvatten jämfört med EN traditionell förskolas förbrukning är dock en bonus för miljön som imponerade på alla. Synd att inte arkitekten hade möjligheten att vara med just den dagen, hon hade säkert kunnat få inspiration.

Jag sätter mig vid datorn och försöker nå henne. Marie skrev att hon hade börjat skissa på nya förskolan med arbetsnamn Kantarellen och jag tänkte bolla lite med henne. Jag vet att även arkitekter har *bebisar* de älskar. Får jag inte vara med i tidigt skede blir det svårt för dem att släppa sina nyfödda visioner. Blir det ritat traditionellt med för mycket glas och för många ytor mot uteluft, klarar vi inte energikraven och det kan lätt bli en konflikt.

Jag har skickat olika bilder till henne på förskolor vi har byggt tidigare och bifogat några grundläggande utformningsförslag men inte fått något svar.

Nu kom det ett mail:

»Jag är i skisskedet. Det finns inget att visa ännu. Du får ha lite tålamod.« Tålamod har aldrig varit ett ord för att beskriva mig. Jag är driven och envis, ja, och jag kämpar för rättvisan, ja, men tålamod har jag inte.

~

STEFAN

Det var intensiva veckor både på jobbet och hemma. Jag sätter mig ner på kontorsstolen och känner efter. Den är obekväm och hård även med kudden på som jag *lånade* från fikarummets soffgrupp. Kärringen i personalavdelningen tittade föraktfullt på mig när jag vänligt men bestämt påminde om den nya kontorsstolen jag beställde för två år sen.

»Jag ska se vad jag kan göra men jag lovar inget«, fick jag lika bestämt till svar.

I går kväll ringde yngsta sonen till sin mamma. Det händer inte ofta, bara när han behöver något och då ringer han sin mamma, inte oss, bara sin mamma.

Jag har två söner som inte kunde vara mera olika till både sin natur och sin ambition. Den ena gick åt väster, den andra åt öster. Den ena har en karriär i landets största bank, en flickvän och en nyrenoverad lägenhet. Den andra vill vara konstnär utan fast inkomst och bor i ett kollektivhus med andra som kallar sig likadana. Den ena är som jag, den andra vet jag inte varifrån han kommer.

Han behövde pengar, igen, och frun gav honom pengar. Hon är en mamma. Jag förstår det så klart men är man över trettio år gammal måste man ha kommit vidare i livet och stå på egna ben. Jag kan inte bara öppna plånboken för att han inte kan fixa jobb. Hans mamma däremot kan det mycket väl. Det blev så klart bråk hemma. Frun valde att övernatta i yngste sonens sovrum, som är kvar i oförändrat skick i huset, ifall han behöver komma tillbaka. Jag blev ensam kvar i sängen.

Jag skaffade mitt första jobb när jag var sexton år. Jag kan väl förvänta mig att min dubbelt så gamla son ska kunna *stå på egna ben*.

Han har alltid varit annorlunda redan från början.

När han var tretton menade han plötsligt att han var en *gothare*. Han slängde alla kläder som inte var svarta i soptunnan, målade ansiktet vitt och ögonen svarta och hävdade med all säkerhet att han skulle dö innan han ens fyller trettio. Ja, det är ju bevisat nu att den teorin inte gick ihop.

Två år senare bytte han hårfärg till grönt, rakade bort håret runt öronen och använde minst en liter hårspray per vecka för att få upp mitthåret. Då var han nämligen *punkare*, sa han. Ögonsminkandet var kvar, den svarta klädstilen också fast materialet övergick från textil till skinn. Han har jämt letat efter sig själv men varken han eller jag har kunnat hitta honom. Den enda som aldrig har letat, bara älskat, bara accepterat, är hans mamma.

Kommunfullmäktige har nu officiellt gett grönt ljus för att bygga förskolan enligt det internationella konceptet. Jag har haft möten med energistrategen och vi gick genom krav och miljökriterier vi skulle lägga till. Hon har i sin iver gjort en miljöplan åt kommunen som skulle kunna användas för kommande projekt.

Ingen dum tanke, nu när vi har satt upp så många mål. Det kanske blir flera projekt i kommunen med miljöprofil framöver. Det tjatas överallt om att byggsektorn förorsakar över trettio procent av landets växthusgasutsläpp, varför inte minska några ton, när vi snart vet hur man gör. Politikerna hoppas på att kommunen ska anses som pionjär i och med det nya projektet och de lovade stöttning i alla led. Det vore första gången, tänker jag men så länge det finns liv finns det hopp. Första testet skulle inte dröja länge.

Energistrategen kommer inspringande i mitt rum.

»Har du läst dagens nyheter?« Nej, det har jag inte hunnit. »Har det rymt en katt«, skojar jag. Men hon skrattar inte utan visar mig lokaltidningen och artikeln om förskolan. Där står det att kommunen har bestämt sig för att ställa höga energikrav. *Det tog inte lång tid innan information läckte ut*, hinner jag tänka.

En överentusiastisk journalist hade hunnit att läsa in sig i det planerade internationella energikonceptet. Han meddelar nu alla invånare: *Det är farligt att bygga med dessa krav, som dessutom kommer från utlandet. Andra projekt hade misslyckats, hade han hört. Folk fryser nu vintertid och sommartid bor de i en bastu. Kostnaderna var enorma och det är visst våra skattepengar kommunen leker med. Det ska man inte glömma. Energiförbrukningen var dessutom inte alls så låg som man utlovade. Vad håller vi på med, här i kommunen egentligen*, skriver han på ett ungefär.

Reportern anger inte källan men visar med bilder vilket misslyckat bygge han hänvisar till. Jag känner mycket väl till projektet men visste inte att man byggde huset efter samma filosofi. Journalisten ansåg det som sin plikt att framföra sin skepsis till allmänheten, innan det var för sent. *Vi vill inte att våra barn blir utsatta för en byggnad som möglar och är hälsofarlig för alla som kommer i närheten*, avslutar han sitt anförande. Jag lägger ner lokaltidningen och tittar frustrerad på energistrategen.

»Allvarligt?«

Genast ringer telefonen och kommunalpolitikern som aldrig lämnar huset utan sin svarta kavaj skriker i mitt öra.

»Har du läst tidningen? Är det sant? Hur kunde du missa att berätta detta för oss? LÖS DET!«

Jag försöker lägga ner huvudet på skrivbordet men det finns ingen tom plats. Jag kom endast ner till femte lagret pärmar och stönar högt.

»Jag tar tag i detta«, säger jag, men politikern i kavajen har redan lagt på.

Mycket ska man höra innan öronen faller av.

Energistrategen står häpen bredvid mig. Hon ska bara våga säga att hon ju visste att man inte ska komma med de där utländska kriterierna och att hon ju hade sagt det från början. Men hon säger inget, tittar bara något medlidsamt på mig. »Ska jag hämta en kopp kaffe«, undrar hon. Jag tackar *ja* och slår Monas nummer. Hon svarar genast, hade hon väntat på att jag skulle ringa, på andra sidan telefonledningen?

»Jag känner till projektet och det är inte alls byggt efter samma filosofi«, informerar Mona. »Problemet är att namnet på energikonceptet inte är *skyddat* och att det används fritt i många projekt, även sådana som inte håller måttet. Det finns inget patent som skyddar från missbruk«, får jag lära mig. De två herrarna, en svensk och en tysk förresten, som tänkte ut konceptet på åttiotalet ville då att alla skulle få använda kunskapen helt kostnadsfritt så att det sprider sig på jorden. »Det var en fin tanke men lite för kommunistiskt kanske«, kommenterar jag hennes framförande, »med tanke på människors profitgirighet och maktbegär.«

Mona hävdar att hon följer forskarnas intention och garanterar en kvalitetssäkring som leder till ett sunt och energieffektivt hus för barnen i kommunen.

Energistrategen kommer in med kaffet, jag trycker på högtalareknappen och vi lyssnar tillsammans på Monas svar. Det låter logiskt, det hon säger, men lite rädd blir man. Det kräver kompetenta, villiga projektörer och byggare och de växer inte direkt på träd. Hon förslår ett pressmeddelande med mera information om förskolan när de första skisserna är klara. Kanske kan arkitekten också skriva något fint om gestaltningen och verksamheten och om pedagogiken som är ett förhållningssätt.

Det låter som en bra idé. Jag avslutar samtalet och dricker ur mitt kaffe. Energistrategen går tillbaka till sitt fina kontor med den hälsosamma kontorsstolen. Jag sitter kvar i min gamla slitna stol och försöker intala mig själv mod.

Allt kommer bli bra, vi måste bara ha tålamod. Folk är alltid skeptiska till nya saker.

Tala inte med en dåre om en sten, om du inte vill ha den i huvudet.

Resten av förmiddagen ägnar jag åt att gå genom LOU igen, *Lagen om offentlig upphandling*. Det känns som om det var hundratals år sedan jag gick en internutbildning om upphandlingsformer, krav, tröskelvärden och upphandlingsförfaranden för nybyggnationer. Lagtexter går inte att läsa och förstås av andra än jurister, helt obegripligt hur de formulerar sig.

"Offentlig upphandling, 2 § Denna lag gäller för upphandling som genomförs av en upphandlande myndighet, offentlig upphandling. Med upphandling avses de åtgärder som vidtas i syfte att anskaffa varor, tjänster eller byggentreprenader genom tilldelning av kontrakt." Jag är redan trött efter första meningen.

Som tur är har vi ramavtal med de flesta projektörer och jag kan upphandla de andra konsulterna med specialkompetens utan LOU-förfarandet för att de ligger under tröskelvärdet på åttiotusen euro. Konstigt nog anges värdet i euro, så internationella är vi här i alla fall.

Så kvarstår att upphandla entreprenör och här har vi traditionellt alltid kontrakterat en totalentreprenör, TE. Denne tar totalansvaret för både projektering och byggnation och med lite tur för fem år till, eftersom garantin ska gälla minst så länge. Beställaren får ett fastpris och om vi är hyfsat tydliga i förfrågningsunderlagen, får vi kanske ett hus av den önskade kvalitén utan hundratals *ÄTAs*.

ÄTA är förkortning på Ändring, Tillägg och Avgående. Faktum är att ÄTA-arbeten är vardagsmat inom byggbranschen och en viktig del av den löpande verksamheten.

»ÄTA-arbeten behöver finnas för att skapa förutsättningar att kunna prissätta, värdera och slutföra projekt«, sägs det av entreprenören varje gång ett nytt tillägg hittas på. Ju bättre förfrågningsunderlagen utformas, desto mindre risk finns för ÄTAs.

Samtidigt är det en balansgång. Ritar och beskriver man för mycket och för noggrant, försöker entreprenören hitta fel på handlingarna eller letar efter det som saknas i beskrivningen, trots att det är solklart att det behöver vara med. Bara för att fakturera ett nytt tillägg. Juristavdelningen verkar vara i gång tidigt, direkt när förfrågningsunderlagen ligger på plats som grund för ett anbud.

Det har kanske att göra med att *Lagen om offentlig upphandling* säger att en upphandlande myndighet ska tilldela den leverantör ett kontrakt vars *anbud* är det ekonomiskt mest fördelaktiga för myndigheten. Det är med andra ord alltid den som har lägsta priset till att börja med som tilldelas uppdraget och inte den med lägst slutpris eller bäst förutsättningar.

Enligt lagen är det viktigt att byggföretaget har behörighet att utföra sin verksamhet, det är även viktigt att kapaciteten finns men viktigast av allt är att företaget har betalat in sin skatt korrekt. Vi kan efterfråga att entreprenören ska ha kompetens eller erfarenhet men det ligger i regel inte till grund för att fatta beslut. Att vara kvalificerad verkar inte räknas, bara lägst pris.

Lägst pris, tills alla ÄTAs har kommit in och innan slutpriset säkert har hamnat högre än anbudet från bättre kvalificerade konkurrenter.

Naturligtvis finns det förhandlingsspelrum här och där. Men det man kan vara säker på är att entreprenören inte ger bort ett enda öre i onödan, varje peng hämtas hem igen med ränta och ränta på ränta.

Mona rekommenderade att välja en samordningsform, där entreprenören lämnar ett fastpris för de fasta kostnader man redan vet om, exploatering och byggplatsarbeten, löner osv och en budget för de löpande kostnader som regelbundet uppdateras. På så sätt delar man ansvaret med varandra men även vinst eller förlust.

Blir det dyrare får inte vinstpåslagen bli större än procentsatsen man kom överens om. Det innebär kanske mindre vinst för byggföretaget, men lägre risker, och samtidigt leder det i regel till högre kvalitet och ett öppet samarbete. Det var erfarenheter hon hade gjort.

I en konventionell bransch med konventionella företag är det svårt att få genom en sådan samarbetsform, men jag gör ett försök imorgon på mötet med fastighetsavdelningen.

Nu är det lunch, vad tiden går när man har roligt. Jag glömde vad som fanns på menyn.

Just det, *ärtsoppa med fläsk*, det kan man inte motstå.

~

JOHAN

Den utvändiga fasaden är klar på vårt LSS-boende. Nu håller vi på med fönstermontaget, farsan och jag. Det är tre fönster kvar sedan blir det arbete med drevning som tar tid. Men det gör jag själv, bara huset blir tätt nu. Vi lägger ut de två nivåregleringsklossarna nere i fönsteröppningen.

»Står det rakt«, vill farsan veta innan vi fäster in dem.

Jag tar fram vattenpasset och kollar fönstrets läge.

»Japp, den här gången blev det rätt direkt«, ropar jag glatt till honom. Det var inte alltid så, vi behövde ibland höja delar av bröstningen på några öppningar.

Vi kontrollerar att öppningsmåtten stämmer, det är inte så roligt att stå med ett tvåhundra kilogram tungt fönster framför hålet och konstatera att det inte passar in, även om det är fönsterlyften som bär tyngden i första hand. Men marken är ojämn, varje fönster ömtåligt och det blåser rätt bra nu.

Jag skruvar in hylsorna i karmens utsida och pressar fast tryckfördelningsbrickorna på dem innan vi lyfter in karmen och placerar den på nivåregleringsklossarna.

Karmen ska varken luta inåt eller utåt. Det kontrollerar vi med vattenpasset igen, innan farsan skruvar ut hylsorna mot väggsidorna. Nu är det bara att dra åt skruvarna och karmen sitter fast, sedan kan vi lyfta upp och hänga på det tunga fönstret i karmen. Ja, det är tungt men vi har båda brottarmuskler.

Jag gillar mitt jobb och jag gillar att jobba ihop med farsan, han har svar på alla frågor. Vi tävlar alltid om något, vem som är starkast, vem som är snabbast eller vem som känner igen låtar i radion. Just nu tävlar vi om skäggväxt. Vi har startat för tre veckor sedan och ska mäta om två månader vem som har fått tjockast hår runt munnen. Han ser redan ut som en vikning.

Han pekar på mitt ansikte och skrattar:

»Det finns ju bara fluff i ditt ansikte, ska det bli ett skägg någon gång?« Jag puttar bort honom. »Mycket roligt, hörru!« För mig tar det alltid längre tid att odla skägg och på vissa zoner i ansiktet vill det bara inte växa något.

Den som förlorar ska fixa ölen till nästa pizzakväll och det lär nog bli jag igen, som det ser ut.

Bara farsan gör sin legendariska pizzadeg, tänker jag och märker hur det vattnas i munnen.

Vi kommer hinna med sista fönstret idag. »Bra jobbat«, berömmer farsan mig, snart är huset helt tätt.

Plåtarbeten har lags ut på en annan entreprenör. Han gör det ihop med takavvattning och taksäkerhet.

Elektrikern har börjat dra tomrör inomhus. Hur han har rört sig är lätt att följa: våra isoleringsskivor i installationsväggarna ligger utrivna på golvet igen och överallt finns det klippta kabelrester. Färgglada kabelband ligger i alla rum han har passerat.

»Vi ska hålla arbetsplatsen ren«, uppmanar farsan oss snickare ideligen, men dessa nonchalanta elmontörer, som bara kommer förbi lite då och då och försvinner lika snabbt igen lämnar sina spår överallt. Då brukar rörmokaren vara mera *lagspelare*, om inte det är en gammal räv som bara muttrar för sig själv som just på det här bygget.

Under lunchen läser jag i lokaltidningen om en ny förskola som ska byggas, ganska nära där vi bor. Troligen har man tänkt sig en ny byggmetod. Typiskt kavajbärare, de har aldrig jobbat på ett bygge men anser att de vet hur de kan förbättra vårt arbete.

Jag läser något om energikoncept och miljömål, vad det nu kan innebära. Stackars snickare som ska bygga det huset.

~

MARIE

Klockan är närmare tio på kvällen när jag smyger in i lägenheten. Mannen sover eller så låtsas han att han gör det, när jag öppnar sovrumsdörren. Jag stänger igen, ser ljus i dotterns rum och kikar in försiktigt.

Hon sitter som jag anat fortfarande med mobilen i sängen.

»Men gumman, försöker jag försiktigt, »är inte det här lite för sent?«

»Men mamma, är inte DU lite för sen«, får jag gnälligt tillbaka. Det satt. Naturligtvis har hon rätt. Jag skulle varit hemma för flera timmar sedan. Hon frågar lika tjurigt vad jag vill och jag svarar omtänksamt:

»Mår du bra?« Hon nickar och pekar på dörren. Jag vill inte bråka, jag är trött.

»Okay«, säger jag, »men stäng av telefonen nu och lägg dig, det är skola imorgon.« Jag lämnar hennes rum och hör henne viska. »Jaja, du bryr dig väl ändå inte om mig.«

Sedan går jag till köket och öppnar kylskåpet, det finns lite ris och grönsaker kvar. De åt wok till middagen som jag missade, igen. Jag placerar maträtten i mikro-ugnen och sätter mig vid matbordet med ett glas rött. Jag har inte bara tjuriga kunder utan även en tjurig familj, hur ska man då kunna behålla humöret? Var tog tiden vägen, tänker jag.

För fjorton år sen blev vi äntligen en lycklig familj, den lyckligaste på jorden, alla sorger var glömda när vi till sist blev föräldrar. Efter sex år av barnlängtan, två missfall och alla tänkbara försök att få ett eget barn, bestämde vi oss för att adoptera. Ytterligare tre års väntan hos adoptionscentrumet låg framför oss innan vi äntligen fick hem vår dotter.

En liten ettårig söt flicka från Filippinerna. Hon var ett av sju barn som kom via den statliga myndigheten *Intercountry Adoption Board* (ICAB) till Sverige, till oss, detta år. Vi kunde knappt fatta vår lycka. Tätt inpå andra missfallet diagnostiserade läkarna en *sekundär infertilitet* för att jag inte lyckades bli gravid igen. De sa att det hade med stress att göra. Det blev inte bättre efter alla undersökningar och behandlingar, vi orkade inte med det längre.

Jag kunde inte jobba och var deprimerad och olycklig tills vi hittade en möjlighet att fylla tomrummet i vårt äktenskap. Allt blev så mycket bättre när familjen blev *komplett*. Först var jag hemma med henne i sex månader och sedan var hennes pappa hemma. Hon började förskolan efter två år och jag fick tillbaka drivkraften och jobbade på ett stort och välrenommerat arkitektkontor i några år.

Nu är jag egen företagare, det var min dröm, men på vems bekostnad? Är det värt att jobba dag och natt för lite erkännande av främmande människor när familjen faller isär? Kanske ska jag göra som kollegan och gå tillbaka till en anställning men det vore väldigt orättvis mot de andra som säkert inte kan behålla firman ensamma. Är det verkligen yrket som är problemet i vårt äktenskap?

Mikrougnens pling väcker mig ur mina tankar. Jag springer upp, vill inte väcka maken. Rödvinsglaset vinglar farligt över kanten. Jag lyckas fånga det i flykten. Det var nära.

~

KAPITEL 6 - GLASHUS

STEFAN

Jag öppnar konferensrumsdörren på plan fyra. Det är kallt. Det känns som att vi har hoppat över hösten i år igen. Det är minusgrader ute. Det helinglasade konferensrummet har inte hunnit bli uppvärmt. Jag kollar temperaturdisplayen, *sexton grader*. Det skulle inte bli godkänt som *operativ temperatur* av myndigheten. Jag ringer fastighetsskötaren.

»Jag kan inte göra så mycket«, svarar han helt allvarlig, »Bjud in tillräckligt med folk för att få upp värmen.«

För bara några år sedan hade det räckt att tända lamporna för att höja temperaturen. Med bytet till energieffektiva lågenergilampor försvann en stor del av värmetillskottet i rummet. Vi kommer bli cirka tio personer på mötet idag. En sittande person alstrar åttio watt, det kommer inte räcka till i det här rummet, räknar jag snabbt ut i huvudet. Med Monas koncept däremot skulle det sjuttio kvadratmeter stora konferensrummet haft tillräckligt med värme, flinar jag. Jag gillar siffror och jag kommer ihåg att hon sa det om det internationella energikonceptet.

Det är det första officiella projekteringsmötet om förskolan med arbetsnamnet Kantarellen. Projektörerna kommer om femton minuter. Två timmar har jag bokat för denna sammankomst. Jag hoppas det räcker. Marie har lovat att presentera det utkast hon gjort. Det kommer bli spännande att se.

Dörren öppnar sig och konstruktören kommer in, följd av VVS-aren och el-konsulten. De hälsar och informerar mig om att det är kallt i rummet. Sedan sätter de sig långt bort från fönstren.

VVS-konsulten ställer sig upp igen för att kolla radiatorerna.

»De är så varma de kan vara«, säger han och går till ventilationsdisplayen. Normalflödet är inställt, inte ens forcerat, konstaterar han och sätter sig frustrerad på sin plats igen.

Verksamhetschefen kommer småpratande med arkitekten. Chefen sätter sig vid fönstret, det kommer hon snart att ångra. Marie hälsar vänligt och placerar sin bärbara dator på talarstolen.

»Usch vad kallt det är«, konstaterar hon nu också och får bekräftelse av VVS-konsulten.

»Det är klart,«, säger han, »det är för mycket glas i det här lilla rummet. Glas släpper ut åtta gånger mer värme än väggar. Även med dagens teknik blir det svårt att rädda alla arkitektoniska misstag, hahaha«.

Arkitekten grinar. VVS-konsulten flinar.

Mona anländer ihop med markkonsulten och landskapsarkitekten. Därmed är gruppen samlad och mötet kan starta. Jag hälsar alla välkomna och vi börjar med en kort presentationsrunda. Alla säger, fortfarande lite blyga, sina namn, från vilket företag de kommer och vilken roll de har i projektet.

Sedan lämnar jag över till Marie.

MARIE

Gubbjäveln, tänker jag, en till som inte kan hantera kreativa människor. Lokalen är kall, javisst, men jättefin med en vacker utsikt över stan. Okay, med en *utsikt* över stan, men det är ett kommunhus och intrycket ska spegla kommunens lokala närvaro.

Jag ska inte låta mig provoceras och ler mot projektgruppen. Stefan ber mig nu att presentera mitt utkast. Jag har haft en genomgång med verksamheten förra veckan och de gillade mina tankar även om de var förvånade att jag höll fast vid enplanslösningen. Det kommer inte bli svårt att övertyga de andra i rummet. Jag har förberett en PowerPoint-presentation och startar med visningen av mina tidiga skisser. De demonstrerar förbindelsen mellan tomten och skogen, öppenheten mot söder för att få in ljus och lätthet i byggnaden. Jag förklarar att jag valde en enplanslösning, även om jag förstod av Mona att det kanske inte är den bästa lösningen energimässigt, men det löser vi med solcellerna på taket.

Funktionsprogrammet passar bättre ihop med verksamhetens pedagogik som inte är en pedagogik utan ett *förhållningssätt*.

Sedan byter jag till nästa bild som jag fick av vår AD, artdirektorn. Den visar andra förskolor och jag förklarar hur det kan se ut med naturnära golvhöga glaspartier som ger barnen känslan av att vara utomhus. Den känslan kan man bara få på markplanet.

På följande bild i min presentation syns glada barn som leker på gården för att understryka igen hur roligt man har med ett sådant vackert hus. Det är knäpptyst i publiken. Jag har fångat dem, ser jag. De blev sålda direkt och jag har inte ens visat den färdiga planlösningen till vårt projekt.

Stefan kikar på Mona som ser lite röd ut i ansiktet, konstaterar jag. Hon kanske skulle ta av sig sin tjocka vinterjacka nu. Jag tycker det har blivit varmare i rummet eller så är det min eufori som värmer mig.

Jag går vidare till nästa bild som visualiserar, med solceller, grönt sedumtak och trä, att jag har lyssnat på miljöönskemålen i kommunen. Jag rekommenderar att bygga förskolan helt i trä, kanske massivträ, det är väldigt miljövänligt har jag läst i branschtidningar. Och det ger en bra miljöreferens till mig, men det säger jag inte.

Så kommer jag efter trettio minuters uppvärmning till vårt förskoleprojekt. Jag höjer spänningen lite, tar några sekunders paus och tittar runt hos kollegorna. Sedan vänder jag bladet och planlösningen dyker upp.

Mona tar av sin jacka. Jag sa ju att det var varmt nu. Jag visar stolt min bebis, en *trettiohörning* säger Mona lite senare, något obegripligt för mig, till gruppen. Förskolan har nästan inga raka väggar.

»Det ska vara lekfullt och öppet«, berättar jag. I mitten av förskolan är den stora samlingssalen och köket. Höger och vänster om samlingssalen ligger de fem hemvisterna i länkar som jag kallar *Hjorthorn*. Där skulle barnen även få sina måltider. Personalrummet ligger på höger sida och undercentralen på vänster sida.

Jag hann inte att kolla upp det med VVS-konsulten men jag valde en jättestor undercentral på femtio kvadratmeter, det kommer han säkert vara nöjd med. Jag fortsätter berätta att jag även har tänkt på kanalerna och valt att ha hela förskolan med fyra meter högt i tak.

»Det finns utrymme även för kanaler med en meter i diameter«, skämtar jag och blinkar retsamt till VVS-gubben som inte rör en min. Bara i mitten, där samlingssalen befinner sig är det ryggåstak, en tjugofem graders öppen vinkel upp till nocken men det löser vi i senare skede.

Jag har studerat pedagogiken som är ett förhållningssätt noggrant och rummen är helt flexibla, användbara och flyttbara efter behoven.

Jag fick även lite respons av konstruktören förra veckan som kikade lite hastigt på bärande väggar och det fribärande taket. Han kände leverantörer som klarar spännvidder över fjorton meter, så det finns inga problem här heller.

Min sista bild av huset hann jag precis låta ADn verkställa.

Illustrationen av förskolan BY NIGHT.

~

MONA

»Det var oväntat«, är det enda jag får ur mig, när Marie avslutar med fågelperspektivet över en helupplyst förskola under natten. Jag skulle vilja säga: *Finn Fem Fel* till publiken men jag befinner mig i en slags förlamning. Jag vågar inte ta av kavajen, trots att värmen har stigit. Jag vet att det finns fula mörka fläckar under armhålorna på tröjan nu.

Jag tittar på Stefan och hoppas att han tar ordet. Jag hoppas att han säger något i stilen: *April, april din dumma sill* eller: *Skämt åsido, Marie, ta fram dina verkliga skisser.*

Men han säger bara: »Tack, Marie« och »Finns det några funderingar?« till publiken? WHAT?

VVS- gubben är den första som får mål i mun.

»Undercentralen längs ena sidan av byggnaden är inte så optimalt, det blir långa rör.«

Konstruktören vågar också ett försök och kommenterar: »Det behövs en balk över samlingssalen.«

El-konsulten frågar tyst: »Var ligger elcentralen? Jag ser inte heller placeringen av växelriktaren till solcellerna.«

»STOPP!« skriker jag, när jag inser att alla discipliner bara ser sina *små* egna problem i stället för att se *helheten*.

Vad håller de på med? Vi kan inte gå in i detaljnivån när vi inte ens har klart en byggnadsform. Varför accepteras ett utkast utan att ifrågasätta helheten i designen?

Är alla rädda för arkitekten eller förutsätter man att en arkitekt per automatik utför sitt jobb korrekt? Sitter här bara *fackidioter*? Många ilskna frågor vill forsa ut men jag biter mig hårt i läppen. Jag känner järnsmaken och slickar av blodet.

»Nu börjar vi från början. Marie«, säger jag vänligare än nödvändigt, »jag tycker att du har gjort en fin presentation, ett hästjobb, utan tvivel, mycket bra tänk med trä och solceller. MEN du missade tyvärr poängen. Innan vi går in i detaljer måste vi betrakta helheten.« Alla ögon tittar på mig.

Nu är jag i gång och det går inte att hålla mun längre. »Vårt mål är en miljövänlig och energieffektiv förskola, rätta mig om jag skulle ha missuppfattat något, Stefan.« Jag vänder blicken mot honom, »Och vi har även en budget att hålla oss till, eller hur?«

Jag håller fast blicken men får ingen reaktion tillbaka. Jag försöker att låta lugn och behärskad men hjärtat slår så hårt att jag tror att alla omkring kan höra det, varje gång jag öppnar munnen.

Jag går fram och målar en kub på tavlan och bredvid skissar jag upp hennes *Trettiohörning*, som jag kallade planlösningen, när jag räknade ihop antal hörn, hon hade designat. Jag förklarar ordet *kompakthet* igen:

»Det är ytor mot uteluft i förhållandet till användbar golvarea. När vi pratar kompakthet handlar det inte bara om energin utan även om byggkostnader, drift och underhåll. En isolerad betongplatta på mark är inte bara dyr utan släpper även ut mycket koldioxid.« Jag suckar.

»Plattan ska vi hålla så liten som möjligt. Vill man minska utsläppen måste vi börja med designen INNAN vi ens diskuterar material eller tekniska lösningar«, lägger jag till och tittar på Stefan igen. Nu nickar han instämmande.

Jag förklarar en gång till att vi med en förskola i två plan får en mindre platta på mark och därmed värnar både miljön och kommunens pengar. Det innebär inte heller en sämre funktion för verksamheten. Alla som var med på senaste studiebesöket kunde uppleva det själva.

Jag ber verksamhetschefen om bekräftelse, hon tittar skamsen bort, men nickar. Naturligtvis blev hon imponerad av utkastet som precis presenterats med *livfulla bilder*. Men jag skulle satsa min vinterjacka på att hon kommer bli lika imponerad även om Marie får ihop en energieffektiv och hållbar design med samma vackra presentationsbilder.

Sist tar jag upp fönsterfrågan.

»Ja, Marie, du har helt rätt att det är fördelaktigt med soltillskott genom de södra fönstren«, instämmer jag. »…men detta gäller främst bostäder. I ett utrymme på trettiofem kvadratmeter med tjugo små radiatorer i form av springande barn kommer vi dessvärre få motsatt effekt.«

Jag drar förklaringen igen med övertemperaturer och avslutar även här med kostnader.

»Vi skapar problem under byggnation och under drift om inte vi lägger grunden för en hållbar verksamhet redan i arkitekturen.«

Gör om, gör rätt, viskar jag så tyst så ingen kan höra det.

Jag säger inte vad jag tänker om det misslyckade samarbetet även om jag har det på läpparna. Jag hade bett henne så många gånger att dela sina skisser och idéer med mig men utan respons.

I stället erbjuder jag nu min hjälp igen och förslår en mer konkret utbildning som säkert kunde vara intressant även för de andra konsulterna i projektet.

Jag lämnar därefter ordet till den som måste ta det officiella beslutet. Vi får se hur diplomatisk och stark projektledaren Stefan från kommunen kan vara. Är han inte tydlig kommer förskolan inte kunna uppnå målsättningen.

~

STEFAN

Jag har lyssnat noggrant på både Marie och Mona. Om det här inte hade varit så allvarligt vore det nog intressant att se hur *vikingakampen* utvecklar sig vidare.

Jag ser att Marie har tagit av kavajen och vill precis öppna munnen för sitt försvarstal. Låter vi de två vara ensamma i rummet kan väl ingen garantera deras säkerhet längre. Jag måste, på något diplomatiskt sätt och utan att trampa den ena eller andra på tårna, avrunda spektaklet för dagen. Vi kommer ändå inte vidare.

Jag tackar båda för deras intressanta inspel och undrar om inte Mona kunde göra en energiberäkning på nuvarande design för att tydliggöra problematiken.

»Så vi andra i rummet också förstår varför vi måste tänka om«, säger jag strategiskt. En fördjupande utbildning skulle inte vara så fel heller. Vi har inte tid att testa oss fram flera omgångar till. Luften i konferensrummet har blivit instängd. Ett tungt moln hänger över mig.

Konstruktören flikar nu modigt in att han är orolig för marken och undrar om vi har gjort en geologisk undersökning. Han är funderar på om det är lösa jordlager så nära skogs- och vattenområdet.

»Pålar kan behövas för att överföra last från ovanliggande konstruktion förbi lösa jordlager ned till bärkraftigt berg om så är fallet«, förmodar han.

Landskapsarkitekten tyckte att Maries utkast speglar området väldigt fint, om hon får säga så. »En ändring av formen kunde innefatta mera behov av kringliggande bebyggelse och planteringar. Det går säkert att lösa men kräver mera insats från min sida«, låter hon oss veta.

VVS-konsulten som troligen letade efter utrymningsvägar när Mona började tillrättavisa arkitekten men sedan bara startade forceringen av ventilationssystemet sitter nu på stolen igen. Han önskar sig tappert *en centralare placering av undercentralen med direkt anslutning till köket* om vi nu har fått möjligheten att önska oss något.

Marie som precis *har förlorat sitt tredje barn,* vilket ingen i rummet vet någonting om, kompromissar genom att ta emot synpunkterna och gör ett nytt försök.

Jag tar ett djupt andetag. Det var en dramatisk förmiddag. Vi bokar in en ny dag för utbildningen om två veckor. Mona och Marie lovar att hitta en tid innan för att bolla tankar och fakta med varandra. Nu behöver jag en kopp kaffe och sedan ska jag hitta en geolog för kontroll av marken. Vi har inte kommit ett enda steg framåt. Jag känner hur trycket i vänstra sidan av bröstet växer. Kommer det verkligen kunna bli en ny förskola i kommunen?

~

KAPITEL 7 –

FÖRVÄNTNINGAR

MONA

Idag är det *Nikolausdagen*. I Sverige firas den inte, så den tog jag med från Tyskland, även om det inte är helt rätt det heller.

Nikolaus har sitt namn efter den heliga biskopen av Myra. Han föddes på 300-talet i sydvästra Antalya i Turkiet och då fick han namnet *Nikolaus*. Detta kommer från grekiskan och betyder *folkets seger*. *Nikolaus* var känd för sina goda gärningar och delade ut sina rikedomar till de fattiga. I många länder är *Nikolausdagen* en helgdag, i Finland firas då självständigheten från det ryska riket.

I Tyskland är man inte lika gudstrogen. Här får man sina gåvor när man putsar sina skor. *Nikolaus* kommer under natten mellan den femte och sjätte december och lägger goda saker i barnens putsade stövlar.

Varje år, kvällen innan *Nikolaus*, kämpar hela familjen i hallen med skokräm och putslappar. Allihopa ska bli putsade: vinterstövlar, sandaler, plastskor, för ju fler skor, desto fler presenter förväntas dagen efter av presentdistributören.

Han reser otroligt nog hela vägen från Tyskland enbart till ett runt hus mitt i skogen ska ni veta, med små söta hälsningar i form av chokladtomtar, clementiner, nötter, små böcker och julpyssel i säcken.

Jag gillar att se den minsta sonen på Nikolausmorgonen. Han vet precis varifrån gåvorna kommer men han spelar med i det där rollspelet om låtsasgubben från Tyskland. Hela familjen samlar sig framför skorna och beundrar de små presenterna, utom jag. Jag beundrar de putsade skorna. En smart uppfinning. I alla fall en gång per år är hela familjens skoförråd rent.

Veckorna innan jullov och sommarlov är de mest hektiska i byggbranschen. Allt ska på något sätt bli klart eller avslutat eller påbörjat innan kommande *brytning*. Antingen ska pengarna spenderas innan årsskiftet, oftast i kommunen, så att nästa års budget inte minskas eller så måste ett bygglov lämnas in innan nya lagar träder i kraft eller, eller, eller...

I mitt fall är det två pågående händelser som är akuta.

För det första är min energikurs avslutad och deltagarna har skrivit tentamen som måste granskas. Två gånger om året håller jag, ihop med kollegorna, en tiodagars utbildning om energieffektivt byggande.

Jag älskar kursen. Det är underbart att se kompetensutvecklingen hos deltagarna, hur de blir tända och brinner efteråt. Hur glada de blir efter att de klarat tentamen med ett internationellt certifikat. Jag önskar att jag kunde få flera i branschen att få denna aha-upplevelse.

Mest av allt behöver arkitekterna lära sig utöver de normala gestaltningsreglerna även konsekvenserna för hela byggnadens livslängd. Inte allt handlar om utseendet. Själen ligger bakom fasaden. Tyvärr tror de flesta arkitekter att det är gröna fasader och solceller som gör en vanlig byggnad till en hållbar byggnad. Det behövs mycket pedagogik för att göra hållbarheten förståelig.

Det andra som ger mig sömnlösa nätter just nu är Kantarellen. Hur får man en inbillad *fiende* till en lagkamrat? Det är inte alltid ett enkelt jobb för en ensamvarg som jag att mutera till spindeln i nätet. Marie och jag hade en genomgång av hållbarhetskraven i designen under förra veckan igen. Hon har öppnat sig lite men är fortfarande på hugget för att klargöra vilken position hon har som arkitekt.

Jag fick ett mer än tydligt mail i förrgår efter mina senaste synpunkter på hennes skissförslag. Hon ansåg att jag inte skulle blanda mig i hennes gestaltning, jag är bara energisamordnare och min roll därmed begränsad. Naturligtvis gick mailet med kopia till projektledaren Stefan. När det gäller design och arkitektur är det hon som bestämmer, skrev Marie.

Hon tyckte att hon nu verkligen hade tagit stor hänsyn till mina synpunkter och ändrat tillräckligt mycket för att kunna uppnå energikraven. Jag skulle inte glömma att det är en förskola och en arbetsplats hon designar vilket kräver omsorg i utformning och dagsljus som inte jag skall lägga i mig.

Jag har inte svarat. Inte Stefan heller. Han vet när man bäst håller munnen stängd.

Under veckan hann min kollega även göra en energiberäkning av första utkastet och det blev ett ganska pedagogiskt tydligt utgångsläge efteråt.

Vi har lagt in geometrin i programmet, många väggar, mycket tak och alla önskade glasytor. Hur vi än försökte, hur mycket vi än isolerade och hur bra konstruktionen och tekniken än blev, resultatet blev detsamma.

Vi låg mer än dubbelt så högt i värmebehov. Vi behövde också kyla förskolan aktivt vilket påverkade den totala energianvändningen. Vi kunde inte ens klara dagens minimienergikrav enligt lagen. Ibland är det viktigt att se det svart på vitt.

Men jag har blivit trött på att permanent befinna mig i försvarsposition. Jag hoppas det var sista gången i detta projekt och att vi nu kan börja om och gör det rätt.

I går hade vi en kort utbildning på två timmar med alla projektörerna, jag tror det gav dem lite mer förståelse

för konceptet och främst helhetssynen. Jag nämnde inte
mailet, inte hon heller. Jag dissade inte hennes ritningar,
hon dissade inte konceptet.

Vi var professionella och höll masken under hela
dessa två timmar. Jag pratade om enkelheten och hon om
komplexiteten. Jag nämnde helheten, hon nämnde
viktiga arkitektoniska adiafora.

Jag tror vi är på rätt väg.

Jag tar chokladkakan och clementinen som råkade
hamna i mina skor och sätter mig vid frukostbordet med
en nybryggd, fortfarande varm kopp kaffe och ett
knäckebröd med avokado och tomater ovanpå. Jag
känner att jag måste börja hålla lite koll på vikten. Julen
står framför dörren och svärmors julbord brukar ligga
tungt i magen minst tre dagar efteråt.

~

MARIE

Nu får det vara nog. Att bli ifrågasatt hemma har jag
börjat vänja mig vid, men att även min profession som
jag har byggt upp under hela min yrkeskarriär blir
ifrågasatt och kritiserad går för långt.

Jag var tvungen att tydliggöra det med ett mail
häromdagen. Hon har inte nämnt något mer om det un-
der utbildningen så jag hoppas hon fattade min tydliga
markering.

Nu satt jag ytterligare en vecka med ett nytt utkast
och igår kom det fram nya punkter att ta hänsyn till. Är
det verkligen min skyldighet att alla discipliner ska bli
nöjda? Hon snackade om helheten och övergripande

ansvar och hur min gestaltning påverkar konstruktioner, tekniken, driften och ekonomi. Är det inte andra som ska löser de uppgifterna? Ligger det inte tillräckligt med last på mina axlar?

Nu måste jag rita en förskola i två plan i alla fall. Att beställaren inte ville se mervärdena i mitt utkast? Hur kan energianvändningen styra arkitekturen? Det är en helt omvänd värld och fullständigt inkorrekt. Vi bygger hus för människor och inte för energisystem.

Jag tittar på datorn och ritningen framför mig. Jag kunde lägga hemvisterna över varandra, de mindre barnen nere, de större barnen uppe, då blir rumshöjden dock inte lika häftig för att detaljplanen inte tillåter en högre takhöjd och Mona vill ha enorma mängder av isolering på taket.

Hon säger att takisoleringen är den mest kostnadseffektiva åtgärden och jag skulle räkna med sexhundra millimeter. Det låter inte riktigt klokt. Men samlingsrummet vill jag ha öppet över två plan så barnen få en välkomnande, inspirerande och utmanande miljö.

Jag flyttar undercentralen till en placering bredvid köket men tycker att jag tappar värdefull yta för barnen och en del av fasaden blir utan fönster.

Fönster är nästa problem. Jag kollade med dagsljusexperten som nyss gick en kurs i ett annat miljöcertifieringssystem. Han sa till mig att dagsljus är viktigt för barnen och påverkar hälsotillståndet positivt.

Det sker genom fysiologiskt nödvändig stimulans för deras dygns- och årsrytmer, orientering i tid och rum samt naturlig uppfattning av rummets och föremålens skiftningar i färg och form.

Exakt vad jag också tycker. Jag behöver ha mer glas i förskolan, dessutom har vi en fantastisk utsikt mot skogen.

Barnen som leker i rum med stora fönster blir stimulerade inifrån och utifrån. Jag kan inte bortse från detta viktiga faktum vad hon nu än tror eller inte. Jag gör en paus, huvudet värker.

Jag ringer dottern. Dottern svarar inte. Jag känner att jag inte har någon mer hemma jag behöver ringa.

~

JOHAN

Jag har inte gått länge i skolan. Jag kommer knappt ihåg hur skolbyggnaden såg ut. Fönster fanns det en del, det minns jag. Det som hände utanför skolan var alltid mer intressant för mig än det som hände innanför husväggarna. Så fort ringklockan hördes var jag ute på gården, bästa platsen på hela skolan. Jag hittade alltid kompisar som ville spela fotboll.

Läsa, skriva, räkna blev mer och mer avancerat med åren som gick och blev helt verklighetsfrämmande för mig på gymnasiet.

Farsan instämde med mig då och lät mig göra det jag gillade allra mest, att hänga med kompisarna på gymmet. Jag slutade skolan och jobbade lite här och där, som vakt vid diskoteket och sålde gympaskor i en affär, tills farsan övertalade mig till en fastanställning som snickare. Min flickvän var då gravid med första barnet och vi behövde ett banklån för huset, så det var inte mycket att välja på.

Sedan mamma gick bort i cancer blev relationen med min farsa både tajtare och mera vänskaplig än familjär. Han är ingen känslomänniska som mamma var. Hon var den som kramades och pussades och organiserade hela familjen.

Ibland observerar jag min tjej i smyg och jag ser många likheter mellan henne och mamma. Farsan är mera pragmatisk, ärlig och alltid sysselsatt, han visade mig i stället hur man snickrar.

Och så döljer han sina rädslor med humor. Det är kanske hans sätt att undertrycka ensamheten. Jag tror det är därför han gillar att jag är på samma jobb som han nu. Vi umgås dagtid och många helger, mest med att snickra, tävla, äta pizza och prata skit.

Sedan jag träffade flickvännen och vi fick barn och flyttade ut har jag dåligt samvete. Vi bodde ihop i början, hos honom, men det blev både trångt och svårt. Det där med olika generationer under samma tak är nog en hypotes som bara funkar i teorin. Han bor bara trettio minuter ifrån oss, ensam.

»Jag vill inte ha en ny kvinna i mitt liv«, sa han, »din mamma var den enda och det är som det är.«

Vi bjuder ofta in honom till middag.

»Jag vill inte tränga på mig«, säger farsan varje gång. Jag lyckas övertala honom ändå ganska ofta och är säker på att han ljuger. Han njuter av att vara med barnbarnen och med flickvännen, som han kommer bra överens med. Jag har alla mina favoritmänniskor runtomkring mig då.

Jobbet är som i en bikupa just nu. Montaget av ventilationskanaler har påbörjats, elektrikern, som alltid tappar kabelrester, är tillbaka och fortsätter på sitt vanliga sätt. Någon har börjat flytspackla alla åtta badrummen och ute kämpar plåtslagaren i det råa vädret. Han har ungefär samma inställning till sophantering och städning som elektrikern. Vi snickare är inomhus nu och jag har börjat med bärverket till undertaket.

De två andra gipsar taken i badrummen, helt enligt arbetsmiljölagen. Den första mäter: »1034,6 millimeter.« Den andra går i väg och kapar 1035 millimeter, medan den första som gav måttet, nu tittar på sin mobil och hinner svara på ett sms. Han hoppas så klart att den andra inte är för snabb med kapningen.

Sedan tar han, efter några minuters vilotid, emot gipsskivan för att skruva fast den i glespanelen. Under tiden väntar den andra under stegen på sin tur och naturligtvis med mobilen i handen, man ska ju inte missa något meddelande. Några minuter senare börjar den första med en ny mätning igen: »897,3 millimeter.« och den andra kapar enligt tillropade måttet 897 millimeter.

Ibland, men bara ibland, blir skivan felaktigt avsågad och diskussionerna om vem som hade fel, den som sa måttet eller den som kapade, kan ta fram till nästa reglerade rast. Det har med kamratskap att göra och inte med arbetsmoral.

Jag gillar att jobba hårt jag med, men jag följer undantagslöst arbetsmiljöns riktlinjer om arbetstider och raster. Här skiljer sig farsans och min ståndpunkt som mest. Han jobbar alltid som en åsna, som om han ägde materialet, verktygen och huset han bygger. Sedan följer han ritningarna, de ska inte ifrågasättas mer än byggbarheten. Finns det enklare och snabbare sätt att komma fram till samma resultat så avstår han från ritningarna ibland, där det inte syns eller påverkar det föreskrivna slutresultat.

Jag har ett liv utanför jobbet som ger mig betydligt mer, min tjej och mina barn och när tiden räcker, mina kompisar, men det har blivit mindre och mindre tid för dem. Alla har familj och egna liv. Jag jobbar huvudsakligen för att tjäna pengar.

Det gör inte farsan, han lever för jobbet. Hans byggen är hans allt.

»Här finns kollegorna och tillräckligt med underhållning«, brukar han säga. Att han kan hålla ordning på allt och alla är förvånansvärt. På kvällarna och helgerna vill han vara ifred.

~

STEFAN

Ett steg i taget. Det går saktar men säkert åt rätt håll.

Jag fick en väldigt bra sammanställning av den tekniska konsulten förra veckan. Han jämförde värmepumpen med fjärrvärme ur ett livscykelperspektiv.

Parallellt har jag tagit kontakt med det lokala verket och kollat anslutningsavgifter och driftkostnader med Monas uppskattade värden för värmeanvändning och varmvattenförbrukning.

Resultatet blev oväntat. Livscykelkostnader LCC visar samma kostnader oavsett vad vi väljer. Det ser lite annorlunda ut med livscykelanalysen LCA.

Den svenska elmixen är så mycket *grönare* än vårt lokala fjärrvärmeverk. Det släpps ut dubbelt så många ton koldioxid under femtio år i drift.

Förhoppningsvis och troligen blir fjärrvärmen grönare för varje år och det trodde även politiken, vilken överraskning. Så beslutet är fattat. Förskolan kommer att få en fjärrvärmeanslutning.

Då hela området runt förskolan kommer bebyggas med nya fina villor har kommunen även beslutat att samtliga nybyggnationer i området ska *helt frivilligt så klart* anslutas till fjärrvärme. Med detta sagt kommer markentreprenören under våren och gräver nya fjärrvärmeledningar.

Min tekniska konsult föreslog att låta förskolan gå på fjärrvärmeleverantörens returvärme. En sådan energieffektiv byggnad behöver inte mer energi och fjärrvärmeverket vinner på nerkylningen vid passerandet av förskolan. Detta förslag blir inte aktuellt i nuläget, underströk verkställande direktören i sitt svar.

Man kan inte lära en gammal hund att sitta.

Nu är det strax jul och jag är lite osäker på om jag kan se fram emot kalaset eller inte. Båda sönerna ska komma hem till oss med sina respektive.

Sonen som gick till väster har en trevlig flickvän, det vet jag, även om hon är något speciell med maten. Inget kött och ingenting som kommer från ett djur. Då blir det väl en morot till julmiddagen. Jag är som sagt tolerant så länge jag inte blir påverkad. Jag hoppas bara vi andra får äta skinka och lax, köttbullar och prinskorv.

Den andra sonen som gick till öster och hela tiden behöver pengar för att leva sitt konstnärliga liv har troligen hittat en partner nu, sa frun efter deras senaste samtal. Är hon av samma slag som han, förväntar jag mig att träffa *Lady Gaga* på julafton.

~

KAPITEL 8 - NYHETER

STEFAN

Första arbetsdagen efter ledigheten. Åter igen en julfest utan snö. Det var mörkt och blött och runt åtta plusgrader, lite som en vanlig midsommarfest efter sista snapsen. En mysig atmosfär hade ändå inte passat till årets *familjeåterförening* eller vad vi nu ska kalla det för. Frun försökte allt för att hålla stämningen hög men lyckades mindre bra.

Sonen från väster har blivit en *snobb* och frun har utvecklat sig till en *diva*. Inget var tillräckligt bra: gästrummet för litet, sängarna för hårda, julklapparna för spartanska. De har i princip hållit monologer över sitt ståtliga liv, i sin lyxiga lägenhet, med sina högbetalda jobb. Det hade jag kanske klarat av i tre dagar, jag har lärt mig att stänga av.

Men när sonen från öster dök upp och introducerade sin nya relation fick jag gå ut i skogen med *låtsashunden*. Den nya relationen var ingen galen flicka som jag räknade med. Jag var långt ifrån rätt med min gissning när jag trodde på en popstjärna. Han presenterade stolt: SIN NYA PAJSARE.

Han hade troligen kommit på vad det var han letade efter och vem han är. Ja, det visade sig nu. Han är bög, en homo, en fikus. Jag vet inte hur man säger rätt. Han älskar inte bara sådana som är lika konstiga, jag menar konstnärliga, som han själv utan troligen är det även samma kön han är ute efter. Det blev året julklapp.

Jag har som sagt inget emot den där *nya typen* av sexuell läggning men lite framförhållning hade kanske gett möjligheten att svälja utvecklingen. Han och hans mamma hade tyckt att det var en himla bra ingivelse att ge denna oväntade gåva till alla på familjefesten.

»Då är vi alla så glada och älskar varandra«, sa hon.

Jag kan väl säga som så, det passade perfekt till årets julbord: Broccoligratäng, svamppaj, grönkålssallad och morotskaka utan ägg. Lika svårt att svälja men nyttigt för avföringen.

Med gaser i magen bestämde jag mig för att gå en runda till i skogen. Jag undrar verkligen vad han har för budskap nästa jul. Hittar han då kanske en extra X-kromosom nånstans och behöver opereras för att göra om sig?

Jag tar hissen upp till våning tre, byter uteskor mot tofflor och är nästan glad över att få vara på jobbet igen. Dårarna här är inget jämfört med cirkusen hemma.

Marie ska presentera sitt nya utkast. Jag såg planlösningen som förhandskopia. Hon måste ha jobbat under mellandagarna. Inget tvivel om att hon gör sitt bästa, det speglar sig även i fakturorna hon skickar. Förhoppningsvis kommer vi i mål denna gång.

Det nya utkastet i två plan har blivit mera kubistiskt och skulle nu även tillfredsställa Mona, i alla fall hade hon fått möjligheten att reagera i skisskedet denna gång.

Vi behöver starta med projekteringen för att hinna med tidsplanen. Nytt år nya möjligheter, så att säga.

Jag behöver ta det lugnare efter dessa ansträngande helgdagar.

Mer påfrestning är inget alternativ. Kanske ska jag blanda in energistrategen som kan avlasta mig något.

Efter att ha gått igenom mailinkorgen skriver jag ut protokollet från första projekteringsmötet, tar fram mitt anteckningsblock och lämnar förhoppningsfullt kontorsrummet.

På väg upp till den fortfarande undertempererade konferenssalen hämtar jag en varm kopp kaffe.

~

MARIE

Jag anländer med bilen till kommunen som jag nu hittar till utan navigation. Med mig har jag en superläcker ny förskoledesign som jag utvecklade under nästan hela julhelgen. Verksamheten blev nöjd med hemvisterna och utformningen i två plan och även jag tycker vi landade i en bra kompromiss mellan våningarna.

Stefan svarade kort i mailet: *Ser bra ut.*

Till och med Mona skrev: Det blev en mycket bättre formfaktor, vad det nu är för något igen.

Jag parkerar bilen framför kommunhuset och kliver ut i slaskvädret. Jag har lite tid kvar innan mötet börjar och väljer att gå en liten omväg genom parken framför centralen. Det regnar inte just nu men kan börja när som helst igen som det ser ut. Det luktar mera vår än vinter konstaterar jag och undrar om det bara är en slump eller om det har med klimatförändringarna att göra.

Under helgdagarna har jag nästan uteslutande jobbat, bortsett från själva juldagarna som vi tillbringade i fjällen hos svärföräldrarna. Det var en tyst och känslofri fest. Stämningen var så kall som snön längst uppe på toppen. Bara dottern tinade upp lite igen. Jag älskar henne så mycket, saknar min bebis, den glada flickan full av vänlighet och energi.

Jag vet att det är svårt att vara tonårig men har någon någonsin räknat ut hur svårt det är för en mamma till en tonåring? Vi åkte skidor dessa dagar, tills pisten stängde, tills vi knappt kunde gå längre, tills tårarna bara rann och kinderna blev röda av kylan. Vi var ihop, bara vi två, i flera timmar och det kändes underbart. Vi pratade inte mycket men vi skrattade och hejade på varandra.

Jag fick energin tillbaka. Det var en tyst fest men jag hade min dotter tillbaka under några kostbara timmar. Sedan åkte vi hem och hon gick till sitt rum och jag satt med maken i köket. Vi hade inget mer att säga till varandra. Ingen har nämnt ordet separation men båda har vi börjat tänka tanken.

Jag går till det gula tegelhuset, genom kommunhusentrén, registrerar mig i receptionen och träffar på de andra konsulterna som artigt väntar på att bli hämtade.

»God fortsättning«, säger jag och hoppas att jag idag nu äntligen får erkännandet från alla för allt arbete jag har lagt ner.

~

MONA

»God fortsättning«, svarar jag och undrar varför alla projektörerna tittar så noggrant på Marie och mig. Nästan så man tror att de håller andan.

Vad tänker de nu? Att vi ska anfalla varandra, eller? Jag skakar vänligt hand med Marie och hon ställer sig tyst bredvid. Jag tittar på henne, hon ser på något sätt gladare ut, mera avslappnad.

Själv mår jag hur bra som helst igen. Ledigheten med hela familjen var avkopplande. Naturligtvis gör jag det alltid lite mer stressigt för mig än som behövs. Samtliga mina kvinnliga lådor var öppna under de första helgdagarna. Men min man tog fram *locket* och jag lyckades acceptera att inte allt behöver vara helt perfekt för att vara fullkomligt. Alla hjälpte till. Vi bakade, lagade mat, dekorerade julgranen, packade in presenter och sedan upp igen.

Svärmors goda julbord fick några lätta tyska sallader som kontrast till den traditionella köttaktiga svenska julmaten. Vi spelade spel, eldade i eldkorgen, badade i badtunnan och gjorde långa promenader genom skogen. Barnen var mycket nöjda med sina presenter, *Lego* för den minsta *Låt oss göra roliga saker ihop-presentkort* för de stora.

Jag har haft ett långt samtal med min mamma, flera timmar pratade vi på annandag jul. Det var som vanligt många missförstånd mellan oss, små saker som på distans och utan kommunikation blev väldig stora.

Jag var så besviken över att hon inte kunde se vad jag såg i min nya familj. Jag fattade inte att hon trodde att jag skulle *komma hem* efter separationen som nu ligger så långt tillbaka.

Hon trodde att distansen mellan oss skulle bli mindre igen men i verkligheten växte den och blev större med varje dag vi inte pratade.

Vi grät och vi skrattade och vi lovade varandra att inte låta tiden gå så långt igen innan vi pratar ut. Det var en stor sten som ramlade ur min *familjelåda*.

Även mina *jobblådor* fick några stängningar. Nästan alla kursdeltagarna hade klarat sin tentamen och ett pågående skolprojekt kunde avslutas strax innan jul.

Jag träffade arkitekten från visningshuset under mellandagarna. Även om vi aldrig skulle kunna bli vänner igen så lyckades vi att bevara en professionell relation till slut. Besvikelsen kommer vara kvar men lådan måste stängas nu så jag kan öppna en ny utan att bli sjuk.

Även relationen till Marie känns som att den är på bättringsvägen, men sanningen kommer att visa sig idag.

Jag kan säga, jag mår verkligen bra igen.

Hissen öppnar sig och Stefan hämtar oss. Det blir trappan för några fler än mig denna gång. Kaffevagnen står prydligt vid ingången till konferensrummet och en efter en hämtar alla sig ivrigt en kopp. Stefan, VVS-konsulten, konstruktören, elkonsulten, landskapsarkitekten, brandkonsulten och verksamhetschefen.

Henne lägger jag speciellt märke till. Jag tycker hon ser sjuk ut och trött och jag hoppas att det inte är något allvarligt.

Alla vet att det blir en arkitekturpresentation nu, det kan ta tid och ingen vet riktigt vad resultatet leder oss till. Spänningen ligger i luften. Det känns som små vibrationer. Jag märker hur mina händer svettas och ja, jag är lite nervös.

Jag har ingen lust med en ny fight med henne och vi har inte heller tid med hur många nya försök som helst. Det här måste bli riktig bra och inte bara vara en kompromiss.

Jag såg lite tidiga skisser av henne den här gången och hon vågade ställa några frågor. Men slutresultatet har jag inte sett, det blir spännande. Marie kopplar in sin dator, letar fram sin PowerPoint-presentation och startar utan större förvarning med sin nya uppvisning bara efter en nickning till Stefan.

»Designen jag har tagit fram är den mest lämpliga och bästa tänkbara för barnens välmående med hänsyn taget till Emilia Reggios förhållningssätt«, förmedlar Marie även denna gång med samma tydlighet som sist. Även denna gång är allting lika övertygande, lika entusiastiskt, lika självklart och lika unikt. Det finns inget bättre än just detta utkast, till just denna kommun, till just dessa barn med just denna verksamhet. Man blir varje gång fascinerad över en arkitekts självsäkerhet.

Hon nämner inga miljökännetecken eller energisynpunkter. Hon pratar inte om materialval eller det låga fotavtrycket förskolan skulle få. Hon gör det en arkitekt ska göra, hon beskriver sin gestaltning. Och vad ska jag säga?

Det blev riktig bra! Hon har verkligen lyckats med formen och funktionen, placeringen av ingångar, hemvister, samlingsrummet, köket och även undercentralen inklusive fläktrummet finns med. Hundra kvadratmeter rätt placerade mitt i byggnadens hjärta.

Hon har fått en kompakt byggnad och det finns ingen som helst anledning att kritisera formen. Kommunen kommer spara energi och pengar och verksamheten får en lämplig och flexibel funktion.

En centralt placerad hiss leder till plan två för att transportera matvagnarna till övre hemvisterna.

»Verksamheten var lite skeptisk i början«, säger Marie, »men det blev faktiskt kortare vägar än i den tidigare enplanslösningen.«

Hemvisterna har fått ett fint samband och bra kontakt med utemiljön. Det känns som att angränsande utrymmen under taket skapar möjlighet att flytta ut verksamheten. Hon lyckades integrera några solavskärmande balkonger på ett spännande arkitektoniskt sätt och gav dem ytterligare en bra funktion som barnvagnsplats under bjälklaget.

Formen är perfekt och kommer fungera hållbart under både byggnation och drift. Jag ger henne ett ärligt uppskattande. »Formen har du fått ihop väldigt bra nu«, och avvaktar hennes reaktion. Blicken kan tolkas som både belåtenhet och skepsis så jag fortsätter något irriterad men pedagogiskt så gott jag förmår.

»Det kvarstår bara ett problem att lösa, Marie. Tyvärr är glasandelen i fasaden mycket för stor, de fönstren är faktiskt gigantiska. De är för stora och för många för att kunna garantera en god komfort utan betydande energianvändning.«

Jag ser hur hon sväljer och därefter biter på överläppen. Jag vet exakt vad som kommer härnäst och jag skulle få rätt.

»Dagsljus«, for hon ut, det magiska ordet alla arkitekter använder när de ska försvara sina överglasade byggnader. »Det är jätteviktigt för barnens utveckling.«

Dagsljus är alltid ett känsligt ämne hos arkitekter. De använder gärna begreppet som täckmantel för en fantasilös gestaltning. Det säger jag inte högt, för jag vet att Marie skulle gå i taket.

»Naturligtvis är det viktigt med dagsljus, Marie, både för stimulansen och de biologiska funktionerna i kroppen«, säger jag i stället, »men det måste anpassas till verksamheten och dess förutsättningar. Barnen som många gånger under dagen är ute på gården och leker har andra behov än exempelvis kontorspersonal«, lägger jag till.

I ett kontor kan faktiskt felaktigt utformad belysning bidra till att folk bli trötta i ögonen eller får huvudvärk och spänningar i nacken. Men det är annorlunda i en förskola, speciellt efter den valda pedagogikinriktningen. Här byter man rum, funktioner och stimulerar barn med både olika uppgifter, material och platser.

Jag kompletterar mina påståenden.

»Dessutom kan dagsljus och därmed solinstrålningen även bidra till bländning och obehagliga temperaturdifferenser.«

I en förskola skulle man kombinera en bra koppling till gården med indirekt ljus i innerväggarna mellan olika rum och på så sätt skaffa extra ljus utan att fönstren utåt måste vara gigantiska, förklarar jag när jag märker att hon skruvar på sig.

Jag lägger till att man måste differentiera och kolla rum för rum och inte enbart gå efter fasadgestaltning. Ett rum som är tänkt för barnen att sova i har andra förutsättningar än personalrummet eller samlingsrummet.

»Avskärmningen för både solvärme och bländande solinstrålning är också viktig. Det påverkar investeringskostnader men även underhåll och drift«, säger jag och nickar till Stefan.

Det är tyst i rummet, så jag fortsätter innan Marie hinner bromsa min entusiasm. Jag spelar ut *energikortet* som Marie anser är mitt enda mandat i projektet för att understryka betydelsen. »Energiförluster genom ett fönster är åtta gånger högre än genom väggen. Det ska man vara medveten om«, hävdar jag tydligt, »men det finns ett faktum till och det är motsatsen. När solen skiner och tränger sig in genom glasen så är mängden av värme som måste hanteras inomhus tio gånger högre än värmeförlusterna jag nämnde innan«.

För att visualisera mina ord lägger jag till: »Du har ritat fönster i hemvisten som är så stora som sju kvadratmeter. Ett barn avger ungefär sjuttio watt till omgivningen. Solvärmetillskottet genom ett sådant stort fönster motsvarar med andra ord fyrtio förskolebarn som *kryper in*.«

I trettiofem kvadratmeter stora hemvister där redan tjugo barn leker finns helt enkelt inte plats för fyrtio till. Det blir trångt och obehagligt och exakt så blir det även med komforten. Rent av sagt fruktansvärt.

Nu är det VVS-konsulten som skrattar högt. Han är nog den enda som förstod min *pedagogik*.

Marie har inte gått in i dessa bedömningar utan gestaltat huset utifrån. Hur ser förskolan mest häftig ut? I mån av fantasi blev det betydligt mer glas än vad byggnaden och verksamheten tål.

Jag tror att jag har förklarat det utan att låta nedlåtande men jag ser hur de mörka molnen över Maries huvud växer igen. Det ser även de andra projektörerna och väntar med spänning på nästa steg.

Hon medger väldigt oväntat till slut ändå:

»Vi kan göra en dagsljusberäkning och kolla behovet av glasen. Vi brukar börja med mycket glas i våra presentationer. Sedan kan vi alltid ta bort lite om det verkligen krävs.«

Jag kan förstå Maries tankar med gestaltningen och föreslår en kompromiss med speglar bakom en normal yttervägg så som vi har haft i andra förskoleprojekt innan. Hon är överraskad men förvånansvärt nog går hon med på tanken och lovar att presentera en ny fönstersättning med hänsyn till dessa synpunkter.

Något måste ha hänt med henne, hon är inte lika egensinnig och verkar på ett positivt sätt mer öppen.

Stefan har fått tillbaka sin röst. »Då säger vi så. Du får uppdraget att anpassa fönstren så att vi kan följa dagsljuslagen. En dagsljusberäkning kunde inte skada efter dessa diskussioner, så vi kan ta hänsyn till både gestaltning och funktionen. Kan vi enas om att planlösningarna annars är godkända?«

»Ja, det kan vi i stort sett…«, säger verksamhetenschefen, »…vi behöver bara ett extrarum för utvecklingssamtal, ett torkrum och ett förråd till men det kan vi ta sedan Marie«, menar hon som varit knäpptyst under diskussionen. Är hon verkligen nöjd eller har hon tappat drivkraften?

Alla i rummet är lättade över att vi nu äntligen kan spika planlösningen. Det betyder att projekteringen kan börja på riktigt.

Konstruktören påminner en gång till om den geologiska undersökningen. »Det tar normalt inte så långt tid, när kan jag få den?« Han ser några problem med det nya taket i samlingsrummet men annars har han inga synpunkter till utkastet. Han lovar att börja med sina beräkningar och bolla tjocklekar av bärande väggar och stolpar med Marie.

De andra tekniska konsulterna känner sig nöjda med både placeringen av ett fläktrum och en undercentral i mitten, ett extra fläktrum över köksdelen och de buntade våtrumsenheterna som ligger samlade över varandra för korta rördragningar. Avlopp och fjärrvärmeledningar, inkommande vatten och el skulle inte vara några problem instämmer projektörerna efter Stefans genomgång enligt protokollets punktordning.

»Jag samordnar mig med konstruktören ifall det finns risker att en balk och en kanal skulle kollidera«, sammanfattar ventilationskonsulten kort.

Jag påpekar att jag nu även kan börja med den beställda Livscykelanalysen LCA. »Nu när formen är bestämd skulle jag kunna lägga in både betong-, stål- och massivträstommen i beräkningsprogrammet och kolla hur mycket koldioxid dessa olika varianter släpper ut«, föreslår jag. »På så sätt har kommunen ett beslutsunderlag för valet av stommen.«

Jag skulle dock behöva lite uppgifter av konstruktören för rätt dimensionering så vi inte jämför äpplen med päron. »När är du klar med dina beräkningar«, frågar jag därför konsulten. Som vanligt hamnar svaret mellan en och tre veckor och jag anar att jag behöver jaga indata de kommande dagarna igen.

Bygglovet ska lämnas in om bara sex veckor. Är det något som berör handlingarna vore det bra att lösa det tills dess.

Jag får uppdraget att göra en energiberäkning efter Maries fönsterjusteringar. Vi ska kolla med vilka konstruktiva och tekniska förutsättningar vi kunde klara de ställda energikraven med detta utkast.

»Marie, vi kan väl bolla dina fönstertankar under veckan«, säger jag och sträcker ut handen. Hon ler, tar min hand och lovar att höra av sig. Snart är vi lagkamrater, tänker jag med positivt humör.

Gruppen löser upp sig. Stefan passar på och tar en sista bulle. Alla ser nöjda ut och alla vet vad de ska göra till nästa projekteringsmöte om två veckor. Härligt när lådorna kan stängas för ögonblicket. Då är det bara tåget som ska ta mig hemåt igen.

Är det i tid denna gång?

~

STEFAN

Det gick ju förhållandevis bra. Projektörerna har lämnat mötesplatsen, jag plockar undan kaffevagnen och tar hissen en våning ner. På mitt kontor står dörren öppen, det är inte så jag hade lämnat rummet vill jag minnas. Jag går in genom dörren och häpnar.

En fabriksny *ergonomisk stol* står framför skrivbordet, fortfarande inplastad med en påklistrad post-it-lapp *Varsågod.*

Det här året börjar bra. Jag flyttar den gamla stolen ut till korridoren, packar upp den nya och placerar mig beredvilligt på min moderna kontorsmöbel. Jag kör upp och ner, höjdinställbar. Fram och tillbaka med hjulen och lutar mig lyckligt tillbaka. Det finns inget som kan få mig att tappa lugnet i dag.

På eftermiddagen har jag två möten till. Tidsplanen ska diskuteras, vi ligger en månad efter och kalkylavdelningen måste börja kontrollräkna om budgeten håller. Jag har ett utkast i handen som visserligen ska justeras lite mer men jag har något i handen och bara det gör mig glad.

Nästa vecka har jag även ett möte med Trafikverket. De ska bedöma bullernivån på gården. Det kan jag inte riktigt fatta. I mitt minne är lekande barn betydligt mera högljudda än ett passerande snälltåg. Med lite otur behöver vi bygga en bullerskyddande vägg också. Ytterligare något som påverkar ekonomin men jag hoppas att Trafikverket står för utgiften. Vi får se.

Trycket jag hade i bröstet innan och under julen verkar ha släppt igen men jag har känner mig fortfarande orolig på något sätt som jag inte kan förklara. När jag gick min promenad i skogen fick jag en konstig smärta i vänster arm och ner till magen. Det har jag aldrig känt så tydligt förut. Den där gröna näringen till mat är verkligen inget för mig. Jag är trots allt inte en ko, möjligen en tjur men det har definitivt ingen koppling till maten.

Jag kollar menyn igen. Hur kunde jag glömma det? Idag blir det *kåldolmar* till lunch. Härligt, jag är tillbaka på fötterna igen.

~

JOHAN

Ljud från tågen?

Jag har inga problem med ljud och ingen har frågat mig någon gång heller. Vårt hus ligger nära tågspåren. Fönstren är gamla och visst hör vi tåget, mest på kvällarna när barnen sover och när vinden blåser från ena hållet. Men man vänjer sig. Är det något jag skulle ha kollat upp innan vi köpte huset? Min flickvän skrattar ibland: »Vi har våra små *lokomotiv* hemma, de låter mer än alla godståg på jorden.«

Två polacker har kommit till byggplatsen för våra LSS-boenden. Får man ens säga så eller anses jag som rasist nu? Hur som haver så håller de på att förstöra arbetsmoralen totalt. De tar typ inga normala pauser, ingen frukostpaus, ingen lunchpaus, ingen fikapaus. De börjar klockan sex och slutar klockan tjugo enligt farsan som har koll på inloggning av ID06-korten för identifieringen på byggarbetsplatser.

Antingen jobbar de som packmulor i amerikanska *Sierra Nevada* eller så röker de som skorstenen i pappersfabriken hos farmor. Det enda svenska ordet de kan är *jävlaskit*. Nu håller de på i badrummen, den ena sätter täthetsskiktet på väggarna och den andra kaklar på. Deras serbiska arbetsledare med svenskt pass har visat dem ritningarna och sedan försvann han igen. Ingen av oss vågar kolla deras arbete.

Det är inte vår business heller, farsan har upphandlat dem som underentreprenör. De ska väl se till att det blir rätt.

Problem lär det bli med gränssnitten, där elektrikern som tappar sina kabelrester överallt eller rörmokaren som mumlar för sig själv behöver samordna sig med dem. Men det måste de lösa sinsemellan. Alltid intressant att se vem som kommer riva vad först, elektrikern sina kablar, rörmokaren sin fixtur eller plattsättarna sitt kakel. Farsan säger då: »Många kockar förstör pizzan men alla ansvarar för sin egen topping.«

Själv håller jag på med några bortglömda icke bärande innerväggar nu och monterar gipsskivorna tillsammans med en kollega. Några innerdörrar har kommit på plats men de är fortfarande inpackade i träramar och plast. Vi har ingen plats för byggavfall just nu.

Vår container är helt full och vi väntar på avhämtning. Man hinner knappt med att tömma den, så blir det nytt emballage, mer avfall, mer skräp.

Och vi ska sortera soporna hemma. Det är ett skämt.

Jämfört med byggavfallen här är soporna hemma så stora som *musskitar*. De skulle se hur mycket skräp som samlas på en byggarbetsplats DAGLIGEN. Det går knappt att sortera även om vi har krav på oss om det, men det är mängder:

Sågavfall, söndertrampat skivmaterial, isolering, drevningsrester, tomma fogskumstryckbehållare och sprayburkar, kabelbitar och rörrester, folierester, gamla spikar och skruvar, verktyg, handskar och annat förbruksmaterial som går sönder, plåtrester, felleveranser som är dyrare att skicka tillbaka än att slänga och förpackningsmaterial, förpackningsmaterial och ännu mer förpackningsmaterial.

~

KAPITEL 9 - TECKEN

MARIE

Pling. Mailet har gått i väg. *Tredje gången gillt* tänker jag efter utskicket. Nu har jag minskat fönsterandelen enligt dagsljusberäkningen, lagt bröstningar under de flesta fönster i höjd med barnens sittbänkar så de kan integrera fönsteröppningarna i verksamhetsmöbleringen.

Det blev faktiskt väldigt fint. Mona sa innan att vi inte behöver ha radiatorer under varje fönster och VVS-projektören gick med på att flytta dem till ett hörn eller till innerväggar i stället.

Med det nya internationella energikonceptet är värmebehovet så litet att även värmeelementen blir mycket mindre i storlek. Det blev äntligen en fördel med konceptet även arkitektonisk.

Jag tog med Monas tankar om gestaltning av de väggar som i tidigare design var fönster och har bytt ut träfasaden till spegelglas.

Utifrån ser det nästan ut som en fönsteröppning. Omliggande natur och lekande barn syns i den glänsande spegelytan. Jag har känslomässigt halverat glasandelen i byggnaden. Konstigt nog blir det inte mörkt ändå, glasen i innerväggarna öppnar upp rummen och sprider in ljuset i nästa lokal.

Dagsljusberäkningen gav Mona rätt men jag la ändå till några fönster för gestaltningens skull. Huset måste fungera från båda håll, både inifrån och utifrån.

Det var svårt att tro från början men förskolan blev riktigt vacker trots den plumpa formen och mindre andel glas.

Jag har valt olika fasadmaterial och färger som reflekteras på olika sätt. Vissa fasadskivor är matta och andra speglas i solen. Stående träpanel är dock dominerande och ger byggnaden en hållbar och naturlig känsla med direkt koppling till skogen. Balkongerna finns kvar men är nu kompletterade med pergolor.

Sidobyggnaderna, som är både förråd för barnens uteleksaker och gömställe med mysiga sittplatser, har fått ett fint grästak. Landskapsarkitekten har inte bara jobbat med lekgården utan även planterat buskar och träd och skapat en riktig fin odlingsplats där barnen kan se sina egna grönsaker växa.

Jag hoppas nu att Mona är lika nöjd som jag så jag kan fortsätta med att sätta ihop bygglovet. Med verksamheten har jag ett sista möte i morgon. Jag är säker på att jag fick med alla deras önskemål nu.

Konstruktören kommer höra av sig under eftermiddagen men här var bortsett från grunden allting under kontroll, sa han. Beräkningarna var klara innan. Mona behövde dem till sin livscykelanalys.

VVS-konsulten styrde om två toaletter till. Nu ligger alla våtutrymmen över varandra. Kanalerna blir kortare så och tryckfallet mindre, skrev han.

Om det inte kommer flera synpunkter ifrån Mona har vi landat i ramhandlingar som nu ska bli bygglovshandlingar. Ett steg i rätt riktning.

Förskolan kommer kanske inte bli det prestigeprojekt jag hade hoppats på och kanske inte heller *Årets bygge* men det har potential att bli bäst för både kommunen och kommunens yngsta invånare.

Stefan är onekligen *diplomatisk*. Jag gillar att han är lugn utåt och verkar driva fram projektet utan att tappa fattningen, i alla fall inte synligt för andra. Ibland känns han lite konfys och seg men på något sätt alltid kontrollerad. Personligen tycker jag att det kan vara bra ibland att släppa ut aggressionen när det blir som värst, det luftar både hjärnan och hjärtat.

Efter bygglovet ska förfrågningsunderlagen tas fram. Det kommer bli mycket beskrivningar och en del ritningar till. Jag har letat efter hjälp till kontoret men alla är fullt upptagna och vi har fortfarande inte hittat en efterträdare till kollegan som nu har lämnat oss. Jag hittade en praktikant och hoppas att hon kan ta delar av jobbet så jag hinner att umgås lite mer med dottern. Jag är verkligen rädd att tappa henne. Vi kanske skulle kunna ha en biokväll eller bara en myskväll med *Pretty Woman* när jag kommer hem lite tidigare ikväll. Bara hon och jag.

Jag ringer hennes mobil. Hon svarar inte.

Jag skickar ett textmeddelande. Hon svarar: *Okay*.

Ett steg i rätt riktning här med.

~

MONA

Det var en *svår förlossning* men titta vad hon kan, är min första tanke, när jag håller Maries nya fasadritningar i handen.

Mailet från arkitekten kom precis och hon har gjort ett superbra jobb. Det kan jag lätt påstå utan att behöva anstränga mig.

Jag vill svara henne direkt men bestämmer mig sedan för att låta bli. Det kan lätt uppfattas nedlåtande i sammanhanget. Att kritisera någon är en sak och även det har många svårt att svälja. Men ett *bra jobbat* från en nedre position uppåt kan anses som betydligt värre, fick jag lära mig. Även om jag överallt och alltid påstår att alla är lika viktiga och förtjänar lika mycket respekt är min erfarenhet att det finns en outtalad hierarki även i byggbranschen.

Arkitekten sitter i regel långt uppe och vi andra konsulter bildar det underställda fotfolket. Det kommer bli ännu tydligare under byggnation när hantverkarna kommer in i spelet. Då kan det lätt bli VI mot ER. Det är något jag jobbat emot sedan jag startade min karriär med mer eller mindre bra framgång.

Förskolan kommer bli energieffektiv med en hög miljöprofil, så mycket kan man utläsa efter Maries ändringar. Jag ska anpassa fönsterstorlekarna i vår energiberäkning. Jag har inga tvivel om att vi nu uppfyller alla energikrav och komfortbehoven för Kantarellen. Maries dagsljusberäkning har säkert övertygat henne med. Vi uppfyller kraven i alla rum även med en tredjedel färre fönster.

Hemskt gärna skulle jag som Marie vilja bygga förskolan i trä. Vi har gjort en preliminär livscykelanalys och resultatet talar sitt tydliga språk. Inget annat byggmaterial har så låg klimatbelastning som trä.

En yttervägg i trä har fem gånger mindre koldioxidutsläpp än en lika stor betongvägg om man räknar med lagringen av koldioxid och dagens betongkvalitet.

Använder man dessutom ekologiskt isoleringsmaterial sänks siffran ytterligare.

Intressant för mig var att se att stålstommen med utfackningsväggar av trä och miljövänlig isolering har nästa lika låg klimatpåverkan som en massivträstomme under förutsättning att man hittar en miljömedveten ståltillverkare.

De flesta klimatanalyser jag har sett förr fokuserar på ytterväggar när de jämför materialen. I en kompakt byggnad är andelen av ytterväggarna dock minskad och det blir ännu tydligare att plattan och bjälklagen är de verkliga miljöbovarna i en byggnad. Är dessa av betong är deras utsläpp nästan en faktor tio mer i jämförelse med påverkan av samtliga massivträväggar inklusive isolering. Här behövs verkligen göras en omställning i byggbranschen.

Vi kan inte bygga alla hus i trä, de resurserna finns helt enkelt inte och inte alla verksamheter är lämpliga för det heller. Men betongindustrin och stålproduktionen måste göra ett stort kliv i sitt utvecklingsarbete och vi, marknaden, måste sätta press på dem.

Utan efterfrågan, inga behov och ingen utveckling.

Jag är riktigt euforisk över LCA-resultatet och ringer Stefan. Han svarar något irriterad bara:

»Hej« Oj, tänker jag vad har hänt nu?

»Är allt ok? Hur mår du?«

Han viftar bort frågan med ett: »Bara bra.«

Nu har jag lärt mig under mina år i Sverige att det inte alls betyder *toppen* utan mera är en hövlighetsfloskel men jag borrar inte vidare utan berättar mina nyheter om stommens materialpåverkan med förhoppningen att han ska bli gladare stämd.

Hans eufori håller sig dock inom sina gränser. Jag märker att han inte är helt med på saken och jag lovar att jag ska skicka över rapporten samtidigt som jag lägger underlagen på internetplattformen vårt projekt är registrerat på. Det är en stor digital pärm där alla konsulter placerar sina digitala handlingar, skriver noteringar och hittar informationer, kontaktlistor eller dylikt.

Vi avslutar samtalet och jag avslutar jobbdagen för att gå hem och förbereda den stora festen. Idag fyller min dotter arton år och jag har lovat henne ett stort kalas som ska börja på kvällen och håller på under hela helgen med både familj och vänner. Raclette, tårta, brunch, badtunnan och lek. Min *familjelåda* öppnades direkt efter jul igen och det fanns mycket att förbereda. Tur att mobilen alltid ligger bredvid sängen så jag kan anteckna mina idéer.

Även positiv stress är dock stress har jag lärt mig under månaderna av utbrändhet och jag försöker hantera det på det lugnaste sättet jag förmår och det ligger ungefär i samma nivå som en startande raket.

Dotterns mormor, min mamma, är i Tyskland med sin man som har blivit min pappa under de senaste trettio åren. Tyvärr kan de inte vara med på kalaset. Mamma har ramlat *igen*. Det har hon gjort ett antal gånger nu så att jag börjar bli orolig. Hon ramlar överallt, från ett trappsteg, en cykel, över ett bagage. Och när hon ramlar så gör hon det på riktigt. Hjärntrauma, rivna ledband, bruten arm.

»Jag gör inga halva saker«, brukar hon skratta bort våra ångestfulla kommentarer. Nu ligger hon hemma igen och kyler knäet efter ett misslyckat försök att hänga upp gardiner och maken har fullt upp att göra med att serva henne.

Hennes make har inte haft det lätt med oss under alla dessa år minns jag. *En ko med kalv* fick han när han gifte sig med min mamma. Vi hade en mycket tät relation efter skilsmässan och den NYE *störde* vårt förhållande.

För mig var han bara den som trängde sig mellan min mamma och mig. Men jag kommer inte glömma dagen där bladet vändes.

Jag var femton år och hade min första kontakt med alkohol ute vid bordtennisplattan framför supermarket där vi var ett gäng ungdomar som umgicks.

Kaffelikör var det i början och kaffelikör var det på slutet. Det var inte gott varken med första droppen, i mitten eller när det kom upp igen, ihop med dagens lunch. Min mamma var fortfarande på jobbet när två av killarna *transporterade* mig hem mer eller mindre elegant.

Hennes *nya livskamrat* tog emot mig och det han gjorde sedan har ändrat vår relation för alltid. Han skällde inte ut mig, han ställde inga frågor, han bara bäddade ner mig i sängen med en hink framför sänglådan.

Till min mamma berättade han senare att jag var magsjuk. Självklart kom hon på lögnen direkt när hon tog första steget in i mitt rum och kände lukten av sprit.

Men han ljög FÖR MIN SKULL och det har förändrat hans anseende i mina ögon. Ogillande blev respekt.

Vi har aldrig mer pratat om detta men vi båda vet att det var vändpunkten i vår relation. Han blev min bonuspappa på riktigt och nu även morfar till mina barn.

Det är så synd att vi inte kunde hämta dem till stora festen.

Min lilla tös fyller arton år, hur kunde tiden gå så snabbt? Vad jag vet, och det är säkert inte mycket, är hon långt ifrån denna typ av alkoholeskapader. Hon pluggar flitigt på gymnasiet, röker inte, snusar inte, dricker på sin höjd ett glas *mojito* och har en fast pojkvän. Nästan att man vill tycka synd om henne.

Men nej, naturligtvis inte. Jag är så glad och så stolt över henne. Gå bara inte i mammas ohederliga fotspår.

Jag var inte alls så hänsynsfull mot min mamma när jag var arton år, inser jag nu i efterhand. Hur orkade hon ens? Jag gjorde alltid min grej, hade mina planer och efter muren föll gick det inte att hålla mig fångad längre. Jag ville ut, ut i friheten, den stora vida världen. Det var strax

innan avslutning av min första utbildning till byggnads-
ritare när jag bara ville flytta till självständigheten.

Jag var lika gammal som min dotter idag när jag gick
till sjukhuset där min nyopererade mamma låg. Jag
visste inte hur allvarligt hennes underlivsoperation var,
hon berättade inte och jag frågade inte. Betraktar man det
på avstånd idag, var det nog en extremt ful aktion från
mig.

»Det är något jag måste berätta«, sa jag till henne när
jag klev in genom sjukhusdörren. Lukten är något helt
speciell i en klinik, syrlig på något sätt, efter desinfekt-
ionsmedel, torkat blod och andra odefinierbara vätskor.

Mamman tittade upp, hon såg helt sliten ut. Den
operationen var ett rutiningrepp men ångesten var kvar
över att provet de tog och skickade in för undersökning
kunde vara cancer.

Jag visste ingenting om hennes rädslor. »För att jag
inte skulle bli orolig«, sa hon en gång mycket senare när
jag frågade varför hon inte kommunicerade sina problem
med mig. Jag var ung och stod framför min mamma med
stora svartsminkade ögon och överdrivna rosamålade
läppar i all min ungdomliga sorglöshet.

Jag har alltid varit drivande, envis, med fokus på mig
själv och jag har alltid valt min egen väg. När jag var sju
år gammal och mamma frågade mig vad jag ville bli när
jag blir stor svarade jag bestämt: *Bestämmare.*

Nu stod jag framför henne och berättade att jag skulle
flytta till norra Tyskland: »Jag har fått ett jobb som
armeringsritare och kan i princip börja när som helst.«
Stolt var jag över min drivkraft, så stolt att jag inte såg
vilka smärtor jag orsakade hos henne när jag bara
kastade ur mig vad jag hade bestämt mig för att göra.

Jag hade ringt runt till olika konstruktionskontor helt på eget initiativ och utan att berätta för mamma. Jag hade valt mitt nästa steg i livet, utan henne.

Bara fem telefonsamtal behövdes och lite mod och så var jag borta från det trygga familjehemmet.

En ingenjörsbyrå behövde en byggnadsritare omedelbart. Jag brann av entusiasm och min mamma bröt ihop inuti. Hennes enda barn, som inte ens har lärt sig att laga mat, tvätta kläder eller köra bil skulle nu flytta fyrahundra kilometer norrut och det var bara första stationen på en resa ännu längre upp i kontinenten.

Ja, jag är en *bestämmare.*

Nu måste jag dekorera huset, blåsa upp ballonger, hänga upp bilder, ta fram fotoböcker, laga mat och duka bord. Vi firar en underbar dotter. Jag har kvar henne i förhoppningsvis många år.

Hon är ingen rebell. Hon är en pärla!

~

STEFAN

Nu går det åt helvete. Precis efter den goda lunchen där *köttfärslimpa* blev dagens högtid kommer mailet från geologen. Det gick i för sig snabbt med labbproven trots allt, oväntat snabbt. Men resultatet blev närmare uttryckt en katastrof.

Att det är lösa jordmassor och högt grundvatten hade jag nästan förväntat mig. Det går förhoppningsvis att tigga om mer skattepengar hos kommunchefen. Det andra jag läste precis blir ett betydligt större problem.

Det kan leda till ett tillfälligt stopp av projektet.

Det kan leda till ett nytt tomtsökande.

Det kan leda till många månaders förseningar.

Svetten breder ut sig och jag får en lätt smärta i bröstet igen. Denna gång med en sur uppstötning av köttfärsen. Det har hänt ett par gånger de senaste veckorna. Jag vet vad ohälsosam mat, mycket kaffe och noll motion kan leda till. Det är några år sedan läkaren i den kommunala vårdcentralen varnade mig.

»Jag varnar dig en sista gång«, sa han. Och det gjorde han. Frun hemma däremot varnar mig dagligen. Jag har dock ingen tid för att bli orolig över det nu. Jag har större problem.

Med kaffekoppen i handen lämnar jag mitt kontor, stannar i fikarummet för påfyllning och väntar på hissen neråt till kommunchefen. Är det verkligen sant det jag nyss fick kännedom om? Behöver vi stoppa projektet?

Jag känner hur bröstet drar ihop sig. Jag har verkligen ingen tid nu. Jag stannar och känner efter. Vänster sida igen, samma som i skogen på julafton. Jag känner mig andfådd trots att jag bara gått några meter.

Hissen kommer, jag kliver in och åker ner. Året startade så bra, jag kände mig piggare, mindre trött och på något sätt var batterierna uppladdade. Nu är jag helt tom igen och jag känner mig yr och vilse. Har hissen blivit trängre? Jag måste ut. Pling, framme.

Jag lämnar hissen så snabbt jag förmår.

Vad var det jag ville? Just det, kommunchefen.

Jag tar ett djupt andetag och knackar på dörren som alltid är stängd.

~

KAPITEL 10 - HJÄRTAT

De senaste veckorna har jag tillbringat med arkeologer, historiker och politiker. Det är rena upproret i kommunen. Hur i hela världen hamnade ett över tusen år gammalt mynt på tomten? Finns det en hel underjordisk by eller är det graven efter vikingen Erik Röde?

Tiotals olika spekulationer sprider sig som löpeld inom kommunhuset och nu har det även nått ut till befolkningen.

I lokaltidningen står det idag: *Stopp för nya förskolan – Geologerna har gjort århundradets fynd.*

»Läs mer om den vilsekomna vikingaskatten«, skriver den ambitiösa journalisten, tolkar jag lite fritt. Det är lika fritt som han hittar på sina texter, nämligen varken via en korrekt källa eller med några som helst bevis för sanningen. Nu har jag i för sig inte antagit hans intervjuförfrågningar heller men bara på grund av att vi själva inte vet hur situationen verkligen är.

Faktum är, när geoteknikern borrade sina provhål för kontrollen av markens byggkvalitet, hittade han ett silvermynt.

Kommunchefen såg till att det enligt reglerna blev inskickat till Statens historiska museum. Den ansvariga arkeologen daterade myntet till 900-talet efter Kristi. Troligen ett ovanligt silvermynt från staden Rouen i Normandie i Frankrike.

Myntet är endast känt från två äldre teckningar, enligt professorn vid Stockholms universitet som bedömde mynten.

Det har till att börja med ingenting med vikingar att göra, de har inte ens varit här överhuvudtaget. Ska man skriva om hela svenska historien nu?

Sedan två veckor tillbaka är en grupp arkeologer på vår förskoletomt bredvid vår svampskog och gräver upp området millimeter för millimeter. Finns det flera av dessa sällsynta kontanter på tomten är det kört för mitt projekt.

Visar det sig att det finns minsta lilla risk för att det kan vara ett arkeologiskt värdefullt fynd får det inte byggas någonting här längre. Hela området kommer bli avspärrat och förklaras för *kulturarv*.

Än så länge har de inte fått ett enda spår och nu har även polisen kopplats in för att kolla om inte det kan vara en brottsplats av någon slags. Nu har vi äntligen en layout till nya förskolan och då tar man tomten ifrån oss. Det är ofattbart i vilken soppa vi hamnat i för tillfället.

Jag är uppriktigt förbannad. Främst för att jag inte kan göra så mycket åt situationen. Men även på geologen som inte visste när han skulle hålla munnen stängd och på kommunchefen som skickade in myntet till Statens historiska museum. Och inte ska man glömma journalisten som sprider rykten och frun som skickade en matlåda full med grönsaker till jobbet. Egentligen är jag förbannad på alla!

Anmärkningsvärt är kanske också att vi inte kan hålla vår budget. Det meddelade kalkylavdelningen. Femton procent ligger vi över tillåtet belopp och vi har inte ens börjat bygga.

Ingen kunde tro att grunden behövde pålas. Utegården blev vacker men troligen så stor som Observatorielundens parklekplats och de ökande marknadspriserna för trä vill jag inte ens nämna.

Jag har inte vågat ta upp det med kommunfullmäktige ännu. Alla har annat att tänka på just nu. De har sitt sammanträde om en vecka och jag har ingen aning hur jag ska få förskolan på banan igen.

Jag har informerat projektgruppen om situationen men bad dem att fortsätta med projekteringen. Någonstans måste ju förskolan stå, hur som. Marie har i princip bygglovshandlingarna klara och de ska vi inte slänga i sjön.

I eftermiddag har vi nästa projekteringsmöte. Jag låtsas väl att allt kommer att lösa sig.

Jag är på väg tillbaka till mitt kontor. Jag orkar inte med så mycket folk som pratar så mycket skit. Jag ställer precis en tom kopp i fikarummets kaffeautomat när energistrategen kommer in.

»Du ser blek ut, ställer hon fast, »Är allting bra med dig?«

Ingenting är bra, vill jag skrika men jag orkar inte.

Jag lämnar rummet utan att svara.

Vad var det jag skulle hämta, tänker jag när jag sätter mig på min nya kontorsstol. Därefter kommer jag inte ihåg något överhuvudtaget utan känner bara denna kolossala smärta på vänster sida av bröstet.

Jag andas inte längre.

Jag vaknar igen med ett starkt ljus över mig. Allt är angenämt varmt. Jag kan inte röra mig. Varför då, tänker jag, ligger jag fastbunden i en solstol på Maldiverna? Vad är det jag har över munnen?

Alla dessa pipande ljud och folk som tittar på mig. Jag känner inte dem. Vad säger han? Jag är tillbaka? Var? Jag vänder blicken mot andra sidan och på bänken sitter den snyftande energistrategen.

Gråter hon eller skrattar hon, jag ser inget. Nu ska hon bestämma sig, gråta eller skratta? Jag hör inget. Jag kan inte prata.

Var är jag och varför är hon med? Drömmer jag? Vad är det för märklig dröm och varför är energistrategen med? Jag är för gammal för den sortens dröm. Kan någon säga till mig vad som pågår? Det pipande ljudet tystnar, dörrar öppnar sig.

Jag försöker lyfta huvudet. Nu blir det kallt, mycket kallt. Har solen gått ner? *Vilstolen* rullar ut och tre nya ansikten tittar på mig och sex nya händer tar på mig och jag hör röster jag inte känner.

Vad är det som händer?

Energistrategen hoppar ner. Hon skulle se sig själv, det är hon som är blek. Hon följer med de andra och går bredvid mig medan dörren öppnar sig till, vad står det där uppe på skylten?

Akutmottagning?

Nu vill jag vakna, det här är inte min dröm. Hallå?

~

DEL 2

Några vill ge upp direkt.

Andra söker nya lösningar.

Några lägger sig i för mycket.

Andra bryr sig inte alls.

Det kan kännas som att uppfinna hjulet på nytt varje gång en avkomma skapas.

KAPITEL 11 - BLOMMOR

MARIE

Så snabbt ett liv kan vara över.

Jag satt i bilen på väg till projekteringsmötet för två veckor sedan när kommunens energistrateg ringde.

»Vi måste tyvärr ställa in dagens *Kantarellen meeting*. Stefan ligger på sjukhus. Han har fått en hjärtinfarkt«, meddelade hon. Jag hörde *hjärtinfarkt* och *sjukhus* och hade plötsligen svårt att koncentrera mig på vägen. Jag var tvungen att köra åt sidan för att stanna på en mötesplats. Jag mådde riktig illa.

»HAN LEVER! Han kommer överleva«, la hon snabbt till när hon uppfattade tystnaden i andra luren.

»Jag tar över projektet«, fick jag veta mer, »men behöver läsa in mig några dagar. Jag återkommer med en ny mötestid om det är okay för dig?«, berättade hon ofattbart lugnt och väldigt behärskat.

Var det lämpligt att ställa flera frågor just nu? Lite osäkert försökte jag kolla läget: »Han såg ju helt normal ut sist. Vad har hänt?« Jag tänkte på min egen stress och hur ofta jag själv redan trott att jag kunde vara nära en hjärtinfarkt jag med. Syns sånt? Stefan kändes så lugn hela tiden.

»Jag tror han var mer stressad än vad han visade utåt«, berättade energistrategen. »Jag hittade honom hopkrupen och medvetslös på sin stol när jag gick efter honom med kaffemuggen han glömde i automaten«, förklarade hon. »Han glömmer aldrig sitt kaffe. Jag anade nog att det var något som inte stämde, så jag ringde ambulansen direkt. Sedan öppnade jag fönstret, ropade på en kollega och vi lade ner Stefan på golvet. Jag placerade honom på sidan för att förhindra kvävning«, betonade hon, och la till »Adrenalin ger oanade krafter«.

Mina tankar åkte karusell. *Hur hade jag gjort? Hur skulle jag ha reagerat i en sådan situation? Gör man det automatiskt rätt eller blir man bara förlamad och passiv?*

»Jag placerade kudden som låg kvar på gamla besöksstolen under hans huvud, öppnade skjortan, vinklade upp benen och letade efter hjärtslag. Jag hittade dem om än väldigt, väldigt svaga«, sa hon självsäkert och nöjd.

Jag hade nog svimmat, konstaterade jag, när jag lyssnade på hennes utförliga händelsebeskrivning. Jag hade stängt av motorn och öppnat bildörren. Jag behövde luft.

»Hur visste du hur du skulle göra allt detta?« undrade jag imponerad efter hennes sammanfattning.

Den ambitiösa energistrategen hade för bara tre veckor sedan gått en *HLR-kurs* hos Röda Korset med sin nyblivna polispojkvän. »Som tur var behövde jag inte göra någon hjärtmassage«, meddelade hon mig lättad. »Min kollega höll under tiden kontakt med ambulansen. Utan henne hade jag inte klarat det.«, bekräftade hon, »Och den var på plats efter tio minuter, inte en minut för tidigt.«

Hon måste väl bryta ihop nu när adrenalinet släppte, tyckte jag när jag kände min egen puls rusa. Men hon förblev lugn under hela samtalet.

Jag drack en stor klunk ur vattenflaskan som jag alltid har stående i bilens drickhållare, tog ett sista djupt andetag, stängde bildörren och vände bilen tillbaka hem.

Livet är för kort för att slösa bort en enda dag. Jag behöver ordna mitt liv, privat och på jobbet, insåg jag plötsligt.

När jag kom tillbaka till kontoret började jag direkt att aktivt leta i alla sociala nätverk efter en ny kollega till vårt företag. Jag måste minska mina jobbtimmar och hitta ett liv utanför arbetet igen.

Jag skickade ett textmeddelande till dottern. Hon lät övertala sig till en biokväll med mig. Vi måste få ihop en bättre relation igen tänkte jag och varje steg räknas.

Bara situationen med maken vågade jag mig inte på. Jag vet helt enkelt ännu inte om jag ska kämpa för *oss som en familj* eller för honom och mig som *individer*. Jag vill ha en familj för dotterns skull men vet samtidigt att både maken och jag skulle må betydligt bättre om vi gick skilda vägar.

Det framflyttade projekteringsmötet är över. Energistrategen hade förhållandevis snabbt läst in sig i projektet och väldigt professionellt lett genomgången av bygglovshandlingarna, energiberäkningen och de viktigaste detaljerna inom konstruktion och teknik.

»Jag har koll på allt«, säger hon nu och ger oss nya instruktioner om komplettering för inlämning om en vecka. Energistrategen verkar pigg, inget som helst tecken på chocken hon måste ha fått för bara några dagar sedan.

»Stefan har flyttats från intensivvårdsavdelningen och är på bättringsvägen«, säger hon tydligt lättad efter mötet, till Mona och mig. Vi var nog de enda som vågade ställa frågan om Stefans hälsotillstånd.

Energistrategen berättar även lite mer om de kryptiska händelserna på förskoletomten med silvermyntet. Att det ens kunde vara möjligt.

»Jag har dessa informationer i första hand från polisen«, säger hon med en viss stolthet. Han råkade vara hennes sambo. »Naturligtvis får jag inte avslöja allt och utredningen pågår, men en sak kan jag säga. Ni kommer alla bli extremt överraskade.«

Nu står jag här framför *Rum 332* på Hjärtavdelningen med en plastlilja i handen som jag köpte på närmaste supermarket och vet inte vad jag gör här egentligen.

Jag satt i bilen på väg hem när det bara slog mig. Jag ville säga hej till Stefan, min beställare, projektledaren till nya förskolan. Det kanske är ovanligt. Vi känner knapp varandra men jag har det där behovet att inte bara följa reglerna utan för en gångs skull instinkten.

Var det en bra tanke så tätt inpå en hjärtinfarkt? Kanske blir det för ansträngande med besök, hinner jag tänka när det hörs en röst bakom mig.

»Du kan bara gå in«, säger en sköterska vänligt som själv är på väg till patienten bredvid. Hon öppnar dörren och fattar därmed beslutet åt mig.

Där står jag nu med min vita lilja och tre ögonpar stirrar roat på mig. Två män i trettioårsåldern med väldigt olika utseende sitter vid Stefans säng. Karln med extremt mörkt sminkade ögon som har en väldigt speciell konstnärlig klädstil, ber mig vänligt: »Kom in«, och presenterar sig som den yngre sonen.

»Jag vill inte störa. Jag ville bara höra om Stefan mår bättre«, svarar jag och kliver försiktigt in. Den andra mannen är finklädd med mörkblå kavaj, vit skjorta och ljusblå slips och som visar sig vara den äldre sonen gör det lätt för mig. »Vi är ändå på väg ut. Vår mamma bröt ihop i morse efter flera dagar utan riktig sömn«, säger han nästan med tårar i ögonen. »Vi ska titta till henne igen innan vi åker hem.« Den ena till väster och den andra till öster.

»Pappa verkar må bättre, han är lika grinig som vanligt«, skämtar den färgglada figuren med de svartsminkade ögonen.

Stefan grimaserar över sonen. Han är fortfarande blek och huden i ansiktet hänger slappt ner, men han ler. Han har en ljusgrön sjukhusklädsel på sig och befinner sig halvt sittande halvt liggande i sängen, bland många hängande slangar.

Täcket går över magen, armarna är fria, men täcks delvis av dropp och sårtejp. Det syns på den blåfärgade handen där kanylen sitter att han fått lämna en del blod under provtagningen dessa dagar.

»Är blomman till mig?« grinar han upp sig. Jag nickar generad. »Jag visste inte om man fick ha levande blommor där du ligger?« förklarar jag och märker med obehag att jag byter ansiktsfärg.

»Ser man ut som jag nu, är det helt okay med *tantiga* plastblommor«, skojar han, och jag skrattar lite osäkert åt skämtet.

Jag räcker honom liljan och han luktar med en glimt i ögat förtjusande på den innan han placerar plastblomman i en tom vattenflaska.

»Jag antar den klarar sig utan vatten«, skattar han igen och jag instämmer med ett leende.

Sönerna lämnar rummet, inte utan att kyssa sin pappa på kinden. Den äldre sonen säger snällt: »Det här ska du inte skrämma oss med igen, hör du?«

Nu står jag vid dörren och känner mig ganska dum. Att hälsa på sin beställare på sjukhuset är faktiskt en ganska besvärlig situation och jag vet inte riktigt vad jag ska säga nu. Då knackar det på dörren. Säkert en sjuksköterska som vill kolla några värden tänker jag, nu blir det ännu mer oangenämt.

Den tunga sjukhusdörren går upp och i öppningen står hon med en imponerande blomsterbukett i handen. Vi tittar båda på varandra. Först lite skeptiskt sedan båda lika lättade över att vi hade samma tanke. Tillsammans är man mindre ensam.

~

M O N A

Jag öppnar dörren till Stefans rum och första blicken landar på Marie som står lite osäkert vid dörren. Hon hade samma tanke. Det var överraskande men samtidigt sympatiskt. Jag känner mig genast mindre påträngande. Sedan möter jag Stefans blick och han skojar:

»Man saknar inte tjuren förrän båset är tomt.«

Vi skrattar allihop.

»Då är ni båda två här hos mig i samma rum, det kan vara värt en hjärtattack.«

En sjuksköterska kommer in i rummet och räcker en vas till mig.

»Jag såg dig med buketten när du passerade personalrummet«, påstår hon. Jag tackar och fyller vasen med vatten och placerar blommorna på sängbordet bredvid Stefan där en smaklös vit plastlilja sticker upp ur en tom vattenflaska.

När jag hörde vad som hände med Stefan kunde jag inte bara åka hem. Energistrategen räddade hans liv, helt overkligt. Så snabbt allting kan gå. Jag ville träffa honom.

Egentligen tänkte jag bara lämna blommorna hos personalen men jag mötte två män med väldigt olika utseende framför dörren som uppmuntrade mig att knacka på.

»Sätt er ner«, beordrar Stefan och så hämtar vi var sin besöksstol och frågar artig efter hans hälsotillstånd.

»Jag är trött«, säger han, »men jag mår mycket bättre tack vare den entusiastiska energistrategen och den mycket kunniga sjukhuspersonalen.« Han ler försiktigt.

När han kom hit förstod han inte riktigt vad som hade hänt men som tur var visste alla andra här vad de skulle göra. Han pekar på EKG-apparaten och sladdarna som hänger kvar på honom.

»Dessa behövs«, säger han, »för att vårdpersonalen ska kunna övervaka om hjärtat får syrebrist eller störningar i rytmen.« Stefan drar en djup suck. »Jag fick lämna blodprover och det fortsätter nu med några timmars mellanrum«, berättar han och pekar på handen där kanylen sitter. Läkaren hade sagt att hjärtmuskeln var skadad och nu läcker det ut molekyler från de skadade hjärtmuskelcellerna.

»Det hela här är lika obegripligt för mig som denna pedagogik som inte är en pedagogik«, fixar han trots allt att skämta med oss.

Innan vi kom var han på en ultraljudsundersökning. Hjärtat pumpar ganska bra igen, sa de till honom.

»Igår genomfördes en så kallad kranskärlsröntgen«, berättar han vidare. »Då placerades en kateter upp till hjärtas kranskärl för att kolla om det finns förträngningar.«

Nu väntar han på besked för vidare behandlingar men man var väldigt optimistisk och tror att han ska slippa en större operation.

»Jag hade svårt att andas och smärtor i bröstet men jag fick syre och medikamenter och är nu piggare än någonsin«, skojar han igen. Humor är nog Stefans bästa sätt att förtränga oron.

Sköterskan som tog hand om honom under dagen frågade efter förskolan. Hennes man jobbar på kommunen och nämnde projektet. De väntar barn och hon hoppas på att förskolan skulle bli klar tills när det var dags och Stefan lovade henne att vi skulle göra vårt bästa.

»Det gör vi med«, instämmer Marie och tar fram bygglovsansökan ur väskan.

Vi pratar om ritningarna som i princip är klara och lugnar ner honom med att allt var under kontroll. Han har en tillfällig mycket ambitiös *ersättare*, tyckte vi. »Du kan i lugn och ro piggna till igen.«

»En *ersättare?*« undrar han förbluffad, »Det kan hon snabbt glömma den där ambitiösa energistrategen.« Och nu skrattar vi alla tre tillsammans.

Stefan kommer klara sig som tur är. Nu återstår bara att segla hem förskolebåten.

Vi satt över en timme på stolarna nära placerade bredvid Stefans säng och pratade och skrattade för första gången utan tvång och utan rädsla, vi alla tre.

När jag kom tillbaka till familjen senare under dagen kramade jag maken och barnen extrahårt för lyckan att ha fått dem i mitt liv.

»Du är viktig för mig, så viktig, typ överviktig«, sa jag känslosamt till mannen jag älskar. Han skrattade högt och klappade sig på magen.

»Just det, jag behöver träna.« Med tårar i ögonen fick jag lära mig igen att inte alla tyska ordspråk går att översätta bara rakt av på svenska. *Min överviktiga familj* blev en symbol för omöjligheten att uttrycka de starkaste känslorna med rätt ord.

Tio minuter i sju slår vi på tyska teve-kanalen och tittar allihop på *John Blund*, samma gosse med skägg i samma fartyg som under min barndom och han lyckas hälla sand även i Sladdis trötta ögon.

~

JOHAN

Jag läste det i lokaltidningen som låg nere på gymmet. Nu ska det INTE bli en ny förskola vid svampskogen, stod det där och allt på grund av ETT mynt. Jag är inte intresserad av gammal plåt, vilket väsen de gör nu i kommunen.

Jag nattar barnen och hoppas att ingen blir sjuk denna gång. Den stora pojken säger dock: »Jag har ont i magen«, och jag anar det värsta. Det går magsjuka på deras förskola igen. En förskola måste vara någon slags försöks-laboratorium för bakterier. Här finns alla och alla samtidigt och de sprids och muteras. Har man klarat sin barndom här så är man härdad för livet.

Det är bara några månader sedan hela familjen låg sjuka i sängen med hinkar framför sig. Naturligtvis fick vi allihop kräksjukan och naturligtvis klarade sig barnen mycket bättre än vi vuxna.

Jag behöver verkligen inte göra om det här igen.

I morgon är det *sovmorgon*, det är i alla fall min plan. Jag ska hoppa in på farsans andra bygge, en radhuslänga bara tio minuter med bil från hemmet. De ligger efter i tidsplanen och behöver en extra resurs och jag kan sova tjugo minuter längre. Om natten, barnen och bakterierna så tillåter naturligtvis.

På mitt bygge är det ganska lugnt just nu. Vi kan inte vara ute och fixa trallen och gården förrän tjälen har gått ur marken. Inomhus har målaren tagit över: *spackla, slipa, måla, spackla, slipa, måla*. Tråkigt.

Mina andra två kollegor jobbar med fönstersmygarna. Polackerna lägger klinker på ackord i de sista badrummen och ventilationskillarna jobbar i aggregatrummet med placering och isolering av kanaler.

Golvet läggs nästa månad, när betongplattan förhoppningsvis har torkat tillräckligt. Det tar alltid så lång tid innan betongen har rätt fuktkvot, tycker jag, men den fuktsakkunnige vet säkert bäst.

Han gick sex år längre i skolan än jag. Han mäter och säger till, han är expert. Jag ska bara bygga, jag är snickare. Undertaken kan vi inte heller sätta ännu, där donar elektrikern och lämnar sina välbekanta spår.

På helgen är det fest hos några kompisar. Farsan ska vara pizzabagare och barnvakt. Flickvännen och jag får en barnledig kväll, den första på drygt ett år. Hon lovade ta en paus från sina böcker. Någon helg får man vara ung och fågelfri igen, bara för en kväll, sedan kan hon vara förnuftig och vuxen igen.

Jag håller tummarna extrahårt och hoppas att vi alla slipper drabbas av magsjukan. Flickvännen har köpt en otrolig vacker blomkruka och dekorerat den i flera timmar med små gåvor i form av godis, pengar och bilder. Det är på tiden att den får överlämnas som present.

~

KAPITEL 12 - HEMKOMST

STEFAN

Jag står och tittar upp på det gula tegelhuset, det är mörkt på mitt arbetsrum. Det har gått över en månad med rehab, vilande och matomställning. Nu pallar jag inte längre att sitta hemma. Jag behöver göra något, jag måste veta hur det går med MITT projekt.

Vilken ironi. För bara några månader sedan hade jag börjat räkna ner till pensionen. Och nu klarar jag inte ens fem veckor utan mitt arbete. Kanske känner jag för första gången ett värde i det jag gör. Just för att det är en så fin förskola, just för att vi bygger med så mycket omtanke om miljön.

Den ambitiösa energistrategen har naturligtvis uppdaterat mig om händelserna och handlingarna. Men jag är säker på att hon undanhöll en del information. Hon sa att hon inte ville stressa mig.

Jag har läst en del kryptiska artiklar i lokaltidningen. Men kan man tro på det som står där? Jag behöver gå till jobbet igen, måste höra sanningen och träffa folk, om så bara för en kort stund.

Jag måste bli av med sjukhuslukten i näsan. De tvingade mig att delta i klasser med olika fysioterapiövningar där man övervakade puls, andningsfrekvens och tryck. De ökade belastningen gradvis tills de var nöjda, ingen frågade mig. Jag vet inte vad man kan förvänta sig av mitt hjärta. Att hoppas att det blir lika starkt som för fyrtio år sedan är lite väl optimistiskt.

Så släpptes jag nu slutligen hem för egenterapi och jag vet exakt vilken terapi jag behöver, fast jag glömde fruns envishet. Hon är, inte helt överraskande, betydligt strängare än en drillad soldat och dessutom påläst nu. Hon tog ölen ifrån mig och ersatte mina goda favoritmaträtter med grön kaninmat. Dagligen mäter hon kolesterolhalten och så ska jag undvika stress i alla former. Hon tvingar ut mig på dagliga promenader i barrskogen.

»Här blir kroppen mättad med syre. Det är positivt för hjärtmuskeln, har jag läst«, påstod hon. I sitt övermod har frun försökt att anmäla mig även till vattengympa i kommunens simbassäng. Men där gick gränsen. Jag får en skön massage en gång per vecka av en ung kvinna.

Det kan jag säga är den allra bästa rehabiliteringen. Så mycket aktiviteter har jag annars inte gjort sedan jag var tonåring. Alla pratar om att man ska ta det lugnt efter en sådan attack, men min privata almanacka är nu lika full som den på kommunen. Jag plågas av de skärpta rutinerna, då vill jag hellre jobba.

Enligt läkaren ska jag stanna hemma från jobbet ytterligare en, två månader, men nu måste jag säga ifrån. Jag går snart i pension. Det finns all tid i världen att vila senare. *Två timmar lätta arbetsuppgifter om dagen* fick jag förhandla mig fram till med frun, chefen och Försäkringskassan. Jag fick avge ett antal löften om hälsosamt leverne innan de släppte mig *fri*.

Det är acceptabelt att den energiska energistrategen tar projektledarenrollen en stund till men jag behöver vara med när det gäller viktiga beslut. Jag är fortfarande lite vinglig på benen men det blir inte bättre av att stanna hemma på heltid. Jag måste träffa energistrategen och höra hur läget är och jag måste kolla hur det verkligen är med silvermynten på tomten för bygget.

Precis när jag tänkte öppna entrédörren kom hon utstormande med sitt alltid glada ansikte. Jag tar ett steg tillbaka för att undvika att kollidera med henne.

»När man talar om trollen«, bemöter jag energistrategens frågande blick.

»Du är väl inte frisk igen. Vad gör du här«, undrar hon.

»Vad tror du? Spelar golf?« frågar jag.

»Hahaha, jag saknade din humor. »Jag är på väg till tomten vid svampskogen. Jag måste kolla avspärrningen.«, berättar hon och försöker att ta sig förbi mig, »Jag har lite bråttom.«

»Jag följer med«, meddelar jag tydligt och utan utrymme för diskussioner. Energistrategen tittar förvånat men inser nog att det är bäst att acceptera läget. Jag är tillbaka.

Vi går tillsammans till kommunens nya inhyrda elbil på parkeringsplatsen, där den laddas i den nybyggda laddstationen. »Är jag i fel kommun? Hur länge var jag borta? Vad pågår?« Många frågor ploppar fram ur min mun. Energistrategen skrattar.

Hon hade, när hon började här, fått uppdraget av kommunen att göra en intern miljöstrategiplan och nu är det här en teststation och bilen en testbil för att se om inte vi kunde byta ut alla våra gamla dieseldrivande luftförsmutsande fordon.

»En annan kollega kör med etanol och en tredje med biogas och så ska det utvärderas efter sex månader«, sammanfattar hon. Jag tappar hakan. Hon mobiliserar hela den gamla tröga kommunen inom bara några månader. Var tar hon all energi ifrån och hur lyckas hon att övertala de sega politikerna?

Hon anar mina tankar.

»Vi bygger en miljövänlig förskola och vi vill synas i landet. Så klart är det nu det är läge att ta flera stora steg«, förklarar hon sitt engagemang.

»Maten i kantinen, kläder och resor, allt påverkar vårt samhälle, vårt klimat och vi har ingen tid. Vi behöver ställa om i stor skala.«

»Respekt«, säger jag och menar det även om jag tvivlar på att samhället är berett att betala priset för en så radikal omställning.

Energistrategen, lika laddad som elbilen, börjar berätta om dagens händelse på tomten.

»Det är fortfarande avspärrat får du se, officiellt i alla fall. Några barn har väl försökt att ta sig genom avspärrningen nu, det ska jag kolla«, förklarar hon sin mission.

»Men vi har fått grönt ljus att kunna fortsätta med projekteringen av förskolan Kantarellen.« säger hon stolt.

»Man skulle kunna skriva en bok om historien som ligger bakom det här«, skrattar hon. Tomten vid svampskogskanten hade verkligen blivit en *brottsplats* under min frånvaro. Arkeologerna lämnade över till polisen. Och polisen hittade *skurken*. De letade efter *nya spår* i stället för *gammal plåt*. Vad de hittade nu kan man verkligen inte tro.

En ung påläst polisman, som nyligen hade avslutat sin utbildning, lade märke till en gestalt som vandrade ovanligt ofta runt arkeologerna under deras dagliga arbete.

Polisen, som energistrategen vet gillar Wallander, åkte ut på nätterna och patrullerade på egen hand.

För två dagar sedan dök gestalten upp igen, strax innan midnatt. I sin hand hade han en svampkorg. Det visade sig dock att korgen inte alls var tänkt till en skogsvandring utan att den innehöll ytterligare ett antal gamla mynt, dock av mindre värde.

Gestalten tillhörde en medelålders man som nyligen fick sig tilldelad en tomt i det nya bostadsområdet bredvid den kommande förskolan och där ligger orsaken till brottet.

Han var ute på kommunens gård och precis på väg *att plantera* nya mynt när den unge Wallander startade ljuset på sin privata observationsbil. Mannen erkände direkt och blev tagen till polisstationen.

Gestalten med mynten i korgen menade inte alls illa, uppgav han på polisstationen senare under förhöret. Han förstod inte heller att han hade begått *ett brott* när han bara la ut mynten.

Han hade dock längtat så länge efter sitt nya hem som skulle byggas nästa år på den av kommunen tilldelade tomten. Olyckligtvis fick han sedan veta av lokaltidningen att man hade för avsikt att bygga en förskola med stor fritidsgård direkt i anslutning till hans arkitektritade helinglasade funkishus.

»När man jobbar hemifrån kan man inte ha skrikande barn i närheten«, sa han, när han bad om förståelse. »Det är inte alls illa ment.«

Mannen som *hatar att ha barn i närheten* berättade vidare att han hade hittat en kista med diverse mynt på vinden. Om de var värda nånting hade han inte en aning om. Då fick han idén. Han hoppades på att kommunen skulle flytta förskolan till en annan plats och att han på så sätt skulle få det lugnt på sin tomt med skogsutsikt. Det hade han hört skulle hända när man deklarerar en tomt som *historiskt värdefull.* Gammelmormors lilla skattkista har nu tagits med av arkeologerna till statens historiska museum där man identifierade några av kontanterna.

Gestaltens gammelmormor har tydligen jobbat i Sydeuropa som arkeolog och han hade troligen sina brottsliga gener från henne. Hon hade eventuellt glömt att lämna alla fyndstycken vidare till motsvarande historiska myndighet, vilket nu leder till en internationell utredning.

Den pålästa nyblivna kriminalkommissarien visade sig vara pojkvännen till en ambitiös energistrateg som nu sitter bredvid mig i kommunens första elbil, glad över de nya vändningarna.

»Han fick mycket beröm, först av chefen, sedan av arkeologerna men allra mest av mig«, avslutar energistrategen sin ofattbara historia. Jag har nog aldrig hört något liknande. Jag hittar inga ord som kan uttrycka min förvåning.

»Är det officiellt, det du berättade här«, undrar jag några minuter senare. »Det kan jag inte tänka mig«, medger hon. »Officiellt är bara att arkeologerna inte kunde hitta något spår av historiskt värde och att förskolan får byggas på tomten, precis som planerat. Ingen vill att denna pinsamma händelse läcker ut till allmänheten.«

Kommunen ville inte göra saken större än den är. De avstod ifrån att anklaga funkishusbyggherren offentligt, vet energistrategen att kommunchefen sagt. I stället lovade man honom en tomt långt ifrån alla störande individer. Bara han höll tyst om den pinsamma situationen.

Nu hoppas man att dammet snart lägger sig över händelsen och att ingen ställer några fler frågor.

Den fria mannen fick sin nya husplacering. Kommunen fick tillbaka sin tomt. Polistjänstemannen fick stor intern uppskattning. Och arkeologerna har en ny historisk myntsamling. Alla är nöjda kan man tro, bortsett från journalisten. Lokaltidningen som intervjuade den ansvarige polisen blev djupt besviken över att denne hade tystnadsplikt om vilken person man identifierat och om hela händelsen.

»Vilken person«, undrade polisens talesman.

Arkeologerna var borta, poliserna hade återvänt till rutinmässiga hastighetskontroller och markområdet blev en helt normal byggtomt igen.

I brist på spännande nyheter och med bara lite tid kvar till redaktionsslut blev journalisten tvungen att ta in pressmeddelandet om den nya förskolan.

»Det fick han av en kommunal energistrateg, rent slumpmässigt igår kväll.« Jag skrattar högt, när jag förstår hennes geniala strategi. »I meddelandet fanns en verklighetsnära illustration av förskolan med små kantareller i skogskanten och en korrekt beskrivning av förskolans energikoncept, med rätt referenser och felfria källor«, blinkar hon till mig när vi anländer till tomten.

»Vilket briljant drag. Du skulle bli politiker«, berömmer jag henne. Hon blir lätt röd i ansiktet när hon tar emot komplimangen med ett leende. »Tidningen ligger på mitt bord och bygglovet kan nu äntligen lämnas in till bygglovsavdelningen.«

Handläggaren på bygglovsavdelningen som ihop med sin flickvän väntar sitt första barn har lovat att prioritera ärendet.

Sjuksköterskan, tänker jag, nu får hon sin dagisplats.

»Då är det bara två stora problem kvar«, avslutar den annars positiva energistrategen när hon parkerar bilen. »Det ena är budgeten och det andra är Trafikverket. Dem kan du ta hand om«, ler hon vänligt till mig.

»Det kan du satsa din myntsamling på.« Jag håller mig om magen av allt skratt.

Vi kliver ur bilen för att gå en hederlig rundtur på vår tomt och sätter tillbaka avspärrningen några ungdomar hade tagit bort.

Här ska det snart stå en förskola.

~

MARIE

Jag kommer hem från kontoret till en tyst lägenhet. Dottern skulle övernatta hos en kompis, skrev hon tidigare under dagen i ett kort textmeddelande. Maken sitter med en stor pärm vid köksbordet och bläddrar igenom den sida för sida. Han tittar kort upp när jag lägger nyckeln på hyllan i korridoren och fortsätter sedan med sitt arbete. Jag tar av jackan och skor och går till baren. Det finns en sista flaska Bordeaux kvar. Jag fyller mitt glas och sätter mig bredvid mannen jag älskade en gång i tiden.

»Dricker du inte lite för mycket«, inleder han samtalet och fortsätter utan att vänta på min reaktion.

»Vi behöver prata«, säger han ilsket med blicken fastlimmad på sina sorterade papper. Det tycker jag också. Äntligen. *Om oss*, vill jag säga, *om vår relation, vår framtid.* Jag tittar ner och ser fakturor och lånehandlingar från banken.

»Vi behöver prata om framtiden«, läser han mina tankar. »Jag orkar inte leva så här längre. Jag vill inte bara jobba för att betala en överklasslägenhet som jag ändå bara sitter själv i på kvällarna«, säger han uppgivet med blicken kvar på fakturaunderlagen.

»Du jobbar varje dag och du jobbar även nattetid. Ibland undrar jag om du verkligen jobbar eller bara inte vill komma hem förrän jag har lagt mig«, avslutar maken sitt resonemang.

Jaha, han vill prata om ekonomin. Jag blir besviken och lättad samtidigt. Det är så svårt för oss att prata om känslor nuförtiden, kanske för att det helt enkelt inte finns några längre. Pragmatiska grejer är så mycket enklare att diskutera, tänker jag. Det var jag som bestämde att vi skulle köpa lägenheten. Han har alltid varit nöjd med det vi hade. Han har aldrig haft samma drivkraft som jag, aldrig velat synas, aldrig önskat sig något annat än ett enkelt liv.

Han lägger fram våra månadskostnader för boendet. Utöver lånen, amorteringen, bostadsrättsavgiften och parkeringen har även energikostnaderna blivit en rejäl del av utgifterna.

Det har jag inte tänkt på innan naturligtvis, jag såg främst ett mervärde i fastigheten på grund av det fina läget och den moderna designen. Han har rätt.

Hans lön går i princip i sin helhet till boendet. Det är enorma pengar. Det är bara banken, staten och mäklare som tjänar på en sån stor affär. Vi låser in våra tillgångar i högre och högre lån och blir mer och mer beroende. Trots att man vet att värdet på fastigheter stiger så innebär det också att man måste betala en högre insats när man köper nästa lägenhet. En ond cirkel med andra ord. Om inte vi vill gå tillbaka till ett enklare boende, vem skulle vilja det då?

Jag försöker försvara läget ändå. »Fastigheten är en mycket bra investering, tänk på utsikten och moderniteterna«, men jag märker att jag inte når fram till honom och han har ju rätt, inser jag. Det har jag grubblat över de senaste veckorna. Vad betyder allt det materialistiska när man ändå är olycklig i livet. Det är bara grejer. Jag letar efter kärlek, glädje, lycka och framgång men hänger inte allt detta ihop på något sätt?

Maken har ett bra och säkert jobb, men han har kommit så långt upp i företaget han kan med den ambition han har.

»Jag vill leva livet«, säger han, »Jag vill göra mina cykeltävlingar och *Vasaloppet* en gång om året. Jag vill resa och spendera pengar i stället för att låsa upp dem.«

Och så säger han det högt för första gången.

»Jag är inte säker på att du och jag vill samma sak längre. Ditt liv och mitt liv har utvecklat sig åt helt olika håll.« Han glider rastlöst fram och tillbaka på sin stol.

»Dottern är stor och går snart sina egna vägar och då ställer jag frågan till dig. Var finns vi? Finns det ens ett vi kvar?«

Tidigare under dagen hade vi på kontoret en intervju med en yngre arkitekt som var intresserad av att bli en del i vårt företag, vår filosofi, vårt liv på kontoret. Konstigt nog, måste jag tänka på honom nu.

Vi hörde honom innan vi såg honom. Motorljudet på gatan pirrade i magen. Vi sprang alla tre mot fönstret och där stod han i sitt MC- ställ. Han låste sin motorcykel och tittade rakt upp mot oss. Alla vi tre tjejer hoppade instinktivt tillbaka och skrattade åt vårt tonåriga beteende. Mannen var inte bara stilig och sportig utan även klok och kunnig, visade det sig sedan.

Han hade glöd i ögonen och energi i varje mening han formulerade, var öppen, nyfiken och hade stora planer inför framtiden. Alla hans visioner cirklade om samma saker: arkitektur och miljö. Han delade vår ambition om vackra samhällen och skulle vara perfekt i vårt team.

Vi skrattade och jag var på bästa humör. Mina kvinnliga kollegor är båda lyckliga gifta men kunde inte helt blunda för hur attraktiv han var ändå. Jag försöker inte ens.

Jag ville inte gå hem, hem till maken. Jag visste att ögonblickets fina lyckliga känsla skulle försvinna så fort jag tog första steget in i lägenheten och ser min permanent ledsna och nedstämda man. Och jag hade rätt.

Jag tänker på den nya kollegan och får en lätt stickande känsla i magen. Vad var det för något? Är jag glad? Jag vet knappt längre hur man känner glädje. Känslan jag får nu, när jag tänker på honom, är underbar och efterlängtad. Jag märker hur jag ler och maken tittar helt oförstående på mig.

»Vad trevligt att jag lyckades roa dig.« Han plockar tjurigt ihop sina papper och lämnar köket innan jag ens hinner reagera. Jag hör hur han byter om. Nu blir det motionscykel som gäller, gissar jag. Strax därefter hör jag surrandet.

Jag hade en bra dag, tänker jag igen när maken har gått och ler helt utan dåligt samvete nu. Bygglovet till nya förskolan Kantarellen är slutligen inlämnat. Vilket trassel. Först hade vi ingen design, sedan inget tomt och på slutet ingen projektledare. Men nu har det löst sig allt med en gång. Det var en intensiv resa men resultatet lyfter mig. Min praktikant håller på med rambeskrivningen och gestaltningsbeskrivningen och jag jobbar parallellt med rumsbeskrivningen. Förfrågningsunderlagen ska ut innan sommaren.

Och sedan kom han, den *nya*. Den nya väldigt tilltalande eventuellt *nya* partnern till kontoret. Varför tänker jag på honom igen? Som *ny* partner? Han är visserligen trevlig, rolig och kunnig och även attraktiv. Han är en man, jag menar en arkitekt.

Han skulle passa så bra. Jag hoppas verkligen att han vill ha mig, oss, jag menar oss som företag. Att han vill bli en del av vårt team, vårt liv, *arbetsliv*, naturligtvis, korrigerar jag mina växande *drömmar*.

Sluta nu, påminner jag mig själv när fantasierna börjar leva sitt eget liv. Tankarna är visst fria men det är inte jag.

Inte ännu.

~

MONA

Jag kommer hem med tåget från huvudstaden. Två intensiva kursdagar ligger bakom mig. Vårens tiodagarskurs om energieffektivt byggande har börjat igen.

Energistrategen är med på utbildningen och är som förväntat en stor tillgång.

Kursen är uppdelad i tre block: fyra dagar nu i mars, sedan tre dagar i april och ytterligare tre dagar i maj. Jag undervisar flera dagar men alltid den första och den sista som innebär introduktion och repetition. Det är mina favoritdagar. Dag ett för att träffa gruppen för första gången, se deras nyfikenhet och förväntningar. Många frågor och funderingar. Och sedan sista dagen när de har lärt sig så mycket och jag får känna deras positiva energi och framtidsplaner.

Klockan är nästan nio. Maken väntar på mig med öppen famn och förberett skumbad. Jag kollar som vanligt in i barnrummet till den sovande sonen innan jag tar av mig mina kläder.

Nu sitter vi tillsammans i badkaret, den platsen där vi vanligtvis får våra bästa idéer och har våra bästa diskussioner. Han föreläser på samma kurs, under block två och vi pratar om gruppens potential och hur vi kan ge den bästa möjliga utbildning. Vi pratar om ett nytt skolprojekt som ska startas om en vecka och om förskolan Kantarellen som har kommit in i det hektiska skedet med förfrågningsunderlag. Maken har varit i kontakt med den tekniska konsulten.

»Han har missat att räkna flöden efter behoven«, säger han deprimerat. Vi kom fram till att vi måste granska underlagen de kommande dagarna, mer i detalj.

Energiberäkningen behöver uppdateras. Balansen av värmeförluster och interna vinster i byggnaden resulterade i ett väldigt lågt värmebehov.

Ja, i badkaret kopplar vi av, det är helt klart. Maken fyller snart år, bara en dag efter bonussonen och det ska bli en fest hemma med vänner och familjen. Inte för att han bryr sig speciellt mycket om festen. Inte han. Men för mig betyder det allt. En familjefest står för sammanhållning, ett starkt band, respekt och kärlek. Det kräver även en del förberedelser och jag vet vilken *låda* jag måste öppna för det. Jag vill att båda födelsedagsbarnen får känna sig mycket uppskattade på sin dag.

Maken somnar omedelbart efter badet men hos mig har *familjelådan* öppnat sig igen. Jag går genom gästlistan, mat, dekorationen och presenter fram tills långt efter midnatt och som vanligt blir det svårt att stänga lådan helt.

Tankar kring min barndoms kalas kommer upp igen. Hur fint min mamma hade gjort det varje år, delvis även för att kompensera en frånvarande far. Hon försökte allt för att jag inte skulle oroa mig för att jag växte upp utan far. Jag längtade efter honom ändå.

Det är konstigt med känslor. Det kan finnas hundratals människor som älskar en och så finns en enda som förnekar din existens och det är just den man saknar när man egentligen skulle vara som lyckligast.

~

KAPITEL 13 - KOMMUNEN

STEFAN

Jag byter mina uteskor till tofflorna och känner mig genast hemma. Min fina nya kontorsstol får en vänlig klapp på ryggen innan jag sätter mig ner. Borta bra, men hemma bäst. Dags att ta tag i några öppna ärenden. Dagen börjar med ett internt sammanträde.

Mötet med kommunfullmäktige går som förväntat. Först anser de att *prestigeprojektet* de beställde inte riktigt ser så uppseendeväckande ut som man hade förväntat sig.

»Det blir väl inte *bara* en *vanlig* förskola«, vill politikern i svarta kavajen veta.

Jag berättar sanningsenligt med mina nyvunna energikunskaper om byggnadens inre värden.

»Men det syns ju inte«, får jag som svar tillbaka.

»Ställer vi oss framför den byggnaden blir väl ingen speciellt imponerad«, säger en annan.

Jag sväljer svaret jag har på läpparna *att det kanske även kunde ha att göra med politikerna* men förklarar i stället en gång till. »Energieffektivitet och miljövänlighet behövs inte synas.« Jag pratar om fakta och känslor vilket även för mig blev en mycket märklig situation. Har hjärtattacken gjort mig mjukare?

»Byggnaden är bra för barnen, bra för miljön och inte minst bra för samhället. En byggnad behöver inte se *speciell ut* för att vara speciell«, avslutar jag.

Alla tittar på mig som om jag var helt knäpp. Var det för komplicerat? »Men visst kan ni se trä, solceller och de gröna taken om det är något *speciellt* ni vill peka ut«, lägger jag snabbt till, innan de kanske tänker skicka mig till psykologen.

»För all del«, säger politikern som inte lämnar huset utan svarta kavajen och vi fortsätter med dagordningen.

Nyheten från Trafikverket.

»Ska VI låna ut pengar till den där statliga myndigheten som ansvarar för den långsiktig planeringen av transportsystemet«, utbrister jag, »VI, en liten kommun ska låna till en miljardfinansierad myndighet?« Helt otroligt. Jag måste lugna ner mig. Det är inte bra för hjärtat.

Det visade sig att Trafikverket inte bara arbetar långsamt, och det säger jag som sitter på en kommunstol, nej, de hade dessutom redan planerat bort hela årets miljardbudget.

Nu kunde de inte längre finansiera bullerväggen vid förskolan som deras bullerexperter ansåg behövdes för att barnen i den demokratiska förskolan kan växa upp utan att bli påverkade av det verkliga högljudda livet omkring. Jag blir helt perplex över nyheten min kollega presenterar här.

Hade *myntmannen* vetat att vi måste bygga en bullervägg, hade kan kanske kunnat hoppa över sin skattvandring. Jag himlar med ögonen.

Sista punkten på dagordningen, ekonomin. Kalkylavdelningen meddelar att man även efter andra beräkningen ligger högre än budgeten.

»Stigande marknadspriser, markförhållandet och lekgården bidrar till en ökning på femton procent, jämfört med budgeten«, får vi bekräftat igen.

Tråkig att höra men det var inte hela sanningen. Innan mötet hade jag bett kalkylavdelningen om en komplettering just inför mötet idag. De skulle jämföra Maries båda byggnadsformer för att kartlägga hur mycket merkostnader vi verkligen har på grund av det valda energikonceptet som krävde den kompaktare formen.

»Hade man byggt efter arkitektens första utkast hade vi legat ännu högre över budgeten«, säger ekonomichefen med allvarlig min. »Det förvånade oss.«

»På så sätt har du valt helt rätt, Stefan.« Han vänder sig bugande till mig. »Den kompaktare formen sparar in trettiofem procent av investeringskostnaderna«, får de skeptiska politikerna höra nu. »Om dina energiberäkningar stämmer«, han nickar till mig igen, »halveras dessutom driftkostnaderna under byggnadens hela livscykel.« Jag rodnar och ber inombords att Monas beräkningsprogram är så trovärdigt som hon påstår. »Betraktar man det så, sparar vi därmed pengar, trots att vi ligger över budgeten.« Ekonomiansvarig lutar sig tillbaka i sin stol med armarna i kors.

Jag blir faktiskt lite rörd, den typen av erkännande brukar man inte få under ett kommunmöte.

Men jag landar snabbt i den krassa verkligheten igen. Hur som helst ligger vi ändå över budget och någon ska ta ansvar för det.

»Varifrån ska kommunen ta de extra pengarna«, undrar kommunchefen, »Från lärarna? Från vården?«

»Hur ser det ut med statsbidragen«, ställer jag som motfråga tillbaka. Nej, det var inte aktuellt.

Jag vill säga: *Var är alla pengar? Kommunen växer, flera betalar skatt, under trettio år har man inte investerat i nybyggnationer och tomter säljs i nya stadsdelen. Var är alla pengar?* Men jag håller tyst, jag bör undvika stress.

En budget är en budget och just nu finns det inga mer pengar.

»Man kan dock dela upp projektet och flytta några åtgärder till det kommande året och nya budgeten«, säger en politiker, »Jag tänker då på lekgården, gatan eller solceller.«

»Det är väl bättre att dra ner på utgifter nu? Behövs en sådan stor lekplats ens«, vill en annan politiker veta.

Det blir inget beslut idag. Jag ska dock ha med mig tanken under upphandling av lekplatsen och gatorna. Tar vi det efter färdigställandet av förskolan kan man ta pengarna från förvaltningen och kalla det för fastighetsunderhåll i stället. Det ligger på ett annat kostnadsställe och det är lättare att få loss pengar. Om jag har ett problem med detta?

»Nej, absolut inte. Jag är van att improvisera«, låtsas jag förvånansvärt lugnt. Jag har funnit en oväntad inre ro. Det kan ha att göra med fruns nya *mantra*. Varje morgon skickar hon med mig en lugnande fras. *Att sätta rätt fokus innebär också att kunna strunta i.*

Efter mötet gick jag ner till mitt kontor igen.

Nu håller jag på att skriva om AF-delen, de så kallade Administrativa Föreskrifterna. Fyrtio sidor med hundratals koder inför upphandlingen av entreprenörerna. Här finns alla föreskrifter som entreprenörerna behöver, för att kunna leverera det önskade resultatet som sedan säkert ändå blir annorlunda än förväntat. Jag kopierar så mycket jag kan från tidigare upphandlingar.

Arbetet är i det hela samma oavsett energikraven eller storleken av projektet.

Vi behöver på något sätt formulera att vi inofficiellt handlar upp hela arbetet nu men att det officiellt blir uppdelat i *del 1* byggnaden och *del 2* utemiljöarbeten. Avräkningen ska ske under olika projektnummer och i olika steg, ett mot kommunens budget för nybyggnation och ett som underhållsarbeten året därpå.

Jag tänker på min frus mantra igen och delegerar vidare dokumentet till min nya co-projektledare, den ambitiösa energistrategen. Hon, min högra hand eller min vänstra hand, beroende på vilken hand den koffein-lösa kaffemuggen befinner sig i, brukar ha bra synpunkter.

På eftermiddag träffar jag en glad handläggare på bygglovsavdelningen.

»Man är positivt till bygglovet«, säger han. Bara tak-höjden måste justeras något enligt detaljplanen så att vi inte riskerar ett överklagande nu när vi har kommit så här långt efter mynthistorien. Den bollen skickar jag vidare till arkitekten. Jag hoppas hon fokuserar på uppgiften. Marie, gladiatorn i arenan. Hon sitter i klistret och det märks nu att deras kontor saknar resurser.

Projektörerna i allmänhet ligger efter med sina beskrivningar och ritningar. Akustikern har några problem med ljud i matsalen.

Brand kräver ytterligare en ny utrymningsväg som ska arbetas in i utkastet. Fuktsakkunnig håller på med utredning av väderskyddet i sin fuktsäkerhetsbeskrivning.

Yttre VA, Vatten och Avlopp, har inte löst avloppsplaceringen på grund av den höga grundvattennivån. Storkök måste byta plats på renseriet och torrförrådet för bättre personalflöde. Landskapet ska rita om gården till en enklare gård efter de nya förutsättningarna och göra en underhållsgård för maskinparken för det kommande året med nya budgeten.

Det är alltid samma sak. Det snackas mycket i början och man sitter i många långa möten och varje gång flyttas det fram uppgifter för att man inte har hunnit göra klart det ena eller det andra. Eller så väntar man på den ena eller den andra, sägs det och sedan blir det panik på slutet och det är ingens fel, fast alla var involverade. Nu måste vi sätta ner foten.

Förfrågningsunderlagen ska granskas om två veckor och sedan ska de ut till entreprenörerna. För att korta ner anbudstiden lämnar vi in underlagen elektroniskt och de kan även hämtas på samma sätt. Minst trettio dagars tid ska entreprenörerna ha för att göra kalkylen.

Jag vill starta med markarbeten så snabbt som möjligt, helst innan sommaren, innan någon ny dåre placerar mynt på tomten eller hittar en ovanlig salamander på stenmuren eller vad vet jag.

Fjärrvärmeledningar håller man på att dra ut till området.

Man kanske kunde fortsätta med samma markentreprenör på förskoletomten. Men den tanken skjuter jag bort direkt, så effektiv vill ingen entreprenör vara. De ska ju tjäna pengar på etableringen och transporten hit och dit också.

~

KAPITEL 14 - VÄNNER

STEFAN

Han tittar på mig med stora bruna ögon och viftar glatt med svansen när jag kommer tillbaka till kontorsrummet med mitt koffeinlösa kaffesubstitut. I munnen håller han stolt min ena toffel, den andra ligger sönderbiten under kontorsstolen. Det var frun som strax innan påskhelgen fick den gudomliga ingivelsen att jag behöver en promenadkamrat och prompt bokade hon tre *speeddejts* åt mig på djurhemmet i grannkommunen.

»Sätt dig bara på golvet«, sa hon, »du behöver inte göra något, hunden väljer dig.«

Jag gick in på djurhemmets gård och gjorde som jag blev tillsagd. Jag satte mig på en sten, det ansåg jag skulle vara nära nog till marken och väntade tålmodig på mina *dejtingpartners*.

Det kom in en svart pudeldam till att börja med. Hon bajsade direkt framför mina fötter. Därefter vände hon sig demonstrativt bort. Hon hade kanske förväntat sig en ung och dynamisk lekkompis. Mig ville hon tydligen inte ha.

Sedan kom en korthårig tax som var totalt upptagen med att nosa bakom stenen. Han hade noll intresse av gubben som satt ovanpå. Ingen match här heller. Därefter kom han.

Han gick långsamt emot mig, satte sig på sina baktassar direkt framför mig och började stirra rakt in i mina ögon. Han gjorde inget annat än att hålla blicken. Jag stirrade tillbaka och jag är bra på det. Efter några minuter gav jag upp. Jag var tvungen att titta bort för att torka ögonen.

Jag tror jag såg honom flina när han belåten gick tillbaka till sin kennel.

»Troligen blev du vald«, sa personalen på djurhemmet.

»Det är en blandras som liknar en dvärgpinscher«, förklarade man för mig och jag fick ta med honom på en första promenad.

Vi gillade definitivt samma tempo och han viftade frenetiskt med svansen varje gång jag pratade med honom eller med mig själv. Blandrasen med stora bruna uppstående öron, kort svartbrun päls och vida mörka ögon fick gå hem med mig för att provbo hos oss några dagar. Även frun blev direkt förtjust i honom.

»Han är mycket snäll, ska du se«, meddelade personalen, när jag packade in honom för den slutliga flytten.

»Han har bara den egenheten att han biter sönder saker ibland«, viskade de knappt hörbart i förbifarten, vill jag minnas nu.

Så blev jag med hund och frun blev jätteglad över familjetillväxten. Tyvärr missade hon att kolla med min chef om hundar var tillåtna på arbetsplatsen.

»Nej«, sa personalavdelningen bestämt i telefon, »nötter och hundar får inte passera ingången till kommunhuset«. Dock fick jag troligen någon slags åldersförmån och hjärtattackbonus av kollegorna.

När energistrategen fick veta om hunden kollade hon med alla avdelningar i våning tre om man kunde göra ett undantag och därefter övertalade hon chefen, som pratade med personalavdelningen och nu sitter blandrasen under mitt bord och tuggar på mina tofflor. Jag vet inte hur energistrategen lyckades. Först elbilar sedan hunden, vart ska det bli härnäst, en sommarfest? Blandrasen sitter nöjd under bordet, han med tofflor och jag utan.

Jag känner mig lite trött igen. Det kommer säkert från alla motionsaktiviteter jag håller på med för tillfället. Inte en enda vilodag får man och nu har jag dessutom en hund som ytterligare håller koll på mig när frun inte är hemma. Jag vet inte varför, men ibland får jag känslan av att jag blev lurad.

Helgens påskfirande med blandrasen och två söner med sina respektive i sommarstugan var annorlunda i år. Trevligare skulle jag vilja påstå. Man börjar vänja sig även vid det märkligaste släkte. Och hunden var ju också med för första gången. Den sist nämnda har *omdekorerat* i stugan lite. Frun tyckte ändå det var dags för nya kuddar. Inte en enda nubbe blev det och inga ägg heller. Kolesterolen tillät inte ens en blick på dem. Det serverades i stället *äggfria* sallader och knäckebröd. Så himlagott var det inte som svärdottern påstod högt inför gruppen. Jag kunde övertala frun att få *provsmaka* två bitar sill för att få lite påskkänslor, i alla fall.

Snart ska jag på ett *videomöte*. Åter igen en modern nyhet energistrategen har infört under min frånvaro.

»Det är både miljövänligt, tidseffektivt och framtidssäkert att hålla möten via datorn«, sa hon.

»Tänk om det skulle komma ett virus på jorden och tvinga alla att jobba hemifrån«, betonade hon dessutom.

»Javisst, ett virus. Du tittar på för många science fiction-filmer«, svarade jag tveksamt.

»Det är dags att du lär dig att använda dagens teknik. Det är verkligen inte svårt«, avslutade hon samtalet och nu sitter jag här och ska strax prata med min datorskärm. Jag är verkligen tacksam för allt stöd jag får av henne men ibland överdriver hon verkligen.

Men vad ska jag göra? Jag gick nästan utan muttrande med på att testa det senaste nya i kommunikationsbranschen, för hennes skull.

Det är en helt vanlig fredag. Blandrasen är nöjd, efter dagens första toffelattack och har bestämt sig för att placera sitt huvud direkt framför dörren så att jag inte kan komma ut och ingen annan kan komma in. Solen skiner och vädret kunde inte vara bättre än så här. Antagligen har vi båda samma önskemål om att lämna det mörka, dammiga kontoret på tredje våningen i kommunhuset och kliva ut i vårvädret.

»Det går inte ännu, jag ska ha ett videomöte«, meddelar jag honom *pseudoglatt*.

Det är dags för ytterligare en genomgång av granskningshandlingarna. Alla projektörer hade, mer eller mindre komplett, lagt ut sina handlingar på den digitala plattformen och därefter fått uppgiften att granska varandra.

Idag skulle vi bara bocka av alla punkter för att kunna stämpla om våra *preliminära handlingar* till förfrågningsunderlag.

Nu sitter jag framför datorn och försöker starta en videokonferens. *Ansluta* står det, det kan ju inte vara så svårt. Jag trycker på knappen och pling säger datorn.

Jag är inne. Energistrategen med. Hon hälsar vänligt. Jag berättar helt lycklig att jag kom in direkt men hon bryr sig inte.

»Hallå?« Jag vinkar. Hon vinkar tillbaka.

Jag pratar och hon pekar på sina öron. Vad är det nu då?

Pling, säger datorn och en text dyker upp:

Du måste sätta på mikrofonen. »Jaha. Vart finns den nu igen?« Jag ser mig omkring.

Pling. *Längs upp till höger, bredvid kameran,* kommer som svar på mitt troligen dumma ansiktsuttryck. Jaha. Jag trycker på ikonen och *strecket över mikrofonen* försvinner.

»Hej«, säger jag glatt och får svaret »Det var väl inte så svårt« av henne som lyckas med allt.

Hon verkar vara hemma. »Kommer du inte till jobbet idag?«

»Nej«, säger hon, »jag jobbar hemifrån idag«. Hon hade med sig allt som behövs så det var antagligen inget problem. »Eller saknar du mig på jobbet?«, kom det retsamt tillbaka.

Nej, det gör jag så klart inte.

Nästa utmaning. Jag ska dela projekteringsprotokollet på dataskärmen. Energistrategen förklarar att jag måste trycka på den vita knappen med pil uppåt exakt bredvid mikrofonen. En ny bild öppnar sig på höger sida. Innehållet står där och jag ska välja mellan *skärmen* och *åtta öppna fönster.* Jag klickar vidare på *fönster* och hittar verkligen protokollet jag nyss öppnade på datorn. Jag markerar filen och en röd ram lägger sig runt bilden.

»Så, nu har du öppnat presentationen åt alla deltagarna«, sa den ambitiösa stolt. Jag kan inte förneka att jag verkligen hade fattat det och att det inte var så svårt som jag trodde.

»Nu kan du släppa in de andra deltagarna«, säger energistrategen lugn.

»Vad? Var är de?« undrar jag och kollar instinktivt mot dörren där blandrasen yrvaken tittar tillbaka.

»Du måste först lämna presentationen igen«, säger hon, fortfarande med stort tålamod. Ja, bra tänkt men hur? Vart tog figuren med pilen vägen? Jag känner mitt hjärta slå snabbare igen.

»Den har nu ett kryss på symbolen«, kommenterar hon mina tankar som troligen var uppenbara. Kryss, pil, pil, kryss och det var bara en bråkdel av de figurer som jag ser på skärmen nu. Jag börjar sakna papper och pennor och ett vanligt mötesrum. Jag vågar inte ens tänka tanken hur avancerade videomöten kan bli.

Öppna, prata, visa, avsluta, det får duga. Jag ser de nya fönstren som pluppar upp ett efter ett med inkommande deltagare som troligen alla passade på att jobba hemifrån när man nu fick möjligheten.

Är jag den enda på jobbet idag, undrar jag när jag inser att ingen annan har bestämt sig för att sätta på kameran.

Jag ser bara deras initialer MK, MJ och SD.

Vad trevligt och så personligt, tänker jag skeptiskt och startar mötet.

~

MONA

Jag sitter på hotellrummet i Tysklands mest *amerikanska stad*. Inget för mig. En *skyline* av höghus. Stora bankhus och höga kontorsbyggnader som försöker visa sin ekonomiska makt och överlägsenhet. I verkligheten är det symboler för både människans arrogans och sårbarhet. Jag gillar naturen mest, fjällen, skogen och sjöar är mycket finare, mycket mer äkta motiv.

Jag är på den årliga internationella konferensen där över fyrtio nationer visar upp sitt arbete med globala energikoncept, spännande projekt och nya utvecklingar. Jag ska föreläsa på eftermiddagen om våra senaste skolor och förskolor och kommer helt klart även ta upp min nya bebis Kantarellen.

Kongresser där man samlar folk som jobbar åt samma mål och med samma värderingar är extremt viktiga för utvecklingen. Jag har själv organiserat ett antal liknande fast mindre sammankomster i Sverige. Det kräver mycket organisation, insatser och kraft. Efter det senaste eventet fick jag lova både familjen och medhjälparna att låta bli framöver. Jag var nära att gå sönder igen. Vi får se hur länge jag klarar av att hålla löftet men utbrändheten har lämnat sina spår och är *energikällan* tömd en gång är det svårt att återskapa den.

Just nu sitter jag kvar på hotellet och lyssnar på Kantarellens projektörer som flyttar ansvar sinns emellan. Ingenting är riktigt klart för att alla väntade på varandra och på slutet blir det en kedjereaktion. Inte ovanligt men ganska jobbigt. Samordning är det svåraste som finns och när maken och jag hade granskat underlagen var vi inte speciellt överraskade över hur mycket som saknades eller helt enkelt var bristfälligt. Till och med Marie tackade för vår noggranna granskning som hon sa att hon inte var van vid.

Det har faktiskt sina fördelar med videomöten. Jag har efter gårdagens *come together* på internationella mässan som tillhör konferensen inte riktigt piggnat till och sitter kvar på sängen i nattlinnet. Det är ju ingen som ser mig, jag har som de flesta andra stängt av kameran.

Maken har gått till konferenslokalen som ligger bara några gator från hotellet för att visa vår närvaro när uppfinnaren av konceptet håller sitt öppningstal.

Den typen av konferenser är oerhört viktig för laddningen av batterierna, för inhämtning av nya motivationer så man inte glömmer vad man står för och hur viktig missionen är. Vi måste minska byggbranschens klimatpåverkan. Att just se hur andra länder lyckas, att hitta nya allierade, att inte känna sig ensam längre, allt detta bränner sig in i hjärnan och håller sig kvar drygt ett år tills nästa träff.

Kollegorna har blivit vänner och samarbetspartners och man känner den starka gemensamma drivkraften att kunna åstadkomma något riktigt bra för både människor och planeten. Det är så det är med gruppdynamiken.

När min förevighetsvarande man och jag träffades för över tio år sedan tog jag med honom hit till min *tyska arbetsplats.*

Första gången blev en kulturchock för honom, milt uttryckt. Ett nytt land, ett nytt språk, en annorlunda dryckeskultur och sättet hur jag var integrerad i en fortfarande mansdominerad bransch chockade honom rent av.

Jag var en ung och exotisk höna i ett hönshus full av tuppar. Jag har aldrig tänkt på #metoo när en hand råkade hamna på min höft eller blickar ramlade djupt ner in i min urringning. Jag tog alltid bestämt bort handen men med ett underhållande ordspråk på läpparna när det blev för mycket: *Att röra min figur med tassarna är tabu* eller *Det är tillåtet att titta, men äta skall du hemma.* Jag hade byggt upp en slags respektposition runt utställarna. De känner mina och sina gränser och jag tillät dem att drömma.

När maken första gången stod bredvid oss i *hönshuset* tappade han inte bara hakan utan även rösten. Det slutade med en whisky för mycket och vårt allra första bråk på hotellrummet.

Nu är det helt annorlunda. Han går först in till mässan och möts av beundrande blickar för att han har både ämneskunskap och den tämjda hönan. Respekt behöver man förtjäna. I byggbranschen räknas både lika mycket, hög kompetens och ett stort självförtroende.

Dessa grabbar på mässorna har gett mig en plats i leken även om sättet HUR skulle utsätta några av dem idag för manshatskampanjer på nätet.

Jag önskar mig att flera kvinnor vågar sig ut i byggbranschen. Jobbet är inte svårare än inom äldrevården men det behövs ryggrad och en tjock päls. Man behöver vara tydlig med det man accepterar och var gränsen går, rakt och direkt, det är min erfarenhet.

På en av mina senaste skolbyggnader hamnade jag i en motsatt situation utan att jag ens märkte det. Jag kom till byggplatsen och ville göra min obligatoriska kontrollrunda uppe på taket.

Projektledaren som brukade hänga med mig hade inte kommit än, så jag gick till platschefen och sa att jag går själv så länge. Han ropade till sig en ung manlig kollega som var ny på bygget och beordrade honom att följa med mig.

Han bytte motvillig till sina arbetsskor och hasade missnöjd framför mig mot trappan på ställningen. Jag försökte starta en konversation men lyckades inte mer än att få ut ett entonigt *hm* eller *nja* ur honom. När vi var uppe på taket såg jag takläggaren som precis svetsade fast takpappen på kanten. Jag kände mig nöjd med hjälpen jag fick av den missnöjda killen och sa lite retsamt till honom: »Nu behöver jag ingen barnvakt längre, jag hittar själv här uppe.«

Jag skrattade åt mitt lilla skämt som skulle underlätta det för honom att slippa följa med mig. Om jag bara hade anat vad jag satte i gång för en lavin.

Killen som jag trodde jag hade befriat från bekymret med mig gick besviken tillbaka till boden och direkt in till platschefen.

När jag en timme senare kom ner från taket, klar med min kvalitetskontroll, tänkte jag åka hem igen. Jag blev stoppad av en arg platschef och projektledaren som befann sig i en het diskussion inne i byggbodens huvudkontor. Jag skulle sätta mig ner på besöksstolen vilket jag gjorde och fick världens utskällning för diskriminering av en ung manlig snickare.

Jag hade kallat honom för barnvakt och misstolkat situationen helt. Han följde med mig för att han skulle lära sig något av den stora kvinnliga experten, var platschefens tanke. Synd att han aldrig berättade det för mig, då hade jag kommunicerat på ett annat sätt. Jag blev helt ställd och kunde inte fatta riktigt vilken situation jag hamnat i. Jag hade diskriminerat honom. Det spelar ingen roll att det var omedvetet, fel blev det i alla fall.

Normalt är just mitt tuffa sätt att prata med grabbarna dörröppnare till att bra samarbete, att jag just inte pratar som en typisk konsult utan som *en av dem*. Men nu var jag den som mobbade och utsatte en kollega för en obehaglig situation. Troligen vågade han inte säga något till mig, för att han såg upp till mig eller den positionen jag hade. Eller så var han helt enkelt blyg.

Jag blev verkligen eftertänksam och jag har fått lära mig att mobbing eller #metoo inte nödvändigtvis är könsberoende utan har helt med karaktärerna att göra som man möter och bemöter. Hade den missnöjda killen varit en tjej och jag mannen i denna situation hade jag troligen fått en anmälan hos facket.

Byggbranschen är inte alls lika manlig längre, ingen visslar åt förbigående tjejer i korta kjolar numera. Det är en gammal kliché som måste läggas åt sidan så att mer kvinnor vågar ta steget till byggplatsen.

Jag stänger av datorn, videomötet är över och jag har mestadels bara lyssnat på hundratals ursäkter varför förfrågningsunderlagen inte kan vara klara i tid. Det är lite sorgligt för Stefan och hans ambitiösa co-projektledare för att de har en tidsplan för inflyttningen av förskolebarnen.

Men för mig känns det som att han var för tillfället mer irriterad över videotekniken under mötet än själva innehållet. Han kämpade med ljud och mikrofoner, försökte lämna över kontrollen, delade bilden på sin nya hund när han försökte återuppta protokollet och makten över dagordningen. Stackars Stefan.

Nu ska jag klä på mig och gå till konferensen. Kjolen är inte lika kort länge men jag gör *mitt yttersta för att ta fram mitt innersta*. Jag ler mot min spegelbild. Ja, denna höna skulle förmodligen passa bäst på slaktbänken nu och med lite tur skulle det kunna bli en halvtorr *Coq au vin* till middag.

Grabbarna väntar, samtalen väntar och inte minst den vita sparrisen till lunchen som ingenstans är så god som här i Tyskland med potatis och hollandaisesås. Hönan får leva lite till.

MARIE

Jag har en NY partner. Vi har en ny partner på kontoret och han kom precis i tid för att rädda mig, mina projekt.

Det har blivit så många uppdrag på sistone att jag är tacksam för all hjälp jag kan få. Förskolan Kantarellen blev ett mycket mer omfattande jobb än vad jag trodde. Vilken tur för kontoret.

Den nya partnern sitter nu med mig under videomötet med kommunen och vi lyssnar tillsammans på granskningssynpunkterna.

Jag kan inte låta bli att mönstra honom noggrant.

Han har en ljusblå huvtröja på sig som framhäver både hans välbyggda överkropp och hans blå ögon. En slinga av hans mörkbruna hår faller över hans panna när han vänder blicken mot mig och bildar en lockande siluett. Jag vänder mig ertappad tillbaka mot skärmen och ser ur ögonvrån att han ler. Jag behöver bromsa min instinkt för att inte falla för frestelsen och titta tillbaka.

Hans blick fastnar helt ogenerat på mitt ansikte och jag undrar vad han tänker. Vad är det som pågår här? Jag försöker se upptagen ut och stryker under meningar i Monas gamla granskningskommentarer. Jag har verkligen svårt att koncentrera mig. Jag håller alltid fokus på jobbet och låter inget och ingen hindra mig ifrån att vara professionell på möten.

»Det ser ut som om att vi har en lång natt framför oss«, avbryter han mina tankar.

»Ursäkta?« Jag tappar pennan jag höll så fast i handen för att kuva begäret att stryka bort hans hårlock. Och nu rullar pennan långsamt in under stolen.

Vi böjer oss båda instinktivt efter pennan samtidigt när våra huvuden slår ihop.

»Aj«, utbrast jag tar mig på pannan. Våra blickar mötts. Han ler försiktigt och sträcker ömsint handen mot mitt ansikte. Jag vänder mig förskräckt bort och går med snabba steg till toaletten.

Vad i hela friden var detta? Jag blaskar kallt vatten i ansiktet och tittar i spegeln. Marie, vad håller du på med? Han säger *en lång natt framför oss* och mina tankar utvecklar sig till vilda fantasier. Han menar ju granskningsarbetena vi har kvar, så klart. Varför reagerar jag så märkligt? Den nya kollegan har en dragningskraft som gör mig helt perplex.

Jag kan inte minnas när jag sist hade liknande känslor. Det var kanske det första året av sorglös romans innan missfallen och de frustrerande försöken att bli med barn igen? När dottern som vi längtat efter så länge, äntligen blev en del av vår familj låg allt fokus på henne och vi såg inte varandra längre.

Det blev aldrig så obekymrat som förr igen. Rädslan och ångesten att förlora henne vid varje barnsjukdom, nätterna av vakande, varje ledig minut gällde henne fram tills skolan började. Sedan blev jobbet mitt nya hem och maken sökte sin passion inom idrotten. Fjärilarna har aldrig kommit tillbaka och nu känner jag hur en helt ny sort breder ut sig i min mage.

Ingen har tittat på mig med en sådan upphetsande blick som han under nästan tjugo år. Det är smickrande men mest skrämmande. Jag är för gammal för att leka, för att känna, för att begära. Jag vet inte ens hur man beter sig nuförtiden. Det blir bara pinsamt. Jag misstolkar säkert signalerna helt. Och till slut blir jag olycklig av obesvarad kärlek, om det nu ens är kärlek jag känner.

Bortsett från detta är jag gift, olyckligt men lagligt. Jag måste vara tydlig mot honom så vi inte hamnar i en obehaglig situation som påverkar vår arbetsrelation och hela kontoret. Jag vill absolut inte förlora honom som kollega. Jag har alltid önskat mig en sådan kompetent, öppen och drivande partner som han.

Jag lämnar toaletten och går tillbaka till mötesrummet. Videokonferensen har troligen hunnit avslutas. Fönstret på datorn är stängt och lilla konferensrummet tomt. Jag ser mig omkring. Nya kollegan står i köket och pratar med inredningsarkitekten. De lägger inte märke till mig. Jag har säkert inbillat mig elektriciteten i luften. Ibland är viljan starkare än förnuftet.

Jag tar ett djupt andetag och öppnar rumsbeskrivningen till förskolan Kantarellen. Det är en del kvar och ja, det blir några långa jobbdagar och säkert även kvällar.

Jag skickar ett textmeddelande till dottern: *Hur mår du?*

Svaret kommer genast: *Bra.* Relationen med henne går i vågor. En dag är stämningen ljus och öppen och nästa dag får man utan förvarning en stängd dörr i ansiktet.

»Jag har en pojkvän«, berättade hon häromdagen. Jag insåg att vi kanske skulle behöva prata om preventivmedel. Att prata sex med sin tonåriga dotter är inte alls så enkelt som jag hade hoppats på. Jag vill vara en öppen mamma, en vän till henne men nu blev det plötsligt mycket svårare. Vilket råd skulle jag kunna ge? Jag vet knappt själv längre hur det går till.

»Är inte det lite tidigt med knappt femton år«, undrade jag i stället. Hon ryckte bara på axlarna.

»Kärlek är inte åldersrelaterat«, skulle jag veta. Jag tänker på min unga nya kollega igen.

Kärlek är ett stort ord. Finns äkta kärlek? Vi lever ju inte i en saga. Så många prinsar kan det inte finnas där ute med tanke på alla sovande *törnrosor.* Jag är säker på att de flesta människor aldrig hittar den *enda rätta.*

Nej, de flesta har nog slutat leta helt, accepterat läget. De godtar bekvämligheten och nöjer sig med det de har fått. Var tacksam och sträva inte efter stjärnorna.

Bättre en fågel i handen än tio i skogen, skulle nog Stefan uttrycka sig.

~

JOHAN

Första veckan tillbaka på jobbet. Jag har tappat två kilogram och känner mig fortfarande något ostadig på benen. Andra rundan av magsjukan var värst. Först tömde den minsta sonen hela sitt maginnehåll. Det var tillräckligt krävande även om skiten hamnade i blöjan och man bara behövde ta hand om kräket som fördelade sig i hela huset.

Sedan fick vi det. Flickvännen kom inte ur sängen det första dygnet och jag inte ut från toaletten. Under natten smög jag fumlande ut ur sovrummet när jag kände hur magsyran tog sig uppåt. Jag kolliderade först med handfatet och fick därefter toalettlocket i huvudet. Jag spydde ut hela magens innehåll i flera omgångar och somnade nästan medvetslös på toalettgolvet tills äldsta pojken blev kissnödig och klättrade över min halvdöda kropp.

Jag har aldrig varit med om något liknande. Så äckligt och så otäckt var detta. Hela huset luktade avföring och vad vi än åt, fick vi inte behålla något längre än några minuter. Att ha småbarn i förskolan är som att spela *rysk roulett*.

Om man nu vill hitta något positivt med det hela så var det väl att magsjukan inte kom just den helgen vi skulle på fest. Då hade jag verkligen blivit arg, vi är ute så sällan nu. Vilken härlig natt det blev med våra vänner även om jag dagen efter inte kunde minnas att jag dansat med en kompis till fransk musik. Jag hade träningsvärk i ansiktet av allt skratt. Äkta vänner är som de vita blodkropparna i venerna, man orkar inte med för många men det går absolut inte att vara utan.

För tillfället är alla friska och jag kunde äntligen träna igen, hela muskelmassan har försvunnit efter sjukdomen kändes det som.

Vi tog långa promenader ute i skogen i vårsolen. Det ger lite hopp när man långsamt kan ana att livet kommer tillbaka.

Vitsipporna har börjat blomma och delar av skogen är inramade av ett vitt hav.

På senaste promenaden vågade farsan följa med oss igen.

Han höll sig på avstånd i två veckor, klok farfar. Utan honom skulle två byggplatser stå utan arbetsledning och det ville han inte riskera.

Vi mötte kommungubben, jag tror han heter Stefan, som gick med sin hund på promenad. Barnen blev helt förtjusta i vovven och tjatar sedan dess om att vi måste skaffa hund.

»Den är så söt, pappa vi vill också ha en hund«, ropade de. »Snälla!«

Farsan kände gubben väl. Jag undrar om inte de har varit vänner en gång i tiden.

De hade ett antal projekt ihop i alla fall och det verkar snart vara aktuellt att lämna ett prisförslag på den nya förskolan som byggs ganska nära vitsippeskogen. Mynten var troligen inget fynd utan en donation. Jag förstod inte läget riktigt.

Farsan sa att han skulle hålla ett öga öppet och tipsa chefen när förfrågningsunderlagen är ute.

Och jag trodde att vi skulle slippa det huset med alla dessa specialkrav någon teoretiker har tagit fram, men än är hoppet inte dött.

Farsan skrattar bara. »Du får se. Det är säkert bara påhittade papperskrav«, menar han. »I slutändan bygger vi som vi alltid gör ändå.« Så fel han skulle ha den här gången.

Nu ligger vi i slutspurten med våra LSS-boenden, som ska ha slutbesiktning om åtta veckor. Mina kollegor har börjat med gården och satt stommen till trallen under tiden jag var borta. Allt måste vara handikappanpassat med ramp och utan trösklar så att det inte finns några hinder för hyresgästerna.

Jag blir avdelad till golvläggningen i gemensamhetsrummet. Undertaken är nästan färdigmonterade, målaren håller på med sin andra strykning och en kreativ sprinklermontör har satt sina vattenrör synliga över de blivande matplatserna.

Ibland undrar man var arkitekten är när den behövs som mest.

Det ser inte klokt ut. Det väljs ett kostsamt öppet ryggåstak med fina vitlaserade träribbor och så sätter han sina dessutom mörka sprinklerrör tvärs över. Finns det ingen som tänker här?

Vissa jobbar bara efter ritningar och ändå vet ju alla att projektörer är teoretiker som inte vet mycket om verkligheten.

Att man inte vågar ifrågasätta? Men inte min business det heller.

Inte mitt hus, inte mitt projekt. Någon annan får ta upp frågorna.

Om inte farsan bryr sig, behöver inte jag heller lägga mig i.

Vi kommer få rätt i alla fall, det var ju ritat så och godkänt av beställaren.

Det är en hel del småjobb kvar här inne och jag hoppas vi får lite resurser så jag slipper övertidstimmarna nu när våren kommer.

Även om det givetvis är säkrare här än hemma under barnsjukdomarnas högtidsstunder.

~

KAPITEL 15 - FÖRNUFT

STEFAN

Pling. Nu har förfrågningsunderlagen gått ut till den offentliga upphandlingssidan. De senaste veckorna har jag trots fruns *mantra* varit nära en hjärtattack igen, tror jag.

Jag har granskat handlingarna i flera omgångar och alltid hittat något som inte var åtgärdat eller helt bortglömt. Naturligtvis går det att komplettera underlagen under anbudstiden men det innebär också en hel del byråkrati och dessvärre möjligheter för entreprenörer att hitta tilläggsarbeten efteråt.

Alla entreprenörer ska ha samma förutsättningar. Vi ska inte riskera något överklagande. Jag vill inte börja om från början.

Marie hade nog mest av alla att göra. Hon hade dock fått bra assistans på sitt kontor med både detaljerna och beskrivningen.

Jag har bestämt mig för att fortsätta samarbeta med henne även i detaljplaneringen under resten av projektet.

Normalt tar entreprenören ansvaret och upphandlar en egen arkitekt men risken finns att de byter ut Marie till en kanske billigare men mindre engagerad konsult. Nu har jag skrivit i förfrågningsunderlagen att Marie måste vara kvar.

Hon och hennes team är väl insatta i projektet och det måste vara förnuftigt att ha med henne även under uppförandet. Samarbetet blev mycket bättre på slutet, trots att hon höjde sin budget ett antal gånger. Jag måste dock medge att underlagen blev betydligt mer omfattande och mera detaljerade än vad hon eller jag hade kalkylerat med från början. Entreprenören kommer ta över kontraktet med arkitekten efter upphandlingen, så har jag tänkt mig.

Utöver henne har jag även kvar min energisamordnare under hela projektet fram tills inflyttning, men Mona är min, beställarens, konsult.

Nu har jag fyra veckor för att förbereda byggandet. Jag ska anlita en behörig KA, Kontrollansvarig till projektet. Ytterligare en person ska jobba med checklistor så vi inte får några problem från startbeskedet till slutbeskedet. Det blir spännande.

Pling. Jag kollar mailen och det kom något från byggnadsnämnden.

Bygglov beviljat. Vilken dag idag. Det tog mindre än åtta veckor, det är nästan världsrekord. Vi kan kalla till möte om tekniskt samråd så fort vi har upphandlat en entreprenör.

Jag känner mig nöjd och skulle gärna vilja skåla med energistrategen men varken bubbel eller koffeinhaltig kaffe står kvar på min *du-får-lista*.

Jag klappar blandrasen kärleksfullt på huvudet. Han har faktiskt blivit en del av både vardagen och helgen. Man har sällan sett någon mer trogen individ än lilla *storögon*. Han har i brist på tofflor och kuddar börjat nöja sig med en nyanskaffad hundleksak. Tills slut lyckades jag även att få tyst på gummikycklingens pipande. Det visste väl inte jag att det finns hundleksaker med inbyggda pipljud. *Ja, även solen har sina fläckar.*

Energistrategen håller på med sin utvärdering av kommunens miljöbilar. Jag kanske kan hjälpa henne nu som gentjänst för allt hon gjorde för mig de senaste månaderna. Jag klappar blandrasen igen som tittar vädjande på mig.

»Ja, du har ju rätt«, svarar jag honom, »vi har kvar lite tid till lunch.« Vi beslutar gemensamt att ta en runda i parken utanför kommunhuset. Våren har verkligen slagit till med all sin kraft. Det är så överraskande varje år på nytt.

Det är nästan att man kan se hur knopparna öppnar sig och den ljusgröna prakten breder ut sig över de kala gråa kvistarna i träden. Jag lämnar jackan på besöksstolen, den behövs inte. Vi går ner för trappan och ut ur kommunhusentrén. Den *grönsakstunga* matlådan får vänta.

~

MARIE

Jag har inte träffat honom på tre dagar. Den nya kollegan. Och jag saknar honom som luften jag andas. Det kanske är förnuftigt att han jobbar hemifrån, det kanske är förnuftig att vi inte ses hela tiden men jag tänker på honom jämt.

Vi har kompletterat varandra väldigt bra de senaste veckorna på jobbet. Han har fokus, är kompetent och jag gillar hans humor. Han flirtar med mig på ett väldigt fint sätt, sensibelt och finkänsligt, aldrig för mycket, aldrig över gränsen, bara exakt så att han och jag känner pulserandet mellan oss.

Han fixade alla efterfrågade detaljer till förskolan med en blinkning till mig, kanske extra noggrant för att imponera. Mona ville ha en hel del extramaterial och han tog på sig uppgiften. Han jobbade säkert tolv timmar om dagen för att hinna i tid.

Det skulle finnas lufttäthetsbeskrivningar, materialhänvisningar, även för produkter som inte syns. Han lyckades få ihop det med konstruktören utan större anmärkningar. Min nya kollega vet vad han gör och han vet exakt vad han vill. Han har smittat mig lite med sitt intresse för energikonceptet. Vi har börjat prata om *helheten*. Det är nästan lustigt att vi har hamnat där tillsammans.

Sedan något mer än två veckor är han nu vår officiella partner på kontoret och det känns som att han alltid har funnits. Vi alla fyra är säkra på vår gemensamma framgång. Han har fått in ett bostadsprojekt, träffade kunden i förrgår och utvecklar nu första presentationen hemma. Han är lite förkyld och vill inte smitta oss andra på kontoret, sa han. Jag vill hellre vara sjuk än utan honom, slår det mig igen och jag blir själv överraskad av den insikten.

Förskolan ligger ute till förfrågning nu. Stefan överraskade mig med en upphandling även under produktionen. Då får jag vara med under byggfasen på projektet Kantarellen också. Det är bra, både för mitt självförtroende och även för kontoret. Jag är säker på att förtjänsten även ligger i detaljerna som min nya kollega tog fram. Och nu har vi projektet ihop även under detaljplaneringen.

Det pirrar i magen när jag tänker på våra gemensamma stunder.

Jag har fått ytterligare en skola på bordet med idrottshall och även det projektet kommer ha en miljöprofil. Det verkar vara väldigt populärt just nu. Fler och fler beställare vill mer eller mindre seriöst visa sin omtanke för hållbarhet.

Dock finns på detta skolprojekt inga energikrav, konstigt nog. För mig spelar det ingen stor roll. Tvärtom betyder det att jag kan jobba med en helt fri utformning och utan att behöva minska fönsterandelen.

Lite märkligt kan man tycka men så olika är uppfattningen om rätt eller fel. Och alla tror att deras väg är den enda till minskning av klimatpåverkan. Varför jobbar man inte ihop? Ta det bästa av varje miljöcertifiering. Jag kanske skulle föreslå beställaren det.

Hållbart byggande kräver mer kreativitet av oss arkitekter, det är säkert. Nu har jag kommit en bit i tänkandet, varför gå tillbaka till de gamla rutinerna? För att det är enklare. För att man bara gör det man bli tillsagd eller vad som blir efterfrågat. Jag måste fundera på det. Är det den rätta vägen? Nästa vecka träffar jag verksamheten. Jag får höra deras önskemål och sedan bestämmer jag mig för traditionellt eller nytänkandet eller en kombination av båda.

Bra för oss konsulter är det. Mer miljökrav ger högre arvode och större möjligheter att synas. Med den nya skolan växer chansen för ett arkitekturpris igen.

Miljöcertifieringen som valdes i detta projekt tillhör en stor, svensk förening. De har *galor* och prisutdelningar i hela landet på högsta nivå. Den som inte syns finns inte.

Konstigt nog är jag inte längre lika mycket intresserad av att synas och få priser. Vad kan det bero på? Hahaha, skattar jag för mig själv. Den enda jag vill vara synlig för just nu är min nya kontorskollega.

Pling. Ett mail. Från honom. Jag blir glad direkt och det pirrar i magen igen.

Hur mår du och vad gör du? Jag svarar direkt, att jag mår bra och att jag har börjat med skolan.

Hur mår du?

Pling. *Bättre. Jag saknar dig*, skriver han. Han saknar MIG?

Kanske för att det är så tyst i hans hus. Han bor själv sedan separationen för ett år sedan. Han har inga barn. Han har en katt som dekorerar hyllan i hallen, skojade han en gång.

Kom hit, svarar jag tillbaka, *hjälp mig med skolan.*

Pling. *Det vill jag gärna men presentationen måste bli klar. Ska vi ses i kväll?*

Nej, jag måste hem, min man och min dotter väntar på mig, vill jag skriva. Jag är gift. Jag har en familj, vill jag skriva. Men har jag det verkligen? Kan man kalla det äktenskap? Väntar verkligen någon på mig där hemma? Jag svarar inte honom. Klart jag vill se honom, mer än något annat.

I stället tar jag fram mobilen och skickar ett textmeddelande till dottern: *Vad gör du ikväll?*

Hon svarar direkt: *Ute med pojkvännen, hjärtemoji övernattar hos honom, smiley. Vad gör du?*

Jobbar.

Ses imorgon. Pussemoji.

Kommunikationen med henne har blivit mycket bättre, sedan hon har pojkvännen, i alla falla digitalt. Om man nu får kalla det kommunikation. Ibland övernattar de hos oss men mestadels hos hans familj. Då skickar vi textmeddelanden till varandra. Hon svarar nästan alltid omedelbart och ibland lägger hon även till några söta emojis i texten. De ska symbolisera hur hon känner sig för tillfället. Hon har verkligen börjat sitt eget liv. Hon behöver inte mig längre. Jag tittar på datorn igen. Inget nytt mail.

Han pressar mig inte.

Ja, svarar jag honom till slut.

~

MONA

Euforin efter konferensen har lagt sig snabbt igen. Man känner sig stark och på rätt väg en stund sedan hämtar verkligheten en tillbaka till jorden.

Jag lyckades efter en del övertalande att få till att förfrågningsunderlagen till förskolan Kantarellen skulle kompletteras med flera detaljer. Energistrategen som förstår konceptet bättre och bättre, har motiverat Stefan att inte chansa. Det finns ingen entreprenör här i närheten som har byggt efter detta energikoncept tidigare och vi ska varken skrämma dem eller ge dem känslan av att de måste lösa uppgiften själva. Energistrategen medverkar sedan mars på min utbildning för energieffektivt byggande. Nästa vecka är det sista blocket om bland annat upphandling och förfrågningsunderlag, men hon vet redan.

Jag har sällan haft en sådan engagerad deltagare. Hon är öppen, nyfiken, kritisk och hon har lärt sig helheten. Jag hoppas verkligen att hon får möjligheten att växa i kommunen eller vart hon än går.

Hon har potential.

Stefan gick tyvärr inte med på att ställa kompetens- och referenskrav hos byggarna. Det är inte ovanligt och jag fick inse att det är svårt att hitta någon entreprenör som kunde leverera dessa önskemål. Kanske har han en speciell entreprenör i åtanke och vill inte hindra dem att lämna anbud. Vi skrev i stället en bilaga till Administrativa Förskrifter om utbildningskrav för samtliga byggare.

Drygt fem veckor ska vi vänta nu på att kommunen får öppna anbuden. Alla har önskemål om att få en byggare med hög motivation och som vågar tänka nytt. Bygglovet är beviljat men det är ytterligare fyra veckors överklagandetid vi behöver avvakta innan vi verkligen kan jubla. Efter myntskandalen är sannolikheten dock mindre för klagomål och alla hoppas att det inte finns flera dårar där ute.

Det ska även byggas en bullervägg av Trafikverket men det är kommunen som lånar pengar till dem. En konstig värld vi lever i.

Jag sitter med ytterligare en skola som ska utvecklas åt en annan kommun och allt börjar från början. En okunnig beställare, en ovillig arkitekt och jag måste trycka på startknappen igen.

Hur svårt kan det egentligen vara? Varför kan vi inte bara ställa hårdare krav? Vem vill man skydda eller supporta när man väljer att bygga så mycket sämre än dagens teknik möjliggör?

Finns det något vi behöver vara mera rädda för än förstörelsen av planeten?

När jag tänker tillbaka så har jag under hela min karriär inte gjort något annat än försökt övertala folk att välja det bästa möjliga. Jag har pekat på vetenskapen, referenser, möjligheter och risker. Från första dagen jag fick prata högt här i Sverige har jag kämpat.

Skepsis, förtal, lögn. Jag har mött allt under tiden.

Sverige är mitt hemland sedan över tjugo år och jag har känt mig välkommen nästan från början. Jag kom inte hit som flykting med en dramatisk resa bakom mig utan som en vanlig person med utländsk bakgrund. Tyskland kändes inte så långt borta som Ukraina, Bosnien eller Syrien, varken i avstånd eller kulturellt.

Jag var en välkommen invandare kan man säga. Högutbildad i en europeisk skola, lärt mig lite svenska innan flytten och hade skaffat jobb i förväg om än tillfälligt. Jag kunde accepteras i samhället. Sedan blev det konstigt.

Jag lärde mig mer svenska, jag lärde mig mer om energieffektivt byggande och jag började använda rösten och kunskapen. Och många vände sig bort.

Det är en sak att vara invandrare och jobba tyst för sin inkomst och sin skatteplikt. Men det är en helt annan grej när man plötsligen ifrågasätter traditionella metoder och försöker införa nytänkandet i landet som har *tagit upp* en så generöst en gång i tiden. Jag hade trampat på många tår, stora tår. Jag hade vågat ifrågasätta ordet *LAGOM*.

»Med lagom kan vi inte rädda världen«, har jag sagt. Det är nästan lika illa som att ifrågasätta fikapauser. Vi måste vara bättre än tillräckligt och vi kan det när vi tittar över gränserna ibland. När vi inte tror att vi redan är bäst om allt.

Åttiotalet var Sverige ledande i arbetet med energieffektivisering. Värmepumpar, ventilationsaggregat, treglas-fönster, isolering, allt kom från Skandinavien. Idag vilar vi på dessa framgångar och andra länder har för länge sedan passerat oss. Vi sitter kvar i 80-talet och blundar. Jag uppfattas som överambitiös och för krävande i branschen. I kommunen jag bor i kallas jag för fanatiker.

Men det är jag inte. Jag kan bara inte inse att man bygger något som är sämre än det som är bäst.

Jag känner mig som en läkare ibland.

En läkare som har vaccinet mot en dödlig sjukdom men får inte lov att använda det, trots att det är bevisat att det kan rädda liv. Är det förnuftigt?

Kanske hänger drivkraften kvar från ungdomen. Jag har behövt kämpa först i Östtyskland, sedan i Västtyskland och inte minst alla åren i Sverige.

~

KAPITEL 16 - BYGGET

STEFAN

Vi har en entreprenör. Ja, jag vet. *Man ska inte ropa hej förrän man har kommit över bäcken.* Vi måste vänta i några veckor till ifall någon av de andra två byggarna som också lämnade in ett anbud vill överklaga vårt beslut. Jag hoppas verkligen att jag slipper den proceduren.

Vinnaren har tre stora fördelar:

Ett. Det är ett mindre lokalt byggföretag.

Två. Priset för byggnaden ligger under vår budget och ger marginal för eventuell tillkommande arbeten vi kanske har missat. Eventuellt räcker pengarna till gatan och den enklare lekgården.

Tre. Jag känner den nya platschefen väl. Han är en gammal bekant, nästan vän och jag vet att han kommer driva projektet och få ett bra resultat.

Vi möttes häromdagen ute i skogen när jag gick med hunden. Hans barnbarn var helt förtjusta i blandrasen. De tjatar sedan dess om att de också vill ha en hund, berättade platschefen i telefon.

Det är nog ingen som kommer att ställa frågan högt, hur just denna lokala entreprenör lyckades pricka så rätt med sitt anbud, strax under kommunens uträknade budget.

Det är nog ingen som kommer undra varför min skogspromenad med blandrasen råkade vara just samtidigt som platschefens promenad med barnbarnen strax innan förfrågningsunderlagen gick ut. Inget har varit olagligt, det vara bara en slump att det råkade bli ett samtal i rätt tid, på rätt plats.

Enda nackdelen jag kan se med de lokala byggarna är att de aldrig har byggt enligt detta energikoncept tidigare och behöver stöd och hjälp av energisamordnaren. Men platschefen har lovat mig öppenhet och vilja att få in nytänkandet hos personalen och med Monas envishet ska nog kunskapen kunna nå fram.

Vi ska snart ha ett första möte. Jag förbereder kontraktet och går genom tidsplanen. Vi behöver starta innan semestern med exploatering av marken. Vi måste förbereda bodar och stängsel så vi slipper flera obehöriga personer på tomten framöver. Inga flera risker. Nu ska vi bygga förskolan Kantarellen, jublar jag, i avsaknad av energistrategens närvaro till blandrasen. Förskolan, med pedagogiken som inte är en pedagogik utan ett förhållningssätt, blir verklighet. Blandrasen sitter bredvid mig med sina stora bruna ögon, nästan lika belåten som jag. När han tittar så här nu, påminner han mig om yngsta sonen när han var liten.

Frun tyckte en gång att jag skulle bygga en koja ihop med barnen i ett av våra gamla äppelträd. Jag köpte plankor och spikar och började klättra upp för att visa pojkarna hur det skulle bli och hur de skulle göra. Den stora killen gick direkt tillbaka in i huset, han vill inte smutsa ner sig. Hellre ville han hjälpa mamma med maten eller läsa en bok. Men den lilla, han stod kvar och stirrade på mig helt förlamad. Han hade nog aldrig sett mig klättra upp i ett träd och det var verkligen första och även sista gången.

Han hade nog inte heller sett mig med hammare i handen tidigare. Han blev helt förvånad och bara stirrade med stora bruna ögon. Jag tog fram sågen och verktygen och han bara fortsatte att titta fascinerat på mig. Jag sågade de första brädorna och han tittade på. Jag klättrade upp och spikade fast dem och han tittade på. Jag slog mig så hårt på tummen av nervositeten att jag trodde att den skulle ramla av. Han sprang. Han sprang in i sitt rum och kom inte ut mer resten av den dagen.

Jag minns att frun kom till mig efteråt och bandagerade mitt sår. Sedan plockade vi in verktyg och plankorna och pratade aldrig mer om en koja i äppelträdet. Jag fick en öl och hon tröstade sönerna med glass. Sommaren därpå anlitade jag en snickare som byggde en liten lekstuga till barnen.

»Det finns definitivt en anledning till att du sitter i kommunhuset«, sa frun då. Verktyg är farliga vapen och jag är en krigsmotståndare.

~

JOHAN

Farsan ringer när jag precis ska gå in i boden för frukostrasten. Jag spottar ut snuset och tar emot samtalet.

»Vi har fått jobbet att bygga nya förskolan nära ditt hem, nära din skog«, berättar han stolt.

»Jaha, ska man gratulera eller beklaga?« Jag vill ju inte svartmåla framtiden, men jag har den där känslan av att det här inte kommer bli ett vanligt bygge och vi har hittills bara gjort vanliga byggen.

Jag skulle bli indelad som snickare med lite arbetsledning om jag vill.

»Och det vill du«, tyckte farsan bestämt. Enda nackdelen, utöver hela projektet, den enda, haha, är att jag måste gå en utbildning innan sommaren. Sex långa dagar i skolbänken igen. Administration, kontrakthantering, styrning, ekonomi, tidsplaner, kommunikation, inköp och mycket mer behöver jag ha grundläggande kunskap i, bestämmer farsan.

»Du behöver ta nästa steg«, tycker han. Jag skulle lära mig ledarskap. Han ville boka kursen direkt.

»Kan jag inte först sova en natt på det«, undrar jag. Men då har han redan lagt på. Jag tittar förbryllat på min telefon. »Då var det väl bestämt«, försöker jag pusha mig själv.

Farsan har bra med erfarenhet. Jag har ingen. Jag kan bara snickra. Arbetsledning? Ett stort steg för mig, är jag verkligen redo?

Han skulle själv bli platschef på detta bygge, en ny roll för honom med. Han har ju nått en viss ålder där han inte kan springa runt på taket hur som helst. Vad jag hade fel med denna tanke.

Ingen kan förutse en olycka men i efterhand vill alla ha anat något. Det är säkert spännande att se farsan som platschef och han är säkert bra som lärare för mig med. Vi får se om han kan göra som han alltid har gjort, den här gången med.

I går var det slutbesiktning på LSS-boendet och nu återstår efterarbetena. Det blev en lång lista. Besiktningsmannen kunde inte avsluta sitt jobb. Han var nästan arg över alla anmärkningar som kom fram.

Fallet i samtliga badrummen motsvarande inte svenska regler.

Måleriarbetena var dåligt utförda. Man glömde väl nätet mellan gipsskivorna och nu sprack de första skarvarna. De behöver göra om en hel del med målningen också. Även några fönsterbleck behöver göras om och takavvattningen hade fel lutning och för få infästningskrokar. Jag fick också ett extra jobb nu. Lister och smygar ansåg han inte var korrekt utförda.

Några trösklar var för höga för att få kallas handikappanpassade, rampernas lutning var utanför tillåtna toleranser. Även en del av mina fasadbrädor måste jag byta ut. Man kan verkligen se det som tur att besiktningsmannen enbart kollade på det som syns.

Ingen bryr sig om vad som finns bakom fasaden och jag är inte säker på om det eventuellt egentligen kunde ha mer betydelse än alla dessa kosmetiska anmärkningar ihop. Men jag säger inget.

Vi bygger som vi alltid har gjort och det är säkert lagom så länge ingen ifrågasätter det. Inte ens på slutbesiktningen.

Bara två veckor kvar till midsommar. Enligt farsan ska jag hinna med utbildningen innan dess. Humöret är trots allt på topp. Vem bryr sig? Strax efter midsommar tar jag ledigt. Bara första mötet med nya förskolans markentreprenör, sedan är det sommar på riktigt. Jag har några föräldradagar kvar och så det blir en skön och lång sommar på Öland med både vänner och familjen.

Midsommarfirandet har jag som tradition att ha med kompisar. Vi festar tills ingen av oss kan stå eller gå längre. Vi kommer slå upp tälten kvällen innan och dygnar.

Resten av familjen är i sommarstugan. Frun och barnen passar inte riktigt in i kompisgängets dryckestraditioner men det har vi en bra överenskommelse om.

Hon får går med sina tjejkompisar till festivalen på sensommaren i stället och då har jag hand om barnen eller så har farsan det.

~

KAPITEL 17 - FÖRSTA STEGET

STEFAN

Midsommarfesten är över. Nu blir dagarna kortare och kortare igen. Egentligen planerade frun att stanna i sommarstugan men jag har uppgifter som väntar på mig och hon vägrar att lämna mig ensam i huset.

Hon tog hjärtattacken väldigt hårt. Även sönerna ringer nu minst en gång per vecka för att höra hur jag mår. Man behöver ju inte överdriva. Jag mår bättre än någonsin.

Midsommar blev som förväntat väldigt torr. Inte att det inte regnade, det har det gjort i nästan alla år. Men bortsett från en liten nubbe till nypotatisen och sillen var det bara flädersaft och vatten resten av kvällen. Båda sönerna kom på besök, den ena med en fikus i *handen* och den andra med en *fikus* i handen. Den ena står nu på fönsterbänken, den andra hamnade på solstolen framför huset.

Jag hade precis börjat vänja mig vid att ha tre söner, en dotter och en hund när nästa nyhet i familjen kom.

Sonen med fikusen på fönsterbrädan ska bli pappa och jag, som följd av detta, farfar. Det har gått tolv veckor in i graviditeten men de ville inte berätta för oss innan de var säkra. Svärdottern mådde inte speciellt bra. Hon har samtliga graviditetslidanden man kan få och alla på en gång. Gladast i familjen blev frun.

»Jag har väntat så länge på den dagen«, sa hon euforiskt.

Själv undrade jag hur de ska få plats med barnet i sin fina lägenhet och sina fina karriärer. Men jag vet när man ska hålla truten och när det är dags att ta en runda med blandrasen. Jag blir farfar och kanske får jag en ny chans att bygga en koja. Eller helst inte, viftar jag bort tanken. Jag har nog kvar det gamla monopolspelet, insåg jag desperat. Hjärtattacken har troligen skadat en del av hjärtmuskeln och hjärtat fungerar inte längre som vanligt. Jag får inte glömma det. Den här gången kan jag inte bara bortse från varningarna. Jag är tvungen att lyssna. Till min och min frus glädje har vi nu blandrasen i vårt liv. Han ger mig tillbaka min drivkraft och följer med mig i princip i varje steg.

Även idag springer han glad mellan mina ben och till glädje för alla småungar i svampskogskanten. Idag är det barnens dag. Vi står på tomten där man inte hittade några flera mynt men utan tvivel mycket lera. Vi behöver gummistövlar för att inte sjunka ner i marken. De små rackarna ska snart växa upp i en demokratisk förskola, tänker jag, när jag ser dem skutta över tomten.

Varje barn har en egen liten spade i handen, en neongul väst över tröjan och en röd, alldeles för stor, hjälm på huvudet.

De strålar in i journalistens kamera när de får tecken att börja gräva. Och de gräver på riktigt. Det blir en stor grop framför dem och de skrattar av glädje när de får beröm av både platschefen och verksamhetschefen som ser mer och mer sliten ut.

»Vi kanske slipper grävmaskinen«, föreslår jag glatt till en av snickarna. Han skrattar men tror att barnarbete nog inte är tillåtet i det här landet.

Naturligtvis saknas inte politikern i svarta kavajen. Han ska hålla tal inför det här stora bygget som ska sätta kommunen på kartan. Arkitekten svarar på journalistens frågor om utformningen och gestaltningen.

I lokaltidningen står det dagen efter: *Nya förskolan ger hopp inför vår framtid*. En bild av arkitekten ihop med den seriösa kommunalpolitikern i svarta kavajen finns på första sidan. Bilden av sex lyckliga barn med röda hjälmar fick plats på sidan sex i samma tidning, tillsammans med reportagen.

Jag är så lättad över att ingen annan entreprenör överklagade vårt beslut och att vi nu har chansen att hämta hem de förlorade *skattjaktsmånaderna*.

Dagen innan midsommar hade vi det tekniska samrådet och nu fick vi startbeskedet. Det kan väl inte hända något mer som stoppar byggnaden och strular till med tidsplanen nu, eller?

~

JOHAN

Farsan är ute på Första-spadtaget-ceremonin med viktiga människor från kommunen och pressen och jag fick förmånen att titta genom ritningar och handlingar med den projektledare vi anlitat.

Farsan höll verkligen på allvar sitt löfte och skickade mig till en arbetsledarutbildning. Jag har två dagar kvar att göra efter sommaren sedan blir det allvar. Kursen är ganska bra ändå med många praktiska övningar och workshops. Ekonomi och administration däremot är hur tråkigt som helst. Jag hoppas jag slipper det på bygget.

Det är en hel del handlingar som har kommit in, mest krav; nya krav och okända krav. Flera tillkommande detaljer för att tydliggöra kraven överraskade stort. Det här kommer inte bli ett vanligt bygge, farsan. Mycket isolering, typ överallt, typ runtom.

Varför gör man så? Fyrahundra millimeter isolering under plattan om vi väljer en betongplatta, vilket inte är första alternativet efter beräkningarna. Energisamordnaren rekommenderar i stället någon typ av cellglaslösning, helt utan betong.

Varför skulle man vilja ha en platta utan betong? Det skulle minska koldioxidutsläppen, läser jag sedan i en rapport.

»Vad är detta för något?« undrar jag, men projektledaren har inget svar.

»Måste vi ha det?« men projektledaren har inget svar. Jag suger lite extra eftertryckligt på snuspåsen under överläppen för att inte tappa motivationen.

Det som behövs just nu är pålarna som ska slås ner i marken för att förankra huset. Ett jobb som kommer ta de första veckorna efter sommaren. Idealt hade varit att göra det nu direkt men vi får inte tag i maskinen för pålningen. Det var knappt att det var möjligt ens direkt efter sommaren om inte farsan hade haft så bra kontakter med entreprenören.

Efter spadtaget har vi startmöte. Vi behöver göra klart bygghandlingarna. Grunden är det första som måste spikas nu. Under veckan bygger vi upp en del av byggstaketet men de stora maskinerna måste få plats, allt blir inte riktigt klart innan sommaren.

I dag är MIN sista arbetsdag, sex veckor ledig, vilken lyx.

Egentligen är mina tankar redan borta på Öland men några timmar till måste jag hålla ut.

~

MONA

Jag fick två bonusbarn *på köpet*. En dotter och en son, båda i vuxen ålder, båda älskvärda. Deras föräldrars separation gick tyvärr inte alls utan komplikationer, men de hanterade det på helt olika sätt.

Min man var utsatt för hat, förakt och brott under många år, långt innan han lämnade sin fru. En dag blev det för mycket och han packade sina väskor, gjorde sig fri. Han rev muren, gick över gränsen och trodde att han även skulle kunna rädda sina barn i tid, men det var för sent.

Flickan blev ändå snabbt en del av den nya familjen, hon kände sig trygg och omtyckt hos sin pappa och mig. För henne slutade en mångårig mardröm med separationen, precis som pappan hoppades. Hon fick uppleva kärlek, erkännande och stöd, och för första gången även av en modersfigur, som jag fick bli. Hon byggde snabbt upp ett nytt självförtroende.

För pojken däremot hade mardrömmen precis börjat. Han hade lyckats blunda i många år, förträngt den psykiska misshandel hans syster blev utsatt för. Han hade aldrig något val.

Medan dottern avslutade det gamla livet startade sonens sökande efter mening i sitt eget. Han kunde inte bara radera sin historik, för mycket hade hänt. Han var tjugo år och så starkt påverkad att han inte bara kunde gå vidare. För honom blev separationen ett rop på hjälp. En traditionell familj, gammal eller ny var ingen option för honom.

Hans framtid slogs fast under tiden han låg i lumpen. Hans kamrater i militären blev hans familj i stället.

För dottern blev separationen en befrielse, för sonen en plikt. Hon blev djurrättsaktivist, han blev soldat.

Ingenting är enkelt men allt är värt att kämpa för.

Jag hann inte i tid till Första spadtaget, tåget blev försenat och jag var tvungen att ta en taxi de sista milen. Nästa gång ska jag ta bilen igen. Jag ser hur församlingen löser upp sig.

Viktigt för mig är nu att jag får träffa byggarna för jag har en bro att bygga. Så jag vinkar bara till Stefan och Marie som står med journalisterna och går upp för ståltrappan till övre boden där projekteringsmötet ska hållas. Jag loggar in mig med identifieringskortet ID06 enligt gällande föreskrifter, tar av mina byggskor och går in i korridoren.

Jag ser en kille sittande framför ritningar ihop med en äldre herre. »Hej, jag är Mona och energisamordnaren i projektet«, informerar jag dem.

»Jaha«, får jag som svar, »är det du som ligger bakom alla speciallösningar här?«

Killen tittar mig rakt in i ögonen och jag blir tvungen att backa ett steg tillbaka. Inte för att jag är rädd för en konfrontation. Men hans utseende?

Han har vilt fallande hår och blåa ögon som står lite längre isär från varandra än vad man skulle kalla normalt. Hans läppar är fylliga och mjuka och det växer lite flummigt skägg runt omkring. Näsan är knubbig och inte helt rak. Hela ansiktet är så bekant och hans blick borrar sig fast i min.

Har jag något slags *Déjà vu*? Jag tror jag glor på honom nu minst lika irriterad som han på mig. Nu blir han generad.

»Är det något«, frågar han och letar med handen i ansiktet efter, vad det nu kan vara.

»Nej, inget«, svarar jag utan att avslöja mina tankar och tittar hastig bort.

Han ser verkligen nästan exakt ut som min första pojkvän fast lite äldre så klart. En sådan liknelse är extremt obehaglig och väcker tankar i mig som jag trodde jag hade glömt efter mer än trettio år. Konstigt nog blev det positiva tankar fast vi egentligen bara hade bråkat under våra två år som *par*.

Det första jag ser framför mina ögon nu är vår första resa till Berlin, till Västberlin, den 10 november 1989, dagen efter muren föll. Direkt efter skolan ringde jag den här pojkvännen från närmaste telefonkiosk, händerna darrade, torr var jag i munnen och rädd för svaret jag redan visste.

»Ikväll, efter jobbet åker jag till Västberlin«, svarade han med överväldigande eufori, »med eller utan dig. Hans röst var kall och bestämd. »Vill du följa med, hämta ditt pass, tåget går klockan arton.« Mitt andetag fastnade i halsen. »Följer du inte med kan jag inte lova att jag kommer tillbaka.« Jag sprang hem med tårar i ögonen och packade mina grejer.

Snickaren och jag stirrar på varandra igen. Han har ingen aning. Usch, det är pinsamt. Tur att jag hör Stefans röst bakom mig. Han kom in tillsammans med platschefen och Marie. Killen viker ihop ritningarna och går tillsammans med projektledaren in i bodens konferensrum. De har förberett kaffe och fika, så klart. På det avlånga bordet står plastmuggar. Alla sätter sig runt bordet och börjar med att fylla sina kaffemuggar.

Markentreprenören kommer in några minuter senare och projektledaren öppnar mötet. Första projekteringsmötet under byggfasen. Det följer en kort presentation av alla delaktiga. Killen jag mötte innan heter Johan, hör jag nu, och är arbetsledare på bygget. Han är verkligen så oerhört lik mitt ex att jag faller tillbaka i mina minnen.

Jag var bara sexton år när jag träffade den där unga rebelliska mannen i Östtyskland, mitt hemland då.

Nu sitter jag här i ett annat land, oskadd och i frihet. Att jag trettio år senare skulle kalla Sverige för mitt hemland kunde jag ju aldrig ana den dagen i november 1989.

Min mamma lät mig verkligen åka till Berlin, att hon vågade. Hon till och med skrev ett frånvarobrev till skolan med innehållet: *Min dotter har demonstrerat på gatan för att kämpa för friheten. Hon kan inte vara med på lördagens skoldag för nu är hon i Västberlin.*

Jag hade med mig mitt pass som bara var ett oanvänt dokument, med det skulle ingen gränspolis släppt in mig över gränsen till Västberlin tidigare. Men den dagen, sa folk, skulle ingen titta i det, ingen skulle bry sig. Kunde det verkligen vara sant? Tåget var proppfullt av unga högt talande människor. Jag kände flera men många hade jag aldrig sett förut och ändå pratade alla med varandra om samma sak. Vi skulle till Västberlin. Vi skulle passera gränsen och kanske, kanske skulle alla komma tillbaka imorgon. Jag fick en öppen flaska mousserande tryckt i handen av någon jag inte kände.

»Skål«, sa han.

»Skål för friheten.« Jag satt med min frihetskämpande pojkvän på tåget till Västberlin och hundratals människor satt eller stod omkring oss med samma mål. En enda gång ville de se de blinkande neonljusen, de stora

reklamskyltarna och känna ett liv i frihet. En gång ville de dricka *Coca Cola* och röka *Marlboro*, ville de drömma om friheten med cowboyen på paketet när de drar ett djupt första bloss. Tåget stannade. Var vi framme?

Bahnhof Friedrichsstrasse. Dörrarna öppnade sig. Det var strax innan midnatt den 10 november 1989 och jag skulle gå över en av de mest bevakade gränsstationerna i världen. Jag skulle passera gränsen mellan öst och väst, mellan kommunism och kapitalism mellan fängelse och frihet. Jag tog första steget då och nu sitter jag i en kommun någonstans i Sverige mittemot en kille som ger mig gåshud.

Jag blir avbruten ur mina tankar igen.

»Mona, är du med oss eller?« Stefan tittar misstänksamt på mig. En tyst Mona, då är det något som inte stämmer, läser jag i hans blick.

»Ja, absolut.« Förlåt. Jag missade troligen Maries presentation om förskolans vision. Hon fastnade efter gestaltningen på miljökraven och hänvisade till mig i stället. Jag rensar mina tankar och kommer tillbaka till nutiden.

»Med sunt förnuft och noggrannhet«, inleder jag min femton minuter långa presentation av förskolans byggsystem. Vi går genom ritningarna i sin helhet och därefter disciplin för disciplin.

Konstruktören, som inte är upphandlad ännu, ska göra kompletterade beräkningar åt markentreprenören.

Vatten- och avloppsritningar måste snarast bli bygghandlingar så de kan starta med att lägga ledningar i marken. Jag förklarade detaljerna som var ritade och vikten av lufttäthet och materialval som inte bara får bytas ut. Isoleringen, som står beskriven i handlingarna, kan inte ändras utan konsekvenser för hela byggnadens energiprestanda. Jag rekommenderade att anlita samma konstruktör som var med i förfrågningsunderlagen för att han vet vikten av de olika arbetsmomenten.

Jag föreslår även en första grundutbildning av byggprojektörer och byggare, så snabbt som möjligt efter sommaren, när alla underentreprenörer är upphandlade.

För markentreprenören var det främst viktigt att förstå att pålarna måste ha en platta separerad från betongsulan så att man inte bryter isoleringen.

»Även om man kanske inte kan tro det så finns stora punktvisa värmeförluster i varje påle ner mot marken«, förklarar jag för honom.

Mellan betongsulan och plattan ska det exempelvis placeras cellglas, en väldigt hållfast isolering. På så sätt får man bra stabilitet utan onödiga energiförluster.

»Det här är helt nytt för mig«, säger han, »men jag tror nog att jag kan fixa det ändå.« Han kliar sig i huvet. »Jag behöver bara ha ritningar klara med höjder och andra mått för rätt placering, så löser det sig.«

Var förresten utsättaren här innan, annars kunde han fixa det via ett företag han jobbade ihop med sedan några projekt tillbaka.

»De har ett bra 3D-visualiseringsverktyg som med en georefererad digital tvilling som grund gör att man hela tiden kan jämföra och kontrollera både planering och resultat mot verkligheten«, lägger markchefen till. »Markarbeten blir effektivare och mera noggranna.«

Stefan var mycket intresserad. Platschefen med, men han ville veta kostnaderna av markentreprenören först, om inte det ligger hos beställaren att betala, så klart.

Jag påminner om valet av plattan. »Jag skulle vilja rekommendera att byta betongplattan mot en

cellglasplatta. Vi har det som ett alternativ i förfrågnings-
underlagen.«

Jag visar bilder och beräkningar och nämner främst
de miljörelaterade fördelarna. Platschefen lovar att
undersöka möjligheten. »Ytterst intressant«, säger han.

Vi avslutar första mötet med övriga frågor och nya
tidsbokningar. Vi har lärt känna varandra. Det är inte
mycket mer vi kan göra nu.

Jag har bråttom och säger »Hejdå« och »Glad
sommar«, när jag lämnar boden.

Min sommar började egentligen med midsommarfes-
ten förra helgen. Jag ville dock inte hoppa över första
träffen. Det är nödvändigt att de förstår vikten av min
roll i detta projekt och det måste vara klargjort redan dag
ett. Det är en erfarenhet jag har fått med åren. Vi måste
samarbeta och respektera varandra. Jag är en vän och
ingen motståndare.

Familjen väntar på mig i husbilen just nu, bara femton
mil från byggplatsen. De körde mig till närmaste tåg-
station så jag kunde komma hit för några timmars jobb.
Nu tar jag nästa tåg tillbaka till sommarlovet. Förhopp-
ningsvis går tåget i tid, sommaren väntar i norra Sverige.

Vi kom direkt från sjön Siljan, där vi alltid firar
midsommar.

Jag älskar dessa traditioner i mitt nya hemland. Jag
åker till Dalarna när det är midsommar och går till dom-
kyrkan när det är Lucia. Troligen är jag mer svensk än
många svenskar i landet, i alla fall när det gäller högtider.

Ett år, i början av min svenska integration, var jag
med på sju majstångsresningar, två i Mora, en i Orsa, en
på Sollerön, en i Leksand, en i Rättvik och en i Gopshus.
Ja, det gäller att vara organiserad för att hinna med
allihop på en långhelg.

Men så är jag, jag gillar att planera och fixa. Jag blir tårögd när allting fungerar och extremt förbannad när inte alla hänger med eller något går snett. *En liten rackare kan man alltid ta.* Vi firar då fritt efter min mormors livsparoll:

På ett ben kan man inte stå. Nu menade hon ju inte majstången så klart men detta livsmotto går att applicera på allt.

Min mormor var en varmhjärtad kvinna, som har gått igenom så mycket i livet men aldrig klagat. Att min mamma och jag lever idag är ödets förtjänst. Det var hon säker på. Jag skulle finnas här på jorden, enligt henne.

Hon var nitton år när hon var städerska och strök skjortor i ett hotell i östra Tyskland. Det var i slutet av andra världskriget och stan bestod till nittio procent av kvinnor och äldre män. Hon hade aldrig varit sjuk innan, inkomsten behövdes för att överleva, men ödesdagen orkade hon inte kliva ur sängen. Hon hade feber och var väldig sjuk. De var ett tjugotal tjejer på hotellet och just den dagen hon blev sjuk bestämdes vårt öde.

Den dagen när bomben slog ner på hotellet och dödade alla hennes kollegor. Hon fick leva, den enda av alla. Hon fick en frisk dotter strax efter kriget och så blev jag till tjugosju år efter det.

Fast så enkelt var det inte heller. Min morfar var med i kriget. Och han trodde inte på ödet. Han tog sitt öde i egna händer när han skickades som *kanonmat* till Leningrad. Han hade inte önskat sig det fruktansvärda kriget. Han var ingen soldat, han var spårvagnsbyggare.

Men han visste också att han skulle bli skjuten, som många av hans kamrater, om han vägrade att ta ett vapen i handen och skjuta oskyldiga människor. Han löste sitt problem på ett annat sätt. Han sköt sig själv i båda sina knäleder i stället, hemligt under angreppet i skyttegraven. Sjukvårdarna hittade honom och lyckades att få ut honom från krigszonen.

På sjukhuset öppnade han sina sår om och om igen, en smärtfylld procedur. Till slut kunde han knappt gå längre. Han klassificerades som olämplig för kriget och skickades hem utan att behöva skjuta någon annan människa. Alla hans kamrater dog i Leningrad, han var den ende som kom därifrån i tid. Såren har aldrig läkt ordentligt igen under hela hans liv. Det han gjorde kan anses som fegt, eller som jag ser det, extremt modigt. Att han fanns bestämde i sin tur mitt öde.

Jag lever för att mina morföräldrar överlevde ett hemskt krig och jag firar dem varje dag för att de inte följde majoriteten. Det kanske ligger i generna, tänker jag ibland. Tjugo procent är möjligen tur, kanske ödet, men de andra åttio procenten måste man ta i sina egna händer.

Jag är en sådan människa, som man antingen gillar mycket eller inte alls, just för att jag simmar mot strömmen. Det finns inte mycket däremellan.

Det blir spännande att se hur byggarna upplever vårt samarbete. Resan har precis börjat.

Men nu är det först sommarlov. Sex heliga veckor. Vilket privilegium. Det fungerar nog bara i Sverige och tog mig tio år att begripa. Aldrig i livet skulle man i Tyskland under bygghögsäsongen stänga fabriker och byggplatser i fyra veckor.

Helt ofattbart var det för mig i början här och helt ofattbart är det för mig idag. Men vilken tur att jag bor här.

~

Jag packar ihop min dator och ritningarna jag tog med till byggplatsen. Allt lägger jag försiktigt i ryggsäcken igen. Mina skor är fulla av lera. Jag hoppas bara resterande möten är på kommunhuset igen.

Det lär de nog bli när alla entreprenörer med sina projektörer ska få plats, konstaterar jag när jag tittar mig omkring. Bodarna är verkligen trånga och inte speciellt inbjudande. Min blick faller på kollegan bredvid mig. Han ler försiktigt. Jag kan inte le tillbaka, rädslan inför de kommande veckorna är för stor.

Vi säger hejdå till Stefan och byggarna som sitter kvar. Antagligen har de ytterligare ett möte som bara berör ekonomin och inte utformningen. Nu måste vi lämna platsen fast jag vill inte att dagen ska ta slut. Jag går ner för trappan och kollegan följer tyst efter mig. Nu ska vi tillbaka. JAG ska tillbaka till mitt vanliga liv, mitt ensamma liv, långt ifrån honom.

Vi tog motorcykeln hit i morse. Han bara gav mig hjälmen och en alldeles för stor skinnjacka i morse, utan ett ord. Jag var helt förbluffad och hann inte ens att protestera. Och så körde han hit mig. Jag kände en oändlig frihet när vi åkte genom stan och skogen i solen. Mitt hår blev helt rufsigt och kinderna röda.

Jag kan inte minnas när jag mådde så här bra sist. Jag vill inte att det ska sluta. Inte idag och inte överhuvudtaget. Känslan av friheten var, är, så fantastisk!

»Ska vi äta något innan jag lämnar av dig hemma«, undrar han när han tar på sig jackan. Jag nickar bara.

Hemma? Var är det? Jag tittar på honom och han ler vänligt. Han är verkligen underbar, alltid på gott humör. Det finns inga konstiga attityder mellan oss. Allting är så okomplicerat, så normalt när bara vi två finns. Och ändå är situationen helt ohållbar.

Efter förra veckans sommarfest på kontoret, med respektive, bröt det ut kaos hemma. Maken som jag dumt nog övertalat att följa med på festen lade märke till den nya kollegan och hur bra vi två fungerade ihop. Han påstod att han såg hur uppeggat den NYA tittade på mig och hur elektrifierad luften var mellan oss.

»Ni flirtade med varandra, mitt framför mina ögon. Vad är det som pågår mellan er? « undrade han.

»Ingenting pågår«, svarade jag, »vi är bara bra vänner och fungerar toppen ihop på jobbet.«

»Män och kvinnor kan inte BARA vara vänner«, tydliggjorde han för mig. »Hur naiv är du?« undrade han och vad inbillade jag mig? Är det inte han som inbillar sig något?

»Vårt äktenskap har väl ändå tagit slut för länge sedan, varför bryr du dig ens«, gav jag kränkt tillbaka.

Han svarade: »Om det är så du vill ha det«, och lämnade lägenheten.

För dotterns skull firade vi midsommar ihop med svärföräldrarna i fjällen igen, men i brist på snö under denna årstid blev det en missnöjd dotter som bara ville tillbaka till pojkvännen och en konstant negativ atmosfär mellan alla oss övriga.

Inte ens rödvinet kunde höja stämningen eller åtminstone bedöva längtan att komma därifrån, att komma tillbaka till ett liv jag vill leva.

Hemma igen frågade jag maken vad vi skulle göra nu med bokningen av vår frankrikeresa? Vi har sedan länge planerat en familjesemester till Bordeaux via La Rochelle, vidare till Paris.

Till och med dottern såg fram emot resan.

»För hennes skull«, sa jag till slut, när han inte svarade. »Är det något mellan dig och den NYA«, ville han veta igen.

»Vi är bara vänner och partners och jag vill vara vän med honom, kan du inte acceptera det?«

Vi bestämde att resa till Frankrike som planerat för *familjens skull*. Så mycket som jag såg fram emot resan när vi bokade den efter nyår, lika mycket ångrar jag den nu. Jag kommer att sakna mina kollegor, jag kommer att sakna honom. En hel sommar utan honom, det blir outhärdligt för mig.

Jag trycker mina armar hårdare runt hans midja och han klappar vänskapligt på mitt vänsterlår. Våra sista timmar ihop och jag hoppas att han kör vilse eller ännu bättre att han bara fortsätter att köra någonstans långt härifrån.

Jag ska kämpa för oss, för vår vänskap. Jag har aldrig haft en så god vän. Det är nästan skrämmande att vara så förtrogen med en människa efter bara så kort tid. Jag har aldrig känt mig så trygg.

Maken och jag, vi har gått genom många år av rädslor och ångest när jag förlorade barnen, när jag inte blev gravid igen, när vi väntade på adoptionen. Men vi har aldrig *delat* sorgen med varandra. Var och en av oss hade sitt eget sätt att sörja. Jag kände mig alltid ensam även när vi var som närmast.

Nu är det helt annorlunda och jag har inte ens kommit honom så nära jag trodde man skulle behöva vara för att känna sig trygg. Ändå har jag exakt dessa känslor. Jag har anförtrott honom nästan alla mina tankar, mina rädslor, mitt förflutna, mitt liv. Det bara hände under de sena timmarna vi jobbade ihop och efter jobbet när vi träffades. Vi har pratat och skrattat och gråtit och jag har aldrig mått så bra som med honom. Han är verkligen en vän. En vän. Ja, han är en vän. Min vän. Min människa.

Mc:n stannar och han vänder sig om och tittar in i mina ögon. Han anar mina tankar.

»Vi kan höras ibland om du vill?« Jag nickar. »Vi är vänner och det är vi så länge som du vill att det är så.«

»Ingen kan ta vänskapen ifrån oss.« Jag blundar.

Och så äter vi tyst den sista måltiden innan mitt sommarlov som känns alldeles för långt ska börja. En sommar utan honom.

~

KAPITEL 18 - FUNDERINGAR

JOHAN

Att sommaren alltid flyger förbi så snabbt. Jag skulle ha kunnat stanna kvar på Öland minst en månad till. Det är årets bästa tid. I princip knegar man ett helt år bara för sommarlovet. Men farsan var tydlig.

»Vi har en mission«, sa han »och du har ett nytt ansvar.« Tillsammans ska vi bygga denna miljövänliga förskola med den där pedagogiken, du vet. Nu ska vi se till att styra våra konsulter mot byggbara lösningar enligt kalkylen.

Farsan har bara tagit två veckor ledigt. Då var han med oss på Öland och vad ska jag säga. Japp, han har snickrat. Han sa att han inte får göra det så mycket på jobbet längre, då kunde han väl bygga lite här i stället. Vi började med en liten bastu utanför huvudhuset förra sommaren och den tyckte han måste bli klar nu.

»Det är dags att göra färdigt insidan«, ansåg han. »Innan höstens stormar kommer ska vi vara klara.« Och hux flux var jag med i leken.

Jag kan ju inte säga något annat än att det var roligt att snickra, men lite ledighet, en kall öl och lika kalla bad är inte att underskatta. Generös som farsan var så startade vi inte vårt semesterjobb så tidigt på morgnarna och efter tolv tillät han mig smaka den första ölen. Dessutom fick jag lov att bada med familjen och träna på utegymmet emellanåt. Så även om jag gnällde lite i början var det helt ok att snickra i den nästan frivilliga takten.

Vi satte tätskiktet, la klinker på golvet, och monterade bastupanel. Även elen kopplade han in själv, inte helt lagligt. Stommen till bänkarna är påbörjade, sedan tog pengarna slut.

»Vi ska fortsätta under höstlovet«, lovade han. Det återstår att se, när jag tänker på allt hästjobb som ligger framför oss på jobbet.

Farsan hade gjort klart projekttidsplanen under sommarlovet och förberett upphandlingen av diverse underentreprenörer och konstruktören. Han valde samma konstruktör som var med i programhandlingen. Den var dyrare men förhoppningsvis är han så bra insatt i projektet att ritningar till bygghandlingarna bara ploppar ut nu. De grundläggande planerna är satta och vi kan starta på riktigt.

Markarbetena är i full gång. De första pålarna gick ner i marken förra veckan. Ljudet av pålandet är, snällt uttryckt, öronbedövande. Enligt grannen som ändå bor flera hundra meter bort troligen till och med fruktansvärt. Han skickade direkt ett klagobrev till kommunen och vi fick ändra våra arbetstider.

Borren får inte gå ner i marken förrän klockan nio på morgonen så att gubben kan sova längre och det ska vara två timmars paus vid lunchtid och absolut slut klockan sexton. Vi kommer ha kvar maskinerna på bygget minst en vecka längre på grund av det och det ökar kostnaderna. Troligtvis kan det bli en ÄTA, så i slutändan är det han och vi andra skattebetalare som får stå för den extra utgiften. Men han får sin välsignade vila även under denna tvåveckorsperiod med oljud.

Vi har första byggmötet om en timme med kontrollansvarige, projektledaren och kommunen. Det finns en arbetsmiljöplan framtagen. Även olycksplanen och sophanteringen enligt kommunens anvisningar är upprättade. Allting skall snart hängas upp nere i boden. Det finns en massa checklistor och många beställningar som måste göras. Och så har vi kalkylavdelningen i ryggen som övervakar kostnadsplanen.

Att farsan bara orkar?

Bygghandlingarna är naturligtvis inte klara ännu och nu kom det några ändringar till från verksamheten. Projektledaren lägger fram de senaste mötesanteckningarna mellan arkitekten och verksamheten. De kom precis via mail. De behöver ett extra förråd utöver det som redan bestämdes.

Det blir en ÄTA till, tänker jag och byter till en ny påse snus.

~

MARIE

Min första arbetsdag efter semestern. Under förmiddagen hade jag ett akutmöte med Kantarellens verksamhetschef om ytterligare en ändring som ska föras in i bygghandlingarna. Hon verkade nerstämd, kanske hade hon en lika dålig sommar som jag.

Jag är så glad att ledigheten är över och att jag äntligen kan jobba igen.

Jag är tillbaka på kontoret. Jag är tillbaka hos mina kollegor.

Tillbaka efter en lång sommar full av längtan till hösten. HAN skrev många gånger, fina texter, fina ord. Hans sätt att formulera sig gör mig fortfarande helt häpen. Om han inte hade blivit arkitekt hade han kunnat vara författare. Ord, som *målar* känslor, utan att uttala dessa. Jag läser dem och fantasin sätter i gång. Allt, absolut allt, är möjligt.

Varje sekund, varje minut, varje timme, varje dag, varje vecka utan dig, är som om jag aldrig hade blivit född, som om jag inte fanns, skrev han.

Du är anledningen till att jag lever. Du gör mig komplett, stod i ett annat sms.

Du är min vän, min människa, i sista sms:et.

Hans meddelanden var det enda som muntrade upp mig under de senaste fyra veckorna och kanske även motivationen till att göra det jag aldrig trodde att jag skulle våga.

Frankrike bjöd verkligen på sina finaste sidor: sol, hav, vin, städer och människor. Det hade kunnat vara perfekt under andra omständigheter, i ett annat liv, med en annan partner. Nu blev det en katastrof.

Önskan att rädda äktenskapet visade sig vara helt meningslös. Jag vet inte ens om vi verkligen försökte, vi kanske bara önskade att någon av oss skulle ta första steget i någon riktning. Jag kan inte ens säga att vi bråkade, det kanske hade varit mera tydligt för oss alla.

Det blev tvärtom. Tyst, glädjelöst utan att beakta varandra. Likgiltigheten kan skada mer ibland än en tydlig konflikt. Dottern ville hem efter bara några dagar. Hon lyckades lika lite som jag glömma den person som lämnades kvar i hemlandet. Men allt var bokat och vi måste ta oss genom den franska sommaren även i tysthet, var och en för sig själv.

Sista veckan i Paris var jobbigast för mig, det fanns ingen fransk kärlek i luften, bara mörka minnen som kom upp efter många års bortträngning. Jag var spänd och jag hade ingen att prata med. En eftermiddag när maken vilade på hotellet smög jag ut och ringde upp min kollega. Bara för att höra hans röst. Han svarade omedelbart och jag smälte bort som solkrämen på axlarna.

»Hej min vän, vilken trevlig överraskning att få höra av dig.«

»Jag klarar inte av den sista veckan här«, sa jag desperat.

»Vad är det du vill göra åt det«, undrade han.

»Jag kan inte göra något, jag vill bara att *det slutar*«, svarar jag helt ärligt.

»Då måste du ta tag i situationen. Var ärligt mot dig själv och mot honom. Prata med varandra.«

»Men jag kommer förlora allt, kanske även min dotter«, insisterade jag med tårar i ögonen.

»Det tror jag inte, hon verkar vara smart. Du är en bra mamma, du kan inte förlora henne«, förklarade han för mig.

»Och allt annat är *bara prylar*. Det går att ersätta«, lägger han till.

»Fundera på vad du vill få ut av livet. Jag kommer att finnas här för dig oavsett vilken väg du väljer.« Han ler försiktigt. »Vill du att vi är vänner, så är vi vänner livet ut. Det enda jag vill är att göra dig lycklig«.

Jag kände hans leende på andra sidan tråden. Han hade rätt, så klart.

Jag gick tillbaka till hotellet och längtade mer än någonsin efter friheten. Maken låg kvar i sängen, tittade upp i taket och sa ingenting. Jag kände mig ännu mer ensam och olycklig.

Han gillade inte alls Paris. »Många stora mäktiga hus, mycket ljud och ett elände med trafiken«, som han bittert uttryckte sig. Sista kvällen bestämde vi oss trots allt att avsluta resan med ett besök i en liten vinbar. Dottern stannade på rummet för att titta på en film, hon orkade inte längre med oss, fick vi höra.

Det hade kunnat vara mysigt på uteserveringen, full av förälskade människor, men vi kände oss bara helt fel på platsen.

»Paris, kärlekens stad är inte för oss«, hånar maken nerstämd efter att vi nästan, och med ett rasande tempo, hade lyckats tömma en 1-liters karaff av husets vin. Alkoholen beredde väg för samtalet. Jag hade inte vågat börja konversationen men nu fanns chansen.

»Nej«, svarade jag. »Kanske behöver vi vara i *kärlekens stad* för att inse att vår gemensamma kärleksresa har tagit slut.« Han tittade djupt i mina ögon, djupare än jag hade räknat med, sedan svarade han utan att släppa mig medblicken:

»Är det DET du vill?« Den här gången förnekade jag det inte utan gav honom det mest ärliga svar jag hade. »JA.«

Vi pratade första gången öppet och medvetet om ett liv efter OSS. På riktigt och på allvar. Vi ville inte att någon av oss skulle bli sårad när vi går vidare *utan varandra* men båda tänkte vi samma sak. Det går inte längre ihop. Vi behövde bara ta det här första steget och det är som bekant det svåraste.

Nu måste vi fatta beslut, om oss, om dottern, om lägenheten och plötsligt hade vi mycket att prata om.

Han vill inte bo kvar i vår lyxlägenhet. Det tar tid att hitta nya för oss båda och det behövs pengar för att kunna köpa något nytt och de är låsta i lägenheten, hos banken, för tillfället.

Jag vill inte heller bo kvar, det passar inte mig längre. Men två singellägenheter överskrider helt klart våra ekonomiska möjligheter.

Vi satt kvar i två timmar innan vi lättade promenerade längs floden Seine tillbaka till hotellet.

Vi tog första steget och vi behövde Paris för att gå över den tröskeln.

Jag sitter vid skrivbordet och går genom mina olästa mail. Jag kollade givetvis mailen även under sommaren. Som egenföretagare är man aldrig helt ledig. Men många mail flyttade jag fram tills hemkomsten.

Jag mailar Kantarellens projektledare om det tillkommande förrådet och försöker förbereda mig inför projekteringsmötet.

Det finns nya förfrågningar och nya jobb att bearbeta. Det ser bra ut även under hösten.

Vi har tillräckligt med uppdrag och företaget skriver svarta siffror. Flerbostadshusen, skolan, Kantarellen och en förfrågan om en stor markanvisningstävling gör uppdragsboken full. Gällande jobb behöver jag inte oroa mig.

Mitt fokus borde snarare ligga på det privata, ett nytt boende, försäljningen av huset, skilsmässan. Vi har fortfarande inte pratat med dottern om beslutet vi fattade i Paris men det står på listan, längst uppe.

Jag anar en försiktig rörelse bredvid mig och tittar upp från skärmen. Där står HAN i dörröppningen. Han ler. Jag ler. Jag ler igen och plötsligen känns det som att mungiporna aldrig skulle kunna sjunka ner.

»Kul att se dig«, säger han med sin djupa röst. Jag reser mig upp och ger honom reflexmässigt en stor kram.

Han frågar inte om semestern. Det behövs inte. Han vet ändå allt, även allt som hände i Paris. Han skrev inte *Hurra* eller *Rätt gjort* utan bara *Säg till när du behöver hjälp.*

Han följde min resa, hela vägen. Han vet var jag står i livet. Han är min vän. Vi har inga hemligheter för varandra.

»Jag måste berätta för kollegorna«, inser jag, när han släpper mig igen.

»Jag vet inte vad som händer mellan oss men de är mina vänner och ska veta vad som pågår.«

»Det har du rätt i«, medger han, »ha du en tjejkväll med dem och berätta om din situation. De kommer att förstå.«

Vi hade pratat efter sommarfesten men jag anade inte att allting skulle gå så snabbt. Jag hoppas att det inte påverkar vår jobbrelation, vårt samarbete, vår vänskap.

Vi går genom arbetsuppgifterna.

På eftermiddag ska vi gemensamt i väg till projekteringsmötet i lilla kommunen vid skogskanten. Även han hittar dit utan navigation numera.

~

STEFAN

Sommaren var som en *berg- och dalbana.* Det började med att svärdottern fick kramper i magen och alla blev oroliga att hon skulle förlora barnet. Frun reste direkt för att bistå sonen och den blivande mamman. Det visade sig att det som tur var bara var tryck på tarmarna som ledde till kramp och buksmärtor. Med motion, värme och massage skulle allt hamna på rätt plats igen.

För mig betydde det några dagar helt själv med blandrasen. Vi promenerade, hittade årets första kantareller och jag hann läsa två böcker om svensk historia. Ibland är historia mer intressant än nutiden. Jag skålade över detta och min ensamhet med en, två öl.

Hunden var mitt enda vittne och han lovade att inte avslöja mig.

När frun kom tillbaka blev det mera svamp och betydligt mindre öl. Vi åkte ut med båten några gånger och fiskade, mest för skojs skull än på allvar, men jag ska ju ta det lugnt säger alla. Det var fina veckor. Svenska sommaren har verkligen visat sig från sin bästa sida. Jag känner mig utvilad och motiverad. Mitt sista projekt innan pensionen. Det här måste bli bra.

Byggmöte nummer ett i boden startar snart. Varannan vecka kommer vi från och med nu ha en avstämning med byggarna på arbetsplatsen. Arbetsläge, tidsplan, kvalitet, myndighets- och säkerhetsfrågor, besiktningar och ekonomi är några av de väsentliga punkterna på dagordningen som ska gås genom under varje byggmöte.

På eftermiddagen har vi även projekteringsmöte nummer två med alla projektörer i kommunhuset. Det blir en lång mötesdag. Jag ser redan fram emot dagens lunch, *schnitzel med ärtor*.

När jag kommer till byggplatsen hörs ljudet av borren vida i området. Blandrasen skäller högt på den stora maskinen som förorsakar oljudet. Han gillar inte alls ljudet och lämnar inte min sida. De ska slå cirka sjuttio meter ner genom den mjuka leriga jorden till den hårda granitstenen och förankra huset. Det går framåt eller ska man säga neråt?

Tur att vi fick *bygg-el* till slut. Anmälan gick ut för sent och vi trodde nästan att de inte skulle få fram den i tid. Jag ser att elskåpet är uppbyggt och suckar lättad. Bra när man känner folk som känner folk som känner folk i elbolaget.

Det grova markarbetet har börjat, tiotals betongpålar sticker upp ur marken. De ska senare kapas i rätt höjd innan betongklossarna gjuts för infästningen av byggnadskroppen.

Det är fortfarande inte bestämt vilken platta som ska väljas ovanpå. Mona rekommenderade en cellglasplatta, men det känns lite långt ifrån det traditionella kan jag tycka. Sådana hokuspokusexperiment vill jag inte vara med om. Platschefen ropar in mig och som förväntat är just plattan första huvudtemat. Troligen hade han kollat priser och en hel cellglasplatta var långt ifrån kalkylen.

»Det var ju inget krav i förfrågningsunderlagen«, säger han medan han pekar på byggnadsbeskrivningen. Vi lägger bara de tre föreskrivna cellglasskivorna mellan *betongklossen med de ingjutna pålarna* och *sulan* till plattan på mark. Själva plattan gjuter vi sedan i konventionell betong, informerar han mig.

Det är helt enligt vad jag tänker. Jag behöver inte fundera längre och går med på förslaget. Det kommer påverka byggnadens koldioxidutsläpp under byggnationen men samtidigt är det allmänt känt att betongens livslängd är oändlig. Jag lovar att ta det med energisamordnaren, så vi slipper diskussioner när vi avviker från hennes rekommendation.

Just nu är det bara tre markarbetare och två snickare, utöver platschefen och hans son, på bygget.

I tidsplanen tappar vi ungefär en vecka på grund av den förordnade *nerkortade* arbetstiden för själva pålningen. Totalt sett är oväsendet lägre nu men kostar mera skattepengar. Men så långt tänkte inte grannen som överklagade ljudet. *Som man sår får man skörda.*

Vi har fått många åskådare stående vid staketet nu. Frågan är hur det ska hanteras framöver, även med tanke på inbrottssäkerheten. Det har hänt många gånger förr att tjuvar har brutit sig in i byggbodar och dyra verktyg blivit stulna. Vi bestämmer att sätta upp den stora byggskylten enligt planering men att komplettera med varningsskyltar och några *låtsaskameror* så att man förhoppningsvis blir tillräckligt avskräckt.

»Ingen som sjukanmält sig just nu«, säger platschefen, personalen är på plats med förväntad styrka.

Dock har det uppkommit ett nytt problem.

»Leveranstiderna för massivträstommen är för långa för att hålla tidsplanen«, uppger platschefen och undrar:

»Kan vi inte *platsbygga* förskolan i stället, traditionellt med lösvirke.« Den frågan måste vi ta upp under projekteringsmötet. Det berör konstruktören och fuktsakkunnige och antagligen Mona med.

»På den punkten kan jag inte bara godkänna ditt förslag«, svarar jag ärligt till en lätt frustrerad platschef.

~

MONA

Andra projekteringsmötet med Kantarellens entreprenör och jag har redan hört rykten om ändringar av trästommen, cellglasplattan, och fönsterkvalitéer. Det gick snabbt. Inte ovanligt att jag hamnar i försvarsposition igen. Därför är det så viktigt att min roll ligger direkt under beställaren så jag kan styra entreprenören. Under förutsättning att beställaren tillåter det.

Jag har tankat batterierna ordentligt under sommarlovet. Ingen kan bromsa min energi. Över femtusen kilometer med husbilen ligger bakom oss, från norra Sverige till södra Tyskland. Vi har hälsat på familjen och våra vänner. Mina trogna tyska vänner sedan så många år tillbaka.

Riktiga vänner har jag aldrig riktigt hittat här i Sverige. Alla försök misslyckades. Jag har många jobbvänner men inga att umgås med regelbundet. Det saknar jag enormt. Jag vet inte om det har med mentaliteten att göra, eller med mig som person, men ingen ville öppna sina dörrar för oss med samma hjärtlighet som vi gör. Kanske värnar jag just därför så mycket om de *gamla vännerna*. Varje år åker vi runt och hälsar på alla och ibland kommer de till Sverige. Jag saknar dem mycket även om maken gör sitt bästa för att ersätta dem med familjeaktiviteter resten av året.

Någon social granne i närheten av där jag bor, en vardaglig vän, finns inte. Jag har försökt så många gånger men det blev bara ensidigt. Vi bjuder, vi hör av oss, vi hälsar och om vi inte gör det stannar det vid *tystnad*. Ingen hör av sig till oss, ingen bjuder in oss, ingen vill umgås med oss.

Så därför är vår utflykt under sommaren alltid samtidigt en *vänskapsresa*. Vi har grillat och eldat, druckit vin, ätit glass och badat i de minsta vattenpölarna och i det största havet. Sol, regn, vind och hagel, i en husbil är det mysigt oavsett. Jag njuter verkligen av dessa veckor som speglar frihet och tvångslöshet för mig. Inga gränser, bara möjligheter. Ett liv jag aldrig skulle ha haft om jag inte hade blivit en krigare då för många år sen.

Bäst i år var dock dagarna hos mina föräldrar. Vi hade äntligen tid för varandra. Mamma var mindre stressad än vanligt, kanske för att hon fortfarande inte kunde röra sig helt normalt. Så hon var tvungen att lämna över stafettpinnen till oss.

Det är absolut inte hennes grej. Om man skulle kalla någon för perfektionist då är det min mamma. Sedan är våra uppfattningar om vad perfekt egentligen är helt olika och inte sällan slutar det i missuppfattningar. Men inte denna gång.

Mina föräldrar äger en kolonilott med en liten stuga på och vi var alla dagarna ute i trädgården, skördade tomater, gurkor och bär i alla tänkbara varianter.

Hon har äntligen accepterat att jag har en svensk familj, inte minst för att både mannen och sonen har tränat på sin TYSKA för att bättre kunna kommunicera med henne. Jag bor nu så länge i Sverige men mer än *mormor*, *godis* och *Tack för TO-MATEN* har hon inte lärt sig. Det beklagar jag lite.

Man är aldrig för gammal för att lära sig något nytt.

Mycket folk på mötet idag. Många nya ansikten. Entreprenörer har kommit tillsammans med sina projektörer. Alla är säkert upphandlade till lägsta pris och jag skulle inte förvåna mig om alla tror att de kan bygga *som vanligt*. Den ena eller andra blir nog överraskad över vad de har gett sig in på här. Även om kanske åttio procent verkligen inte är nytt så kan de resterande tjugo ställa till det för den som är ovan.

Idag var det dags för den allmänna presentationen. Vi ska sniffa på varandra och hoppas att kemin stämmer. Samarbete och klara gränssnitt behöver byggas upp för att lyckas med projektet. Mötet startar med en presentation av arkitekturen. Maries *stora uppträdande* igen, flinar jag lite, när jag ser hur hon levererar. Hon har en grön klänning på sig och det långa håret är uppsatt till en knut.

Hon har på sig vita gympaskor som gör hennes *outfit* något mer sportig.

Hon strålar nästan. Bredvid henne sitter en något yngre mycket snygg arkitektkollega med lockigt hår. Troligen är han ny. Hans blickar träffar henne med en mycket beundrande intensitet. Jag skulle kunna svära på att det ligger *kärlek* i luften eller åtminstone intensiv vänskap, men det är bara en spekulation eller en kvinnlig intuition.

Fina illustrationer igen. Fasadgestaltningen har hon kompletterat lite, ser jag, annars är det inget nytt på utsidan. På insidan håller hon på att överföra gestaltningsbeskrivningen till ritningar. Hon understryker vikten av att ha massivträet synligt speciellt i samlingsrummet just för pedagogikens skull. Varför tittar platschefen så märkligt på Stefan?

Sedan påminner hon VVS-konsulten om att radiatorer inte ska placeras under fönstren. Enligt det nya energikonceptet som jag ska presentera senare är det nämligen inte nödvändigt.

»Jag ska utforma bröstningen som både sittbänkar och leksakslådor«, visar hon stolt sin vision. Stefan ser lite häpen ut, han anar kanske att det kan bli en tilläggskostnad, så här var det inte riktigt formulerat i förfrågningsunderlagen.

Val av undertak, akustikskivor, färgsättning, kakel, sanitet och lös inredning demonstrerar hon med ytterligare bilder. Mycket att tänka på. Ingen vågar kommentera något.

I början av min tid i Sverige trodde jag alltid att vanliga människor befann sig i någon slags chockförlamning efter arkitektens tal. Men nu vet jag att det är helt normalt.

Sedan kommer det beställarfrågor och här berättar Stefan glatt: »Tro det eller inte men vi har fått både bygglov och startbesked efter det tekniska samrådet.«

Med andra ord, vi ligger före vår tidsplan, inget kan bromsa oss längre.

Haha, smilar jag, det hade varit första gången eller som han själv brukar formulera det: *En svala gör ingen sommar*.

Stefan påminner även om att bygghandlingar heter granskningshandlingar tills han har godkänt dem och hittills är de enda godkända ritningarna pålplanen och markritningar gällande yttre VA, det vill säga inkommande vatten och avlopp. Även placeringen av fjärrvärme, el och fiber är bestämd och accepterad. Utsättningen gjordes av en ackrediterad konsult som markentreprenören hade anlitat och kan också strykas från listan.

»Det går som på räls«, tycker Stefan belåtet och korsar armarna framför bröstet. Han ser piggare ut igen, har gått ner i vikt och fått en fin solbränna under sommaren. Skönt att se honom så glad och munter igen.

Efter beställaren tar totalentreprenören över. Det är projektledaren som i uppdrag av platschefen tar ordet.

Projekteringstidsplanen han presenterar är tuff. Inom bara tolv veckor måste alla ritningar och beräkningar vara klara och stämplade till bygghandlingar. Det känns väldigt optimistiskt trots att en stor del av ritningarna är gjorda inför förfrågningen. Mycket jobb ligger på Marie och hennes nya kollega. Jag tvivlar på att de lyckas få ihop allt i tid. Det vore första gången.

Och så kommer ryktena upp till ytan. Jag behövde inte vänta längre. Plattan på mark har beslutats att den nu blir av betong, lägger han upp det interna beslutet. Helt utan avstämning och motivering.

»Det har beställaren godkänt«, säger platschefen snabbt för att kunna gå vidare till nästa punkt.

Massivträstommen behöver ritas om till en platsbyggd lösvirkekonstruktion. Motivationen här är *leveransproblem*. Konstruktören är informerad. Han hade kollat plattan och ändringen skulle inte påverka grundkonstruktionen.

»Ja, jag har inget problem med att rita om väggkonstruktionen från massivträ till lösvirke«, bekräftar konstruktören, men vi behöver byta ut lite trä till stål och jag skulle gärna vilja se ett bjälklag av betong också, det är enklare både när det gäller brand och akustik, anger han som en självklar reaktion på ändringen.

Marie hakar in: »Hur tänker ni då skapa den föreskrivna invändiga träytan?«

»En träkänsla skulle man kunna få med kanske inomhuspanel eller så«, förslår Johan.

Jag tittar på Marie men troligen tog hennes argument slut. Otroligt, jag noterar punkt två på min lista, *massivträleveransen* men håller mig fortfarande i bakgrunden.

»Fönsterbeställningen avvaktar vi med«, säger platschefen nu, »vi ska hämta in andra offerter på likvärdiga fönster innan vi bestämmer vilka vi väljer.« *Andra*, som han anser, *likvärdiga* fönster kostar mindre i inköp än de som är föreskrivna, vet jag av erfarenheter från tidigare projekt.

»Samma gäller förresten även för solavskärmningen, men det är inte så bråttom, vi har inte bestämt fabrikatet«, avrundar projektledaren. Jag är nära att explodera.

»Synpunkter? Annars går vi till…« försöker han tysta ner eventuella reaktioner.

Nu kan jag inte vänta längre, jag har verkligen försökt att hålla mig tillbaka en stund och det var inte lätt, kan jag säga.

»Oh ja, jag har synpunkter«, meddelar jag nu, kanske lite för högt men troligen även överraskande för projektledaren som tittar misstänksamt på mig. Ja, svenskar blir irriterade när de känner att det går snett. Tyskar däremot blir *irriterande*.

»Punkt ett«, börjar jag långsamt i tur och ordning, »jag skulle gärna vilja se offerterna och argumenten varför en miljövänlig cellglasplatta ersätts med en betongplatta med mycket högre klimatpåverkan.«

Jag kan säkert köpa argumenten men jag vill se att man verkligen har försökt att optimera för minsta klimatpåverkan innan den punkten kan strykas från listan.

Jag hör hur kalkylansvarig stönar och jag tittar på Stefan som himlar med ögonen. Innan han hinner falla mig i talet påminner jag om målet med förskolan och framtiden för barnen och klimatet. Han tittar på platschefen och platschefen använder tidsplanen som huvudargument för att inte gå vidare med cellglaslösningen.

Jag borrar vidare: »När skulle plattan vara levererad? Kan jag få se på offerten och den planerade leveranstiden för att jämföra den med uttorkningstiderna för betongplattan?«

Så klart hade de tänkt på det och planerat stora fläktar som skulle hjälpa till att hinna med uttorkningen och man skulle även kunna köpa en snabbtorkande betong, hade de tänkt. Det betyder dock för mig att de inte har kollat alternativen.

De har enbart jobbat efter sitt normala konservativa sätt och hoppades på att tiden inte skulle tillåta nytänkande. Anbuden för en cellplastplatta får jag inte se, antagligen finns inga eller så spelar man inte med *öppna kort* för att jag inte anses som partner utan som motståndare. Men nu fungerar ju inte jag på det viset. Jag ser mig som *partner med ansvar* och de måste lära sig att detta bygge inte drivs på konventionellt sätt.

»Jag kan ta på mig frågan om leveransen på cellglasplattan. Jag ringer tillverkaren imorgon och återkommer med besked.« Kampen är ännu inte förlorad och jag tror det börjar nå fram till entreprenören med.

»Punkt två«, går jag vidare efter mina anteckningar. »Har ni gått genom alla konsekvenser när ni byter från massivträ till lösvirke? Vi får en mycket längre tid där stommen är exponerad och det krävs en ändring i fuktsäkerhetsbeskrivningen.«

Jag skulle önska mig ett väderskyddstak över alla träbyggnationer men med massivträ kan man få det torrt ganska snabbt. Med lösvirke skulle vi ha en längre tids exponering där jag skulle vilja kräva ett tält eller liknade.

Jag ser en strålande om än lite ångestfullt blickande fuktsakkunnig, som ändå direkt instämmer i mina påståenden.

»Nej, ett tält har vi inte tänkt att bygga över huset, det finns inte med i vare sig förfrågningsunderlag eller budget«, kom svaret direkt tillbaka från inköpschefen.

»I så fall byter vi till stålstomme och skippar trä helt och hållet«, ropar en innovativ platschef.

»Mmm, nej«, svarar jag, »det tror jag inte att vi gör. Upphandlat är en träbyggnad som uppfyller den låga klimatpåverkan vi har räknat fram.«

Lösvirke är absolut möjligt men fuktsäkert och med genomtänkt lufttäthetskoncept. Det kräver en del arbete av konstruktören och för er byggare och berör säkert även andra discipliner.

»Det var svårt att få en leverantör i dagsläget, det är långa väntetider«, har Johan nu att bidra med i diskussionen. Självklart kommer det kortet att spelas ut nu.

»Det tror jag att jag kan hjälpa er med«, säger jag. »Det finns en del leverantörer även utanför de svenska gränserna, både i Baltikum och Österrike. Jag kan hjälpa er att ta fram offerter och leveranstider om ni vill«, svarar jag vänligt och engagerat. Vi ska inte förlora vårt mål ur sikte. Nu tror jag att jag är den mest populära personen här i rummet och så är jag inte ens klar.

»Punkt tre«, fortsätter jag, innan de tappar kontrollen över en av byggnadens viktigaste komponenter, »fönstren.«

»Det finns en fönsterspecifikation med noggranna kvalitetsbeskrivningar framtagen som ni säkert har läst.« Jag nickar in i rundan.

»Det är troligen svårt att hitta *likvärdiga* fönster när man strävar efter *svenska produkter*.«

Det är så det brukar vara.

»Självklart kan ni hämta hem olika offerter för jämförelse men likvärdigheten bedömer beställaren efter våra kriterier«, påminner jag bestämt och sakligt.

Med detta sagt, föreslår jag en kort fikapaus för återhämtning. Det lär nog behövas. Kaffe och bullar väntar på rullbordet såg jag.

Jag hör djupa utandningar. Troligen behöver vi öppna några fönster också.

Varmt blev det i glaspaviljongen. Inte bara för mig.

~

JOHAN

Vad i hela världen var detta? Jag ställer ner kaffekoppen och tittar på farsan. Hans ansiktsuttryck säger allt. Var inte han kompis med kommungubben och var inte de överens nyss om hur det ska gå till i projektet?

»Det löser sig säkert«, säger han ändå ganska lugnt när han lägger märke på diskussionen mellan Stefan och energisamordnaren.

»Jag jobbar i byggbranschen sedan trettio år. Det har kommit och gått många teoretiker som försökt ändra vårt arbetssätt. Ingen har lyckats hittills.«

Vi tuggar i oss var sin bulle och hoppas på att beställaren är starkare än det icke drickbara bryggkaffet framför oss. Jag undrar om farsan får rätt även denna gång.

Efter fikapausen får varje projektör sin egen rubrik att diskutera och att fördela uppgifter till. Det tar nästan två timmar till och är segt som tuggummi fastklistrat under gympaskorna.

Riktiga beslut fattas inte. Uppgifter flyttas fram och tillbaka och svaren lovas till kommande möten. Och jag som tyckte att själva byggplatsen var ett dagis.

Arkitekten behöver lösa problemet med våningshöjden.

Vi har en byggnadshöjd vi inte får överskrida enligt detaljplanen. Bara den punkten tar femton minuter. Installatörerna behöver plats för kanaler samtidigt som rumshöjden ska vara inbjudande i den demokratiska förskolan.

»Takisoleringen ska få plats överallt och omlöpande«, slänger energisamordnaren också in. Väggsektioner och undertak har Marie börjat med, det kommer att lösa sig snart men hänger till stor del på konstruktören.

Konstruktören backar sedan tillbaka till stomfrågan. Det är samma konstruktör som var med under förfrågningsunderlagen och han är nu på energisamordnarens spår om merarbete när det gäller stombyte i detta skede.

Arkitekten behöver ha konstruktionen klar för att rita upp väggtyperna och fasaden.

Så länge den frågan inte är löst kan han inte räkna någonting överhuvudtaget. Lastnedtagningen och pelarplaceringen, balkongerna och skärmtaket, det är en del här som hänger i luften.

Brandsakkunnige håller med om stomfrågan och påminner om att det var bestämt tidigare att vindsbjälklaget utgör brandcellsgränsen. Detta i sin tur ställer krav på lösullsisoleringen.

Bjälklaget kräver ett extra lager gipsskivor som inte ska glömmas.

Markentreprenören är nöjd med sina plushöjder. Direkt efter semester fick han lov att börja med pålarna, vilket pågår. Arbetet ska nu anpassas efter den nya tidsplanen. Om valet av stommen skulle påverka honom vore det ju mer än dags att ta upp det nu.

El och rör har fått sina underlag för avsättningar i grund. Rör behöver veta exakt placering av fördelarskåpet. Berör stommen deras kablar och rör så är merarbetet inte att underskatta.

Luft hade efter brandsynpunkter instämt i att gå vidare med brandspjällslösningen. Annars är det medelluftflöden och val av värmeväxlare som är uppe igen. Roterade värmeväxlare sprider lukt, motströmmare tar mer plats och kan frysa till trots förvärmning av luften via marken. Det är inte helt utrett vad som ska väljas. Stommen hade han inga problem med så länge utrymmet för hans horisontella kanaler som var förskrivit i rambeskrivningen inte minskas.

Styr är inte upphandlade ännu. En punkt vi kan hoppa över. Farsan lovade att ta hand om personalfrågan.

Tillgänglighet påminner om kontrastmarkeringen och tröskelhöjder, helst ska man undvika tröskel där det är möjligt.

Fuktsakkunnig erinrar igen om dagens diskussion gällande stommen och plattan. Det behövs justeras i beskrivningar när valet är gjort. Han betonar uttorkningstider och fuktsäkerhet under byggnation.

Energisamordnaren tar med sig en del uppgifter.

»Jag löser det under veckan«, lovar hon. Hon rekommenderar dessutom ett extramöte kring de mycket relevanta stomfrågorna för att snabbt reda ut situationen.

Dessutom vill hon att vi alla genomgår en energiutbildning så snabbt som möjligt så att alla kan hänga med i energitänkandet från början.

Kontrollansvarig ber alla att inte glömma sina egenkontroller. Alla underlag ska hamna i den digitala pärmen som sköts av kommunens projektledare.

Övriga frågor berörde bullerskyddet. Vi fick svaret att det är under utredning med Trafikverket som har långa väntetider.

Projekttidsplanen presenterades av farsan, om allt löper på finns inga hinder för att hinna klart med förskolan innan sommarlovet nästa år.

På nästa möte blir det energiutbildning, annars är det varannan vecka vi träffas här för möte. Det är inte mycket tid för långa utredningar. Beställningar måste göras och byggnationen kan inte stoppas nu när etableringen är på gång. Varje mantimme kostar pengar, varje maskintimme ökar kostnaderna och hösten kommer snart.

Då är både jag och dagen slut. Att sitta på ett byggmöte är ännu värre än en mattelektion i skolan. Arbetsledning är mycket för teoretiskt för mig. Många diskussioner och inte speciellt produktiva dessutom. Det har gått åt tre snusprillor under sammankomsten, summerar jag min frustration och stoppar in en fjärde bakom läppen.

»Är det något mer jag ska göra«, hör jag mig själv säga när jag ser farsan lika trött han sittande bakom datorn igen.

»Gå du hem till familjen«, svarar han, »jag behöver hitta en överkomlig massivträleverantör.«

»Tack, farsan, vi ses imorgon.«

Och du trodde att vi skulle få bygga som vi alltid har gjort, tänker jag när jag sätter mig i bilen och åker till barnens dagis.

Orkar jag till gymmet ikväll?

Man blir faktiskt tröttare av ett stillasittande jobb än när man jobbar med kroppen. En farlig fälla det där med arbetsledning.

~

KAPITEL 19 - ÖVERRASKNINGAR

MARIE

Jag har hittat en lägenhet. Det är nästan ofattbart hur snabbt allting gick. Min nya kollega har en bekant som äger en liten fastighet i stan och av ren tur blev det en liten lägenhet ledig i just denna byggnad. Längst uppe i takvåningen med lite sporadisk utsikt över stadsdelen. Två rum och kök. Väldigt enkelt, inget modernt. Ett rum till dottern och ett rum till mig. Kollegan bad honom att hyra ut den till mig om jag ville ha den. Ett bättre erbjudande kunde jag inte få. Jag tackade JA direkt.

»Hyran är överkomlig och allt annat kommer lösa sig«, lugnade jag mig själv.

Samma kväll pratade vi med dottern hemma, maken och jag. Hon var inte alls överraskad. Jag trodde hon skulle bryta ihop men det gjorde hon inte.

»Jag har väntat på det beskedet sedan länge«, säger hon i stället. Ja, hon är smart. Henne lurar man inte. Vilken uppmärksam dotter jag har och så vuxen. Hon fattade nog långt innan oss att denna familj inte var en familj längre och att alla skulle må bättre av lite distans.

»Jag är inte ledsen så länge jag inte behöver välja mellan någon av er.« Tårar rinner över mitt ansikte. »Jag vill bara behålla friheten med pojkvännen och en stor säng hos både dig och pappa«, lät hon oss i stället veta lite kaxigt. Sedan fick vi båda var sin kram och hon lämnade lägenheten.

»Det var oväntat«, sa maken märkbart lättad »eller så har vi varit extremt blinda de sista åren.« Vi lovade varandra att hantera separationen bättre än alla andra, inget bråk, inga slagsmål, en ren och fridfull skilsmässa skulle det bli.

Nu sitter jag i min nya lägenhet på första flyttkartongen. Bredvid mig står några enstaka möbler maken och jag enades om att jag fick ta med mig på en gång. Han blev lika överraskad som jag, när jag berättade om lägenheten.

Jag börjar om från början. Ingen lyxlägenhet med stora glaspartier och utsikt över staden. Inga designmöbler, inga designlampor, inte ens en riktig säng. Bara gästmadrassen jag lånar av dottern tills jag hinner köpa egna möbler. Jag tänkte hänga upp några tavlor till att börja med men hittade ingen hammare. Verktyg är inte min grej. Jag har praktiskt taget två vänsterhänder.

Eller kanske har jag inte det förresten, men jag har hittills inte behövt spika eller skruva ihop något med varken med den ena eller den andra handen. Jag måste medge att jag inte vet hur man gör. Jag försöker tänka positivt men det är svårt. Lägenheten är tyst. Jag är ensam. Jag har typ ingenting längre. Tårarna rinner igen.

Förra veckan berättade jag för mina kollegor. De var inte alls förvånade över vändningen i mitt liv. Naturligtvis visste de om min privata situation, men de trodde nog inte att jag skulle våga ta nästa steg.

De undrade om inte den nya kollegan skulle kunna ha med saken att göra och skrattade när jag blev röd i ansiktet. Jag försökte förklara att vi bara var vänner men de skrattade ännu mer och betonade väldigt bestämt: »Självklart är ni bara vänner. Men vänskapen är en bra bas till ett lyckat kärleksförhållande.«

Jag var glad att de inte verkade vara oroliga för vare sig mig eller företaget. Det är nog mest jag som är osäker.

Jag ser mig omkring och börjar tvivla igen. Gjorde jag det rätta? Gav jag inte upp för mycket? Hade jag inte ett ganska bra liv ändå? Vad är det som väntar mig i framtiden? Ett bättre liv? Jag snyftar högt och torkar mina tårar. Tänk om jag tydde mina känslor fel? Jag gav upp en familj och tänk om jag även förlorar en vän ifall jag tillåter nästa steg och det inte funkar?

Dörrklockan ringer. Jag torkar tårarna och öppnar. Där står HAN. Han ler. Jag ler. Han kramar mig som en vän och jag får fjärilar i magen. Det kommer att bli bra. Jag måste bara tro på det.

JOHAN

Jag går upp tidigt idag. Den stora pojken började skrika och hosta klockan fem och vi lyckades inte tysta ner honom. Just i dag ska jag dessvärre gå på en utbildning. Jag har precis avslutat arbetsledarkursen och jag orkar egentligen inte med flera lektioner, men troligen är utbildningen ett krav på detta bygge.

Att sitta i skolbänken nu igen är det värsta som jag kan tänka mig. Har jag packat in en extra snusdosa?

Jag brer mig en ostmacka som alltid, sätter i gång kaffemaskinen och går på toaletten. Flickvännen ligger kvar med barnen i sängen men snart ska de gå upp. Barnen ska lämnas på förskolan. Jag hör att hostandet fortsätter och tänker *Nu är det inte mitt bekymmer längre, det måste hon fixa*, men jag skäms direkt och viftar bort tanken.

Vi bråkade igår. Jag kommer knappt ihåg hur det började men det slutade med hushållsfrågor. Flickvännen tyckte att jag inte hjälper till i hushållet och hon måste plugga och har dessutom barnen och tvätten och huset att fixa helt själv.

Det stämmer så klart inte. Jag handlar mat och tar hand om bilen och hämtar barnen och tjänar pengar, vad ska jag göra mera? Två småbarn tar verkligen mer tid än vad man tror. Det går inte att låta dem leka själva ens en liten stund ännu. Man är ju glad att det finns förskolor.

Jag gillade verkligen att vara pappaledig, då hade man fokus på bara en sak. Det var en spännande tid, båda gångerna, även om det var enklare med första barnet. När andra sonen kom fick den stora bara vara femton timmar per vecka på dagis.

Han blev arg och ledsen på oss och sitt syskon. Vi blev arga på förskolan och lagen för att han inte fick vara med sina kompisar längre. Det är tufft med ett nyfött barn hemma men det blir inte direkt enklare med ett till som precis har börjat upptäcka den stora världen.

Men nu är båda på förskolan. Och om inte magsjuka, röda hund eller löss cirkulerar där igen har vi ganska normala rutiner och jobbdagar. Dock är vi båda trötta och ingen av oss har riktigt lust att sköta hemmet. Flickvännen lämnar barnen på morgonen och åker därefter till sin skola. Jag hämtar dem, det är en bra ursäkt för mig att inte behöva jobba över. Är ett barn sjukt blir det oftast hon som måste vara hemma för att jag redan hunnit till jobbet.

För ögonblicket är det lugnt, förhoppningsvis slutar hostan. Vi har båda svårt att *vabba* idag. Jag ska gå den där utbildningen om energikonceptet för den nya förskolan och flickvännen startar sin VFU, verksamhetsförlagd utbildning idag.

Hon ropar efter mig men jag låtsas att jag inte hör. Jag har ingen lust att diskutera mer med henne, jag är fortfarande irriterad efter igår. Jag häller snabbt det nybryggda kaffet i termosen, tar min ostmacka och sätter mig i bilen. Det är inte långt till min nya arbetsplats. Jag hinner med några telefonsamtal innan jag ska på utbildning i kommunhuset.

~

MONA

Jag höll mina löften till entreprenören om att hjälpa till att ringa om plattan och stommen. Först ringde jag tillverkaren av cellglasplattan och de hade, som jag trodde, inte fått någon förfrågan av entreprenören tidigare.

Tyvärr hade de nu fullt i produktionen och en leveranstid på tio veckor efter projekteringen. Det är för lång tid för vårt bygge. Där föll den miljövänliga möjligheten. Sådant gör mig arg.

Tio veckor hade inte varit något problem om entreprenören hade tagit tag i detta innan sommaren, som det var sagt. Nu har deras rädsla för NYTT stängt dörren för en platta av återvunnet glas.

Jag fick ge mig och accepterade en betongplatta. Entreprenören var märkbart lättad över beslutet men riktigt så enkelt ska han inte få det. Han fick uppgiften att leta efter grönare betongsorter.

»Kanske något med flygaska«, frågade han skeptiskt. I en *grön betong* sänker man andelen cement med alternativa bindemedel, med exempelvis slagg som är en restprodukt från ståltillverkning eller flygaska från kolförbränning. På så sätt minskar man koldioxidutsläpp och resursanvändning.

»Även betongfabriken ska ha en högre miljöprofil«, ställde jag som krav. »Solceller på taket för att minska energianvändningen under tillverkningen exempelvis«, fast jag visste redan då att det var omöjligt att begära. Men ställer man inga krav på branschen, kommer branschen inte heller utveckla sig.

»Det är nog inte riktigt så enkelt«, påstod han helt riktigt men lovade samtidigt att göra sitt bästa. Jag föreslog att jag kunde hjälpa honom med undersökningen och vi var båda hyfsat nöjda med kompromissen. Nu börjar det bli ett samarbete.

Med stommen kom vi också i mål. Jag letade fram en tysk leverantör som hade resurser att tillverka massivträväggar och bjälklag till vårt projekt. Denna valdes dock inte.

»Tack för att du kollade upp det, men nu hittade jag också en tillverkare och dessutom i Sverige. De kunde lova mig rätt produkt i rätt tid.«

Ja, då är man ju patriot igen. Träden är inte grönare hos grannen. I alla fall antar man detta när man vill slippa att kolla.

Jag gissar att han blev tillräckligt nöjd med priset han fick. Då var det inte intressant längre att jämföra med andra leverantörer utanför de nordiska gränserna. Så det fick bli en svensk leverantör av korslimmade träytterväggar. Viktigast är att vi har en *stomleverantör* nu och att kvalitén stämmer. Jag måste lita på honom. Så gör man när man samarbetar. De icke bärande väggarna blir konventionellt platsbyggda, kom vi överens om.

Fördelen med att ha dubbelt medborgarskap är att man alltid har två lag att heja på.

Jag packar upp min resväska med olika visningsmaterial och lägger allting ordentligt sorterat på bordet framför mig. Jag är uppe på plan fyra igen, i kommunens prestigekonferensrum, som antingen är för varmt eller för kallt, för ljust eller för mörkt. Idag kommer det definitivt bli varmt, om inte till och med hett.

Jag har snickarbyxor och arbetsskor på mig. Det brukar ge byggarna en känsla av att jag eventuellt är en av dem. Annars har jag bara ett linne på mig med texten: *Energiexperter gör det oavbrutet.*

Förhoppningsvis hinner jag meddela byggarna att det handlar om isoleringen, eller så får de komma på det själva. På ena sidan av bordet ligger det lufttäthetsmaterial, olika dukar, tejper och manschetter för el- och rörgenomföringar. Bredvid placerar jag isoleringsmaterial, som jag vet att de flesta aldrig har hört talas om:

cellglas, hampa, perlite, polyisocyanurat PIR, kalciumsilikat och en bit av vakuumisolering som många tycker att det ser ut som en chokladkaka. Sista platsen på bordet går till en fönstermodell och en liten motströmsvärmeväxlare i plast.

Längst bak i rummet placerar jag en koldioxidmätare som jag sätter i gång direkt. Barnboken, som fungerar lika pedagogiskt hos arkitekten som hos byggarna, lägger jag bredvid datorn.

Stefan hälsade kort och släppte in mig men kunde inte delta under hela utbildningen, sa han.

»Jag kommer lite senare, bara så du vet«, meddelade han, och du behöver inte vara orolig. Det är jag absolut inte. Jag är redo.

De första byggarna kommer in. Jag känner igen *min första kärlek*, Johan och platschefen, som jag nu förstår är hans far.

Därefter följer åtta snickare i samma företag. De är lätta att identifiera på grund av sina reklamtröjor. Alla tio byggare väljer en plats långt borta ifrån mig, så långt det bara går.

Sedan kom även kalkylansvarige, projektledare och några projektörer som inte var med innan. I brist på plats på stolar längs bak placerar de sig något längre fram.

På slutet kom de entreprenörer som överhuvudtaget inte förstår varför de måste vara här på denna utbildning. De jobbar ju bara med marken, rör och kablar. Lika missmodigt travar de med hängande axlar och nersänkta huvuden in i rummet. De hämtar var sin stol längst framme hos mig för att flytta den till andra raden längst bak, långt ifrån mig. Alltid samma spektakel, alltid samma procedur. Jag gillar detta rollspel.

Jag väntar tills alla har satt sig, hälsat på varandra och känner sig redo för de kommande två timmar med mig. Sittpositionerna grabbarna intar talar samma språk som deras platsval. *Jag vill inte vara här.*

Det finns två varianter. Antingen har de satt sig med ryggen på stolen längst bak, benen är utsträckta, särade och armarna i kors eller så ligger halva överkroppen på bordet, långt framåtböjd och armarna i kors så huvudena får plats ovanpå.

Det är ett viktigt och tydligt statement som ska visa mig vad de tycker om utbildningen och hur mycket de förväntar sig av mig de kommande timmarna.

Jag startar min presentation:

»Bara så ni vet. Det här är en interaktiv utbildning och jag jobbar mest med dem som sitter längst bak.« Jag vänder mig mot datorn och hör hur *nya raden bakom den före detta sista raden* börjar flytta fram sina stolar för en ny formering.

~

JOHAN

En kvinna i snickarbyxor, det var ovanligt, hinner jag tänka, innan kollegan knuffar på mig.

»Har du sett vad som står på t-shirten?« Han flinar.

Jag undrar vad en energisamordnare kan berätta för oss som vi inte redan vet? Och om det är något nytt, varför behöver vi veta det? Jag kollar på de andra kollegorna, alla har lagt armarna i kors, typiskt grabbar.

Själv tycker jag det skulle vara roligt med flera kvinnor på bygget ibland. Ja, varför inte? De flesta arbeten är inte så tunga längre, definitivt inte tyngre än lyften på sjukhusen eller i äldrevården. Byggen skulle må bra av lite kvinnligt tillskott, så länge de inte bara babblar hela dagen eller bråkar om arbetsuppdelningen. Det har jag ju tillräckligt med diskussioner om hemma.

Hon höll sitt löfte och börjar ställa frågor till sista raden.

Vad de heter? Om de känner till konceptet? Om de vet vad det ena eller andra är? Och grabbarna börja skruva lite på sig. Några böjer sig nu långt bakåt och viker sina armar bakom nacken.

»Nej, jag vet inte vad en köldbrygga är«, svarar jag sanningsenligt, när det är min tur. Hon har väckt intresset. Långsamt men sakta tinar mina kollegor upp. De vågar ställa frågor, om mening och konsekvens av respektive åtgärd för energieffektiva lösningar hon presenterar. Och hon har svar på allt.

Hon berättar om sina egna byggen och det verkar bli en liten stämningsändring i rummet. Jag tror att hon har lyckats få lite gehör, kanske även lite respekt under diskussionen.

Energisamordnaren med snickarbyxor.

Nu kommer hon fram med en mätare och vill veta av min granne om han har sett en sådan förut och om han vet vad det är? Det visste han inte. Han skulle andas in i apparaten. Och det gjorde han, först bara lite grann sedan blåste han ut hela sin snuskluktande andedräkt. Siffran på displayen höjer sig genast från strax över tusen till femtusen. Sedan börjar den pipa.

Farsan flinar:

»Du har väl inte borstat dina tänder«, och alla börja skratta. Troligen mäter apparaten koldioxid i luften.

Energisamordnaren skrattar också:

»Vår utandningsluft innehåller cirka fyra procent koldioxid vilka motsvarar 40 000 ppm, därför piper mitt mätinstrument för det kan inte mäta mer än 5000 ppm. Så det har inget med andedräkten att göra. Koldioxidhalten i luften har en stor betydelse inomhus för bland annat hälsan och koncentrationen. Därför måste vi ventilera tillräckligt bra.«

PPM betyder parts per million och 1000ppm koldioxid är en indikation på tillräckligt bra luftkvalitet inomhus, som en herr Pettenkofer har kommit fram till, får vi lära oss. I väl ventilerade lokaler inomhus brukar nivån vara mellan sexhundra och niohundra ppm.

Utomhus brukar koldioxidhalten vara mellan trehundra och fyrahundra ppm men det stiger med åren och påverkar vårt klimat.

Jag hade ingen aning om att vi människor släpper ut ett kilogram koldioxid per dag bara genom att andas ut. Grabbens ansiktsfärg har blivit normal igen och han lyssnar som vi alla andra med intresse till fortsättningen.

»När vi nu ventilerar så mycket för att få bra inomhusklimat måste vi tänka på återvinning av den varma luften för att inte tappa värmen och därmed energi i byggnaden.«

Hemma i vårt hus har vi många springor i väggarna och även vid fönstren som flickvännen tejpar igen under vintertiden när det är för kallt ute. Jag minns hur instängt det luktar på morgonen när vi alla fyra har sovit i samma rum. Men skulle man öppna ett fönster blev det både kallt och mycket värme gick förlorad.

I energikonceptet vi får lära oss idag behöver man inte kompromissa. Det låter som en bra framtidsidé.

Det blev även mycket snack om isoleringsmaterial och lufttätheten. Elektrikern tittade ogillande på manschetterna och täthetsmaterialet men elkonsulterna var ivriga på att skriva ner alla fabrikat. De måste förskriva

produkterna i sina handlingar, påpekar energisamord-
naren.

Jag får troligen en ny funktion på bygget, en till. Jag blir lufttäthetsansvarig. Jag undrar om jag kan ta upp det på nästa löneförhandling med farsan. Först arbetsledare och nu lufttäthetsansvarig, det blir många nya jobb samtidigt. Det förväntas av mig att jag hittar snittställen mellan de olika underentreprenörerna och kollar deras jobb.

»Arbetsföljden blir viktigt så att ångbroms och tejp kommer på plats i rätt tid och att inget förstörs efteråt igen av till exempel elektrikern«, säger hon och tittar på honom längs bak i rummet.

Alla skrattar utom elektrikern. Det kommer inte bli lätt. Grabbarna gillar inte att bli kontrollerade och ifrågasatta och definitivt inte av en kvinnlig främling.

Det som är mest överraskande för mig är just den där ångbromsen som hon kallar duken för.

»Ingen blå plastfolie som ni behöver slåss med på bygget«, berättar hon.

»Duken känns mera robust och formbar«, säger jag, när jag tar på den. »Den ska kunna släppa genom fukt men inte luften«, kommenterar hon vidare.

»Den måste dock beställas i tid«, anmärker hon till farsan, »de flesta traditionella bygghandlare har ännu inte dessa dukar i sitt standardsortiment.«

Hon säger på slutet att hon vill bygga broar mellan oss och konsulterna.

»Jag finns alltid tillgänglig och jag kommer vara på byggplatsen regelbundet«, berättar Mona, så heter hon. Om det behövs, hjälper hon till med tejpningen också.

»Nu gör vi det oavbrutet eller hur«, säger hon till grabbarna, »både isolering och lufttäthetsskiktet. Vi tittar nämligen även bakom fasaden, kom ihåg det.«

Nu är det är mycket att stå i. Platschefen var mer än lättad över att de fick en vanlig betongplatta ovanpå pålarna, det hörde jag tydligt. Han hade beställt både isolering och armering i förväg och slipper nu returkostnader. Alla pålarna är satta och kapade.

Betongklossarna för infästning av pålarna förses under tiden med armeringsjärn. Det används stänger av kolstål för armering för att förstärka betongplattan. Klossarna ska gjutas i övermorgon. Platschefen hittade en något *grönare* betong som Mona godkände i sina klimatkalkyler.

Eftersom vi valde att bygga förskolan i två plan kunde vi halvera plattan och därmed miljökonsekvenserna för den totala byggnaden. Det är mindre betong och mindre isolering och därmed mindre koldioxidutsläpp. Det var utöver valet av den grönare betongen en väsentlig anledning varför hon accepterade en traditionell grundlösning till slut, berättade hon för mig.

Avlopp, inkommande vatten, fiber och el läggs samtidigt denna vecka. Därefter börjar de isolera kantbalken och plattan.

Markisoleringen kom igår. Det blev mycket isolering ändå, först tre lager cellglas under sulan och totalt fyrahundra millimeter cellplast under hela plattan.

Jag hade lovat Mona att ta kort på leveransens klistermärken för att kolla att isoleringsförmågan motsvarar ritningarnas anvisningar. Bilderna jag tog skulle Mona ta med i sitt *kvalitetssäkringsprotokoll*. Marken och plattan är under kontroll och vi håller tidsplanen på marginalen.

Platschefen har även lyckats beställa korslimmande träväggar av ett företag långt norröver och det utlovades en leverans om bara några veckor. Konstruktören har kompletterat med lasterna och leverantören håller på för fullt med produktionsritningar för de behöver granskas snarast av oss innan tillverkningen i fabriken.

För mig ligger det i totalentreprenörens ansvar att slutgranska, det är en anledning till att vi upphandlade byggarna traditionellt.

Det bestämdes att en del håltagningar ska göras på plats för att tidsplanen inte ska spricka. Koordination och kondition, en ytterst farlig kombination när man har hjärtproblem.

Jag kommer tillbaka till konferensrummet. Fikapausen verkar precis ha tagit slut. Jag hinner ta en halv kopp kaffe, ja, bara en halv för att hålla min koffeinkonsumtion inom de gränser frun tillåter. Byggarna är på förvånansvärt gott humör, det tyder de livliga diskussionerna på. Jag tar min fralla och den halva koppen kaffe och lyssnar på Monas föredrag.

Det är annorlunda än de första jag lyssnade på, mer praktiskt mer *byggar-anpassat*. Alla är på något sätt involverade, ställer frågor och kommer med egna förslag och Mona antecknar flitigt deras synpunkter.

»De tar jag gärna med till projektörerna«, förklarar hon för gänget. Bara elektrikern ser uttråkad ut.

Blandrasen blir mycket intresserad av Monas material som ligger på bordet. Och så var det för sent. Bara ett ögonblicks ouppmärksamhet och tomröret samt stopper försvann in i hundens mun och blir glatt sönderbitna. Jag försöker inte ens att rädda slangen. Jag är väl medveten om hans starka tänder. Alla skrattar, även elektrikern slår sig på knäet och ropar glatt:

»Javisst, hållbara täthetsprodukter, hahaha!«

På vägen ner från konferensrummet möter jag en tyst-
låten verksamhetschef. Hon tittar knappt upp när jag
hälsar, trots att det var länge sedan vi träffades senast. Är
hon inte ens intresserad av byggnadens framsteg?

»Alltid så upptagen med sig själv«, tänker jag. Men
jag säger inget. Bra att hon inte kommer med nya
ändringar. En tyst verksamhetschef är fortfarande bättre
än en militärisk.

Om jag bara hade vetat.

~

KAPITEL 20 - FÖRÄNDRING

JOHAN

Jag jobbar sedan fem år som snickare, men en sådan
kantbalk jag har aldrig sett förut. Hon, vad hon nu hette,
just det, Mona, pratade på utbildningen om köldbryggor
genom kantelement.

När betong har kontakt med den kallare utsidan kan
värme från insidan ledas ut. När vi bygger våra kantbal-
kar i vanliga hus använder vi ett hundra millimeter tjockt
kantelement som är snedkapat på översidan så stom-
mens laster ligger på betongklacken.

»I en sådan konstruktion minskar man isoleringen
avsevärt med följd att det blir stora värmeförluster«, sa
hon på utbildningen.

Konstruktionsprincipen vi har i det nya energi-
konceptet innebär att alla laster befinner sig på insidan

av ytterväggen. Kantbalken kan ha oavbrutna trehundra millimeter isolering och värmen stannar inomhus.

Ja, farsan vi bygger inte som vanligt, det är bevisat redan nu. Och vi har inte kommit längre än till grundisoleringen. Stommens vikt överförs i vårt fall till betongsulan med cellglas och en betongkloss under som är infästningen till pålarna. Pålar behövs normalt inte, det har med markens egenskaper att göra, men här är marken dålig.

Utsidan av massivträväggen består bara av isolering och en luftad trä- och skivfasad, inga tunga laster här. Därför behöver vår kantbalk inga snedkapningar och isoleringen ansluter *oavbrutet* direkt mot ytterväggens isolering. En hård trampsäker cementskiva bildar utsidan av kantbalken och kommer synas delvis ovanför marken. De andra två lagren isolering fästes in med plastplugg och säkras ytterligare med lim.

Helt nytt för mig är även de hårda isoleringsklossar vi behöver placera under alla dörrtrösklar.

De sitter på tre konsoler som ska gjutas in i betongen. Deras uppgift är att skapa en trampsäker ingång för barnen, personalen och matvagnen utan att bryta isoleringsskiktet.

Även dörrarna är liksom alla fönster placerade i byggnadens isoleringslager och inte *som vanligt* längst ute i fasaden.

Utan den hårda, isolerade klossen skulle det bli svårt med belastningen av dörringångar och med ett värmeledande material hade man förstört *sovsäcken*.

Hon pratade om sovsäcksprincipen och hur viktigt det är att inte bryta isoleringen någonstans, för att garantera ett gott inomhusklimat och låga energikostnader. Det var intressant att höra och är nu ännu mer intressant att se.

Om det nu är så avgörande förstår jag inte varför man inte har gjort det tidigare och varför man inte gör så i alla byggnader? Vem är det som är seg? Inte vi byggare väl?

Jag har aldrig sett en konstruktör rita sådana detaljer förut.

Farsan står bredvid mig och bara skakar på huvudet.

»Det har vi aldrig gjort förut.«

»Sunt förnuft och noggrannhet, har Mona sagt«, skrattar jag.

Han skrattar han med.

»Javisst, gör du dessa nymodiga grejer, jag är för gammal för det.«

»Det behövs bara lite mer isolering annars är det inget större jobb. Jag testade den ena långsidan själv och det var inte svårt att montera«, informerar jag honom. »Det här bygget, farsan, är inte som vanliga byggnader, ska du se.«

Farsan har åldrats de senaste åren, tycker jag plötsligt. Både av väder och vind men även av de tunga byggjobben, tror jag. Det är mycket ansvar och han jobbar ännu mer än normalt. Håret på hans huvud är fortfarande tjockt men har liksom skepparkransen fått gråa fläckar och nu syns det djupa rynkor i ansiktet tydligare och tydligare.

Så klart vann han skäggtävlingen, men nu när skägget är kortare igen, ser han äldre ut. Jag är stolt över honom, både som far och byggare. Hur skulle jag kunna klara mig utan honom?

Han måste ta det lite lugnare så han inte få hjärtproblem han med.

Jag inser att det skulle vara tryggare för honom att vara platschef på kontoret än som snickare på taket, bara han snart får tillbaka sitt gamla humör. Han är spänd och stressad och inte lik sig själv.

»Jag ska visa Mona vårt arbete, när hon kommer till bygget idag«, meddelar jag farsan stolt.

Hon hade planerat att vara med på byggmötet sedan. Farsan flinar tillbaka:

»Du är väl inte kär i kärringen, va?« Där ser man, min retsticka till farsa är tillbaka, din gamle skojare, tänker jag lättat.

Markgänget har kämpat med fjärrvärmeledningarna som nu är på plats. Det var tur att vi hade samma markentreprenör som fjärrvärmeverket så att allting blev klart samtidigt.

Nu håller de på med att bygga gator med belysningsstolpar i området. Snart börjar de första villorna pluppa upp vid horisonten. Det går ändå snabbt och en ny stadsdel växer fram. Samma gubbar ska nästa år även sätta Trafikverkets bullervägg, vad jag förstod men först ska vi bygga en förskola. Mina kollegor har börjat placera markisoleringen på radonduken i ena hörnan, den som ska vara under plattan.

»Omlott«, sa Mona, »ska skarvarna vara. Oavbrutet även här.«

Om isoleringsskivorna inte har förskjutna skarvar och därigenom råkar få ett större glapp mellan sig så kommer isoleringen inte vara genomgående och värmeförlusterna ökar. Jag har aldrig tänkt på det innan. Det har jag kollat med grabbarna nu och jag har även påmint dem om genomföringarna som ska vara komplett isolerade. Vi får väl se om hon blir nöjd med utförandet.

Jag är glad att nytänkandet kommer lite i taget och inte allt på en gång. En betongplatta är ju ändå ganska traditionell. Även om den har en ny form av isolering, så känner man igen sig lite i alla fall. Det var roligt att komma ut lite idag och jobba på riktigt. Att bara sitta inne och leda bygget är verkligen inte det jag gillar bäst.

Farsan har koll på beställningarna men även min telefon ringer nästan oavbrutet. Något ska alltid bekräftas, tas emot eller diskuteras. Telefonen är kopplad till det nya hörselskyddet i hjälmen och vid vissa jobb går det bra att prata samtidigt som jag jobbar.

~

MONA

Jag har målat igen. Det har gått åtta månader sedan jag sist hade målarpenseln i handen. Det är inte ofta jag hittar tid för att leva ut kreativiteten. Jag älskar det. Lukten av terpentin och oljefärg ger mig lugn. Man tappar rum och tid. Jag är både konstnär och praktiker och båda sidor behöver jag i mitt liv.

Jag förstår arkitekterna och deras gestaltningsbehov. Det är dock mycket enklare med målningar än med byggnader. När jag lever ut min fantasi påverkar jag inte klimatet. I går blev det en Kandinsky igen, mycket färg och många geometriska former.

På pappret gör de sig fint. Där kan jag inte få nog av genomträngningar och spetsiga vinklar. Dock kommer jag aldrig ändra min åsikt om att detta gör sig bra enbart på tavlor. De har absolut inget att göra i en klimatskärm om det inte bara är dekoration som ligger ovanpå fasaden och kan tas bort eller ändras utan att påverka byggnadens funktion.

Sommaren är nästan bortglömd. Den fullspikade sensommarfasen har börjat.

Vi har fått ett nytt uppdrag. En renovering av ett fler-
bostadshus från sextiotalet. Det är egentligen de
projekten man önskar sig fler av. Byggnadsbeståndet av-
gör en stor del av energianvändningen i landet och det
görs sällan något mer än stambyte eller injustering av
tekniksystemen. Gamla byggnader har oftast dåligt
isolerade väggar, fönster och tak. Fastighetsägare har
svårt att räkna hem tilläggsisoleringen när energi-
priserna är för låga.

Tyvärr är även många hyresgäster mest intresserade
av nya köksapparater och badrumsinredning i stället för
tilläggsisolering som minskar klimatpåverkan. Ingen
bryr sig om det som finns bakom fasaden men här ligger
den största potentialen. Vi ska hjälpa till att energieffek-
tivisera flerbostadshuset nu och hoppas att flera åtgärder
och bättre prestanda leder fram till nytänkande hos
många fastighetsägare och brukare framöver.

Imorgon startar en ny utbildning inom energieffektivt
byggande. Konstruktören har anmält sig till kursen efter
lovet och det tycker jag är mycket klokt. Han har lärt sig
en hel del under förskoleprojektet men kommer snart att
förstå mycket bättre hur avgörande hans detaljer är och
hur allting hänger ihop.

The Detail is not only a Detail. The Detail is the Solution.

Han jobbade över de senaste veckorna för att leverera
ritningar och detaljer och nu har våra beräkningar
kunnat bevisa att förskolan i teorin är helt köldbryggsfri,
helt utan extra värmeförluster i anslutningarna, helt utan
risk för byggskador.

Då kvarstår praktiken och det är bland annat Johans
ansvar att åstadkomma det. Jag ser verkligen fram emot
att träffa killen igen. Han blir mer och mer öppen och
sympatisk och jag har nästan lyckats att stänga ute det
förflutna när jag tittar honom i ögonen.

Byggandet löper på ganska bra. Efter utbildningen fick jag känslan av att våra hantverkare blev taggade av att få göra ett ännu mera noggrant jobb.

Johan kommer direkt till mig, när jag anländer och vill visa mig kantbalken. De hade svårt att beställa en sådan färdig från fabriken.

»Leverantörerna har bara de snedkapade balkarna som standard och kunde inte producera den typ vi ville ha här«, berättar han, »men vi gjorde en egen nu, kom och titta.« Vi går tillsammans till byggnadens blivande sockel.

»Vad tycker du«, undrar han med ett leende. Jag ler tillbaka när han stolt visar att de inte har någon köldbrygga här. Så roligt att han använder just det ordet som han för bara några veckor sedan inte hade en aning om att det fanns. Deras egentillverkade kantbalk består av trehundra millimeter oavbruten isolering, ingen betong kommer kunna tränga igenom här.

Vi går över till hans kollegor som placerar isoleringsskivorna helt korrekt med förskjutna skarvar. På det andra isolerlagret börjar de med en tredjedels skiva så att inga skarvar hamnar över varandra. Det sticker upp rör som de noggrant har skurit ut för och han undrar hur de ska göra med glappet där.

»Det ska fyllas med isoleringsskum«, svarar jag. »Det är viktigt att det inte bryts nånstans. Betongen ska inte ha någon möjlighet att tränga in i isoleringen.«

Jag rekommenderar att de ska skydda kantbalken med plywoodskivor eller annat för att inte trampa sönder isoleringen när betongen gjuts och därefter, när man kliver över kanten under stomresningen.

Även borrhålet i marken har borrats.

»Bygglovsavdelningen hann med tillståndet innan maskinen försvann«, berättar han stolt över den lyckade logistiken. Ett borrhål ska förvärma den inkommande luften innan den passerar ventilationsaggregatet. Sommartid kyler vi via samma vätskeburna system. Det är inget stort ingrepp i naturen. En normal villa med en bergvärmepump har exakt samma borrhålsstorlek som denna energieffektiva förskola.

»Tyvärr ligger vi efter med handlingarna«, berättar han sedan, »det saknas ritningar, främst av arkitekten. Vad håller hon på med?« Inget jag kan svara på men oväntat är det inte heller.

»Ytterväggarna är godkända nu«, fortsätter Johan »och tillverkas i fabriken, liksom takstolarna. Allt kommer om fyra veckor.«

»Vi monterar hela stommen inom fem dagar, så är planen i alla fall«, informerar han mig. Man valde bort att använda väderskydd vilket kräver en extra bra montageordning. Beroende på vädret kan det behövas en längre uttorkningstid. Men väggarna kommer skyddas direkt när de är resta och hålls torra till isoleringen appliceras.

»Att ha ett tält över byggnaden under monteringstiden var för dyrt«, han riktar en skeptisk blick mot mig, »men fuktsakkunnige har godkänt denna lösning«, lägger Johan snabbt till.

Tyvärr ser man bara kostnader och inte mervärdet för byggarna som jobbar väderoberoende under ett tält. Ställer kunden inte konkreta väderskyddande krav tidigt i ett projekt, väljer entreprenören alltid den billigaste lösningen.

~

Byggmöte igen. Jag passerar hastigt själva byggarbetsplatsen och är imponerad över hur snabbt allting går ändå. Nu är nästan hela området vitt av cellplastisolering. Det är torrt ute men hösten närmar sig med stora steg.

Jag visslar tillbaka blandrasen, som är på väg att springa över armeringsnäten till platschefen. Han står och diskuterar med grabbarna på andra sidan stängslet. Vi går upp till bodens konferensrum på plan två, här sitter även arbetsledningen. Johan har tagit hand om kaffet, en bra kille. Jag tar en halv kopp och luktar med välbehag på den mörkbruna vätskan. Mona sitter på stolen och hälsar först på hunden sedan på mig. Detta klargjorde rangordningen.

Platschefen virvlar in i boden strax efter. Han pratar i telefon och känns väldigt stressad. Ansiktet är rött och jag hör honom säger:

»Nej, nej, nej, vi kan inte flytta leveransen ytterligare. Kranen är bokad och ni måste lösa tillverkningen i tid.« Han stänger av och sätter sig ner, helt utmattad. Jag frågar vad det är som händer men han viftar bort frågan.

»Allt under kontroll. Vi löser det här.«

»Vi har ett annat problem kvar, det är fönsterbeställningen«, medger han.

»Vi måste beställa nu men behöver godkännandet av er för att vi vill avvika från förfrågningsunderlagen.« Jag ser hur Mona rätar på sig och lyssnar.

»Vi har hittat fönster som vi anser är likvärdiga. Finns det något problem med dessa?« Platschefen räcker över papperen som Johan precis hade skrivit ut till Mona. Mona läser genom värdena och nickar. »Ja, tyvärr. Dessa fönster är inte likvärdiga«, svarar hon kort och platschefen sjunker ner i stolen.

»Vad är det som är fel nu då? Det är samma värden för glasen och hela fönsterkonstruktionen«, påstår han men Mona ger sig inte.

»Det är det inte alls«, säger hon energiskt.

Och så börjar hon prata, om värmetransmittans, ljusgenomsläpplighet, direkt solstrålningstransmittans, totala solenergitransmittans, distansprofiler, isolering av karmen, temperaturfaktor, lufttäthetslister, beslagen och massvis annat som jag knappt hänger med.

»Ett fönster är en hel vetenskap och ansvarar för både energiförluster och sollaster«, summerar hon ihop sina bevis.

«Ett fönster ansvarar i mångt och mycket för en bra eller dålig inomhuskomfort.«

Kraven som är satta till förskolan följer de rekommendationer vi har i vårt energikoncept och de fönster som platschefen har plockat fram uppfyller inte de flesta av kriterierna.

»Det var därför jag bad dig att skicka med kravspecifikationen som bilaga när du letade efter likvärdiga produkter«, påminner Mona den uppgivna platschefen. Han blir väldigt bestört och jag kan tänka mig anledningen. De fönster han hittade är säkert inte dåliga men framför allt kostar de säkert minst trettio procent mindre än de vi hade föreskrivit.

Men Mona är tydlig:

»Plattan blev en kompromiss, men val av fönster kan jag tyvärr inte äventyra.«

»Har du flera offerter jag ska kolla«, undrar hon sedan fullständigt oberörd. Han svarar nekande och lägger papperen åt sidan.

Jag håller mig tyst i bakgrunden och låter min expert sköta frågan. Det är lika bra att hon gör det, jag saknar argument.

Tills slut ger sig platschefen med bitter min.

»Då ska jag väl beställa de utländska fönstren«, säger han missmodigt. Det står tydligt skrivet i hans ansikte att hans senaste kalkyl börjar spricka.

Byggmötet ledde inte till fler utbrott. Några samordningsmöten planerades mellan underentreprenörer och första fuktronden ska bokas in under stomresningen.

På senaste projekteringsmötet var entreprenören ganska frustrerad över att vi saknar en hel del ritningar ifrån arkitekten och han jagar henne fortfarande.

»Var är hon«, undrar han.

Hon skickade en ny kollega sist, som i och för sig var riktigt på hugget, men ändå inte riktigt insatt i alla frågor.

»Ja, hon är svår att nå«, instämmer jag, »jag har ringt och mailat ett par gånger men utan att få svar. Jag försöker igen. Den nya kollegan sa sist att vi inte behövde oroa oss. «

»Marie har bara väldigt mycket att stå i just nu. Men jag tycker att hon ska prioritera rätt ändå.«

Blandrasen verkar vara nöjd så här långt och vill dra med mig i det fria. Jag andas in höstluften och går långsamt ner för ståltrappan. Jag känner mig svag idag, har svårt att andas. Undrar om det är hjärtat igen. Rädslan smyger sig på mig allt oftare.

Det vill jag inte behöva vara med om igen.

Platschefen är inte andfådd, tvärtom. Han springer förbi mig.

Hektiskt vinkar han till lastbilen som är nära att backa in i staketet. Vad är det som händer, den skulle väl bara transportera bort en del av den utgrävda jorden?

KAPITEL 21 - FENIX

MONA

Jag springer. Jag springer snabbt. Jag vågar inte vända mig om. Jag hör hur stegen närmar sig. Många steg. Tunga steg. Jag hör hur någon snubblar bakom mig och faller på marken.

Pang. Pang. Pang.

Jag springer ännu snabbare. Sedan hör jag steg från andra hållet, hur kan det komma sig?

De närmar sig. Jag svänger mot spårvagnstationen ut ur parken in i ljuset. Jag hör rösten bakom mig. Han skriker:

»Hej lilla flicka, har du tappat andan?« Nu händer det. Nu är han nära. Nästa batongslag kommer att träffa mig. Pang. Pang. Pang.

Jag vaknar skrikande och ser mig omkring. Maken som normalt kan sova oavsett plats och ljud tittar oroad på mig.

»Du drömde. Det är ingen fara. Det var bara en dröm.«

Jag sätter mig upp, pyjamasen är genomsvettig och jag skakar fortfarande. Det var bara en dröm, samma dröm, sedan över trettio år. Slutar det aldrig?

Det är oktober igen. I går, på teven, visades ett reportage om de östtyska frihetsdemonstrationerna från 1989. Minnena av dessa dagar ligger så djupt inbrända i hjärnan att de inte ens efter så många år går att radera ut. Jag sätter mig upp i sängen. Det är så länge sedan och har förändrat hela mitt liv.

Allting började på en torsdag eftermiddag. Vi skrev den 5 oktober 1989. Jag var sexton år och hade en tre år äldre pojkvän, han som såg ut då som Johan ser ut idag. Det var min första kärlek, en förbannelse och en välsignelse samtidigt.

Han öppnade mina ögon för orättvisan i landet. Han drömde om friheten och jag hade nog blint följt med honom till världens ände om det inte hade funnits en mur som låste in oss. En regim som tystade ner folket som sa emot. Med honom fick jag en röst, en stark röst, en skarp röst. Han var ingen normal kille, han var huligan. Fotbollen var hans ventil, hans sätt att bli av med sin inre frustration, med demonerna om ett liv utan perspektiv. Två alkoholiserade föräldrar och en kriminell bror. Han hade ingen stor chans att bli något annat än dem om han inte själv tog hand om sitt liv.

Jag var raka motsatsen, växte upp väl beskyddad av en kärleksfull mor utan synliga bekymmer. Han hade bara hat i hjärtat, jag bara kärlek. Men båda våra hjärtan var stora och ibland efter långa diskussioner och timme efter timme av övertygelseförsök nådde jag fram till hans. Jag älskade honom utan att se konsekvenserna, utan att förutse vad som skulle hända dessa dagar i oktober.

Jag var ingen kommunist, långt ifrån detta, men jag var uppväxt med noggrant inpräntade grunder för ett liv i tyska demokratiska republiken. Och så träffade jag honom som vände om min bild från vitt till svart.

Det var den 5:e oktober, två dagar innan landets fyrtionde nationaldag, när allting började. Överallt i landet planerades aktiviteter: musik, tivoli och familjeunderhållning. I Berlin skulle det socialistiska partiet visa sin makt med den årliga militärparaden, men bakom fasaden väntade ett vulkanutbrott.

Jag hade hört talas om poliser i civila kläder, statssäkerhetspoliser, men jag hade aldrig träffat en, trodde jag fram tills den dagen. Hela landets armé var i beredskap. För mig var det bara rykten men för pojkvännen var det chansen att visa mig sanningen.

Mer och mer folk samlades vid domkyrkan i min hemstad och vi följde bara med strömmen. Därinne sändes en gudstjänst som det ryktades om var tänkt för folk som ville lämna landet.

Naiv var jag och blind och jag var inte ensam om detta, det fick jag lära mig den kvällen. Hundratals personer på en liten yta sätter i gång enorma krafter. När domkyrkans dörrar öppnades, bildades ett tåg av flera hundra människor som långsamt marscherade mot gamla torget längs den breda vägen omgiven av hus och det var omöjligt att komma undan. Familjer med barn som kom ur kyrkan gick tysta bredvid huliganer som för bara två veckor sedan demolerat en spårvagn efter vinsten som placerat deras lag högst upp i tabellen.

Vi hörde dem långt innan vi kunde se dem, innan vi kunde reagera. Pang. Pang. Pang.

Stod det lastbilar där förut? Varifrån kom alla dessa stora bilar till höger och vänster om gatan? Pang. Pang. Pang.

Och sedan gick allt så snabbt att jag efteråt blev osäker på om jag verkligen såg det som hände. Polisbilarnas bakdörrar öppnade sig och hundratals stormuniformerade stadspoliser började springa mot sitt eget folk och slog med överlånga batonger på allt och alla. Pang. Pang. Pang.

Jag såg hur barnet som satt på sin pappas axlar bredvid mig ramlade ner till marken. Jag ville fånga upp honom men jag missade. Pojkvännen drog mig åt sidan, in genom en öppen entré och vi försvann in i korridoren i det närmaste bostadshuset. En lägenhetsdörr öppnade sig bara några sekunder senare och en kvinnoröst ropade efter oss.

»Kom in. Här. Ni är inte säkra där ute.« Jag skakade i hela kroppen när vi gick in i köket i en för mig främmande lägenhet.

Jag hade aldrig varit med om något liknande förr. Från fönstret bakom gardinerna såg vi hur lastbil efter lastbil fylldes med arresterade demonstranter täckta av blod. I en sådan situation händer det något märkligt i hjärnan. Ångest omvandlas först till förakt och sedan vidare till blankt hat. Händelsen här hade förändrat mig, hela mig. Jag hade blivit en krigare.

Det här var inte mitt land längre. Det här kunde jag inte bara acceptera. Nu måste jag agera. Nu måste jag *slå tillbaka.*

Hela spektaklet tog bara några minuter och gatan blev helt tom efteråt.

Inga bilar, inga människor, bara tysthet. Som om allt hade varit en hemsk dröm. Men mardrömmen hade precis börjat, den torsdagen i oktober 1989.

Jag kan inte somna om denna natt. En gammal låda hade öppnat sig igen. Klockan visar två.

Jag kliver ur sängen och fyller badkaret. Sedan lägger jag mig ner i det väl tempererade vattnet och slår i gång en ljudbok från Jojo Moyes. Hjärnan behöver ett nytt fokus. Snart ska jag ut med bilen. Förskolan Kantarellen ska få sitt hölje idag.

~

JOHAN

Igår var vi alla hemma hos farsan igen. Han bjöd på sin hemgjorda pizza. Farsans pizzadeg är den bästa på hela jorden. Den blir knaprig både på undersidan och vid kanten när man gräddar den i ugnen, men ändå tunn och kryddig som i Bella Italia.

Barnen fick välja själv vad de ville ha för toppning. Det var ingen överraskning att det blev skinka med ananas och mycket ost. Stora sonen fick dekorera sin del helt själv. Både han, golvet och pizzan blev överfulla av riven ost.

När pizzan var inne i ugnen tog farsan fram två stora kartonger med mina gamla leksaksbilar.

»Har du sparat alla dessa?« frågade jag imponerad.

»Självklart!« kom det tillbaka från en stolt farfar. Han satt nere på golvet hos sina barnbarn som med stora ögon och kolossal iver plockade ut brandbilen, en kran, en grävmaskin, två polisbilar och oändligt många sportbilar. En flotta av farkoster bredde ut sig på hela köksgolvet. Tur att flickvännen höll koll på ugnen, vi killar hade helt missat tiden.

Det blev en väldigt lyckad kväll. Efter maten åkte barnbarnen, inte helt utan protest, hem med sin mamma. Det var läggdags. Förskolan imorgon. Knorrande gick de med på att åka efter att farfar låtit dem välja varsin bil att ta med hem. Grävmaskinen och brandbilen bytte ägare och alla blev glada igen.

Jag stannade hos farsan någon timme till. Han visade mig snickarbänken han hade renoverat de senaste veckorna. Det blev kompromissen till bastun på Öland han inte hann färdigställa. Jag anade innan att hösten blir för krävande och en ledighet under höstlovet är inget alternativ för honom, men helgerna hade han kvar och då växte denna fina bänk fram.

Den såg faktiskt ut som ny. Ytan hade han slipat mycket noggrant. Lådorna fick moderna handtag och de två dörrarna till nere skåpdelen var helt nybyggda. På en platta bakom bänken hängde verktygen sorterade efter funktion och storlek. Hans gamla skruvstäd satt fast på vänstra sidan. Högersidan kunde man förlänga till en hyvelbänk. Jag blev riktigt imponerad. En sådan bänk vill jag också ha. Vi pratade om gamla tider, våra projekt, roliga minnen: Terrassen, uteköket, eldplatsen.

Det var en fin stund, bara vi två som i gamla tider.

Han körde hem mig efteråt och undrade:

»Hur trivs du i arbetsledarrollen?«

Jag svarade ärligt:

»Jag behöver vänja mig vid att inte få snickra så mycket själv längre, men jag har lärt mig massa.« Jag vill inte göra honom besviken, han tror på mig, då får jag väl lära mig att göra detsamma. Förskolan är ett NYTT projekt på många sätt, inte bara i den nya funktionen utan även med de speciella miljövillkor och energikraven och alla de nya materialen.

»Imorgon kommer de första massivträelementen. Det kommer bli en ny erfarenhet för mig. Jag har jobbat med platsgjuten betong och Prefabbetong, lösvirke och vanliga stålpelare men inte med massivträväggar. Farsan instämmer i min nyfikenhet:

»Det ska bli spännande. Enligt leverantören skulle det vara en *topprodukt* jag har köpt.«

»Massivträ är mycket bättre än andra stommar, sa han även till mig«, bekräftar jag med samma förväntningar.

Hur spännande det skulle bli, anade vi inte när vi sa farväl igår.

Nu är vi på bygget igen. När jag kom hem igår kväll hade flickvännen redan somnat och nu på morgonen smög jag ut ur huset för att inte väcka dem. Jag hade bråttom.

Både farsan och jag kom tidigare för att förbereda den kommande väggleveransen. Vi kollade plattan igen. Den har inte spruckit mycket. Farsan var lite orolig för den gröna betongen.

Men resultatet är förvånansvärt bra. Vi hade lite extra personal på bygget som hanterade armeringen av plattan och så var elektrikern och rörmokaren på plats för att fläta in sina slangar.

Jag har inte varit med på ett enda bygge där avloppen och brunnarna hamnade på rätt ställe. Måtten på ritningar är av någon anledning inte verklighetsanpassade eller så stämmer arkitektens väggar inte överens med dem på rörritningen, vem vet? Resultatet kvarstår att se när vi placerar innerväggarna. Betongen är i alla fall härdad och stommontaget skulle kunna börja idag.

Vid baksidan och östersidan av plattan har vi monterat klart ställningen. När stommen är rest sätter vi upp resten runt hela byggnaden.

Över kantbalken la vi några plankor som Mona föreslog för att trampskydda isoleringen. Det var inte så dumt tänkt, man springer verkligen in och ut hela tiden. På plattans utkant ligger det nu en plastremsa. Den och gummilisten ska bidra till att betongen inte kommer i kontakt med trä. Fuktexperten gör sin första fuktrond snart och då kommer han säkert kolla dessa anslutningar, trots att det ju är solklart att den blöta betongen inte ska nå träväggen.

Första lastbilen med våra massivträväggelement kör in genom grinden och grabbarna lotsar in chauffören så nära plattan som möjligt. Kranföraren har tagit med en kaffemugg upp till sin hytt och farsan kollar leveransen och montageplanen. Något är på tok.

Jag ser det tydligt i hans ansiktsuttryck och på hur han gestikulerar. Jag går dit och vi tittar tillsammans på planen.

»Det är antagligen fel lastbil eller så blev montageordningen ändrad«, kom vi fram till.

Chauffören vet inget. Han pratar inte ens samma språk.

Farsan ringer tillverkaren. Tillverkaren vet inget men ska kolla. Chauffören sätter sig i sin hytt igen. Vi väntar fem minuter. Tillverkaren ringer tillbaka.

Den andra lastbilen, som skulle ha varit den första, står troligen i kö några mil härifrån men bör hinna hit om en till två timmar. Du kan planera och förbereda så mycket du vill, något går alltid snett ändå.

»Då måste vi improvisera igen«, säger farsan irriterat, »inget vi kan göra något åt.«

Nu måste vi skaffa förvaringsplats för dessa väggar som ska monteras senare under dagen eller i morgon. Lastbilen ska i väg igen. De tar extra betalt om lossningen tar för lång tid.

Hoppas inte att fuktsakkunnige dyker upp idag. Helt torrt går det inte att förvara väggarna, det finns helt enkelt ingen plats. Kollegorna ska bygga något att ställa under på marken, än så länge regnar det inte. Glöm alla teoretiska planeringar, välkommen till verkligheten.

Jag går upp till kontoret. Två timmar kvar till nästa leverans.

Jag ska höra hur det går med bygghandlingarna så länge. De är fortfarande inte stämplade och klara.

MONA

Jag är oerhört trött när jag kommer fram till byggplatsen. Bilresan gick segt, väldigt segt. Jag fick stanna två gånger och gå ut i friska luften för att inte somna bakom ratten. Den alldeles för korta natten sitter kvar i kroppen.

Jag har snickarbyxor på mig, idag ska det resas stomme.

Fokus nu, Mona.

De har börjat förbereda betongplattan som har hårdnat, sylltätningen sitter på plats. Kantbalkarna är ordentligt täckta av gamla plankor, ser jag. I mitten av plattan står det en hel del material och inpackade kartonger, troligen de tunga ventilationsaggregaten som placerades på insidan av de snart monterade ytterväggarna i förväg. Första väggen av massivträ står på plats.

Jag sätter på mig hjälmen och går mot platschefen och byggarna. Träväggen ser inte riktigt så snygg ut som jag hoppades på. Det syns många kvistar och stora ränder av kåda rinner ner på insidan.

»Är det den kvalitén ni har beställt«, undrar jag lite klumpigt till den upptagna platschefen när jag kommer fram.

Han verkar irriterad.

»Ja, varför frågar du? Är det något som inte är som det ska?«

»Vi ska ha en del trä synligt i förskolan. För mig ser det ut som industrikvalitet, ej synlig kvalitet«, avslöjar jag mina tankar. »Med dessa kådlåpor och kvistar tror jag inte att arkitekten bli nöjd.«

»Vi har större problem med leveranser just nu«, medger han förargad.

Jag antar att han beställde den lägsta kvalitén för att spara pengar men jag säger inget mer. Han verkar ha en del att stå i för ögonblicket. De förstår säkert konsekvenserna när det är dags och hittar en lösning då.

Jag tittar lite närmare på träväggen. Det är bara tre och inte fem korslimmande skivor, vad jag kunde se, kan det vara rätt?

»Hur blev det med lufttätheten«, undrar jag i stället, berättigat som det skulle visa sig. »Ger tillverkaren garanti att även dessa väggar uppfyller våra lufttäthetskrav?«

Han blir osäker igen men svarar att han tror det. Tillverkaren hade gjort mätningar och fått bra mätresultat. Jag påminner honom om våra högre lufttäthetskrav igen och han slår upprört ett nummer i sin telefon och går åt sidan.

Jag kollar ytterväggens placering på betongplattan. Det ser bra ut. Väggen står cirka en decimeter innanför plattan så skarven kan lätt tejpas mellan väggen och betongen, under förutsättning att platschefen får grönt ljus för väggarnas täthetskvalitet.

Johans far kommer tillbaka alldeles röd i ansiktet.

Han mumlar:

»De hade hänvisat till ett korslimmat trä i fem skikt när de visade sina mätresultat och vår leverans har bara tre. Nu vill de inte längre garantera med hundra procent att panelen håller måttet.« Han ser ganska frustrerad ut och jag ser att han söker efter ursäkter.

Nu är ju skadan redan skedd, *varför* får vi reda ut senare. Nu måste vi rädda vad som räddas kan. Att skicka tillbaka eller att beställa bättre kvalitet är inget alternativ längre. Att chansa och hoppas att lufttätheten duger är en stor risk utan garanti från tillverkaren. Enda lösningen jag ser är att applicera en lufttäthetsduk på utsidan av ALLA ytterväggar. Jag frågar hur många rullar duk han hade beställt.

Några remsor behöver vi strax när plan två är monterade och innan takstolarna placeras.

»Dukar är inte beställda ännu, det trodde jag inte skulle bli aktuellt så tidigt«, ursäktar sig Johan som ställer sig snabbt vid sin fars sida.

»Okay, jag har en rulle i bilen«, meddelar jag, »ingen fara.« Jag anade nästan att det behövdes och packade bilen omsorgsfullt igår, men det säger jag inte. Jag går tillbaka till bilen och hämtar rullen liksom tejpen.

»Vi kan fortsätta vår diskussion inne i boden«, föreslår jag och går raka vägen till kontoret.

Jag minns min första kontakt med verkligheten ute i husfabriken när jag började jobba i Sverige för tjugo år sedan.

Någon tryckte en spikpistol som någon kallade *Big Brother i* min hand och jag sköt in första spiken. Bakslaget var enormt, jag trillade baklänges och hela fabriken skrattade. Det väckte först frustration i mig, sedan motivation och på slutet min passion.

Jag ville kunna det jag pratar om även i praktiken. Teoretiker finns tillräckligt många. Vill jag ha byggarnas respekt måste jag kunna använda deras verktyg eller åtminstone deras produkter.

Stefan har också kommit och tittar frågande på platschefens högröda ansikte och på mig som troligen är raka motsatsen. Jag bär en rulle duk på axeln och säger vänligt hej.

»Vad är detta«, undrar Stefan inte utan att le över min oväntade arbetsinsats.

»Lufttäthetsduken. I något större format än den jag visade på utbildningen«, svarar jag och förklarar igen betydelsen och sorten av lufttäthet.

»Den här är diffusionsöppen.«

Johan som också följer med in säger att han minns det väl men trodde att den vanliga blåa plasten duger just över kanten. Jag poängterar att vi gör det rätt från början och nu har vi ju rätt duk på plats.

»Ni beställer sedan den mängd ni behöver för väggar och tak, bäst vore det direkt i eftermiddag«, rekommenderar jag för att jag vet att duken inte finns i vanliga bygghandeln.

»När stommen är väderskyddad höljer ni in ytterväggarna i duken så byggnaden blir hållbart lufttät. Därefter kan ni placera isoleringen, men det ligger nog några veckor framåt«, avslutar jag lektionen.

»Tanken är att de ska bygga i etapper«, berättar platschefen, nu lite lugnare igen. »Medan ett team placerar väggarna och sätter stödben kommer ett andra arbetslag och sätter bjälklagen på plats för att styva ut konstruktionen under montaget.«

Montageordningen verkar inte bli som planerat får vi veta av honom men de håller på att lösa det med konstruktören. Nästa steg är takstolarna. Råsponten och takpappen måste komma på plats så snart som möjligt för att skydda byggnaden. Just nu är det torrt ute men vädret kan snabbt svänga om. Många moment hänger ihop och måste optimeras samtidigt. Det betyder tyvärr också att mycket kan gå fel.

Vi pratar en kort stund vidare om väggmontaget, men platschefen och även Johan har ingen tid att snacka längre med oss.

»Om det är bra så här långt«, avslutar Johan, »tackar vi för folierullen och går tillbaka till kranen och kollegorna.« Och så är båda borta.

Jag sitter kvar med Stefan i boden. Jag är för trött för att åka hem med bilen direkt. Jag behöver mat och någon sockerhaltig läsk. Jag kollar med honom om han vill hänga med och äta med mig på stan och det var varken han eller blandrasen ovilliga att göra.

I restaurangen säger jag till honom:
»Jag skulle gärna vilja se hur mellanbjälklagen monteras och även takstolarna men det innebär nog några resor till. Hur ser du på det, Stefan? Får jag komma tillbaka nästa vecka?«

~

STEFAN

Jag sitter med Mona i restaurangen. Det finns inte mycket till urval av lunchserveringar i stan som inte just är Thai eller pizzeria. Det här stället nära stationen har ändå ganska bra buffé, så något lär vi hitta. Restaurangen har precis öppnat och vi börjar med att hämta oss lite sallad.

När vi sätter oss på våra platser igen undrar jag om hon vet något om Marie. Hon var inte med på de senaste mötena och det saknas fortfarande ritningar som hon skulle ha tagit fram. Mona tittar lite förvånat på mig. Hon skakar på huvudet och tar en stor tomat i munnen. Jag byter ämne och anar inte att en gripande berättelse väntar på mig.

»Jag såg ett reportage om revolutionen i gamla Östtyskland igår på teven, visst var du född i östra delen, undrar jag. »Hur gammal var du när muren föll?«

Mona slutar tugga och sväljer:
»Jag var tonårig då«, berättar hon, »ja, och om inte en förhållandevis ung rysk generalsekreterare och senare

president hade visat sitt maktinflytande hade jag nog inte funnits här idag.«

Nu börjar jag bli nyfiken.

»Var du med på demonstrationerna? Hur gick det till«, vill jag veta. Själv har jag aldrig varit med på en demonstration. Jag tror att vi svenskar antingen saknar anledning eller så ligger det helt enkelt inte i vår mentalitet. Hon tvekar lite. Kanske gick jag för långt?

Sedan ställer hon sig upp: »Jag behöver mat.« Hon tar sin tallrik och jag följer efter henne. Det hamnar förvånansvärt mycket grönsaker på hennes tallrik, konstaterar jag när jag ser hur hon fyller på. Broccoli, bönor, morötter, ärtor och potatis. Det ser hälsosamt ut. Jag följer hennes exempel och vi går tillbaka till vårt bord. Vi äter under tystnad men när hon lägger besticken åt sidan, försöker jag igen:

»Hur var det för dig i Östtyskland? Vill du berätta lite?«

Och Mona berättar.

»Min barndom var nog ganska normal, i alla fall för mig. Jag hade inte mycket att jämföra med under dessa tider.«

Det fanns regler och hon levde efter dem utan att ifrågasätta. Sedan blev hon äldre och fick mer insyn i västvärlden genom medierna, får jag veta.

»Jag upplevde för första gången orättvisan i systemet. Reglerna var inte bara regler utan lag och konsekvenserna, när man inte följde dem, var enorma.«

»Ja«, berättar hon vidare, »jag var med på de första våldsamma demonstrationerna i min stad. Jag drömmer fortfarande om det ibland, speciellt när jag blir påmind om dessa tider på teven eller i böcker.«

När hon var ute på en demonstration för första gången, upplevde hon en brutal polisinsats. Något hon aldrig trodde skulle hända där hon bodde, våld även mot kvinnor och barn. Vilken intressant historia och vilken tur att hon kunde gömma sig i en lägenhet.

»Jag gick ändå tillbaka till samma plats, bara en timme senare«, fortsätter hon, »jag var så arg«.

Platsen var full med folk igen som lyckats komma undan de extralånga batongerna första gången. Men inte heller nu kom demonstranterna långt. Poliser hann tillbaka för att tysta ner sina landsmän ytterligare en gång samma kväll.

»Vi sprang igen«, berättar hon vidare, »jag kände en polis direkt bakom mig och var helt säker att nästa slag skulle träffa mitt huvud. Han viskade hotfullt i mitt öra men slagen träffade en annan tjej bredvid mig. Och en till. Jag räddade mig in i en spårvagn i sista minuten.« Jag håller andan.

Mona gör en paus.

»I stället för att åka hem«, fortsätter hon sedan, »lämnade jag spårvagnen på nästa station igen och gick tillbaka till träffpunkten för ett tredje försök. Att ge upp var ingen option längre.«

Tredje gången denna kväll samlades de sista, kanske ett femtiotal människor, på Domkyrkoplatsen igen. Poliserna hade inte lyckats plocka in oss. De hade inte lyckats slå ner alla. De hann inte tillbaka till finalen.

En sista gång gick denna lilla grupp av människor hela vägen genom stan, förbi det internationella hotellet. Där hände det något som ger mig gåshud när hon berättar. Hon har tårar i ögonen kan jag se.

»Vi gick förbi hotellet där enbart internationella gäster får komma in, inga östtyska *ANDRA klassens människor*«, säger hon ilsket, »och vi sjöng Eugene Pottiers sång Internationalen så högt vi kunde.« Sången man lär sig redan på förskolan i en socialistisk stat. "Upp till kamp emot kvalen. Till den sista striden. Jämlikhet ska nu bli lag… Upp till kamp emot kvalen! Sista striden det är, ty Internationalen åt alla lycka bär!"

Och en Fenix stiger upp ut askan, är bilden jag ser framför mig i detta ögonblick.

»Hotellgästerna hörde oss, utan tvivel«, ler hon nu vinnande, »den sista lilla gruppen som inte gick att tysta ner under två hårda och blodiga strider innan. Vi är här och vi hörs, var vårt budskap.«

De priviligierade internationella gästerna ställde sig upp framför det stora panoramafönstret och började applådera. Allihop.

»Flera kom även ut genom den *imponerande världsöppna entrén* vi aldrig fick passera. Vi sjöng och de applåderade och applåder följde med oss hela vägen till Stora Torget. Ingen polis kunde stoppa oss denna dag.« Det var nog då Mona blev en krigare, inser jag.

Jag sitter tyst bredvid henne. Tittar fortfarande trollbundet med stora ögon på min energisamordnare. Ja, det förklarar en hel del. Hennes envishet, hennes instinkt att inte undvika strider oavsett hur stora de är.

»Du var en av de tyska hjältarna«, säger jag stolt över att ha fått höra hennes story.

Men hon tycker inte det:

»Jag var bara extremt naiv och mycket arg. Det hade lätt kunnat bli samma massaker i min stad som bara fyra månader tidigare i Peking, på Himmelska fridens torg.« Flera hundra, kanske tusen kinesiska studenter förlorade sina liv när de demonstrerade mot korruption i kommunistpartiet och krävde större demokratiska och mänskliga rättigheter. Den så kallade *Folkets befrielsearmé* tillhörande den kinesiska kommunistiska regeringen under Deng Xiaoping dödade massor med studenter och hela världen tittade på.

»Det finns så mycket mer att berätta«, säger Mona och »jag vill höra allt«, säger jag helt fångad av historien.

»Bara två dagar senare demonstrerade över femtusen tyskar på samma gata igen. Vi hade blivit fler«, säger hon stolt, »många fler.«

Hon, hennes vänner och andra som var med tidigare hade mobiliserat folk att demonstrera på gatan igen just på östtyska nationaldagen. Mona minns att prästen i domkyrkan uppmanade alla efter sin predikan:

»Ropa inte! Sjung inte! Säg inget!« Vi skulle inte provocera poliser, inte riskera en massaker. Vi stod på samlingsplatsen och så försökte man att knäcka oss med psykologisk strategi i stället.

Stan släckte helt oväntat all utebelysning på Domkyrkoplatsen.

Det blev kolsvart.

Helt skrämmande. Vi trodde att de nu skulle springa fram ur sina gömställen och döda oss alla.

Men det hände inte, vi var för många. Vi var redan för starka.

Muren stod 10 316 dagar innan den blev riven av sitt eget folk.

En känd tysk rockmusiker uttryckte hennes känslor ganska bra en gång i tiden, låter hon mig veta.

»Det är svårt att översätta sången utan att ändra lyrikens betydelse«, säger hon och så viskar hon tyst och på tyska sin personliga minneslåt för mig:

Ich möchte zurück auf die Straße
Möchte wieder singen, nicht schön, sondern geil und laut
Denn Gold, Gold findt man bekanntlich im Dreck
Und Straßen sind aus Dreck gebaut
(Marius Müller Westernhagen)

MARIE

Stefan har ringt flera gånger de senaste dagarna. Men jag orkade inte ta samtalen. Inte just nu. Kantarellen får klara sig utan mig en stund.

Jag måste ta tag i mitt liv, i min *relation*, i mina andra jobb.

Vi pratade hela natten, min nya kollega, min vän, min *nya partner* och jag. Vi pratade om det förflutna och om framtiden. Om det gamla livet och det nya. Och om oss. Vågar vi kalla oss för oss? Det är så många frågor, så mycket nytt. Jag hade svårt att somna men sov sedan tryggt ändå på ett sätt jag inte kände till. »Allt kommer lösa sig, ett steg i taget«, sa han.

När jag vaknar är platsen bredvid mig tom. Han har skrivit en liten lapp: »Jag fixar Kantarellen, ta du hand om dig.« Så fin han är, så omtänksam. Allt känns så självklart. Jag ligger kvar en stund och känner efter. Ögonen brinner och jag vill absolut inte gå upp. Jag är trött. Vad är mitt nästa steg? Vad ska jag göra? Jag kommer inte på något, jag behöver ha kaffe.

När jag drar undan täcket för att stiga ur "sängen", märker jag vad det är som saknas mest – sängen. Jag befinner mig inte i min säng, inte i mitt sovrum. Jag befinner mig på en provisorisk bäddmadrass i en för mig fullständigt främmande, tom och opersonlig lägenhet. Jag sitter kvar på madrassen och fattar ett beslut.

Det är dags att göra den här lägenheten till mitt nya hem.

Allt annat måste vänta. Jag sätter på kaffe, duschar, klär på mig och skriver en lista. Vad behöver jag för att känna mig hemma här? Utöver dottern och nya mannen såklart.

Jag behöver möbler, personliga detaljer, något hem-
trevligt.

Jag tittar på klockan. Ja, affärerna öppnar strax. Jag tar
bilen och kör till det mest kända svenska inrednings-
varuhuset. Det är inte min stil egentligen men det måste
duga till att börja med. Det är förvånansvärt fullt så här
mitt i veckan. Jobbar folk egentligen inte? Jag fyller en hel
vagn och en blå påse med det jag behöver ta med mig
direkt.

Listan var lång från början och för varje meter kom-
mer det till en pryl. Smart upplägg på det här varuhuset.
Det går inte att låta bli. Visst behövs även servetter och
värmeljus. Så klart kan det inte skada med några nya
handdukar, filtar och en matta till entrén heller. Jag låter
mig luras av varenda erbjudande, tills jag inser att jag
nog inte får in så mycket mer i bilen.

Soffan, två sängar, en till dottern och en till mig lik-
som köksbord med stolar beställer jag för snarast möjliga
hemleverans. I självplocklagret hämtar jag ytterligare en
vagn och packar den full med kartonger till eventuellt
blivande hyllor.

Hela insatsen tar mig fyra timmar. Jag har aldrig förr
tagit så många snabba beslut samtidigt. Och konstigt nog
känner jag mig lycklig efter min shoppingtur. Nu äger
jag samtliga dessa hushållsartiklar och diverse hyllor,
speglar, bestick, tallrikar, städningsutensilier och en
komplett FIXA-verktygslåda med extra tillbehör. Inte får
man glömma gardiner, kuddar, galgar, sängkläder och
badrumsprylar heller.

Jag kommer hem sent på eftermiddag och börjar lasta
ur bilen. »Usch, varför en taklägenhet«, tänker jag när jag
står med första påsen framför entrédörren. »Ett steg i
taget«, motiverar jag mig själv med varje last jag bär upp
för trapporna.

Nu ligger de första små skatterna framför mig och behöver byggas ihop och hitta sina platser. Jag tar ut verktygen och håller hammaren i handen. Ganska tung. Jag önskar mig en *FIXA-man*, hinner jag tänka när dörrklockan ringer.

~

JOHAN

Vilken arbetsdag. Först kom Mona med alla möjliga krav som hon märkligt nog inte hade ställt innan, vad jag kan minnas. Sedan visade det sig dessutom att hon hade rätt om farsans felaktiga beställning av träkvalitén, men det behöver man ju inte göra en massa väsen av.

Tillverkaren hade uttryckt sig otydligt kan man väl säga. Jag tror inte att farsan gjorde det med flit. Han blev pressad av ekonomiavdelningen att hålla sin budget och dessa väggar uppfyller ju alla konstruktiva krav. Tyvärr inte riktigt de estetiska och troligen inte heller lufttäthetsfunktionen. Det är olyckligt. Det blir dessvärre tillkommande materialkostnader och mantimmar.

Andra katastrofen inträffade efter fikapausen, när alla trodde att dagen inte kunde bli värre. Vinden knäckte nästan en av de bärande stolparna i det blivande samlingsrummet. Det kom ett vindkast helt oväntat. Varken kranföraren eller farsan som stod hos grabbarna för att ta emot stolpen var förberedd. Pelaren satt redan i sin infästning men lyftes upp igen och man hörde hur det knäckte till när den stötte emot väggen bredvid.

Tur att Mona och Stefan hade åkt innan. Den typen av olycka vill man helst inte ha vittnen till.

Farsan skrek instinktivt:

»Försvinn, bort allihopa!«

Alla sprang åt sidan samtidigt, det var överlevnads-instinkten. Det är inte förrän den släpper greppet om oss som våra hjärnor tillåter oss att ha tankar och känslor kring det inträffade. I ett överlevnadsläge slösas ingen energi på känslor. Hjärnan styr kroppens resurser och de sprang. Det var nära ögat kan man säga och rena turen att ingen skadades.

Montörerna påstod att stolpen med all säkerhet skulle ha kvar sin hållfasthet men nu var farsan på hugget. Han litade inte på lösa antaganden, han ville ha fakta. Farsan ringde tillverkaren och pratade länge med vår konstruk-tör. Vi skickade bilderna och han var tydlig:

»Jag vågar inte ta ansvar för konstruktionen.« Det var tillräckligt för farsan. Han gjorde om beställningen och fabriken lovade att så snabbt som möjlig tillverka en ny stolpe.

»MEN vi kan inte lova något denna vecka«, fick han höra.

Farsan blev rasande men det hjälpte inte så mycket denna gång.

Vi satt sedan i flera timmar med konstruktören och ändrade montageordningen för att inte behöva stoppa bygget helt. Tyvärr hade inte alla de andra väggarna från etapp två kommit ännu så det blev ännu mer improvi-sation, dock en säker sådan. Montaget måste vara vind-stabilt i alla delsteg, det ska inte hända något igen.

Ja, dag ett med massivträstommen blev en spännande dag för oss, det kan man lugnt säga. Det var tur att kon-struktören hann hit med så kort varsel, han som hade varit med i projektet från början. Han brydde sig om bygget och inte bara på pappret. Vilken arbetsdag.

Jag kunde inte lämna farsan ensam med hela ompla-neringen och jag måste medge att jag också börjar få en relation till det här projektet. Jag vill att det ska bli bra. Bra på alla sätt. Jag vill lära mig nytt och samtidigt stötta farsan i det dagliga jobbet.

Jag är lite orolig för honom. Att ödet hade andra planer för oss visste jag inget om idag. Till slut kommer bara sorgen vara kvar.

Flickvännen fick hämta barnen från dagis med någon liten försening idag. Inte utan att bli utskälld av personalen. »Det är verkligen inte okay om du inte håller dina hämtningstider.«

Jag såg framför mig hur hon stod där med våra små pojkar i famnen och himlande med ögonen när deras fröken höll sin straffpredikan. Men min tjej är minst lika tuff och snart grundskollärare. »Leker du med mig leker du med döden«, sa hon när vi träffades första gången och jag retade henne för att få hennes uppmärksamhet.

~

KAPITEL 22 – FIXA

JOHAN

Igår kom den nya stolpen på plats och nu kan vi äntligen jobba vidare med etapp ett. Andra etappen, som blev den första nu, är nästan klar. Bjälklagen är skyddade och duken placerad över krönkanten på de översta väggarna. Idag startar vi med montaget av takstolarna.

Vi fick avbryta arbetet flera gånger för att vinden helt enkelt var oförutsägbar och farsan mycket tydlig med att han inte tänker riskera en olycka på sin byggplats.

Mona kom förbi igen och visade oss tejpningen och hur vi skulle hantera de nya lufttäthetsmaterialen som köpts in. Hon påminde om att även stolparna ska förses med duk längst uppe innan takstolarna placeras så att duken kan anslutas till takduken utan att bli avbruten någonstans. Det visste vi naturligtvis själva. Hon är mycket intresserad och uppmärksam, lite väl mycket ibland, kan jag tycka. Men hon kommer inte bara med egna förslag utan lyssnar även på våra synpunkter och det uppskattas.

Exempelvis hade arkitekten förskrivit tunga cementbundna skivor på utsidan av väggen för att få en delvis öppen träfasad. En gestaltning som medför en väldigt hög kostnad i arbetstid och material. Det blir dessutom tungt för byggarna och en troligen stark påverkan även under driften, när både barnhänder och djur skulle kunna hitta sin väg in mellan träreglarna.

»Jag tar med mig punkten till arkitekten«, lovade hon oss och därefter ville hon återkomma med förslag.

»Antingen«, sa hon, »kan man använda en tjock vindduk i stället för de tunga skivorna«, men då skulle hon rekommendera mindre avstånd mellan fasadreglarna.

»Eller så gör man hela fasaden tät bakom den vanliga luftspalten«, men det trodde hon blir svårt att motivera Marie till. Det är säkert en gestaltningsfråga och det brukar vara ett känsligt ämne för arkitekten.

Vi klarade även vår första fuktrond, kanske med lite tur.

Det har inte regnat några större mängder, eventuellt på grund av de starka vindarna. Så vi har nu bara positiva anmärkningar i protokollet.

»Alla material lagras täckt. Lossningen och lagringen sker på grusad eller asfalterad yta och cirka trehundra millimeter upplyft ovan marken.« Det skrev han upp att han var nöjd med.

Han kollade om vi hade beredskap på plats för att hantera läckage. Farsan hade bokat både våtsug och länspump veckan innan.

»De monterade träväggarna som står öppna i nuläget behöver torkas ut innan de sätts igen«, fick vi som krav på oss.

Han mätte en fuktkvot på över tjugoåtta procent på vissa områden. Det är för högt. Så fort bygget är tätt sätter vi i gång värmen. Det är bra både för trämaterialet och för betongen som har en mycket hög fuktighet under en ganska lång tidsperiod.

»Naturligtvis rensade vi betongen och placerade en bred fuktspärr och en gummilist under träväggarna innan vi placerade dessa på betongytan«, svarade jag, när han tittade på anslutningen.

Kommunen, som även ställer krav på energieffektivitet under byggandet, blev väldigt positivt överraskad av att vi hyrde en pelletsbrännare till detta bygge. Vi ville själva testa alternativ till gasol, el eller olja och farsan hittade ett företag som har specialiserat sig på miljövänliga värmesystem på byggplatser.

Jag tycker ju att även byggbodarna kan kräva lite mer nytänkande om jag nu skulle få känna mig tänd på Monas energieffektiviseringsförslag.

Vårt ventilationsgäng, som inte var på plats under fuktronden, fick en anmärkning om att deras kanaler och don låg oskyddade på marken.

»Vi kanske själva skulle ha sett det«, tänkte jag.

Det finns enkla lock att stänga kanalerna med. Det är inte på något sätt svårt men avgörande för kanalernas funktion med tanken på att det tar några veckor innan de kommer på sin plats.

»Om mindre än fyra veckor ska hela taket vara tätt, inklusive papp och hängrännor, det är målet«, berättade jag för experten.

»Först därefter ska vi jobba med isoleringen som är beställd men inte levererad ännu.«

Det är viktigt att vi inte släpper mer vatten på fasaden. Det får inte samlas vatten mellan duken, som vi nu måste placera som lufttäthetsskikt, och de korslimmade massivträväggarna.

Nästa fuktrond är inbokad när taket är tätt för att säkerställa att de kommande arbetsmoment följer fuktplanen och fuktsäkerhetsbeskrivningen.

Ja, det är en hel del kontroller på en sådant här projekt och jag som annars bara snickrar får en helt ny insyn i komplexiteten av ett husbygge.

Farsan har andra bekymmer. Ekonomin är inte helt lysande. Kalkylavdelningen hade räknat med billigare produkter än de föreskrivna och trots hårda förhandlingar fick han inte ihop alla kostnader. Han behöver hitta besparingar och det leder sällan till något bra.

Tidsplanen blev ytterligare ändrad åt fel hål.

»Jag tror att vi kan komma få svårt att lämna över byggnaden innan sommarlovet nästa år. Jag måste prata med beställaren«, insåg han.

»Stefan kommer inte bli glad, verksamheten kommer inte bli glad, politikerna kommer inte bli glada, det är inte svårt att räkna ut.«

~

Dåliga nyheter kommer alltid vid fel tidpunkt och drar alltid med sig fler.

Nyss fick jag höra att min hjärtinfarkt hade utvecklats till en hjärtsvikt som behöver medicineras ytterligare. Jag har känt det, en stund med trötthet, andfåddhet och kissnödighet. Men de sa innan att det var helt normalt. Nu fick jag lämna blod igen och det bekräftade förhöjda värden av NT-proBNP.

Med ultraljudsbilden kunde de nu även se att hjärtklaffarna inte fungerade så bra. Jag fick nya medikamenter som jag ska ta regelbundet. Ännu fler än de jag redan har i min pillersamlingsbehållare. Just nu är det som tur är inte aktuellt med en hjärtklaffsoperation. Men det kunde behövas i ett senare skede, sa de, om hjärtats pumpfunktion inte blir bättre. Skit!

Svärdottern är också sjukskriven nu. Det är två månader kvar till förlossningen men hon fick förvärkar. Först trodde man att det bara var normala sammandragningar på grund av stressen hon hade på jobbet, men nu bedömdes det som allvarligt för barnets liv. Frun åkte direkt dit igen för att hjälpa till i hushållet och jag fick åtta matlådor i frysen med bara grönsaker, ifall det skulle ta längre tid.

Verksamhetschefen, som varit tystlåten de senaste gångerna vi möttes, var inte det för att underlätta mitt liv utan för att hon just nu går igenom en kemoterapi och kämpar hårt för att rädda sitt eget liv. Det är inte så att någon direkt har meddelat det på det kommunala intranätet, men det skvallras i korridoren.

Hon har all min medkänsla, det kan jag säga, och jag hoppas att hon får tillbaka sina krafter om några månader för att förmedla sin pedagogik, som inte är en pedagogik utan ett förhållningssätt, till Kantarellens blivande förskolebarn.

Nu har jag precis lagt på luren igen och får ett meddelande av platschefen att projekttidsplanen *eventuellt* inte håller. Det finns en stor risk att förskolan inte blir klar till sommaren. Det är inte bra. Jag kan naturligtvis hota med böter men jag tror inte att jag vinner något med det.

Tvärtom blir troligen kvalitén lidande på det och i slutändan förlorar vi allihop på det. Jag måste ta ett snack med verksamheten först, hur deras möjligheter är för att ta hand om barnen en extramånad efter sommaren, innan de kan flytta in i det nya huset. Men nu är verksamhetschefen sjukskriven och jag måste leta fram vem det är som ersätter henne.

Jag talar även i telefon med Marie. Hon är tillbaka igen visar det sig och är nu förbannad och undrar om Mona har tagit över gestaltningsfrågor igen.

»Jag har föreskrivit en öppen fasad med ett tydligt avstånd mellan träribborna för att ge byggnaden ett uttryck. Hur kan hon då lägga i sig i dessa utformningsfrågor«, ville hon veta.

Ribborna i fasaden har väl inget med energin att göra?

»Eller har jag missuppfattat något?« Jag försöker lugna ner henne och vi bokar ett möte senare under dagen ihop med Mona för att reda ut frågan tillsammans. Diplomati i den kommande demokratiska förskolan. Kan det verkligen bli ännu mer omtumlande nyheter idag? Ja, troligen.

Energistrategen kommer in på mitt kontor på eftermiddagen. Jag sitter djup försjunken i mina tankar.

»Är du död nu eller«, undrar hon lite retsamt och jag rättar genast upp mig för att inte riska några försök av konstgjord andning.

»Nej eller ja, jag lever. Hur går det för elbilarna«, byter jag ämne. Hon hade skrivit klart sin rapport efter utvärderingen av de olika fordon som testades under ett halvår och nu ligger rapporten hos kommunchefen för godkännande. Fem nya miljöbilar ska leasas in till kommunen till att börja med.

»Inget dåligt jobb«, grattar jag henne och erbjuder gäststolen som hon road befriar från pärmar och papper som genast hamnar på skrivbordets högsta topp. Nu ser jag inte henne längre men ögonkontakt verkar väl ändå vara överskattat i mobiltelefonens epok.

»Jag har en nyhet att berätta.« Jag hoppas lite i mitt innersta inre att hon inte har sagt upp sig för att söka nya utmaningar eller så. Men det var det inte. Hon och hennes ambitiöse polispojkvän väntar barn.

»Jag tänkte att du kanske ville veta det innan det börjar synas och rykten sprider sig.«

»Jo«, svarar jag, »det var ju på tiden, tänkte väl att du inte blev knubbig av en slump.«

Hon skrattar och berättar om energikursen hon gick hos Mona innan sommaren. Nästa månad är det tentamen. Hon missade tillfället i juni. Hon behöver plugga en del nu för att inte göra mig besviken.

»Mig besviken? Det står andra för kan jag lova.« Nej, energistrategen har överraskande blivit en godtagbar kollega, för att vara så ung och så kvinnlig. Men det säger jag inte högt.

~

Då är man borta tre veckor och *energisamordnaren* tar över mina gestaltningsfrågor igen. Dessutom efter det att bygghandlingarna är stämplade. Vad är det för ett sätt?

Hon mailade att hon ville minska avståndet mellan ribborna i träfasaden för att byta ut cementskivorna mot en tjock svart vindduk. Alternativt skulle man kunna välja en tät fasad. Hon argumenterar med arbetsmiljö och kostnader som skäl och dessutom trodde hon att en så öppen fasad skulle förstöras av barn eller fåglar med tiden.

Jag har väl aldrig sett en fågel bajsa horisontell på en fasad. Inte på så sätt i alla fall. Det här blir en förskola och inget bibliotek.

Arbetsmiljö? Det är ju starka killar på bygget. De ska nog inte ha problem med att lyfta en skiva och det finns ansiktsmasker ifall det dammar något. Vi har precis skruvat ihop tre hyllor och två sängar. Ingen har frågat här efter min arbetsmiljö. Vad har hänt med arkitektoniska friheter?

Har hela världen förändrats? Ska en energisamordnare bestämma över fasadgestaltningen nu också? Jag börjar bli trött på henne. Men hon får inte sänka den goda stämningen nu. Jag är tillbaka, tillbaka i livet, tillbaka på kontoret, tillbaka med nya projekt.

Det tog en hel vecka att montera alla inredningsvaror jag handlat. Sängarna blev levererade bara fyra dagar senare och både nya kärleken och dottern hjälpte till.

Dottern är som förbytt sedan hon fick höra om separationen. Hon är nästan jämt på prathumör, skrattar och hjälper till, som om ett tjockt moln försvann över hennes huvud. Och det bästa av allt, hon gillar honom.

Det var tur att de två tog över det mesta av inredningsmontaget. De första hyllorna blev en katastrof. Mina talanger ligger klart mera åt vinöppning och mathämtning. Lägenheten har blivit ett hem och dottern har varit och provbott med pojkvännen förra veckan.

Grabben bekräftade vid frukostbordet dagen efter att den nyinköpta sängen höll måttet och nu har jag bilder i mitt huvud som jag inte lyckas att få bort igen. Bara soffan saknas. Den kommer troligen från Kina och har på något sätt kört fast i Suezkanalen. Men allt kan inte gå lika snabbt som en separation.

För två veckor sedan skrev min då fortfarande make och jag under skilsmässoansökan. Vi var båda eniga om att vi inte behövde en betänketid. Den har vi haft under många år och det ledde oss till just detta resultat i en vinbar i Paris. Mer tydligt kan ett beslut inte vara.

Nu hoppas vi att domstolens arbetsbelastning inte är lika hög som Queen Elisabeths under hennes sjuttio år på tronen.

Sist men inte minst ligger lägenheten ute till försäljning hos en mäklare med stort självförtroende. Maken har hittat en trea och kan flytta in om en månad. Det skulle passa bra med överlämning, försäljning och allt det andra praktiska omkring.

Efter min ganska lyckade möblering i nya hemmet insåg jag hur lite alla de andra prylarna betydde för mig. Jag har några mindre saker kvar, mest minnen, som jag vill hämta senare men allt annat kunde maken ta med till sitt nya liv om han så ville.

Han frågade efter nya partnern och hur det går för oss men det tyckte jag inte var hans business längre. Jag vet själv inte riktigt var vi står och behöver tid för att se hur allt utvecklar sig. Jag känner kärleken växa men rädslan att tappa en nyvunnen vän är för stor för att jag ska vilja satsa allt på samma kort.

På eftermiddagen har vi ett krismöte om Kantarellens fasadgestaltning. Jag ska ta fram illustrationer och fotografier från liknande fasader för att befästa min ståndpunkt klart och tydligt.

Jag är projektets arkitekt. Hon är bara energisamordnare.

~

MONA

Nu var jag för femte gången ute på byggarbetsplatsen Kantarellen. Relationen med byggarna har blivit öppen och förtroendefull, även till platschefen men främst till Johan. Han kommer nästan direkt springande till mig för att visa framgångarna när han ser mig.

Många ytterväggar är monterade och de första takstolarna är på plats. Grabbarna står redo för att placera råspontluckorna. Takentreprenören är upphandlad för att lägga papp. Fortsätter de i samma tempo är nog taket tätt om två veckor gissar han. Bara vädret är på deras sida. Ja, det är valet man gör när man bestämmer sig för att bygga ett trähus utan tält. Men fuktexperten var på plats och hans rapport var positiv.

Jag minns ett tidigare projekt där man lufttätade byggnaden inklusive öppningar under en extrem kall vinterdag och över helgen rann kondensen ner från mellanbjälklaget in i träsyllarna för att betongen var så fuktig.

Här har vi tur med både temperatur och nederbörd, dessutom ett bjälklag av trä. Men vi har fortfarande en betongplatta och det är viktigt att få bort fukten via ventilation. Erfarenheter ute på bygget är mer värda än de flesta undervisningstimmar på universitet. Mitt budskap till unga ingenjörer och arkitekter under mina gästföreläsningar är alltid:

»Gå ut i verkligheten. Förlita er inte enbart på era ritningar och beräkningar«.

»By the way«, berättade Johan glad, »är samtliga handlingar nu stämplade till bygghandlingar och därmed är allt under kontroll igen.«

Jag har uppdaterat energiberäkningen och det finns teoretiskt sätt inga hinder för en slutlig certifiering av byggnaden under förutsättning att vi lyckas även i praktiken. Jag ska ut till bygget om två veckor igen, när taket är tätt. Vi ska gå genom kommande arbetsmoment och framför allt fuktsäkerheten under installationen av isoleringen.

Det pågår en diskussion om den yttre vindtätheten som ska skydda konstruktionen innan fasaden kommer på plats. Jag har fått en videomötesinbjudan av Stefan. "Krismöte med Marie" skrev han bara. Spännande. Mötet är om en timme.

Jag hinner kolla genom rapporten med beräkningar av flerbostadshuset som ska renoveras så energieffektivt som möjligt. Vi har jobbat fram en åtgärdsplan under de senaste veckorna som nu ska presenteras för fastighetsägaren.

Första steget är tilläggsisolering av vinden och fönsterbyte. I samband med detta planerar vi ett nytt lufttäthetsskikt på taket och tätning av fönstersmygarna. Åtgärderna minskar byggnadens värmebehov med en tredjedel. Tätar man ett hus är ventilationen väldigt viktig för att inte skada byggsubstansen. Därför får man inte vänta för länge innan nästa steg, steg två.

I steg två installerar vi ett nytt ventilationssystem med återvinning. Det kräver lite arbete inomhus men fastighetsägaren har för avsikt att byta kök och badrum och vi kan i samband med dessa arbeten installera ett modernt ventilationssystem med återvinning och sparar ytterligare tio procent av värmeenergin. På köpet får hyresgästerna ett mycket bättre inomhusklimat.

Steg tre har man inte råd med just nu men det ligger på åtgärdslistan om cirka åtta år. Även fasaden behöver bytas ut, putsen är skadad och träpanelen ruttnar. I samband med fasadbytet tilläggsisolerar och tätar vi ytterväggen.

Sista steget i anslutning till fasadrenoveringen blir att byta ut värmesystemet som kommer bli både för stort och för ineffektivt. Inom de nästa tio åren kommer flerbostadshuset ha drygt nittio procent mindre behov av värmetillförsel.

Vill de ta ett steg till finns goda möjligheter för installation av solceller på södertaket.

Det är ett mycket intressant projekt som styrs av ekonomi och lönsamhet och som steg för steg leder till ett ekonomiskt, socialt och ekologiskt hållbart hus. Jag hoppas verkligen att fastighetsägaren vågar ta alla dessa steg och bygger upp en finansieringsplan med banken i enlighet med våra renoveringsförslag.

Jag blir avbruten från min genomgång när telefonen ringer.

»Var är du?«, hör jag en arg röst fråga när jag lyfter luren.

»Oh, förlåt, Stefan, jag missade tiden. Jag ansluter mig till videomötet direkt. Förlåt!«

Marie väntar redan bakom kameran med ett besvärat ansiktsuttryck. Jaha, mötet ska handla om mina betänkanden gällande valet av fasadmaterial som naturligtvis inte hade något med mitt uppdrag som energisamordnare att göra.

Jag framför först mina funderingar igen gällande den tunga cementskivan med hänsyn till arbetsmiljön. Sedan ifrågasätter jag träribbornas stora avstånd som kunde leda till ofrivillig förstörelse.

"Huggormen" svarar som förväntat:

»Det har med gestaltning, estetik och utseende att göra och det är väl fortfarande mitt ansvar.«

Ta ansvar då, tänker jag men säger inget. Kom ut till byggplatsen, då kan du lära dig massor. Men även det sväljer jag ner, däremot säger jag:

»Kommer du ut sedan och tar ditt ansvar och rensar i den öppna fasaden?« Det var tänkt som ett skämt men togs nog inte riktigt emot som ett sådant.

»Kan vi hålla oss till frågan«, kommenterar Stefan mina tankar om framtiden.

Nej, en arkitekt bryr sig varken om byggarbetare eller fastighetsskötare, inser jag till slut. Men jag har lärt mig av Stefan att man måste argumentera sakligt. Jag fightar inte lika hårt denna gång. Hon har rätt, det är hennes ansvar. Jag har meddelat min synpunkt och flaggat för eventuella konsekvenser.

I slutändan är det Stefan som är beställare. Han bestämmer. Det är han som betalar notan både nu och under driften, om än med skattepengar. Han är tillräckligt smart för att fatta rätt beslut, vill jag gärna tro.

Och Stefan svarar.

»Nu är det en totalentreprenad och vi har ett fastpris där det ingår just dessa material som är godkända i bygghandlingarna. Dessutom blir det deras ansvar.«

Han tittar på mig.

»Jag förstår dina argument, Mona, men vi behåller cementskivorna och avstånden mellan träribbor som föreskrivet.« Det kom oväntat men jag skulle få en förklaring också.

»Byggnaden måste vara tilltalande också, annars får jag problem med politikerna. Det blir vackra bilder vid invigningen. Det är ändå för sent för att ändra på det nu. Jag meddelar byggarna.«

Så är videomötet avslutat och jag noterar punkten i mitt kvalitetssäkringsprotokoll.

Jag kommer aldrig sluta att undra hur en arkitekt, som inte syns på en byggplats och knappt på sitt färdigställda projekt heller, ändå har en sådan makt över materialval, arbetsmetoder och hållbarhet.

Jag förstår inte varför beslutfattare är så rädda för arkitekter och att man alltid måste kompromissa för deras ego, för deras skull. Jag förlorade denna gång men jag tar med mig erfarenheten till kommande projekt.

~

KAPITEL 23 - OLYCKA

JOHAN

I efterhand är det alltid lätt att säga att något var onödigt.

I efterhand är man alltid klokare.

I efterhand tycker man alltid att man skulle ha vetat innan.

De flesta olyckor händer bara av en slump. Många kunde ha börjat med orden:

»Jag vill bara snabbt fixa en sista sak...« eller »Jag vill bara snabbt hämta en sista grej ...« eller »Jag vill bara snabbt kolla en sista gång...«

Att det verkligen skulle vara det sista menar man inte på riktigt. Och med snabbt menas inte heller slutligen. Om han bara snabbt hade åkt hem med mig efter en lång slitsam arbetsdag hade han säkert klarat sig.

Min dag började som så många förut. Väckarklockan, kaffe, ostmacka. En sista puss till flickvännen och barnen och sedan med bilen direkt till bygget. Rutinerna är inkörda nu.

Det kan kännas tråkigt men samtidigt är det ju så livet är eller hur? Hon tar hand om barnen på förmiddagen. Jag tar hand om barnen på eftermiddagen, när jag inte behöver jobba över, vilket har hänt nu alltför ofta sedan jag fick arbetsledarrollen. Vår hushållsdiskussion har tonats ner. Jag är så trött på kvällarna att jag somnar i soffan efter middagen.

Vi hade det likadant när jag var liten. Mamma tog alltid hand om mig på morgonen så länge hon levde och pappa tog hand om byggena. När jag var tonåring och bara farsan och jag fanns kvar fixade jag frukost till oss båda två. Han åt sin i bilen. Min tog jag med till skolan. Bara helgerna var heliga. Med farsan kunde jag sitta i timmar vid frukostbordet och prata och äta och planera och förbereda dagens nya hemsnickerier. Sedan satte vi i gång och byggde hela dagen utan avbrott.

Det är på sätt och vis lika idag igen. Vi jobbar på samma byggarbetsplats under dagarna. Bara ansvaret är annorlunda. Vi bygger åt andra byggherrar än oss själva, med mycket högre krav och mycket större ansvar.

Farsan lever kvar lite i gamla tider. Då var en planka bara en planka, en platta var bara en platta och en skruv bara en skruv. Nu är allting mycket mer komplext: analyser av byggvarudeklarationer, koldioxidutsläpp och fuktexperter.

I farsans världsbild ligger det mycket värde i det gamla. Inte bara i traditioner utan även i råvaror. Inte bara slit och släng utan reparera och bevara är hans livsmotto. Han skulle aldrig slänga sina verktyg oaktsamt i ett hörn. Han skulle aldrig kasta oanvänt material bara för att det var fel just för något ändamål.

I hans verkstad hemma är allting prydligt sorterat. Verktygen är rena och upphängda på väggen. Förbindningsmaterial sorteras efter storlek och användningsområde. Han har nästan en egen liten bygghandel i förrådet på gården, inte för att han har svårt att slänga *saker* utan för att han har svårt att *slänga* saker.

Han är ingen som snor grejer från bygget eller så. Han räddar bara material innan det hamnar på deponin. Folk som inte känner honom skulle anse honom som pedant. Han är likadan på alla sina byggen.

Vi snickare har tydliga anvisningar om att ta väl hand om både redskap och material och ingen vågar ifrågasätta platschefen. Det är lite som i militären, tror jag, det finns en som har kommandot. Följer man inte order dör människor. Det sista har jag kanske hört i en dålig amerikansk militärfilm.

Jag var först på bygget i dag igen, trodde jag i alla fall för att grinden fortfarande var stängd. Sedan såg jag farsans bil och ljus i bodens andra plan. Har han suttit här hela natten?

»Hej chefen«, säger jag när jag kommer upp till kontoret. Han sitter försjunken framför datorn.

»Det är två sjukanmälningar idag. Samma kollegor igen«, stönar han.

»Vi måste få taket tätt. Det kan bli regn eller till och med snö resten av veckan. Om jag skulle hjälpa till ute idag«, undrar han och så klart vill jag det. Jag sätter på kaffe och vi börjar gå igenom dagens planering.

Vädret har slagit om. I natt hade vi minusgrader för första gången. Taket är inte helt tätt ännu. Vi behöver sätta fart på vårt arbete. Jag ska hjälpa grabbarna där uppe. Det blir en bra dag, tänker jag.

Vi jobbar i tre team just nu. Ett team lägger råsponten. Det är nästan klart. Det andra arbetslaget, takläggaren, har börjat svetsa enlagstätskiktet av elastomerasfalt och det tredje jobbar parallellt med takavvattningen.

Hela byggställningen monterades nästan klart för några dagar sedan med tre trappuppgångar. Även det föreskrivna fallskyddet runtom är nästan godkänt.

Ytterligare två kollegor håller på med att hölja in hela byggnaden med ett väderskydd i form av ljusgråa presenningar. Den provisoriska takavvattningen ska monteras under dagen så att eventuell nederbörd kan ledas förbi ytterväggarna. Enligt tidsplanen skulle taket kunna bli helt tätt idag.

Mona hjälpte oss att hitta en grönare takpapp för att minska byggnadens koldioxidutsläpp. I den nya produkten använder man mindre bitumen till förmån för förnybar tallolja. Det är en biprodukt inom massaindustrin.

Även återvunnen plast från PET-flaskor används i stommaterialet, fick jag lära mig. Tillverkaren påstår dessutom att de använder grön el vid tillverkningen. Man får väl hoppas att det inte bara står i försäljningsbroschyren.

Strax innan lunchen var råsponten på. Farsan kom upp till oss en stund och spikade fast de sista sponterna.

»Jäklar, vad kallt det blev med en gång«, sa jag, »vi behöver köpa vinterhandskar till grabbarna.«

Farsans lunchlåda såg ännu tråkigare ut än min, falukorv och potatis. Jag fick rester från gårdagens lasagne.

»Vill du byta«, frågade jag omtänksamt men han vinkade bara bort det. Jag märkte att han var spänd.

I går gick fönsterbeställningen ut. Det fanns ingen vinst att hämta där heller. Han bestämde dock att köpa leveransen inklusive montage. Så hamnar tätningsansvaret hos montörerna och vi slipper lära oss ännu mer nytt. Dessa specialfönster kan inte bara fästas in med *normala* skruvar som vi är vana vid. I karmen finns isolering, det kräver andra material. Själva injusteringen sker på annat sätt med. Beslagen är på insidan, fönstren öppnas inåtgående.

»Det är ovanligt i Sverige men typiskt för energieffektiva fönster. Värmen ska inte kunna läcka ut någonstans«, berättade Mona häromdagen, »inte ens via gångjärnen.«

Solen kom fram efter lunchen. Det kändes fortfarande isigt ute men luften var ren och himlen klar. På eftermiddagen kollade jag avfallshanteringen som vi hade lyckats minska väldigt bra.

Vi kunde motivera leverantörerna att använda inte bara mindre förpackningsmaterial utan även mera miljövänligt och återvunnet material, så som vi hade fått som uppdrag av kommunen att göra.

Det var inte alls lätt att hitta.

Kartonger av återvunnen papp, begagnande träpallar och försträckt polyetenfilm var det som var närmast acceptabelt. Förpackningsindustrin behövs definitivt utvecklas.

»Vi har inte nämnvärt mer skador på varorna än van-ligt«, inser jag efter varje inspektion.

Takavvattningen blev komplett monterad innan arbetsdagen tog slut och de sista papplängderna ska svetsas på råsponten imorgon. Allt ligger dock tätt och säkrat inför natten.

Fem minuter i fyra är byggplatsen tom.

Farsan sitter kvar på sin plats på kontoret när jag hämtar min rena matlåda ur diskmaskinen. Han ser trött ut, stirrar på tidsplanen i datorn när jag kommer in. Jag tänker säga HEJDÅ men ändrade mig.

»Vill inte du följa med till oss och äta en god pizza med familjen?«

»Det var en bra dag idag, kanske hinner vi i kapp de förlorade veckorna igen«, svarar han djupt inne i sina egna tankar.

«Javisst, vi kanske kan få lite resurser från ett annat bygge.«

»Det är fullt möjligt«, svarar jag lika positivt och försöker igen:

»Hänger du med?«

Han tittar på mig och verkar plötsligt vara glad över inbjudan.

»Ja, okay, du har rätt, slut för idag.« Han tar på sig jackan. Vi loggar ut oss och han låser dörren. Han tittar en sista gång på den inpackade stommen som står i ljuset av strålkastaren. Hans blick faller på taket:

»Vilken jävel har glömt svetspistolen där uppe?«

Och då kom den där meningen:

»Vänta här, jag ska bara snabbt hämta ner verktygen.«

»Men farsan, låt det vara, vem bryr sig«, ropar jag efter honom trots att jag vet att det är helt meningslöst. Temperaturen har fallit under noll igen. Han springer mot den nyss inpackade byggnadskroppen och försvinner bakom duken.

Jag hör honom springa upp för ståltrappan. Det är tyst i några sekunder.

Ljudet som kom sedan är det värsta man kan tänka sig på en byggarbetsplats.

Ett kort skrik och en smäll i marken. Duns!

DEL 3

Några tröttnar på kontroller som aldrig tar slut.

Andra anser det som grunden för själva nedkomsten.

Många längtar efter uppskattning och beröm.

De närmaste strävar efter perfektion.

Ingen vill hamna i en akut nödsituation.

Andra är oroliga för barnsjukdomar.

Att bygga hus är som att vänta barn.

Man vet aldrig vad man får och det kan bli en svår förlossning.

KAPITEL 24 - ANSVAR

Jag sitter i en bekväm kontorsstol men jag sitter inte alls bekvämt.

Blandrasen tittar oroligt på mig när jag försöker gunga fram och tillbaka för att dölja min nervositet.

Vilken tragedi. Jag är väldigt bestört över olyckan på byggarbetsplatsen. Naturligtvis är han i första hand platschefen i mitt projekt men han är även en vän, om än flyktigt.

Jag bläddrar i Allmänna Förskrifter och hittar avsnittet jag söker. "Entreprenören ska överta byggherrens arbetsmiljöansvar under planering, projektering och utförande av entreprenaden", står där. Sedan även: "att ett skriftligt avtal kommer att upprättas". Och nu minns jag inte om vi upprättade ett sådant avtal.

Platschefen ligger på sjukhuset med en allvarlig skada och jag hittar inte avtalet som ska "friskriva" oss från ansvaret i olyckan.

Det var det första kommunchefen ville ha av mig när han hörde om händelsen. Han frågade inte hur platschefen mår eller hur olyckan gick till. Han ville bara försäkra sig om att vi på kommunen inte har någon skuld för det som hände.

Jag läser vidare i AF- delen. Här står det tydligt att:

"Entreprenören ska utse en byggarbetsmiljösamordnare, BAS P för planering och projektering och BAS U, för utförande av entreprenaden samt svara för de övriga uppgifter som åvilar byggherren under uppförandet."

Och nu ligger platschefen i koma och ingen vet om han vaknar igen. Det hettar i kroppen, händerna skakar och jag känner hur svetten sprider sig ut på pannan. Hjärtat går i ett snabbare tempo och andningen blir tyngre och ansträngd. Jag gungar häftigare, det knakar i stolens fjädring och blandrasen börjar knorra.

»Vad ska jag göra nu?« frågar jag honom.

Jag träffade en mycket lugn och sansad Johan på sjukhuset förra veckan, trots allt. En stark kille som inte alls hade tappat sin optimism. Han satt vid sin fars säng, när jag knackade på dörren.

Då var jag här igen. Jag har besökt sjukhuset oftare än jag gillar den senaste tiden.

Johan berättade allt om olyckan, väldigt sakligt och detaljerat. Det märktes att han inte gjorde det för första gången. Han betraktade mig inte som sin fars vän utan såg mig som beställare av byggprojektet Kantarellen och därmed tog han sitt ansvar att berätta om olyckans händelseförlopp.

I hans arbetsledarutbildning ingick även en del om personlig skyddsutrustning och det kände han var viktigt för att stötta skyddsombudet på byggplatsen, sa han. Killen hade inte bara larmat ambulansen och polisen korrekt utan anmälde även arbetsolyckan direkt på Arbetsmiljöverket och Försäkringskassan.

Han skildrade öppet och sakligt:

»Min far sprang upp för en ståltrappa som inte var helt färdigsäkrad. Översta avsatsen hade inget räcke, det skulle bli monterat dagen efter. Farsan missbedömde avståndet när han BARA ville ta ner ett bortglömt verktyg från taket och ramlade nio meter ner till marken.«

Olyckligtvis hade han inte skyddsutrustningen på sig för att han var på väg hem. Det är dock osäkert om det hade kunnat hindra nerslaget i marken.

»Ambulansen var på plats inom några minuter och på sjukhuset gjorde man allt för att rädda hans liv, berättade

Johan för mig, men de inre skadorna är för stora och han försattes därför i konstgjort koma efter operationen för att skona hans kropp.

Platschefen jobbar på byggarbetsplatser sedan över trettiofem år. Han har aldrig varit med om någon olycka. Men lite oaktsamhet denna enda gång ändrade hela hans liv.

«Läkarna har ändå stora förhoppningar att han kommer igen för att han är stark och vältränad», sa Johan optimistiskt på slutet, men var medveten om att läget är oklart och att det är osäkert hur det går.

Jag uttryckte kommunens beklagande och sorg, utan att nämna mina egna bekymmer gällande avtalet och önskade honom att hans far snart skulle vara på bättringsvägen igen.

Jag behöver prata med byggarbetsmiljösamordnaren och den NYA platschefen som kommer att ta över bygget imorgon.

~

JOHAN

Var trettionde minut sker en olycka i byggbranschen. Trettiofyra procent av olyckorna är av allvarlig karaktär. Och nu har det drabbat min far, min familj. Jag är lugn utåt, vet själv inte hur jag lyckas. Som tur är märker ingen min inre rädsla och oro.

Farsan ser fridfull ut här liggande i sjukhussängen med alla apparater och slangar som håller honom vid liv.

Varför kunde jag inte hindra honom? Var det mitt fel, tänker jag igen och igen och igen. Om jag hade varit envisare, hade han låtit bli att springa upp på taket då? Nej, han hade sprungit upp vad jag än hade gjort.

Det var inte mitt fel. Jag vet det, han hade inte lyssnat på mig ändå, det är han som är den envise i familjen. Men jag kan inte låta bli att fundera över skuld. Om det inte är mitt fel vems fel är det då?

Kanske ska jag slå ihjäl den där takläggaren i stället som inte brydde sig om verktygen eller killen som inte slutförde montaget av ställningen? Någon måste vara ansvarig.

Farsan ligger i koma, han som alltid bryr sig om alla, han som hjälper alla, han som är familjens och byggets lagledare. Han finns inte hos oss längre. Farsan som bara ville alla väl ligger nu nerbäddad i sjukhussängen. Det är helt overkligt.

Det pågår en utredning just nu av Arbetsmiljöverket. Polisen hade inget mer att tillägga även om en ambitiös ung polistjänsteman grävde ner sig i *otillräcklig säkerhet* på arbetsplatsen.

Fallet är ganska klart. Det fanns en arbetsmiljöplan, farsan själv hade godkänt den. Det är han som inte följde anvisningarna när han gick upp för trappan, för trött för att tänka klart, för trött för att se upp för sista steget. Nu hör han till den tredjedelen i olycksstatistiken med allvarliga incidenter på byggarbetsplatsen.

Flickvännen är ett stort stöd för mig. Hon har pausat sina studier och tar hand om barnen och hemmet så gott hon förmår.

De kommer hit nästan varje dag för att bistå mig. Som tur är förstår inte barnen hur allvarlig situationen är, som tur är, är de för unga och ser inte dödens mäktiga vingar över farfars säng.

De tar alltid med sina bilar, MINA gamla bilar, som farsan gav dem på vår senaste gemensamma pizzakväll.

Och så sitter de vid sängen och kör med bilarna genom sladdar, bygger en ramp över täcket och låter dem flyga genom hela sjukhuskorridoren. De tror att han sover och leker desto mera högljutt för att väcka honom.

Det är så man gör, när farfar sover och ska vakna för att busa med barnbarnen i stället. Man skriker tills han ger sig. Men de lyckas inte denna gång hur mycket de än försöker. Jag får förtvivlade och oförstående blickar varje gång de lämnar oss för att åka hem igen. Farfar sover för djupt.

Jag ska till gymmet nu, behöver träna av mig min frustration.

Jag behöver springa, boxa, lyfta tunga vikter. Jag måste trötta ut musklerna för att inte följa tankarna i den trötta hjärnan och göra något dumt.

Imorgon ska jag börja jobba igen. Det har kommit en NY platschef som tar över farsans plats. Jag känner honom bara lite men jag har hört rykten och det låter inte speciellt lockande att behöva samarbeta med honom. Han är inte alls av samma slag som min far. Ingen humor, inga känslor för sammanhållning i arbetslagen, bara strikta föreskrifter och gamla arbetsmetoder.

Det kommer bli en utmaning för både mig och byggarna men säkert även för Stefan och Mona med sitt nytänkande.

Här kolliderar två helt olika världar med varandra. Ändå är det bra att jag börjar jobba igen för att tänka på något annat än döden.

Jag hoppas bara att plåtslagaren har bytt arbetsplats, för hans egen skull.

MONA

Mitt sjätte platsbesök hos Kantarellen, det första i kylan.

Varken Johan eller hans far är på plats idag och nu vet jag också varför.

En byggare berättade precis för mig hela storyn om olyckan som skedde förra veckan. Alla är fortfarande chockerade. Stämningen är förstås nere på botten. Själva olyckan är en katastrof men det finns ytterligare en oro hos byggarna.

»Det har börjat en ny platschef som ska ta över bygget nu«, berättar killen dystert.

»Du ska träffa honom inne i byggboden«, fortsätter han och lägger till, »ute syns han ändå aldrig till.«

Jag bryr mig inte så mycket om chefen just nu, medger jag.

Jag vill veta mera om Johans far och om bygget. Kollegan tar mig med på visning och börjar med en kort statusrapport om olyckan och hälsotillståndet.

»Så hemskt att höra«, beklagar jag situationen. Snickaren nickar instämmande men byter ämne. Att prata känslor är inget han är van vid. Vi går mot bygget och jag tittar mot taket fast jag kan inte se från mitt perspektiv hur långt de har kommit.

»Hur går det med takmontaget«, undrar jag sedan, »det skulle vara regntätt nu, stämmer det?«

Stommen är nu komplett och insvept i duk. Konstverket kunde lätt konkurrera med Christos och Jeanne-Claudes inslagning av Riksdagen i Berlin eller Triumfbågen i Paris. Det är ett enda stort paket. Några skulle kalla det konst, för mig är det ett viktigt skyddshölje för hållbarheten. Fuktsakkunnige skulle nog jubla om inte hela situationen hade varit så dramatisk.

Snickaren fortsätter sin runda med mig. Han hade lyssnat på utbildningen och följde med Johan de senaste veckorna, det märks. Han informerar om att de väntar på fuktexperten för att få hans godkännande att montera duken på väggarna. Rullarna och tejpen var på plats.

»Ska vi gå vertikalt eller horisontellt med duken«, undrar han.

»Jag har varit med om båda varianterna«, berättar jag om mina erfarenheter, »det kan ni själva bestämma hur ni applicerar den på bästa sätt. Försök att minimera skarvarna och räkna med cirka en decimeters överlappning«, lägger jag till.

Insidan av stommen känns väldigt torr, det är definitivt en fördel när man bygger i trä. De ska sätta i gång värmen när byggnaden är isolerad.

«Johan beställde en pelletspanna för att minska klimatpåverkan under bygget«, får jag höra till min positiva förvåning.

Alla delar av ställningen är komplett monterade nu, även trappräcket är på plats och vattnet från taket leds kontrollerat förbi höljet. Jag går upp med honom på taket. Takpappen är lagd och sargarna för genomföringar av ventilationshuvar och utstigningsluckor är förberedda.

»Infästningar till solcellerna kommer senare«, sammanfattar han takarbetet.

«Hur går det med fönsterbeställningen«, undrar jag. Det visste inte killen så mycket om. »Det måste du kolla med den nya platschefen«, meddelar han. Jag är nöjd med det jag ser. Jag förstår att de haft det svårt senaste veckan utan platschefen och efter olyckan.

»Johan kommer tillbaka imorgon, har du fler frågor får du gärna ringa«, avslutar byggaren.

Jag lämnar byggplatsen och tar mig upp för trappan till byggboden för att möta den NYA platschefen. Jag öppnar dörren, loggar in mig och hör honom pratande högt i telefon. Han skriker nästan. Jag visar mig vid dörren, han tittar kort upp innan han återvänder till sitt samtal. Jag tar plats vid bordet i konferensrummet och väntar. Efter tio minuter kommer han ut.

»Och du är?« undrar han. Jag presenterar mig och ser ur ögonvrån hur han himlar med ögonen.

»Jaha, energisamordnare, vad kan jag göra för dig«, vill han veta.

»Jag hoppas att JAG kan hjälpa er, det är i alla fall mitt uppdrag«, svarar jag.

»Det vet jag ingenting om. Vi har allt under kontroll«, påstår han. Det är imponerande efter så kort tid, tänker jag men ger inte helt upp.

»Har du hunnit läsa in dig i alla handlingar och energikrav«, undrar jag och får ett »Självklart« tillbaka. Beställningar av fönster och lufttäthetsmaterial hade hans företrädare gjort vilket bland annat har bidragit till en ansträngd ekonomi. Men nu är ju han här och ska *rädda* byggnaden och företagsekonomin, skulle jag veta. Han avbeställde fönstermontörerna.

»Det blev onödigt med tanke på folk jag måste sysselsätta här på plats«, argumenterar han för sitt beslut.

»Har du erfarenheter av montage av dessa energieffektiva fönster«, undrar jag, väl medveten om att han nog inte har det.

»Det kan ju inte vara så svårt«, returnerar han stroppigt.

Jag släpper ämnet.

Jag undrar vad det är för sorts tejp som ligger på bordet.

»Den ska byggarna använda för tätningen av duken«, säger han häpen över min fråga. »Det är många meter tejp vet du. Jag har jobbat med dessa i tidigare projekt, de duger«, läxar han upp mig och fortsätter, »dessutom kostar de bara hälften«.

»Jag tror inte att de duger«, svarar jag kaxigt tillbaka. Jag river av en provbit från tejprullen och förklarar vidare att det bland annat är limmet som inte är lika hållbart. Jag visar honom på mitt finger hur man testar limmets hållfasthet. Klistret försvann efter tre gångers kontakt med huden. Det övertygar inte honom, kan jag se. Jag försöker med nästa argument och anmärker på tejpens flexibilitet när man drar på materialet. Med hans tejp är det knappt möjligt men den föreskrivna tejpen som ligger bredvid går att dra mer än tio millimeter. Ingen chans att imponera honom.

»Kan tejpleverantören garantera hundra års hållfasthet«, frågar jag honom och får ett typiskt svar.

»Vi har fem års garanti på våra byggprodukter, jag har inte läst om några andra krav.« Det är ju otroligt att höra dessa gammalmodiga argument. Huset ska väl hålla sin funktion betydligt längre än deras garantitid. Jag måste påminna mig själv om att vara ännu tydligare i kommande förfrågningsunderlag.

»Det är inte säkert att ni ens lyckas med lufttätheten under fem år«, for det ur mig.

»Vi kommer göra lufttäthetsmätningar i flera skeden, inte minst innan garantin går ut«, ljuger jag honom rakt i ansiktet.

»Vill du verkligen riskera att riva hela fasaden igen bara för att spara några hundra lappar med denna bristfälliga tejp?«

Jag påminner även om användningstemperaturen nu när det blir kallare ute. Hans tejp klarar inte lägre än minus fem grader under installationen. Men inget hjälper.

»Jag ser inget problem i nuläget«, kontrar han.

Spänningen mellan oss växer. Det är tyst några sekunder sedan säger jag:

»Ditt bygge, ditt ansvar. Jag noterar i mitt kvalitetssäkringsprotokoll att jag har informerat dig.«

Sedan fortsätter jag:

»Vi ska nog boka in en ny utbildning om energikonceptet vid mitt nästa besök. Det har kommit nya byggare på plats och enligt beställarens krav ska ALLA utbildas.«

Motvilligt bestämmer vi en tid om tre veckor, där han och kollegorna skulle kunna *offra* två timmar på mig. Jag behöver prata med Stefan.

Det får inte gå för långt med den nya platschefen. Stefan brukar vara med på mina möten, men idag fick han förhinder. Olyckan har säkert påverkat honom både personligt och som byggherre. Det är en del utredningar kan jag tänka mig och det är ett stort ansvar oavsett entreprenadkontrakt.

Jag lämnar boden, det är frostigt ute. Jag har varit med om ett antal ovilliga byggare innan, men en ovillig platschef kan bli ett allvarligt problem.

~

MARIE

Tur jag inte är ute på byggplatser så ofta. Det är ju livsfarligt.

Nu har Kantarellens platschef ramlat ner från taket och ligger i koma. Det är tråkigt. Jag är som tur är klar med mina handlingar och projektet är i princip avslutat.

De kommer nog lösa det där ute. Det är främst entreprenörens ansvar.

Mona har tjatat flera gånger att jag skulle komma ut och titta på stommen. »Det är intressant i nuläget, när allt fortfarande är öppet«, sa hon. Det tycker inte jag. Det är mest stökigt och man ser bara byggmaterial, dessutom är det livsfarligt som man ser nu.

Intressant är det först när fasaden är på, när man även invändigt kan röra sig utan att behöva vara orolig för nerrasande personer eller byggdelar.

Dessutom är det ingen som vill betala för mina resor dit och tiden går inte att fakturera. Jag har tillräckligt mycket annat att ta hand om.

Faktiskt har allt gått mer än bra på sistone. Vi hittade väldigt snabbt en köpare till lägenheten. Det är bara bra att kunna avsluta den perioden i livet och som jag trodde även med en liten ekonomisk vinst. Vi har undertecknat köpeavtal och fått handpenning. Nästa vecka ska allt annat vara löst även med banken. Min exmake, så får jag kalla honom sedan i förrgår officiellt, flyttar snart in i sin nya lägenhet och det passar perfekt med försäljningen. Han kan i sin tur föra över pengar direkt tillbaka till banken. Att skilsmässan skulle gå så snabbt och så problemfritt hade jag inte vågat tro.

Mina bekanta har berättat skräckhistorier om sina separationer och stridigheter om så oviktiga saker som CD- eller DVD-skivor. Vi hade från första början hållit isär våra grejor. Vi hade egna konton för egna inköp och nu var det inget snack om varken det ena eller det andra. Jag har mina kläder och han har sina cyklar. Möbler ville ingen av oss behålla, bortsett från några enstaka minnen eller arv från familjen.

Vi höll verkligen vårt löfte om en separation utan stridigheter. Det kanske är det tydligaste tecknet på att det var dags att skiljas. Vi hade inget att säga till varandra längre. Vårt kapitel är slut, det räckte inte ens för ett sista bråk. Även mina jobbkompisar tyckte att det gick för smidigt. De förväntade sig väl smutskastning alias Kathleen Turner och Michael Douglas i filmen *Den vilda jakten på lyckan.*

Nästan med besvikelse fick de inse att vi avslutade vårt förhållande på ett helt vänskapligt sätt och det finns inget att skvallra om vare sig framför eller bakom ryggen på mig.

Dotterns humör har ändrat sig igen. Tonåringar. Man vet aldrig var man har dem. Det goda humöret har sträckt sig vidare över svaga sommarvindar till tsunami.

Hon önskar sig nu allting dubbelt för att slippa bära datorn, kläder, spel och annat fram och tillbaka. Pappan skulle också skaffa en extra stor säng till henne i sin nya lägenhet. Så klart blev det en konflikt med hans nyutvecklade minimalism.

»Vi är två personer dessutom som flyttar mellan boendena. Pojkvännen kan väl inte ligga på madrassen, fattar du väl«, argumenterade hon mot hans första nej. Dessutom vill hennes pappa flytta till ett ganska enkelt område, ansåg hon.

»Jag har avstått mycket av mina behov«, menade hon och höll därför fast vid de nya.

Det kan lätt bli långa diskussioner men alltid med samma resultat. Hon vinner. Ett skilsmässobarn, älskad lika mycket av mamma och pappa, kommer alltid att vinna. Det dåliga samvetet över att vi inte lyckades som familj ger henne nya möjligheter. Det har hon blivit väldigt medveten om.

Å andra sidan är hon mycket söt mot min nya partner som mer och mer håller på att etablera sig som min nya kärlek. Vi har inte varit ifrån varandra på tre veckor och det funkar riktigt bra. Vi lagar mat tillsammans, planerar en gemensam resa med motorcykeln och vi pratar hela tiden.

Är dottern hos pappan eller sin pojkvän tillbringar vi kvällarna på jobbet och nätterna hos mig. Att ha samma yrke, speciellt i vår yrkesvärld, underlättar det mesta. Det finns både förståelse för långa jobbdagar och alltid något att prata om. Det finns så många gemensamma ämnen. Nya projekt, nya kunder, nya idéer. Som jag har saknat detta.

Vi har väldigt mycket att göra för tillfället men är dottern hos oss försöker jag umgås med henne så mycket hon tillåter.

Kantarellen-projektet kan anses som avslutat för min del. Några små kompletteringar finns alltid men det är inte hela världen.

Entreprenören försöker byta ut det ena eller det andra föreskrivna materialet. Men denna gång kommer jag inte kompromissa. Förskolan blev tillräckligt omgestaltad och utsatt för tillräckligt mycket tyckande, så nu får det vara nog. Nu är det jag som bestämmer.

Jag tar fram rödvinsflaskan och signalerar till min nya man och frågar med gester om han vill ha ett glas. Han vinkar nej med ena handen medan han visar telefonen i den andra.

»Ta champagnen«, ropar han plötsligt i stället. Han kommer tillbaka från hallen och har precis avslutat sitt telefonsamtal.

»Jag fick ett förhandsbesked. Imorgon blir det officiellt. Vi vann markanvisningstävlingen.«

Vi hade utvecklat tävlingsbidraget tillsammans med en fastighetsägare och lämnat in det för tre veckor sedan. Ett spännande projekt som innefattar hundrafemtio lägenheter samt cirka åttahundra kvadratmeter lokaler, affärer och en restaurang. Visionen den kommunen har, är att bygga det mest klimatanpassade området ever.

Närvaron av grönska i flera dimensioner och naturliga materialval skulle bli det nya kvarterets signum. Här ska uppmuntras till möten på taken, loftgången och bland gemensamma odlingar. Mångfald och social inkludering åstadkoms genom blandade boendeformer för unga och gamla, rika, rikare och rikaste. Ekonomin är sekundär. »Vi skulle kunna förvänta oss arkitektpriser med detta projekt«, sa ägaren. Och ingen ifrågasätter min gestaltning, tänkte jag.

Pang. Då var champagneflaskan öppen. I kväll har vi något att fira. Vårt första gemensamma projekt.

~

KAPITEL 25 –

VERKLIGHETEN

STEFAN

Det byggs mycket i området, konstaterar jag när jag svänger in till den nya stadsdelen, där även Kantarellen växer fram. Det har satt fart på riktigt de senaste veckorna. Nyligen var det bara åkrar och ängar med några nyasfalterade gator och nu byggs det hus.

Många hus, mest villor. Kommunen har sålt alla tomter. Det fanns verkligen behov av nya bostäder. Många husgrunder har fått sin isolering, några betongplattor är gjutna.

Jag stannar vid ett av byggena och drar ner fönsterrutan. Mona skulle bli vansinnig, om hon såg det här, flinar jag för mig själv. Alla kantelement är snedkapade. Betongen rakt ut mot det kalla som hon visade på utbildningen.

Varför såg jag aldrig det förr? Villornas isoleringstjocklek är bara en tredjedel av det som Kantarellen har fått runt om på hela huset.

Men visst, hur ska de kunna veta bättre? Jag skakar på huvudet.

Nej, branschen är verkligen seg och marknaden med. Det byggs inte bättre än vad som efterfrågas. Och det efterfrågas inga bättre lösningar för att kunskapen hos byggherrarna begränsar sig till köksinredning och golvbeläggning, kanske badrumsmöblering.

Hon har rätt, ingen tittar bakom fasaden.

Jag kör vidare. Några hus har fått sina väggleveranser. Stora element monteras ihop, helt oskyddat från vind och väder och blåa plastfolieremsor fladdrar omkring.

Om de tejpar lika mycket här som grabbarna på Kantarellen? Knappast väl, troligen häftar man ihop plasten bara, som man alltid har gjort. Det finns säkert inga krav på en lufttäthetsmätning här, varför ska man då bygga med hållbar kvalitet? I den första tekniska beräkningen jag fick innan bygget startade, räknade VVS-konsulten ut att vår förskola skulle behöva en värmepump av samma storlek som en av dessa villor, åtta gånger mindre i storlek. Det hade jag gärna sett och gärna jämfört. Men nu blir det fjärrvärme i hela området, så är det med politiken, tänker jag när jag fortsätter längs vägen till byggplatsen. Jag öppnar bagageluckan på elbilen och befriar en glatt svansviftande blandras.

Idag hann jag boka en av de begärliga nya tjänstebilarna energistrategen har hyrt in till kommunen. Det var en väldigt speciell upplevelse, mest tystnaden. Jag fick starta om motorn flera gånger för att känna mig säker att den verkligen var på. Jag körde nästan på en gubbe som troligen inte hörde mig och inte heller såg det röda trafikljuset på övergångsstället mittemot stormarknaden.

Med tanke på hans dåliga hörsel och ännu sämre syn var käften dock desto mer funktionell. Oj vad han kunde tjata. Tur att jag hade blandrasen med mig i bilen. Den skällde lika ilsket tillbaka och jag slapp överanstränga mitt hjärta.

Jag tar på mig skyddsvästen och hjälmen och går över till byggplatsen. Här står Johan med fuktsakkunnige. De är mitt i fuktronden.

»Får jag följa med«, undrar jag, inte för att jag är speciellt fuktintresserad utan för att jag vill ha Johan med mig efter ronden. Han ska följa med mig in till den nya platschefen som beordrat ett extra ordinärt ekonomimöte. Det innebär i regel inget positivt besked. Jag har aldrig varit med om att en entreprenör vill betala tillbaka överskottspengar. Så jag måste utgå ifrån att han i stället vill ha pengar av mig. En ganska osympatisk sälle är han, den där nya chefen och det har inte bara med pengar att göra.

Johan hälsar glatt:

»Javisst, vi är nästan klara. Fuktexperten gav oss precis godkännandet för att börja sätta lufttäthetsduken på väggarna.« Fuktronden går bra och experten är nöjd. Byggnaden anses som *väderskyddad* efter att ställningen blev inbäddad av presenningar, när takpappen var på och efter att ränndalar liksom nästan alla hängrännor var monterade. Det är alltid det mest fuktkritiska momentet under byggnationen.

Jag följer med Johan in i byggnaden där man, under tiden man väntade på att få applicera duken på väggarna, har jobbat med takduken. Även mått till innerväggar är tagna.

Nästan allt stående vatten på betongplattan har försvunnit och materialet som förvaras här för invändigt montage ligger torrt och upphöjt från plattan. Man kunde nästan tro att den gamla platschefen var kvar så ordentlig såg byggplatsen ut. Johan ser hur jag flinar och kommenterar mitt leende.

»Farsan skulle vara nöjd med mitt arbete, eller troligen inte, för den pedanten brukar aldrig vara nöjd med byggstädningen.« Johan är nästan uteslutet ute på byggarbetsplatsen nu, avslöjar han.

»Jag trivs inte inne med platschefen och känner mitt ansvar gentemot kollegorna här. Dessutom lyckas jag stänga av hjärnan när jag snickrar.«

Den nya platschefen visar sig aldrig utanför boden.

»Det är andra fördelen med utejobbet«, medger han.

Han ringer Johan bara när det finns något att meddela eller utreda. På så sätt undviker de varandra.

Jag frågar Johan hur hans pappa mår.

»Oförändrat«, får jag som svar.

Motvilligt följer han med mig upp för trappan till platschefens kontor med det anslutna konferensrummet. Han tydliggör att han inte jobbar med den ekonomiska delen av projektet men förstår att jag önskar hans närvaro på mötet.

Platschefen sitter upptagen vid datorn när vi kliver in i boden. Johan laddar kaffemaskinen och jag tar plats vid bordet i mötesrummet.

Den nya platschefen kommer in med pärm och ritningar under armen, slänger allt på bordet och säger:

»Nu ska vi rätta till den kvarstående obalansen i ekonomin efter upphandlingen.« Det var ett tydligt budskap, helt utan glimt i ögat.

Jag tappar hakan och färgen i ansiktet. Blandrasen morrar bifallande mot den okända fienden.

»Det tillkommande förrådet som arkitekten lagt in i de senaste ritningarna efter upphandlingen har inte blivit fakturerat«, konstaterar han helt korrekt. De kostnader han kalkylerade med nu skulle dock kunna finansiera ett enfamiljshus inser jag.

»Du måste se helheten. Det påverkar inte bara material utan även tidsplanen och bemanningen«, får jag veta och att jag inte alls behöver titta så skeptiskt.

De utländska akustikskivorna arkitekten föreskrev kommer han låta platsbygga i stället.

»Det blir lika bra i slutändan«, måste jag förstå, »och vi är inte beroende av leverantörens långa leveranstider.« Jag vore väl också intresserad av att bygget inte blir ännu mer försenat.

Avdrag för ändringen skulle jag inte förvänta mig, då resultatet är likvärdigt.

Arkitekten hade ändrat golvbeläggningen i badrummet och färgen i samlingsrummet. Det anser platschefen har blivit betydligt dyrare nu efter ändringen och tilläggen i är inget heller att ifrågasätta.

Jag undrar om även verksamhetschefen vet om dessa ändringar. Är de avstämda med henne? Ingen har berättat något för mig om hennes hälsotillstånd förresten. Jag vet faktiskt inte ens om det finns en biträdande verksamhetschef med samma ambition. Det måste jag kolla upp när jag är tillbaka på kontoret, slår det mig.

Den nya platschefen nämner även att man nu monterar fönstren själva, men i all sin generositet uttrycker han tydligt att det inte betyder några extrakostnader för mig. Det var ju visserligen oväntat.

Markarbetena hade ökat på grund av större mängd berg som bröts ner och den tillkommande mängd av lera som behövde bytas ut. Man får inte heller glömma den tillkommande bullerväggen. Fakturan för tillkommande markarbeten missades väl att skickas vidare.

»Jag hade uppenbarligen en slarvig föregångare«, påminner han mig igen med en sidoblick till Johan som står kvar vid kaffemaskinen lite onödigt länge. Allt blev betydligt dyrare än kalkylerat.

»Summan som tillkommer är normal«, antyder han och en diskussion är därmed helt meningslös.

Jag hinner inte kommentera något av det han läser upp. Det känns liksom inte rätt här och nu.

»Jag tänker även byta den utvändiga panelen«, säger han och ger mig en provbit i handen. Enligt min bedömning är den inte det minsta likvärdig men här får jag möjligheten att skicka frågan vidare till Marie.

Hon är ändå arkitekten och ska bestämma likvärdigheten. Detsamma gäller för resterande täthetsmaterial. Han hade troligen en träff med Mona innan där han visade tejpen han ville byta ut från det dyra utländska materialet. Även här hänvisar jag till min anlitade konsult, i detta fall energisamordnaren. Hon har sista ordet.

»Som du vill, Mona kommer efter lunch och håller en utbildning«, meddelar han något irriterad, »då tar jag det med henne igen.« Nödvändigheten för att delta i hennes kurs förstår han inte heller riktigt, det tar ju bara tid.

»Jag lyssnar väl några minuter, så hon blir nöjd«, försöker han skämta, tror jag eller så inbillar jag mig bara.

Johan kom in med kaffekannan. Jag tar en hel kopp och tar ett djupt andetag medan jag blundar och tar emot platschefens uppdaterade kalkyler.

På slutet nämner han efterarbetet med synliga massivträväggar om vi nu fortfarande skulle välja att ha dessa synliga.

»Det kommer ta flera dagar att slipa och lasera dessa och blir nog fortfarande inte helt bra«, anser han.

»Synd att du missade den felaktiga kvalitén när du hade uppgiften att granska«, säger han till mig utan att blinka. Menar han allvar nu eller?

»Det vore bättre att bygga in dessa men då får du räkna med extrakostnader för material och målning.« Jag skulle fundera på det och återkomma.

De tillkommande ÄTA-kostnaderna överträffar mina värsta farhågor. Att det ens var möjligt att hitta så många brister i förfrågningsunderlagen talar väl tydligt för den nya platschefens ekonomikompetens. Han ser nöjd ut. Jag klappar nervöst på blandrasen som visar tänderna mot den irriterande personen.

Johan sitter bredvid mig och får höra igen, hur dåligt bygget sköttes innan den NYA kom in. Väldigt " empatiskt" med tanken på det oförändrade sjukdomsläge Johans far befinner sig i.

Jag tänker rekommendera en ledarutbildning men man ska inte "kasta pärlor åt svin". Rädslan över ytterligare tillkommande kostnader övertrumfar min önskan att uttala mina tankar. Den nya platschefen är effektiv och nästa möte med styrentreprenören väntar. Han säger »Farväl« och försvinner tillbaka in på sitt kontor.

Johan och jag sitter kvar och vi vet inte riktigt hur vi ska bete oss. Jag har ett par hundratusen kronor att trolla fram.

Alternativet är ett bråk med entreprenören och sånt leder aldrig till ett bra slutresultat. Johan är definitivt inte den ende som önskar sig att hans far snart ska vakna upp igen.

På min agenda hade jag ett snack om entreprenad- kontrakten men det kom inte ens på tal. Jag ville egentligen bara få bekräftat att det som stod om det överlämnade arbetsmiljöansvaret till entreprenören var tillräckligt väl formulerat och att ett extra kontrakt inte behövdes.

Jag måste väl utgå ifrån att allt är i sin ordning, annars hade han säkert ställt krav eller förolämpande sagt att jag är en inkompetent projektledare. Johan undrar om vi ska gå igenom något mer, men med honom vill jag inte heller ta upp det känsliga ämnet. Jag har fått rapporten om olyckan och enligt honom var utredningen avslutad och då får jag ta det som ett avslutat kapitel, i alla fall admi- nistrativt.

Jag ställer den tomma kaffemuggen i diskmaskinen och lämnar boden med Johan och blandrasen. Johan tar på sig snickarbältet. Han vill jobba med kollegorna ute på bygget igen. Nu ska lufttäthetsduken på plats och det är roligare än att "arbetsleda" från en kontorsplats ihop med en oförskämd människa. Den nya platschefen har ändå tagit de flesta uppgifterna ifrån honom och ser ho- nom hellre ute på fältet än inne vid sin sida, där han stör.

Vi är båda lika nedstämda när vi kommer ut. Himlen har hunnit mörkna. De första snöflingorna faller mjukt på den inhöljda byggnaden. Blandrasen markerar sitt revir och min frustration under trappan. Ibland önskar jag att jag vore han och kunde omsätta mina tankar så tydligt i handling som han.

Jag plockar, inte helt frivilligt, upp hans avföring och vi kliver in i den tysta elbilen. Jag tror jag behöver

delegera lite jobb till den ambitiösa energistrategen igen.
Det är nog inte fel med lite kvinnligt inslag i debatten.

~

MONA

Så ser verkligheten ut, tänkte jag efter nyheterna på
teven igår.

De som jobbar aktivt för klimatet blir bestraffade.
De som slösar med energi och jordens resurser får bidrag
och stöd.

Elpriserna har gått upp och vad gör regeringen?
De subventionerar dem som använder mest. Bidragen är
inte kopplade till inkomsten utan bara till förbrukningen.

Varför motiverar man inte folk i stället till att spara
energi, till att minska sina behov. Den mest miljövänliga
kilowattimmen är den man inte använder alls. Vi kallar
det för energieffektivitet. Men det är inte vad man
strävar efter här. Bygger man energieffektiva hus och
investerar i klimatet får man inget elbidrag, tvärtom man
betalar flera kronor per kilowattimmar mer än de som
förbrukar mycket. Min rättvisegen skriker högt.

»Varför kan man inte öka nätavgiften och skatterna
för dem som förbrukar mer än dagens energikrav tillåter
eller sänka grundavgifterna för dem som har A-klassade
hus, diskuterade jag med mannen hemma, som ju är
ursvensken i familjen.

«Varför kan man inte minska avgiften för dem som
energirenoverar sina hus och därmed bidrar till lägre
effekttoppar?«

Politik är inte min grej men jag fattar inte hur man ska
klara ett klimatmål när man inte lägger ribban högre. Det

är samma med solcellerna. Vi betalar höga nätavgifter och skatt för de få kilowattimmar vi behöver importera vintertid. Men allt det överskott vi exporterar till nätet, till grannen, minskar inte dessa fasta utgifter.

»Varför kan man inte ha rörliga nätavgifter eller anpassade skatteavgifter, beroende på den totala mängden man köper eller säljer, fortsatte jag lufta ut min frustration hos maken.«

Jag fick som förväntat ett konkret svar av honom.

»För att elbolagen är privatägda, så som tågen och posten idag. De jobbar efter vinstmaximeringsprincipen«, sa han lika arg som jag.

»Nu höjer elbolagen nätavgiften igen. Man kom överraskande på att nätet även behöver underhållas«, skrattade han hånfullt.

»Vad gjorde man med överskotten alla dessa år innan, tror du?«

Marknadsekonomi, vi lurar andra och oss själva för pengar men pengar kan man inte äta och klimatet bryr sig inte om pengar.

Nu debatteras åter igen att bygga fler rena kärnkraftverk.

Den kvinna som intervjuades på teven sa att vi har producerat radioaktivt avfall i fyrtio år, då gör det väl inget med några år till.

Vilken logik, ville jag skrika. Vilken idiot, ville jag ropa ut, men vem bryr sig om vad jag tänker? Jag vet exakt vad jag skulle föreskriva om jag hade haft möjligheten. Men industriella lobbyister med stor makt och ännu större vinstambitioner styr landets marionetter med skönräknade siffror och "trovärdiga" prognoser.

Varför ska vi idag bry oss om nästa generations problem? Knappast någon politiker som engagerar sig längre än en mandatperiod.

Det pratas om koldioxidutsläppen och att de ska minskas, med kärnkraft nu i stället för att minska energibehoven och kombinera resten med förnyelsebar energi som sol, vatten och vindkraft. Skulle alla byggnader bli energieffektiva och med solceller på, hade vi inga behov av ny kärnkraft.

Varför börjar vi i fel ände? Vi borde bekämpa orsaken i stället.

I smyg tror jag nog att allt det där snacket om miljön och klimatet har bara blivit en *ny trend*.

Det samlas miljöpriser och certifikat på ett enkelt lagom definierat sätt och scenarier som inte alls är sannolika. Man smyckar sig med utmärkelser för att visa allmänheten hur engagerad man är. Allt är plötsligt hållbart, klimatneutralt och veganskt.

I verkligheten har man inte ändrat någonting avgörande.

En titt bakom kulissen visar tydligt att man gör som alltid och lättar sitt samvete med omfattande administrativa certifieringar. Det finns ett bra begrepp för det: Greenwashing.

»Det är inte tomma ord utan agerande som behövs.« Det är det enda som kan minska klimatpåverkan.

De verkliga hjältarna befinner sig inte bakom skrivbordet utan de är ute på fältet. De behöver rätt verktyg, rätt kunskap och rätt motivation för att skapa ett hållbart samhälle. Min motor är att skapa hjältar, hjältar som Johan.

Jag ser honom med snickarbältet på i snöstormen när jag låser bilen. Så snabbt vädret svängde. När jag körde hemifrån var det vindstilla och bara två minusgrader men här känns det som att vintern har tagit i ordentligt.

Kylan biter i mina kinder och jag är glad att jag tog på mig understället och arbetsvantar.

Jag hade tänkt ta tåget igen men det är så osäkert med signalfel och förseningar i detta väderläge att jag valde bilen till slut. Sedan några år tillbaka kör vi elbil och det kanske kan anses som en ganska bra kompromiss så här års.

Han vinkar glatt åt mig. Det är ett bra tecken, kanske mår hans far bättre igen? Jag ser att grabbarna har börjat med lufttäthetsduken och de har kommit en bra bit. Det är en timme kvar tills utbildningen i boden. Fem nya snickare inklusive den nya platschefen har anmält sig till en genomgång klockan två. Jag har som vanligt hela skyddsutrustningen på mig och skulle kunna tejpa lite med killarna här ute, tänker jag.

»Ni sätter duken i vertikala remsor«, konstaterar jag, när jag kommer fram, »ja, varför inte?«

»Ja, vi har räknat ut att vi kan spara en hel rulle duk på så sätt och massor med tejp dessutom«, berättar Johan stolt om sitt arbete med materialoptimering. En femtio meters rulle delas i fem lika långa remsor som täcker hela väggen från tak ner till golv. Det hade de förberett på insidan av byggnaden. Folien är nu häftad mot massivträstommen på tre sidor av byggnaden, och skarvarna måste tejpas. Jag tog med mig en sorts skrapa från tejptillverkaren, den ser ut som en *isskrapa*. Jag tänkte visa dem hur lätt det blir när man med hjälp av verktygen trycker fast tejpen mot duken, mot massivträstommen. Johan har även förberett tejpningsarbetet och klippt tio meters långa tejpremsor i förväg.

Vi ska applicera alla tejpremsor tillsammans över dukens vertikala skarvar. Det går snabbt i lagarbete med rätt arbetsförberedelse och arbetsföljd.

Uppe på ställningen står en snickare som trycker fast tejpen mot takets lufttäthetsduk och ner en bit. Vid bjälklagsnivån står jag själv på den mellersta ställningen och tar över remsan och fäster den i samband med nyttiga knäböjningar neråt tills Johan kan ta över sin bit. Han står på marken och trycker fast sista tejpändan ner till plattan.

Han lyckades verkligen övertala den nya platschefen att inte byta ut den föreskrivna tejpen. En liten list blev det. Han beställde själv täthetsmaterialet efter föreskriven omfattning och när det väl var på plats kunde det inte bytas ut längre.

»Returkostnaderna,« sa han, var för dyra för platschefen, och så skrattade han. Bravo. Kurage har han min hjälte.

Termometern visar minus 9 grader idag, Johan hade en bra instinkt, med de andra tejperna hade vi inte kunnat jobba idag.

»Vi har även fått primern för rensningen av betongen och en bredare tvådelad tejp som ska täta duken horisontellt mot betongen«, meddelar Johan, »men det gör vi på slutet.«

»Vi låter dukarna gå förbi fönsteröppningarna.« Johan har beställt en första lufttäthetsmätning som ska kolla väggarnas och takens täthet innan fönster och genomföringar perforerar duken igen. På så sätt har vi delat upp ansvaret på de olika aktörerna på byggarbetsplatsen och kan enklare analysera eventuella senare otätheter.

Johans pappa ligger fortfarande i koma, får jag veta sen, jag trodde att han mådde bättre. Det är oerhört tråkigt och jag uttrycker min sorg igen. Det imponerar ännu mer på mig att Johan jobbar med så stor iver för att bygga denna hållbara förskola. Jag känner att han helst inte vill prata mer om situationen och byter ämne.

»Hur är det med barnen hemma? Är alla friska igen?«

»Ja, bortsätt från löss som hoppar makalöst mellan samtliga förskolebarns hår har vi klarat oss denna höst, peppar, peppar«, svarar han med ett lite trött leende och både han och jag kliar oss instinktivt i huvudet.

Vi hinner med en hel sida innan jag behöver gå in i boden för att förbereda utbildningen. Nu måste de två sköta sig själva.

Jag lämnar grabbarna och tar mig upp för trappan till boden.

Bordet i mötesrummet är fullt av ritningar och platschefen är upptagen i telefon. Inget är förberett för en utbildning inser jag medan jag plockar undan allt i ett hörn och lägger fram mitt visningsmaterial.

Jag tänker fokusera på tätheten under dagens föredrag och har tagit med mig olika tejper och manschetter för att förhoppningsvis kunna ge platschefen en bättre förståelse för skillnader mellan tejp och tejp. Jag startar datorn och den lilla projektorn jag tog med mig. Snart ska jag visa upp min presentation som jag har kompletterat med aktuella byggnadsbilder.

Jag letar efter den mest oanvända väggytan för att kunna projektera bilderna på, men det är inte lätt. Arbetsmiljöplaner, första-hjälpen-kit och information om aktuellt byggande finns upphängda nästan överallt. Jag tar ner en ritning och testar upplösningen. Det kan funka.

Platschefen kommer mullrande in i mötesrummet och tittar irriterat på mig.

»Vad i helvete håller du på med? Dekorerar du om eller?«

»Ja, svarar jag trevligt, jag tyckte det vore lite mer hemtrevligt med några manschetter och kragar på bordet. God eftermiddag!«

Han kollar argt på sina ritningar som ligger i ena hörnet av bordet. Sedan plockar han missmodigt bort dessa till sitt rum. Om jag ville ha kaffe skulle jag kunna sätta på en kanna, ropar han från sitt rum till mig som en liten sidofråga.

»Nej, tack«, svarar jag, »kaffet brukar bara bli kallt när jag pratar.« Han tittar ut ur sitt rum och är för andra gången förbannad på mig, ser jag ur ögonvrån. Sedan går han själv till köket och sätter på kaffe. De andra grabbarna kommer genom dörren och tar plats, vilken överraskning, längst bak vid bordets gavel. Same procedure as every time.

Jag presenterar först mig och därefter energikonceptet och startar sedan direkt med konkreta detaljer, material och lösningar till det aktuella projektet.

Platschefen ställer termosen på mitten av bordet och grabbarna tar var sin plastmugg med kaffe. Han sätter sig demonstrativt direkt framför mig eller direkt framför utgången, det är svårt att avgöra just nu. Men han ska visa sin auktoritet tydligt från början.

Han avbryter mig flera gånger med tillrättavisanden av mina uttalanden.

»Det har jag hört stämmer inte« eller »Här tycker jag att det är överdrivet«, slänger han in då och då. Det blir tydligt att han inte lyssnar på min presentation alls. Han ställer frågor som jag precis har svarat på och förklarat. Han ska demonstrera vem det är som är chef här på byggplatsen.

»Jag tycker att konceptet i sin helhet är orimligt och onödigt«, avgör han, »det föreskrivna materialet är för dyrt och ändå inte bättre än det jag har använt i trettio år. Teoretiker vet inte hur det går till på byggen.«

Han tittar efter varje uttalad förolämpning på grabbarna i hörnet och väntar på tillrop. Men de är dödstysta och osäkra på hur de ska tolka den pågående duellen. En av dem ler lite förläget men det syns hur obekväma de känner sig. Nu får det vara nog, tänker jag. Jag vill nå grabbarna.

Platschefen är ett hopplöst fall inser jag efter tjugo minuter.

Det var troligen längre än han ens hade planerat att vara närvarande och jag passar på att använda tiden så effektivt och med så mycket information som möjligt, trots hans ideliga avbrott. Han har visserligen makten över ekonomin men han har också ett uppdrag att sköta och det ska jag se till att han gör.

Jag pratade med den desperata Stefan innan och jag har fått mandat av honom att driva genom alla våra ställda materialkrav. Han var glad att jag tar över det smutsiga jobbet ifrån honom.

Stefan vill vara GOOD COP då blir jag motparten igen.

Jag är van vid BAD COP-rollen och har lärt mig att spela figuren suveränt. Jag påminner platschefen vänligt men bestämt om kraven byggnaden SKALL uppfylla i slutändan och om min roll som kvalitetskontrollant. Jag håller masken i nästan en halv timme sedan tar de tyska rötterna över igen.

»Vad exakt du tycker eller tänker har ingen betydelse här. Du ska uppfylla beställarens krav oavsett din personliga uppfattning«, klargör jag bestämt och tittar honom rakt i ögonen.

»Har du något konstruktivt att bidra med under min utbildning säg det gärna nu eller så tar vi det på slutet av föreläsningen.« Han tittar bort och jag ser att han öppnar munnen så jag fortsätter snabbt.

»Jag har betydligt mer att förmedla till dina kollegor och jag antar att ingen här«, då pekar jag på grabbarna i hörnan, »vill jobba längre än till klockan sexton. Och det är lätt hänt om jag inte får fortsätta med innehållet i min presentation.« Det var nog de magiska orden: *klockan sexton*.

Hörnan vid bordets gavelsida vaknar.

»Jag kan inte stanna längre än till sexton, jag ska till tandläkaren«, säger den äldre snickaren utan hår.

»Jag måste hämta barnen«, kom det från en yngre kille bredvid.

»Jo, vi har också en tid att passa«, säger den tredje och knuffar den fjärde med armbågen, så han genast börjar nicka instämmande. Så fick jag både uppmärksamheten och kontrollen tillbaka.

Platschefen sitter kvar i fem minuter, sedan skruvar han på sig och meddelar den nonchalerade föreläsaren att han nu har ett viktigt telefonsamtal att ta.

Ingen kedja är starkare än sin svagaste länk, tänker jag bara och svagheten behöver ingen titel.

Stämningen under utbildningen blir genast lättare, betydligt mera avslappnad. Grabbarna tittar nyfiket på visningsmaterialen och förstår direkt vinsten att använda dessa i stället för de traditionella. Utvecklingen av täthetsprodukterna har varit enorm de senaste åren, inte minst med hänsyn till arbetsmiljön. De ska vara lätta att applicera och hantera.

Responsen jag får av hantverkarna är för det mesta positiv. Det man investerar i lite bättre material sparar man stort på i arbetstimmar.

Prick klockan sexton är jag klar med utbildningen och byggarna stormar ut genom dörren inom bara tio sekunder.

Alltid imponerande för någon som mig att se. Jag är så van att alltid jobba tills en uppgift är klar och inte tills klockan säger att det är dags. Jag har fått en del kritik av tidigare kollegor för mitt osociala beteende men det är svårt för mig att jobba efter klockslag. Jag vet inte om det är den tyska mentaliteten eller bara min egen.

Jag går in på platschefens kontor för att vänligt säga hejdå, men han ger mig inte ens en blick.

Högmod går före fall, för att använda Stefans ord. Jag saknar den gamle platschefen. Han var visst konventionell han med, men samtidigt lyhörd och öppen för nytt och så har han en son som nu i smyg styr hela gänget under hans frånvaro.

~

JOHAN

Grabbarna kommer ut ur boden och diskuterar för fullt.

»Vad hände«, ropar jag medan jag går över till dem.

Jag får en hastig tre minuters rapport om Monas uppträdande på scenen. Tydligen sade hon emot platschefen till folkets jubel. Den nya platschefen som aldrig visar sig ute på bygget har träffat på en kvinnlig krigare i snickarbyxor som inte är rädd att bemöta honom med samma attityd.

Det vågar ingen annan här göra. Även om kollektivavtalet sätter löner och semesterdagar för byggarna så vet alla att han kan använda den makt han har emot dem i andra sammanhang. Jag bryr mig inte så mycket egentligen men är inte heller den som frontar när det blir problem.

Jag saknar farsan. På nästa bygge blir det förhoppningsvis han som leder gänget igen och till honom ska jag nu. Jag hoppas verkligen att han vaknar snart. Det finns så mycket att berätta, så mycket att göra.

Flickvännen hämtar barnen igen. Den nya rutinen är ganska krävande för henne. Hon lämnar på morgonen, hämtar på eftermiddagen och tar hand om både barnen, hushåll och sin utbildning. Jag jobbar på bygget, sedan sjukhuset, därefter gymmet, nästan dagligen. Jag behöver hantera adrenalinet på ett så ofarligt sätt som möjligt.

Kommer jag hem sover hon oftast redan i sängen och jag klarar några minuter i soffan framför teven innan jag i min tur faller i djupaste sömn, jag med. Vi har inte mycket tid för varandra. Hon visar klart förståelse för mina dagliga sjukhusbesök men jag känner frustrationen och tröttheten hos henne med. Vi pratar knappt för att vi är rädda att det ska bli bråk och det är inget vi orkar med.

Förhoppningsvis är det snart över och får ett bra slut, så vi kan bli en familj igen. Livet är en enda berg- och dalbana, men djupare i dalen klarar vi nog inte av att vara.

Att en enda händelse kan påverka så mångas liv.

Jag kommer fram till sjukhuset och går upp för den stora trappan. Jag känner avdelningen väl nu liksom personalen, för väl, kan jag tycka. Alla hälsar vänligt. De tittar medlidsamt på mig, känner jag. Inget enkelt jobb de har. Jag öppnar dörren till farsans rum och ser mig förskräckt omkring. Något har förändrats? Var är rumskamraten?

Det låg en patient i samma rum som farsan men sängen är nu nybäddad och tom. Han låg i koma i tre veckor, liksom farsan.

Sjuksköterskan kommer in och ser mitt sorgsna ansiktsuttryck.

»Han dog igår, skadorna var för stora«, berättar hon utan att jag hinner ställa frågan.

»Men hans död betydde liv för flera andra patienter i landet«, lägger hon till. Skulle detta muntra upp mig?

»Han var organdonator«, fortsätter hon när hon ser min frågande blick. »Man kan anmäla sig till donationsregistret på Socialstyrelsens webbplats när som helst«, hör jag henne säga i bakgrunden, men mina tankar hänger inte längre med.

Vad? Vad säger du nu?

Sjuksköterskan jag nästan träffar dagligen berättar vidare att både hans njure, lever, hjärta, lungor, hornhinna och hjärtklaffar kunde transplanteras till fem olika patienter och räddade deras liv.

Hon vill inte på något sätt oroa mig eller ifrågasätta farsans hälsostatus men hon vill väcka frågan i mig i alla fall.

Vilken fråga? Han har aldrig meddelat mig sin inställning till att donera organ eller vävnader. Vad ska jag säga?

«Javisst är jag helt säker på att han skulle vilja hjälpa andra även efter döden men måste vi prata om det nu?»

Det är väldigt otäckt för mig.

Föreställningen hur de "slaktar" hans organ är inget jag vill drömma om i natt. Det är inte dags ännu. Jag vill inte tänka på det. Ja, skulle det bli dags, vilket jag inte tror, då har jag ett svar. Men där är vi inte ännu.

Sjuksköterskan låter sig inte hindras av min oro och fortsätter att berätta:

»Trots att de flesta är positiva till att donera organ och vävnader efter sin död blir ändå många möjliga donationer inte av«. Jag tittar på henne. »Och det fattas organ som skulle kunna rädda livet på någon annan«, berättar kvinnan bestört.

Jag är för ofta på sjukhuset. Relationen har blivit alldeles för personlig med henne, hinner jag tänka. Men hon fortsätter bara att berätta medan hon byter farsans sängkläder och kollar hans värden. Nästan som att hon pratar med sig själv. »Antalet faktiska organdonatorer i Sverige är knappt tvåhundra varje år«.

Jag har slutat lyssna, jag orkar inte tänka på slutet. Det finns hopp kvar, det sa läkarna igår. Sjuksköterskan kommer fram till mig och lägger sin hand på min arm:

»Ingen behöver vara orolig för att man som anmäld donator inte får tillräckligt med hjälp. Sjukvården gör alltid sitt yttersta för att rädda liv. Det är först när livet inte går att rädda och livsuppehållande behandling inte längre hjälper patienten, som det kan bli aktuellt med organdonation.«

Jag tittar på henne och sedan på farsan som ser så fridfull ut när han "sover" här i sängen. Tårarna rinner plötsligen ohejdbara över kinderna. Hon fortsätter att klappa min arm.

»Det var inte meningen, förlåt. Jag förstår dina känslor. Vi gör verkligen allt vi kan för att rädda din far.«

Jag fattade två beslut ikväll när jag kom hem och hade lugnat ner mig efter samtalet med sjuksköterskan.

Jag kommer registrera mig själv till donationsregistret och jag ska bli blodgivare. Jag vill inte utsätta min familj för ett liknande samtal som det jag hade idag. Skulle det hända mig något, vill jag inte att deras hopp formas om till rädsla och ångest under tiden de väntar på att jag ska vakna.

Mina organ, det vet jag, vill jag inte lämna förrän jag är död, om inte det skulle handla om min familj. Mitt blod däremot kan jag ge medan jag lever och dessutom minst tre gånger per år. Det är varken svårt eller komplicerat och på köpet får man en bra hälsokontroll. Jag är ändå dagligen på sjukhuset, så varför vänta?

~

MARIE

Det smällde i dörren. Pang!

Dottern är hemma och troligen på dåligt humör.

Det passar ju bra för mig efter en tung arbetsdag som slutade med ett bråk på kontoret. Nya mannen vid min sida var inte vid min sida denna gång. Våra åsikter om vidareutvecklingen av den vunna markanvisningen gick isär för första gången.

Medan jag ville fortsätta att utforma våra visioner i praktfulla takgårdar och helinglasade loftgångar fastnade han i jordnära detaljutformningar. Han började prata om kostnader och hållbarheten av de olika gröna terrasslösningarna och ifrågasatte genomförandet av några av mina visioner.

Han uttryckte sig även tydligt mot kunden och undergrävde min auktoritet. När jag tog upp det efter mötet insåg han inte felet utan pratade om teamarbete och kompromisser.

»Vill vi bygga hållbart på riktigt måste vi redovisa byggbara och underhållsbara lösningar«, kritiserade han mina drömbilder. Det kändes nästan som om Mona satt bredvid mig i bilen.

Troligen funkar vi inte så bra ihop som jag trodde, insåg jag besviken.

»Vi är i första hand arkitekter och vi skapar drömmar«, gav jag tillbaka. »Vi tappar kunden, om vi backar från bilderna vi har vunnit uppmärksamhet med.«

»Nej, vi blir trovärdiga när vi presenterar hållbara lösningar, nära verkligheten. Lita på mig«, försökte han igen.

Vi fortsatte diskussionen även på kontoret så att våra kollegor blev oroliga att bråket skulle leda till en företagskris. De var visserligen positiva när vi offentliggjorde vår relation men konflikter måste stanna utanför kontoret oavsett om de är privata eller företagsrelaterade.

Men jag kunde inte backa. Jag vill att han delar mina synpunkter och min ståndpunkt och jag fortsatte nästan i skrikande ton att förmedla hur fel han hade.

I stället för att inse och gå med på mina resonemang om gestaltning och design packade han lugnt ihop sina underlag och åkte hem.

Jag fick en puss på pannan, hann inte ens att dra mig tillbaka, så perplex var jag och efter ett »Hejdå, vi ses imorgon när du har lugnat ner dig«, så var han borta. Vad är det för ett sätt?

För att göra saken ännu värre så ringde Stefan från Kantarellen strax därefter. Han behövde hjälp med den nya platschefen som inte alls var lika öppen och tillgänglig som den gamla, som jag säkerligen visste ligger i koma.

Den nya planerar att ändra en del av det föreskrivna materialet till något som han kallar likvärdigt och Stefan kunde inte helt avgöra om det verkligen var fallet. Jag skulle ringa upp och gå genom produktlistan med honom.

Jag var på exakt rätt humör för den sortens samtal när jag slog numret till nya platschefen. Han svarade genast och jag presenterade mig som projektets arkitekt.

»Jag vet vem du är«, sa han oväntat otrevligt.

»Jag var arbetsledare tidigare på ett bibliotek som blev klart förra året«, berättade han vidare. »Ett hemskt hus, jag har sällan sett något så fult«, la han till.

Efter detta bygge hade han sagt upp sig på byggföretaget men det hade inte bara med projektet att göra avslutade han sin personliga introduktion.

»Så, vad trevligt att du får bygga ett hus till som jag har ritat«, svarade jag med lätt förargad ton. »Då får vi väl se till att du får ihop kraven bättre den här gången.«

Det blev tyst i luren på andra sidan så jag var tvungen att kolla på telefonen om samtalet fortfarande var pågående. »Hallå?«

Kanske insåg han precis att inledningen av vårt samtal inte riktigt var till hans fördel när han planerade att förhandla billigare materialval med mig.

Det hela slutade med att jag tackade nej till alla hans förslag inklusive akustikskivor och att han förbannat skrek att jag måste bevisa att entreprenörens förslag inte vore likvärdiga och att han i värsta fall skulle kalla in en värderingsman. Jag blev tvungen att boka ett möte med honom på byggplatsen för att jämföra materialprov med hans inköpschef nästa vecka. Och jag som trodde att jag var färdig både med projektet och med byggarbetsplatser.

Det var inte riktigt dit jag ville komma men samtidigt har jag lärt mig att det finns både dyra advokater och hotet med längre byggtider kan sätta beställaren i en ännu obehagligare position. Jag behöver med andra ord kompromissa igen, något som jag ju lyckades mycket väl med tidigare under dagen. Skit också. Den här dagen var hittills rent av bortkastad och värd att stryka från kalendern.

Och så hör jag dottern. Jag är inte säker på om det är en bra eller dålig idé att knacka på hennes dörr nu men man vet ju inte förrän man har testat.

»Vad är det«, hör jag i en ton som i tonårssammanhang räknas som vänlig.

»Är allt bra med dig?«

»Nej, inget är bra.« Det var ett oväntat ärligt svar. Hade hon velat bli av med mig hade hon svarat »JA« och jag hade inte tjatat vidare. Svarar hon så här är det nästan som en inbjudan för mig att komma in och då gör jag det.

Jag öppnar dörren väldigt långsamt och mycket försiktigt. Det knarrar i dörrkarmen och hon tittar upp. Dottern ligger på sängen med näsdukar runtom sig. Två röda ögon möter mig och jag fattar läget.

»Pojkvännen?« frågar jag med medkännande min.

»Det är slut«, kom som svar tillsammans med några andra ord krypterade av odefinierbart snyftande. Jag sätter mig bredvid henne och försöker att inte vara en påträngande mamma men frågar:

»Vad har hänt?« Jag börjar klappa henne sakta på ryggen och hon sätter sig verkligen upp bredvid mig och börjar berätta.

»Vi har bråkat. Han vill ha mer frihet och påstår att jag klamrar. Men det gör jag väl inte«, gråter hon, »är man ihop då gör man ju saker tillsammans. Eller hur?«

Jag kramar henne och försöker att låta som en vän.

»Ni är väldigt unga ni två och ni har umgåtts väldigt mycket de senaste månaderna. Kanske är han orolig att tappa sina kompisar när han bara är med dig efter skolan«, svarar jag. »Du följer med honom på fotboll och han sover hos dig eller du hos honom. Det kan lätt bli för mycket«, försöker jag fortsätta lugna ner henne. »Ni kanske skulle ha en eller två dagar lediga från varandra per vecka så att ni sedan blir glada att ses, när ni träffas igen. Det håller spänningen och förälskelsen i liv. Vad tror du om det?« frågar jag förhoppningsfullt inte helt utan egenintresse.

Hon har slutat gråta, nickar och tittar med sina söta ögon på mig, nästan som förr när hon var liten.

»Tror du verkligen att det funkar?«

Jag säger omtänksamt:

»Vi har både choklad och glass i huset. Det brukar hjälpa när man är kärlekskrank och olycklig. Vill du prova?«

Vi går tillsammans till köket och jag tar fram glassen.

»Vad tycker du om en mamma-dotter-dag per vecka«, frågar jag rakt ut när vi båda njuter av mango-glassen. Hon blir faktiskt glad över förslaget och vi börjar genast planera vad vi kan hitta på. Kanske shoppa, kanske gå på bio eller bowla, spela padel? Det verkar finnas både potential och intresse inser jag efter en stund.

Jag kollar i almanackan och vet att det inte kommer att bli lätt med en fast dag i veckan. Ingen av mina dagar är den andra lik och oftast kommer det in oplanerade möten och arbete tills sent på natten. Men nu fick jag chansen att umgås med min dotter igen, om än för bara några timmar. Hon och jag. Jag måste prioritera om mina jobb. Så är det bara.

Nästa onsdag börjar vi. Det är ett löfte.

Det surrar i telefonen. Dottern fick ett textmed-delande. Tre hjärtan. Hon ler. Tur att det finns emojis just för dem som inte kan uttrycka sina känslor i ord.

Jag kollar på min telefon. Tyst. Inget hjärta, inget textmeddelande, inget telefonsamtal. Nu känner jag hur tårarna stiger upp. Jag går till köksskafferiet för att dölja mina egna känslor och tar ut en ny flaska rött.

~

KAPITEL 26 - MÄTBAR

JOHAN

Jag är lite vinglig på benen. Min första gång som blodgivare är avklarad.

Jag fick väldigt snabbt besked efter det blodtest och hälsodeklaration jag fick göra att jag var en bra kandidat och att blodgruppen O negativ alltid behövs.

»Bara tre av hundra svenskar är blodgivare«, hörde jag till min förvåning. Det är klart att det blir knappt om blod på många sjukhus. Jag ska prata med mina kollegor. Om alla visste hur enkelt det är, kanske fler skulle vilja lämna blod.

»Fyra och en halv deciliter, det motsvarar cirka tio procent av blodet vi har i kroppen«, sa undersköterskan i sjukhuset till mig, när hon såg hur jag kollade på blodpåsen.

Jag fick ett kex och en kaffe efteråt ihop med ett antal järntabletter. En nalle fick jag att ge till ett barn dessutom. Jag mår bra, det är nog bara ovanan, som allt annat man gör för första gången. Det är en bra känsla att kunna hjälpa andra. Farsan skulle ha gillat det. Om tretton veckor gör jag det igen.

Strax är det jul. Alla prognoser talar för en vit julafton men glädjen över snön vill inte riktigt nå fram till just min familj.

Om det inte sker ett mirakel som i filmen *Det hände i New York* kommer vi fira julafton utan farsan för första gången, utan farfar och därmed utan jultomten. Jag vill inte ens tänka tanken. Just nu är tålamodet slut och jag vill bara skrika ut:

»VAKNA! Vi behöver dig.«

Jag är trött. Familjelivet är helt inställt, jobbet går i vågor men ibland distraherar nytänkandet frustationen över platschefen.

Förra veckan kom förskolebarnen och gick luciatåg till avdelningen på sjukhuset. Jag är verkligen inte sentimental men det var droppen för mina undertryckta känslor.

Jag hoppas han hörde dem sjunga.

Jag vet att han hörde dem sjunga. Snart ska jag till sjukhuset igen men först har vi en lufttäthetsmätning att genomföra.

Jag har aldrig varit med på en så kallad *Blower-door-mätning*.

Fuktsakkunnige har tagit med sig en kollega och de börjar bygga upp mätapparaten. Hela byggnaden har nu ett genomgående lufttäthetsskikt.

Duken är placerad på både ytterväggar och tak och alla anslutningar är noggrant tejpade, tycker vi i alla fall, vi får väl se snart. En dörröppning är kvar och där håller de på att placera en stor rund fläkt i en metallram med en röd duk som är själva *mätdörren*. Alla andra öppningar har vi tätat provisoriskt, vissa med extra förstärkta träreglar. Taket är glesat med träreglar som håller fast duken där uppe och på andra öppningar för att den inte ska lossna under mätningen. Mona sa:

»Trycket är på femtio pascal. Det motsvarar en kraft på tio kilogram och kan lossa duken om den inte är tillräckligt fastsatt.«

Ett fönster hann vi testmontera under gårdagen för att kunna få en indikation på om installationen som vi hade tänkt oss skulle bli tillräckligt lufttät. Fönstermontaget tog oss en hel förmiddag, med tre man. Och vi är inte helt säkra på om det är korrekt som vi gjorde men vi ville se hur lufttät anslutningen skulle bli.

Drevningen och tätningen på utsidan hann vi med. Det är säkert inte svårt att montera fönstren när man väl har lärt sig metoden men det är en annorlunda sorts skruvar och infästningsmaterial än vi är vana vid och det kommer ta tid.

Jag tror att platschefen hade vunnit på att låta montaget göras av dem som gör det dagligen, fönstermontörerna. Han som aldrig är ute på bygget har ingen aning om vårt arbete. Kanske kommer han spara några hundralappar för underentreprenören men han glömde räkna med de extra timmar snickarna ska lägga på fönstermontaget nu i stället.

Vi behöver även fortsätta isolera väggarna och saknar faktiskt ett arbetslag som skulle hjälpa till där.

Det blev inte heller den rekommenderade ekologiska lösullsisoleringen Mona ville ha från början. Då hade ett externt företag blåst in isoleringen i väggfacken vi skulle ha förberett.

Men nu ska även det jobbet göras av oss själva. Den nya chefen köpte i stället en något billigare mineralullslösning. Ett bra system som så men det kostar extra mantimmar för oss i stället och tid är det vi inte har.

Jag har bett honom om ett arbetslag till flera gånger men det var inte möjligt att fixa under veckan. Vi ligger efter i tidsplanen igen för att han ville spara på underentreprenörskostnader. Och vad sa han?

»Ni är för långsamma och för noggranna.«

Som tur är sparade vi inte på tejpens kvalitet. Förra veckan hade vi minus tio grader och vi kunde färdigställa lufttäthetsarbetena med den föreskrivna tejpen ändå. Den blåa skrapan Mona lämnade till oss har visat sig vara ett nyttigt verktyg för en snabb och definitivt hållbar applikation. Tejpen vi satte förra veckan sitter bombfast, vi testade på ett antal ställen, ingen chans att få loss den igen. Nu ska vi få kvitto på hur bra grabbarna har arbetat i detalj.

En av provtagarna går runt med uppblåsbara ballonger och tejp av den typ som platschefen hade tänkt sig använda mot duken. Fuktsakkunnige sa att de använde just den tejpen för att den inte håller permanent. Den ska kunna tas bort efter mätningen igen. Tyvärr hörde inte platschefen detta. Han har bestämt sig för att inte synas här nere idag heller.

I min funktion som lufttäthetsansvarig på bygget springer jag nu runt och tejpar de sista öppningarna på plattan, brunnar och kanaler. Vi ska ju mäta de verkliga läckagen i byggnaden. Efter en timmes förberedelse sätter fuktsakkunnige i gång fläkten.

Vi är fyra personer inne i byggnaden som med stort intresse tittar på datorn när fläkten skapar undertryck i byggnaden, först med sjuttio pascal.

Det låter högt och det syns tydligt hur duken sugs in. Under mättiden får inte folk springa in och ut för att inte störa mätserien. Två grabbar jobbar vidare ute med isoleringen.

Förhoppningsvis hittar vi inget läckage just där de har börjat montera isolering.

Takduken och duken vid fönsteröppningar dras in ordentligt när vi når upp till det maximala trycket, men konstruktionen håller.

När vi är nere vid femtio pascal igen börjar själva mätningen. Fuktsakkunnige har med sig en aneometer, säger han, så heter det.

»Det är ett instrument för bestämning av luftmassors rörelsehastighet«, får jag lära mig.

»Man kan känna luftflödena med en lätt fuktad hand eller med en tändare«, förklarar han.

Vi går runt i byggnaden och känner efter där han vanligtvis förväntar sig otätheter. Men jag känner inget mer än den snurrande fläkten i dörrhålet. Lite läckage hittar experten vid de provisoriska tätningarna och inte helt överraskande vid provfönstret. Det är hörnen som är något otäta. Jag tejpar dem lite extra och läckaget försvinner.

Han tittar på sin dator och börjar räkna om läckageflödet till en siffra som definierar lufttätheten. Av Mona fick han volym och omslutande area som han nu relaterar resultatet till. Han verkar vara förvånad över det han läser på displayen och räknar en gång till innan han säger:

»Ni ska ta det som en indikation. Varken fönster, genomföringar eller annat som kan förstöra täthetsskiktet är på plats ännu«, förklarar han sig, »men byggnaden så här långt är nästan otroligt lufttät.«

Ett så tätt hus hade han inte mätt upp på länge, berättar han och jag ser att han fortfarande tvivlar på siffran på displayen.

»Sanningen uppdagas väl efter montaget av fönstren«, säger jag för att ge honom lite hopp inför nästa mätning. Han nickar men är imponerad ändå och avslutar med:

»Ja, jag hoppas att ingen underentreprenör förstör det noggranna jobb ni har gjort. Tio gånger bättre än normala hus. Nu gäller det att hålla ribban högt fram till slutmätningen.«

Jag tar upp telefonen och ringer Mona. Att man kan vara så glad över ett väl utfört jobb var en ny känsla för mig, det vill jag dela med någon, varför inte med henne.

Det blev ett kort samtal men det kändes bra att kunna verifiera hur hårt vi jobbar för att nå målet. Jag vill även berätta för farsan men han ligger kvar i koma och jag kan inte göra något mer än att vänta. Glädjen försvinner när tankarna tar över. Jag tackar de två experterna och lämnar byggnaden. Jag behöver frisk luft.

En så kallade analgesi kan ta flera veckor, även månader har de sagt till mig när de såg att tålamodet börja ta slut. De sa de måste göra det så länge som nödvändigt för att skona hans kropp men lovade också att de gör det så kort som bara möjligt. Hans kretslopp och andning behöver stabiliseras lite till.

»Stressen om han skulle vakna nu är fortfarande för stor«, sa de igår. Kanske kan de snart ta första steget för att avsluta analgesin. Väntar man för länge kan det leda till komplikationer.

»Den maskinella andningen motsvarar inte alls den naturliga och kan skada lungorna och andra organ«, sa de och det oroade mig ytterligare.

Vi är inne på femte veckan nu och oron växer mer och mer med varje dag som passerar.

Jag vill inte att någon ser hur jag spricker inuti, det läckaget går inte att tejpa ihop.

När jag var barn var jag med mina föräldrar en gång på skidsemester i Frankrike. Farsan var ute själv på en skidtur och åkte korkat nog utanför pistområdet. Han hade tur i oturen när han hittades av pistvakten efter att mamma slagit larm.

En ambulanshelikopter transporterade honom direkt till sjukhuset. Hans ben var svårt skadat så han kunde inte gå tillbaka till träffpunkten vi hade bestämt.

Vad han blev utskälld, först av mamma och senare, när jag hittade rösten igen, av mig. Farsan blev opererad i Frankrike och jag minns hur jag grät hela natten av rädsla över vad som kunde ha hänt.

»Så dum jag var«, medgav han efteråt. Det tog tre år och många löften innan jag gick med på en skidsemester under en sportlovsvecka igen.

Jag är trött och vill helst åka hem och lägga mig efter lunchen eller gå på gymmet bara för att rensa mina tankar. Men jag känner pressen och ansvaret och måste hjälpa grabbarna med isoleringen.

Jag skär upp duken vid fönsteröppningarna igen.

Mona hade påmint mig om att göra det efter mätningen. Hon har varit med om kondensproblem i ett lika tätt hus där inte ventilationen var i gång en kall vinterdag. Det vill vi inte riskera här.

Sedan hjälper jag till ute och monterar isolering på andra gaveln. Två lager blir det, ett lager mineralullsskivor på tvåhundra millimeter plus ett med hundrafemtio millimeter.

Den friktionsstarka isoleringen sitter på plats utan infästning, det underlättar arbetet enormt. Fönsterboxarna vi monterade innan är inte av trä utan av en hårdare typ av mineralull, lika hållfast som trä men oorganiskt och isolerande. Fönstren ska monteras sedan i själva boxen, på så sätt minskar man värmeförluster enligt beräkningarna som gjordes.

Vi isolerar *oavbrutet* mot fönsterboxen och kommer i nästa skede att skruva fast spikplåten och stående laminerade fanervirkesreglar genom isoleringen mot massivträvägen.

Det behövs ingen vindduk så länge luftningen är tillräckligt stor och fasaden är helt tät, påstår leverantören. Där vi enligt arkitektens önskemål har en öppen fasad med träreglar på utsidan är vi dock tvungna att montera de cementbundna skivorna.

Det blir ett tungt jobb som vi inte kunde få bort, inte Mona heller, tyvärr.

Marie var här förra veckan och hade en förhandling med platschefen och inköpschefen. Det blev en del kompromisser vad jag fick höra efteråt men fasaden och målningen fick hon ha kvar.

Akustikskivorna i samlingsrummet däremot får platsbyggas efter ritningar hon skulle leverera om ett par veckor. Ytterligare ett extrajobb för oss snickare, ingen aning hur vi ska hinna med allt utan ett arbetslag till.

Även kommunens energistrateg hade ett möte med platschefen ryktades det om och han fick stryka en del av de ganska nonchalanta ÄTA-fodringarna från mötet med Stefan.

Smart av honom att skicka sina kvinnliga krigare till stridsplatsen. Energistrategen gick inte med på merkostnader för åtgärden av den felbeställda massivträstommen heller och efter Maries bedömning om likvärdigheten var inte heller andra ändringar acceptabla.

Hon krävde fakturor från markentreprenören med konkreta mängder samt en sammanställning av omfattningen gällande arbete med det tillkommande förrådet.

Nu har han i alla fall att göra, den nya platschefen. Att kämpa mot ambitiösa kvinnor ska inte underskattas, ler jag lite skadeglatt för mig själv.

Då springer en kollega mot mig med fönsterritningar viftande i handen. Vad är det nu igen?

~

MONA

Jag går in i universitets stora hörsal. Åren går så fort. Det är fortfarande en lite vemodig känsla att komma hit men nu är jag för gammal. Jag ångrar att jag aldrig gick hela den akademiska vägen själv. Att jag aldrig vågade doktorera.

Möjligheter fanns det många och även tillräckligt många bra ämnen att skriva om men bristen på tid och rädslan för det engelska språket i doktorsexamen övervägde. Det är nog ett steg i karriären jag verkligen missade.

Hade jag fått mer gehör idag om jag hade haft en titel? Det är doktorer och professorer som påverkar politiken, inte ingenjörer. Vetenskapsmän bakom skrivbordet, de forskare som står bakom vetenskapen och skriver böcker till undervisning. De tas in som rådgivare när besluten ska fattas. Praktiska ingenjörer förändrar inte världen, inte hantverkare heller.

Vetenskap är naturligtvis grunden för hela mitt arbete, mina argument och min drivkraft och den behövs helt klart för utvecklingen. Men det avgörande jobbet görs ute på byggarbetsplatsen, där man inte syns, där man inte hörs. Vetenskapsmän möter aldrig byggare. Jag jobbar som länk mellan forskning och verklighet. En länk sitter alltid mellan stolarna för att de som sitter på stolarna tror inte på varandra.

Jag packar upp mitt visningsmaterial och ansluter datorn.

Idag håller jag min årliga gästföreläsning för blivande byggnadsingenjörer under deras första utbildningsår. Jag ska agera som praktisk del om hur energieffektiva byggnader uppförs i verkligheten. Docenten som anlitar mig för trettonde gången är antingen nöjd med min föreläsning eller för lat för att söka upp en annan person med liknande kompetens.

Han undervisar klasserna sedan över tjugo år efter exakt samma läroplan. Studenternas ritningsuppgift har varit likadan minst så länge som jag har hållit mitt föredrag här. Varje gång ifrågasätter jag hans gammalmodiga undervisningssätt med detaljritningar som jag anser att man skulle förbjuda att fortsätta bygga efter. Varje gång ifrågasätter jag hans metod och varje gång kommer studenterna efter föreläsningen till mig och tackar för den nya informationen de aldrig hade hört innan.

Hur kan det vara så att vår kommande generation inte blir utbildad i ny teknik och nya lösningar utan fortfarande behöver lära sig konventionella och ohållbara bygglösningar? Docenten står strax inför sin pension. Han har jobbat här så länge med samma ämne och samma undervisningsmaterial att det märks hur omotiverad han är. En optimering eller omställning av hans föreläsning lär inte bli aktuellt.

Jag har nu två timmar på mig att förmedla till studenterna all kunskap jag har byggt upp under tjugofem år och dessutom vill jag göra det på ett inpräglande sätt så att de inte glömmer hur viktiga just de är för en hållbar framtid.

När jag kom ut till ett skolbygge förra veckan fick jag hälsa på en nyanställd kille i byggföretaget. Han hade suttit i just den här hörsalen för fem år sedan och räckte mig glad handen:

»Dig känner jag igen», sa han, »du föreläste för oss under mitt första år på universitet. Det var inspirerande. Det kommer jag aldrig att glömma.« Det gjorde mig glad att höra, då har jag nått fram till en i alla fall.

Det motiverar mig att fortsätta.

Salen börjar fyllas med folk, runt sjuttio studenter skulle det bli. Jag gillar att jobba med dem. De flesta är förfärande oskyldiga och har hela livet framför sig. Jag hoppas bara att de inte blir förstörda de kommande åren, matade med felaktig och gammaldags information.

De två timmarna går förbi i rasande fart. Många frågor och diskussioner blir det även denna gång. Jag visar material de aldrig har sett och ritar detaljer på whiteboarden de inte trodde kunde vara möjliga att bygga.

De diskuterar även, som alla andra klasser tidigare, sin ritningsuppgift med mig och som alla andra klasser innan ifrågasätter de uppgiften och blir arga på docenten som inte visade kunskap om hållbart byggande innan.

Docenten försvarar sig som vanligt:

»Det är viktigt att de lär sig hur normala hus byggs idag innan man tar nästa steg«, och som vanligt håller jag inte med.

Han tackar för mitt föredrag och jag undrar igen om det var min sista gång som gästföreläsare här, men som vanligt kommer han även nästa år att be mig att undervisa igen. Betyder det att han är nöjd eller lat? Svaret håller han öppet som vanligt.

MARIE

Bara fyra dagar kvar till jul. Första julafton i ett nytt hem, med en ny partner och i alla fall halva tiden med min dotter. Så kom vi överens.

Hon är hos sin pappa under förmiddagen och när han på eftermiddagen åker vidare till fjällen och sina föräldrar lämnar han henne hos mig, hos oss. Det var stort av tjejen att välja julen med oss trots att jag vet hur lockande skidåkningen är för henne.

»Jag kan ta det under sportlovet«, svarade hon bara och kramade mig hårt.

»Klart jag vill vara med dig, mamma.«

Jag smälter. Som tur är har vi hittat varandra igen.

Våra första två mamma-dotter-onsdagar blev verkligen lyckade. Första onsdagen slutade jag klockan sexton till alla kollegornas förvåning och vi träffades i padelhallen. Dottern hade bokat både plats och padelracketar åt oss. Det var en helt ny idrottsupplevelse.

»Padeltennis är en racketsport, en blandning mellan tennis och squash«, fick jag förklarat. Det spelas på en plan med två planhalvor avskilda av ett nät, precis som tennis. Däremot så kan man även använda sig av väggarna i spelet och det liknar mera squash. Jag har spelat det ena och det andra förr men inte bägge samtidigt.

Efter fyrtiofem minuter var vi helt genomsvettiga och låg belåtna på rygg på hennes planhalva. Spelet gick så snabbt. Jag tappade kontrollen flera gången och vi skrattade så tårarna rann. Efteråt hämtade vi varsin pizza med extra ost och åkte hem. Andra onsdagen var vi båda trötta och bestämde oss för en streamad kärleksfilm. *Nobody puts Baby in a corner.*

Vi sjöng och dansade i lägenheten, åt popcorn och pratade länge om den äkta kärleken. Hon menade att hon hade hittat sin. Jag vet att skillnaden mellan förälskelse och kärlek är stor och lätt kan misstolkas men jag sa inte det till henne. Jag vet inte själv ännu om jag har hittat min.

Hennes pojkvän kommer nu bara med till oss en gång per vecka och hon övernattar hos honom lika sällan. Det har blivit bra för både dem och oss.

Min nya partner däremot har nästan flyttat in hos mig på riktigt. Han är bara i sin egen lägenhet onsdagar och söndagar annars har vi blivit ett riktigt par. Det var klokt att han backade undan efter det första bråket men han kunde som jag inte sova utan att reda ut konflikten. Han ringde senare den kvällen och vi redde ut vårt problem efter kundmötet. Jag blev så lättad. Vi enades om att lära oss att skilja mellan jobb och privatliv. Det är en klar fördel att våra intressen är på samma bana, men vi behöver vara professionella.

Han medgav att han inte skulle ha fallit mig i ryggen under kundmötet och jag insåg att hans mera praktiska tänk skulle kunna skapa förtroende och trovärdighet hos beställarna. Även om jag själv definierar mitt arbete som konstnärligt behöver vi kunna presentera byggbara lösningsförslag och den delen behärskar han betydligt bättre än jag.

Vi jobbade vidare på vårt nya prestigeprojekt och optimerade lösningar efter hans hållbarhetstänk utan avkall på designen.

Vi fick även stöd av en bekant konstruktör och en kritisk tekniker. Designen är fortfarande praktfull men mina idéer mera praktiskt förankrade. Komplexiteten har blivit enklare utan att tappa sin charm.

Kanske skulle jag gå Monas kurs i alla fall. Just det yrkesövergripande i utbildningen kunde komplettera mig mer än bromsa, börjar jag inse.

Mitt ofrivilliga platsbesök hos förskolan Kantarellen har blivit en intressant erfarenhet på många sätt. Själva mötet med NYA platschefen började synnerligen föraktfullt och slutade inte bättre.

Han var precis som förväntat, en gubbig tupp utan nån som helst finkänslighet och utan att kunna kompromissa. Att kalla honom nonchalant vore en underdrift. Ingen ögonkontakt, ingen vänlig gest, inget personligt.

Som tur var fanns inköpschefen med på mötet och trots att han hade ekonomin i fokus instämde han delvis i att de föreslagna materialen inte var likvärdiga med de förskrivna. Naturligtvis hade de pratat ihop sig och naturligtvis var det två mot en men samtidigt visste vi alla vad det leder till, om vi inte hittar kompromisser.

Vi enades om att jag fick behålla fasadskivorna och den invändiga specialfärgen. I gengäld backade jag från de vackra prefabricerade akustikskivorna. Vi kom överens om att jag ritar upp en ny akustikvägg som de får platsbygga.

Troligen var leveranstiderna för långa vilket var inköparen huvudargumentet. Min gissning var att de ville sysselsätta sina egna byggare och spara pengar i stället, men jag sa inget då.

Ritningen skickade jag förra veckan, liksom en faktura på nerlagda timmar.

Sedan skulle jag gå ut på byggarbetsplatsen. Jag blev utrustad med skyddsskor, väst och hjälm och Johan ledde försiktigt ut mig i verkligheten.

Jag blev imponerad av isoleringstjockleken på ytterväggarna och hur väl arbetet var utfört. Femhundra millimeter tjock är väggen, det ser ännu mer ut när man står framför byggnaden. Ett fönster hade monterats i ramar av hårda mineralullskivor och det var riktigt fint.

Idag ska de rätta fasadskivorna beställas och snart ska byggnaden få sitt vackra ytskikt. Än så länge ser man inte mycket av huset. Ställningen är täckt av dukar som ska skydda fasaden under byggnationen men med lite fantasi kan man ana vad det ska bli.

Vi gick in i huset. Här blev chocken dock stor. Vi hade tänkt oss ha många av massivträytorna synliga för att låta barnen i förskolan, med pedagogiken som är ett förhållningssätt, lära känna de olika byggmaterialen. Men ytan jag fick se motsvarade inte alls den yta vi bestämt i rambeskrivningen. Johan såg min frustration och svarade omedelbart:

»Tyvärr blev det en felleverans men vi håller på att reda ut hur vi ska rensa ytan.«

Troligen kommer den att tvättas och slipas och laseras för att dölja det mesta av kåda och kvistar. Sedan skulle man inte glömma att intrycket kommer vara annorlunda när innerväggarna är monterade och man ser väggarna rumsvis, i mindre utsträckning. Det lugnade ner mig lite.

Han verkar vara duktigt den här killen, raka motsatsen till platschefen. Johan är finkänslig och har empati. Jag märkte ändå att han såg mig nästan som en utomjording här på deras bygge.

Jag hade egentligen inte planerat tid för ett så här långt platsbesök men det var intressant att se huset under byggnation. Detaljerna och kvalitén av materialen ser faktiskt annorlunda ut i verkligheten än på ritningar eller illustrationer.

Jag kanske ska komma tillbaka under våren igen, när ställningen enligt Johan har rivits och man ser lite mer av husets exteriör här på den fina platsen mot svampskogen.

I dag åker jag inte tillbaka till kontoret efter mötet utan jag ska hem och baka pepparkakor med dottern och våra pojkvänner.

Det skulle kunna bli en riktigt fin fest i år. Nytt kan vara skrämmande i början men oftast är det saltet i soppan och kryddan i livet och kan leda till något enastående som man hade missat om man inte hade vågat ta det första steget.

~

MONA

Jag är tillbaka på kontoret efter snabblunchen i runda hemmet. Julstämningen har verkligen nått fram till mig i år, både med belysningen ute runt huset och juldekorationerna inomhus.

Jultomtefönsterbilderna i sonens rum och lukten efter nybakade pepparkakor har definitivt bidragit till förtidskänslorna.

Luciakören i domkyrkan med musikhögskolans duktiga elever var sista droppen för all tänkbar sentimentalitet kring denna högtid. Varje år smälter jag bort av minnen och längtan när deras starka röster sköljer över mig varmt och sakta som en regndusch.

Varje år igen, rinner tårarna med samma intensitet som gåshuden växer fram. Lucia och midsommar, två svenska traditioner som påminner mig varje gång igen om hur klok jag var när jag flyttade hit.

I år blir det en extra julklapp för mig och barnen. Vi kommer hämta mina föräldrar hit. Imorgon åker maken och jag ner till Tyskland, stannar två dagar, går på julmarknad och packar in mormor och morfar för en julfest i Sverige med hela familjen. Vad jag blev glad när de tackade JA och att de känner sig så friska igen så att de vågar resa tolv timmar med bil och båt.

Men än finns det lite jobb kvar att fixa. Jag sätter mig på kontorsstolen och börjar granska tentamen efter den senaste utbildningen.

Speciellt nyfiken är jag på konstruktörens och energistrategens resultat. Hon kunde inte skriva sin tenta under våren.

»Jag har pluggat extra hårt nu för att fräscha upp kunskapen igen«, sa hon nervöst till mig innan. Hennes arbete granskar jag först och blir mycket glad när jag ser hennes korrekta fönsterberäkning och en nästan hundra procent rätt ritningsuppgift med hållbara detaljer liknande dem i förskolan Kantarellen.

Även konstruktören har klarat sig bra. Lite roligt blir det alltid att se hur denna yrkesgrupp designar hus. Tur att en konstruktör inte är en arkitekt. Sedan önskar jag mig väldigt ofta att en arkitekt skulle ha lite mer kunskaper om konstruktioner men det är en annan femma.

Telefonen ringer när jag precis tänkte fortsätta med mitt tredje korrektur. »Dum didi lili dumdum dumdum dumdum«. Jag blir irriterad på mig själv över att jag inte stängt av ljudet.

Granskningen av tentorna kräver mycket lugn och ro och jag brukar inte glömma det. Sedan ser jag på displayen att det är Johan som ringer igen. Han hörde av sig innan med ett mycket bra resultat efter första lufttäthetsmätningen. Vad hade hänt nu? Jag svarar.

Johan är helt upprörd:

»Ett av arbetslagen skulle börja montera fönster och upptäckte nu att öppningsmåtten i flera av fönstren inte stämmer. Fem fönster är större än öppningen och ett fönster är alldeles för litet«, säger han förtvivlat. Han hade kollat ritningarna med sina kollegor och både arkitektritningarna och fönsterspecifikationerna stämmer överens med fönsterleveransen.

Problemet ligger hos massivträleverantören och felaktiga öppningsmått.

»Trots att de granskades, säger de, blev det troligen misstolkningar med öppningarna under tillverkningen. Platschefen är jättearg och vill att massivträtillverkaren betalar för nya fönster som behöver beställas enligt hans bedömning.«

Men han kom inte långt med det. Tillverkaren påstod att felen ligger hos entreprenören som godkände handlingarna.

»Kan vi hitta en annan lösning tillsammans«, frågar Johan.

Jag ber honom att inventera hela fönsterleveransen och kolla om det fanns flera avvikelser i storlekarna. Sedan ska han även mäta hålen och bröstningshöjderna, det kanske finns ett systemfel under tillverkningen. Det tar lite tid nu men därefter kan vi sammanställa hur stora avvikelserna är och bedöma vilka åtgärder som är mest effektiva. Alla ramar sitter ju på väggen redan och skulle behövas byggas om. Han lägger frustrerad på.

Jag ringer fönstertillverkaren.

»Hade vi varit på plats och monterat våra fönster själva hade vi nog hittat en lösning direkt«, påstår han nu, så klart. Tillverkaren menar att alla deras fönsterramar har lite marginal, några millimeter kunde man slipa av och man kunde även minska drevningen, isoleringen mellan karmen och väggen.

Om vi pratar om denna storlek av avvikelse är det fullt möjligt att rädda fönstren. Om inte, så måste den hårda ramen av mineralull som löper runt tas bort från en eller två sidor och hålet måste förstoras. Det innebär mer tid och troligen en ny beställning av de måttanpassade mineralullsramarna.

Fönstret som är för litet anser han måste göras om. Det kan de skicka tillbaka om de vill.

»Tråkigt att detta hände«, instämmer han.

Skulle jag ha granskat tillverkningsritningarna, funderar jag nu? Johans pappa var så säker på massivträelementens tillverkares seriositet men hittills har vi bara haft problem, tycker jag, med deras service och deras kvalitet. Nonchalanta i hanteringen av kritikpunkter dessutom.

Johan mailade sin sammanställning av bristande fönsteröppningar lite senare under eftermiddagen. Som tur var blev det bara två felaktiga mått till och de flesta verkar ligga inom tillverkarnas marginaler för att kunna slipa av karmen något.

Två mineralullsramar behöver flyttas och därmed två öppningar förstoras. Det var bröstningen som inte var på rätt nivå. Fönstret som var för litet skickas tillbaka och tillverkaren erbjöd generöst ett nytt fönster enligt nya fönsteröppningsmåtten utan extra kostnad.

»Tack för hjälpen, Mona«, säger Johan ödmjukt. Jag gillar verkligen att samarbeta med honom.

»Jag tror inte att vi behöver informera Marie om ändringen av fönstren«, sa jag, »de är marginella och påverkar inte arkitekturen.«

Inte heller energibalansberäkningen kommer påverkas nämnvärt.

Nu kan julen komma. Det känns ändå som ett positivt avslut av året. Jag måste verkligen träna på att fokusera på ljuset i livet.

Det är både roligare och hållbarare. Jag vill inte vara den negativa Mona hela tiden. Det finns ljus och det finns hopp, man måste bara tro på det.

~

KAPITEL 27 - TOMTEN

JOHAN

Vi sitter i soffan och tittar på Ferdinand som nosar förtjust på blomsterbuketten när telefonen ringer. Snart är det dags för julklappsutdelningen och jag kan inte fatta att det finns folk som vill prata i telefon mitt i julens högtidligheter.

Okänt nummer, dessutom, det finns väl ingen säljare där ute så här dags? Jag väljer att svara ändå, lämnar soffan, barnen och teven och går till köket där rester från julmiddagen står kvar på bordet.

»Hej, Johan«, säger en vänlig röst, »ursäkta att jag stör dig mitt i Kalle Anka men jag tror du vill höra vad jag har att meddela.«

Det är sjuksköterskan som jag numera känner bättre än många av mina kollegor på jobbet. Oändliga timmar på sjukhuset har gett oss möjlighet att prata om både personliga och medicinska historier. Hon tjänstgör den här julen med och hon kom precis från en av sina favoritpatienters rum.

Hon ville inte vänta med nyheten tills imorgon utan bestämde sig för att ringa mig direkt. Jag skulle inte behöva var orolig, det räcker om jag kommer imorgon, så barnen inte missar sin julklappsutdelning.

»Men du ska veta att din pappa precis har vaknat och han mår bra.« Jag tappar först andan och därefter skriker jag rakt ut.

»Är det sant!?« Tårar börjar rinna över mina kinder, den här gången av glädje och jag håller handen framför munnen. För barnen måste det vara en förfärlig syn att se sin pappa skrikande och gråtande samtidigt.

Två stora ögonpar tittar nervöst på mig och sedan på sin mamma för att försäkra sig om att allt är som det ska.

»Tack«, viskar jag nu och stänger av telefonen.

Hela familjen har lämnat soffan och står framför mig med frågande miner.

»Jultomten har kommit«, säger jag. »Låt oss öppna presenten.«

Vi klär på oss, stiger in i bilen och kör raka vägen till sjukhuset.

Det snöar fridfullt och på radion spelas *Stilla natt, heliga natt*.

~

STEFAN

Julafton och jag är på sjukhuset igen. Som året började ska året sluta. Den här gånger sitter jag dock inte i vårt sjukhus utan i ett sjukhus västerut. Lukten är samma men de mörka minnena av akutmottagningen förträngs av lyckokänslor den här gången.

Jag har blivit farfar.

I morse åkte svärdottern och sonen in till förlossningsavdelningen. När sonen ringde tog det bara få sekunder innan frun hade jackan på sig och resväskan i handen.

Troligen hade hon packat väskan för flera dagar sedan för att vara förberedd när det skulle bli dags. Modersinstinkter är obegripliga för mig men oslagbara i naturen.

Så vi åkte först till deras lägenhet för att hämta några kläder och sedan hit till förlossningsavdelningen. Blandrasen fick stanna i sonens lya, hundar är troligen inte så välkomna på sjukhus.

Jag sitter i fåtöljen i ett ganska inbjudande rum. Bortsett från den öppna lådan bakom svärdotterns sjukhussäng vilken apparater och lustgas befinner sig i, har rummet nästan hotellrumsatmosfär. Ljusgula väggar, en sitthörna med soffgrupp och fåtölj. Där slog jag mig ner efter att vi hade grattat de nyblivna föräldrarna till sin telning.

Pojken, som är så liten som en docka, ser röd och blå och skrynklig ut. Enligt mamman och farmor är det exakt så nyfödda barn ska vara. Svärdottern strålar över hela ansiktet. Adrenalinet måste gett henne energi som av hundra vikingar. Sonen ser helt färdig och trött ut. Vad han nu har bidraget med under förlossningen kan man undra.

Frun som fick bära den sovande bebisen i nästan en halvtimme gående och gungande genom rummet lägger honom nu mjukt i min famn. Tur jag sitter, den lille vill man inte tappa i golvet.

Helt oförberett för mig, öppnar han plötsligt sina blåa ögon och jag är säker på att han snart kommer att protestera när han ser det gamla ansiktet man har placerat framför honom. Men han tittar bara på mig och jag tittar på honom, lika uthållig som blandrasen, inser jag. Hade jag lärt mig att läsa tankar så hade jag nog kunnat tyda hans blick liksom mina egna funderingar:

»Och vem är du?«

Jag frågar vad pojken ska heta men både mor och far svarar samtidigt: »Det är inte bestämt.«

Vad är det för ett svar?

»Då har ni nio månaders tid på er att hitta ett namn till barnet. Nu är den stackarn bara ett nummer i sjukhusregistret, och det vill ni väl inte att han ska förbli, säger jag och ger min förvåning fritt spelrum.

»Min energistrateg bestämde ett namn till en förskola som inte ens är färdigbyggd, på bara en natt.«

Jag tänker på Kantarellen och tittar på den lille gosingen i mitt knä.

Flugsvamp är nog ett lämpligt namn, tänker jag för mig själv och ler. Lilla flugsvampen tittar fortfarande med stora ögon intresserat på mig och sedan ler han.

Ja, han ler även om frun energiskt påstår att han bara fick magknip.

~

KAPITEL 28 - VÅLD

MARIE

Jag springer. Jag springer snabbt. Jag vågar inte vända mig om. Jag hör stegen närma sig. Snabba steg. Jag fortsätter springa tills jag inte kan andas längre.

Jag vaknar bredvid dottern, i hennes säng. Hon ligger ihopkrupen med sitt gosedjur i famnen, inbäddad i alla kuddar vi kunde hitta i huset. Jag möter ledsna, sorgtyngda ögon, frågande ögon, oroliga ögon. Trötta ögon.

»Det är inget, älskling«, försöker jag bagatellisera min mardröm och kramar henne milt. Sov vidare. Allt kommer att bli bra.

Hon vänder sig om igen, jag klappar henne mjukt på ryggen och drar täcket ännu längre upp över hennes axlar. Hon snyftar tyst, tårarna har tagit slut och jag hör hennes djupa andetag. Bra. Hon har somnat om igen.

Det är nyårsaftonsnatten idag och hon kommer aldrig glömma den. Hon var ute med vänner och firade på stan. Det är svårt att säga NEJ till en sextonårig som bara vill fira nyår med sina kompisar. Pojkvännen lovade att ta hand om henne hela natten. Sedan blev det bråk mellan dem och pojkvännen åkte hem med sina vänner.

Han kommer nog hata sig själv för att han inte höll sitt löfte just i denna natt.

De var många på Stortorget mitt i stan, gatlyktorna var tända, musik spelades och folk dansade och var glada tills det blev käbbel mellan ungdomarna. Många hade druckit för mycket, andra ville bara fira det nya året. Allt gick väldigt snabbt. Några beröringar, några knuffar, sedan många händer. Först märkte hon det knappt, trodde det var en slump men sedan blev rörelserna mera tydliga, beröringarna mera våldsamma och greppet under hennes kjol en hemsk visshet.

Det är helt ofattbart att tjejer med en kort kjol fortfarande betraktas som jaktbyte hos män.

Hon försökte komma loss men de var många och de var överallt på platsen. Så mycket folk och ändå ingen trygghet. Hon gjorde det enda rätta och ropade på HJÄLP igen och igen. Hon lyckades komma loss till slut, trängde sig genom folkmassan och sprang. Hon sprang så snabbt hon kunde. Hon sprang hem till oss, hem till tryggheten.

Här tog hon av sig sina sönderslitna festkläder och jag hörde henne gråta under duschen. Jag fick ut tjejen till slut, bäddade ner henne i hennes säng och la mig bredvid. Först då kunde hon berätta hela storyn. Min partner ville hjälpa till men det bästa han kunde göra var att låta oss vara själva och det gjorde han.

Hon grät i en timme sedan somnade hon i min famn. Jag lyckades lugna ner henne lite och mig själv med men jag vet att bilderna är starkt inetsade och de kommer aldrig försvinna. Ja, det vet jag mer än väl. Mina egna spöken väcktes precis till liv igen. Tårarna rinner över mitt ansikte. Varför måste vi kvinnor alltid vara rädda för män? Varför kan vi aldrig vara säkra?

Tiden då min värsta mardröm inträffade för mig ligger långt i det förflutna.

Jag har förträngt det så gott jag kunnat men idag har minnena kommit tillbaka. Måste verkligen varje tjej uppleva ett sexuellt övergrepp? Tillhör det vårt öde?

Jag är uppväxt som enda barnet i familjen, väl omhändertagen med obegränsade möjligheter. Efter skolan reste jag runt på jorden och hittade mitt intresse i byggnader, främst i den europeiska, franska byggnadsstilen.

När jag kom tillbaka till Sverige visste jag att jag ville bli arkitekt, där skulle min kreativitet få utrymme. Jag började plugga på ett av Sveriges mest renommerade universitet och jag var bäst i alla konstnärliga ämnen.

Jag har aldrig varit rädd för något eller någon tills den kvällen kom som förändrade allt.

Under sista terminen kom en fransk utbytesprofessor till oss. Han hade en enorm utstrålning i allt han gjorde, den franska brytningen, sättet hur han tittade på oss med sina varma ögon, hur han fångade oss med sina detaljer om den franska byggkonsten. Tjejtjusare skulle man nog ha kallat honom. Han blev snabbt huvudtemat, främst hos oss unga kvinnor.

Professorn var nog minst tjugo år äldre än vi men charmen var omtumlande. Jag var ung och naiv och jag ville imponera. Jag ville att han skulle se min talang för arkitektur. Han nämnde under en av sina lektioner att han sökte en praktikant som ville följa med honom till Paris och jag brann för tanken att kunna bo i Europas största *konststad*.

Jag hade också charm och jag visste om mina företräden som tjej så jag började ta på mig ännu snyggare och ännu kortare kläder, sminkade mig mer och försökte göra mig synligare. Och han såg mig. Vi hade plötsligt långa diskussioner om mina gestaltningsarbeten och möjligheten att utveckla dem i Paris. Vi satt länge ihop både i föreläsningssalen och även på hans kontor. I början under dagarna och senare även under kvällen.

En gång, klockan var långt efter tjugo och universitetet nästan tomt, satt vi på hans kontor och han visade mig ett utkast från hans senaste *topp-projekt* som skulle byggas under de kommande åren i Paris, en stor galleria med bibliotek och teater. Det var fascinerande. Plötsligt frågade han:

»Är du intresserad av att vara med i projektet?« Jag blev så överraskad att jag inte lade märke till att han långsamt hade ställt sig bakom mig. Betydligt närmare mig.

Han ställde samma fråga igen medan han lutade sig fram och började kyssa mig i nacken. Han lade sina händer om mina höfter och började smeka min mage, gled långsamt under blusen och vandrade med händerna uppåt. Jag blev som förlamad, helt överrumplad. Jag kunde inte röra på mig.

Han ställde frågan en tredje gång, rösten nu hes av upphetsning.

»Vill du följa med mig till Paris«, medan han med ena handen kramade om mitt vänstra bröst. Med andra handen gled han ner under den alldeles för korta kjolen.

Oh, vad jag ångrade att jag inte hade jeansen på mig.

Jag ångrade att jag inte hade tröjan på mig.

Jag ångrade att jag kom hit.

Det fanns inget jag inte ångrade i detta ögonblick, men mest hatade jag mina drömmar om Paris. Allt det här var mitt fel.

Han misstolkade mina signaler om uppmärksamhet och jag underskattade hans makt.

När jag hittade rösten igen, var det nästan för sent. Han hade öppnat sina byxor och tryckte ner mig på skrivbordet. Sedan kunde jag äntligen får ut ordet, ett enda ord:

»Nej«

Men han brydde sig inte och pressade isär mina ben lite hårdare nu. Jag sa det igen, högre och tydligare denna gång:

»Nej!«

Han smekte min nacke med sina läppar och tryckte ner mig med händerna så att överkroppen hamnade på bordet. Ena handen höll ner mig, med andra handen befriade han sitt stånd.

»Jag förstår. Du vill leka, det kan du få«, viskade han i mitt öra.

Nu skrek jag:

»NEJ!« Och äntligen kom mina instinkter tillbaka. Jag fick panik, slog vilt omkring mig. Han var lika överraskad som jag och hann inte reagera. Det var min chans, den enda jag skulle få. Jag befriade mig från hans grepp och sprang, jag bara sprang. Jag grät och skämdes och sprang. Jag hörde att han följde efter. Jag hörde att han ropade något, jag hörde hans steg. Jag fortsatte att springa.

Det här var mitt fel. Det var mitt fel.

Och det trodde jag i många år.

Det tog mig flera veckor innan jag vågade gå tillbaka till universitet igen. Han hade avbrutit sin tjänst i förtid för att officiellt kunna återvända till sitt stora byggprojekt i Paris. Jag har aldrig träffat honom igen. Men händelsen förändrade mig, hela mig, jag blev en krigare.

Idag vet jag att det INTE var mitt fel utan hans, bara hans.

Jag har inte berättat det för någon. Jag skämdes och det enda jag ville var att glömma.

Det ska inte hända igen. Imorgon gör vi en polisanmälan mot okänd. Även om hon inte kan identifiera personen som tafsade på henne så obscent måste vi anmäla det. Hon är inte ensam.

TYSTNAD är inget alternativ längre.

~

KAPITEL 29 - ÅLDER

JOHAN

Jag tror på jultomten igen. Farsan är tillbaka och hans organ börjar återhämta sig. Han är fortfarande mycket svag och det tar veckor innan han får komma hem igen men han har vaknat.

Hans kropp har åldrats men lungorna, hjärnan och alla andra organ kommer fungera bättre och bättre igen enligt läkaren, precis som de hade hoppats på. De hämtade långsamt tillbaka honom när hans tillstånd började stabilisera sig. För att inte oroa oss avvaktade de med att ge oss beskedet om minskningen av narkosläkemedel.

Farsans traumatiska hjärnskador efter nedslaget var allvarliga.

Efter den lugna och avsiktliga uppvakningsfasen kunde läkarna dock minimera följdskadorna. Han har fortfarande sömnproblem och hjärt- och kärlproblem men han kände igen oss direkt när vi kom till honom på julafton. Hans första ord, när han såg våra sorgsna ansiktsuttryck, var:

»Förlåt.«

Sedan somnade han igen och vi satt i två timmar vid sängen och höll hans hand och berättade om allt som hade hänt de senaste veckorna. Ibland öppnade han ögonen och det såg ut som om han log mot barnen. De behövde inte skrika längre för att väcka honom, det förstod de direkt.

Varje dag blir det lite bättre nu, ett steg i taget.

Anestesin räddade hans liv. Utan denna metod hade hans kropp inte klarat stressen. Nu gäller det att träna upp honom igen. Jag var hos farsan flera timmar varje dag under jullovet.

Så underbart att kunna få prata med honom igen och se en reaktion. Känslan att ha min far tillbaka vid liv går inte att beskriva. Semestern är slut men jag ska hälsa på honom så ofta det går efter jobbet, lite måste han dock kämpa själv också.

När jag kom tillbaka till Kantarellen efter ledigheten stod kollegorna framför boden och applåderade.

Goda nyheter sprider sig snabbt. Sjuksköterskan kände någon som kände någon som är ihop med en av byggarna. De klappade mig på ryggen och frågade när farsan kommer tillbaka till bygget igen. Alla saknar honom enormt. Alla utom platschefen. Han satt i boden i sitt kontor och hade annat att göra.

Det händer inte mycket på en byggarbetsplats under mellandagarna så desto mer imponerad blev jag över den inkommande leveransen av ett nytt fönster. I Baltikum finns det troligen inget fackförbund. Målet är att alla fönster ska vara monterade denna månad, men att det verkligen blir så tvivlar jag på.

Jag ringer Mona. Hon lovar att komma nästa vecka och ta med en montör som hjälper oss. Vi börjar inte montera några fönster idag som det var planerat men vi förbereder montaget så vi kan starta när montören kommer. Vi skruvar loss fönsterboxen igen och förstorar hålen för det nya fönstret.

De hårda mineralullskivorna till den nya fönsterboxen har inte kommit ännu.

På de fönster som var något för stora slipar vi av fönsterkarmen två millimetrar. Vi behöver ändra våra planer och jobba vidare med innerväggarna, bedömer jag situationen utan att involvera den nya platschefen.

Det är många fönster och även några glasfasader som ska monteras snart. Mona berättade att det var trettio procent mer fönster från början om arkitekten fått som hon velat. Tur vi slapp en del nu och detta med hänsyn till inomhusklimatet. Utan extern hjälp hinner vi inte att få öppningarna täta enligt projekttidsplanen.

Snart är det byggmöte igen. Som jag ser det kommer vi ha problem att hålla tidsplanen om vi inte kan få flera resurser på plats.

~

MONA

Nytt år, nya utmaningar. Mina föräldrar är fortfarande kvar i Sverige, några dagar till. Hela vistelsen är på alla tänkbara sätt harmonisk, trots den långa tiden och att generationerna har ganska olika uppfattningar. De bor i visningshuset och vi bara femhundra meter bort i det *runda hemmet*. Så är vi nära varandra utan att komma för nära.

I år hade vi en familjejul på riktigt, med kyrkan på förmiddagen och tysk anka med rödkål och *knödel* till julmiddagen. Kalle Anka-traditionen hoppade mina föräldrar över. Att titta på tecknade filmer på julafton är en ovan tradition för dem och säkert för alla andra nationaliteter utanför Sverige med. Till julklappsutdelningen korsade sig sedan våra julvanor igen och på kvällen byggdes lego och lades pussel.

Mellandagarna var vi mest ute i skogen, barnen åkte pulka och vi vandrade genom snön. Det blev verkligen en vit julfest.

Vi satte i gång bastun en dag och en annan värmde vi badtunnan. Både den lilla sonen och den stora dottern älskade att spela kort eller fia med knuff med sina morföräldrar.

Nu är det dags att jobba ett par dagar på kontoret, innan deras hemfärd. Jag hör min mamma hantera kaffemaskinen och vet att jag snart får räkna med en liten kaffepaus. Inte så dåligt med engagerat folk i visningshuset.

Vi kommer bara att stanna en dag med dem i Tyskland. Det väntar många nya jobb och jag behöver åka till Kantarellen. Knasbollen till platschef hade ju bokat av de externa fönstermontörerna och nu står snickarna, utan introduktion, ensamma med ansvaret.

Jag tänkte ta med mig en fönstermontör som också är en god vän. Han ska visa dem en gång hur de ska göra, sedan tror jag det blir mycket enklare. Det är inte svårt mer än första gången därefter är det en rutin. Testfönstret de monterat när jag var där sist, sitter säkert inte fel men det är så många fönster totalt att det vore hemskt om de skulle behöva rätta till alla i efterhand.

Maken tog in ett intressant uppdrag direkt efter nyår. Ett äldreboende, ritat efter verksamhetskraven och arkitekten hade fått *fria händer*. Inga energikrav, inga miljökrav, inga ekonomiska krav, inga driftkrav. Ja, det är fortfarande så det går till i många kommuner med kortsiktiga politiska mål.

Byggnadsutformningen lägger grunden på en ekonomisk och ekologisk byggnad, brukar vi förklara i tidiga skeden. I detta fall har ingen förklarat något för vare sig verksamheten eller arkitekten.

Utkastet vi fick var enligt konstnären framtaget efter verksamhetens behov med plats för tjugofyra seniorlägenheter. De hade den destruktiva idén att ta en bläckfisk som utgångspunkt för utformningen.

Bläckfiskens kropp, byggnadens mittdel är ritad i två plan och bildar lokaldelen med personalrum, aktivitetsrum och olika typer av vårdutrymmen, omsluten av mängder med inglasade korridorer.

Sedan tillkom inte åtta men i alla fall tre utspridda långa armar och en fjärde är planerad för framtiden. De är ritade i ett plan och bildar själva boendedelarna.

»Det är så verksamheten måste ha det för att flödet ska fungera«, fick vi förklarat av projektledaren.

Inglasade vinterträdgårdar på varje utdragen arm ska försöka lysa upp de långa mörka korridorerna i avdelningarna.

Vårt uppdrag var egentligen bara att räkna fram energianvändningen men ibland behövs pedagogik för att nå fram till avsändaren.

Vi valde att jämföra bläckfisken med ett betydligt kompaktare, men minst lika funktionellt, äldreboende i två plan som redan är byggt och certifierat efter vårt eget hållbara energikoncept. Denna byggnad har samma golvarea men ger utrymme för trettiosju lika stora lägenheter tack vare bland annat färre passager och korridorer. Fina ljusa allrum och terrasser, mötesrum och behandlingsplatser finns även här, liksom plats för personalen.

Man kan utan tvivel säga att funktionerna är jämförbara, fast byggnaden är helt och hållet i två plan och därmed mycket mer kompakt. Byggarean är mycket mindre än förslaget som liknar en bläckfisk och därmed får man ett lägre ekologiskt fotavtryck, trots plats för ytterligare tretton boende.

Nu har vi gjort de första beräkningarna och resultatet är förkrossande. Vi räknade ut mängder av material som behövs för båda byggnaderna: ytterväggar, tak, plattan, och fönster.

Sedan gjorde vi en jämförelse av investeringskostnader, klimatpåverkan och energikostnader.

Den kompakta byggnaden behöver, trots sina högenergieffektiva lösningar, mindre material och mindre byggarbetskostnader än bläckfisken, vilket leder till lägre investeringskostnader.

Klimatpåverkan och därmed det ekologiska fotavtrycket är dubbelt så högt i bläckfisken som i det kompakta effektiviserade äldreboendet.

Energianvändningen i bläckfisken är fem gånger högre än i den energieffektiva byggnaden.

Underhållsarbeten och driftkostnader kommer vara lägre i den kompakta byggnaden.

Inomhusmiljön i bläckfisken kommer bli sorglig; överhettad sommartid och ha kallras vintertid. Det är inget man vill utsätta äldre människor för.

Den energieffektiva byggnaden klarar sig med två tredjedelar mindre fönster utan att vara mörk men med mycket bättre komfort för de boende.

Det betyder sammanfattningsvis att man kunde bygga FEM energieffektiva kompakta äldreboende för samma energianvändning som ETT äldreboende i form av en bläckfisk. Fem gånger så många seniorer kan tas om hand av kommunen för samma driftkostnad och samma klimatpåverkan.

Har inte speciellt en kommunal beställare ett helhetsansvar för slutresultatet? Ska man inte utöver design och funktion även ställa krav på arkitekten på klimatpåverkan, investeringskostnader, driftkostnader och underhållskostnader?

Ett exempel bara för att visualisera problematiken: Jag hörde av Stefan att hans energistrateg fick godkänt av kommunen att skaffa fem nya miljövänliga elbilar. Tänk om man nu i stället för samma eller till och med till högre kostnad hade levererat en undermålig, kraftlös bakhjulsdriven rosthög som ständigt måste in på verkstaden och dessutom saknar katalysatorrening och dricker två liter diesel per mil.

Hade man inte då kallat det för felleverans?

Nu går det ganska enkelt att lämna tillbaka en bil. Det är betydligt värre med byggnader som står i samhället minst hundra år, med exakt den påverkan vi lägger grunden för när vi gör en felaktig utformning, men ändå.

Får man inte ifrågasätta den som ritar utan helhetsansvar?

Här pratar vi inte längre bara om barnsjukdomar.

Här pratar vi om allvarliga, dödliga sjukdomar.

Allt handlar om politik och prestige, ska vi få se.

Nu är jag ju negativ igen. Årets första projekt och mitt nyårslöfte gick redan åt skogen.

Lugna ner dig, Mona. Nästa vecka träffar vi beställaren. Det blir intressant att se om de vågar säga ifrån.

~

STEFAN

Jag är farfar. Det är en tudelad känsla av både glädje och insikt om att man har blivit gammalt. Frun är totalt euforisk och vill helst åka västerut varje vecka. Jag tror dock inte att de unga föräldrarna är lika glada över hennes närvaro i en sån omfattning. Men den insikten måste hon själv komma fram till.

Lilla flugsvampen har för tillfället inte mycket annat för sig än att äta, bajsa och sova igen. Jag behöver även bromsa frun i hennes nytillkomna shoppingmani.

»Det tar väl ett tag till innan pojken har nytta av gungan, rutschkanan, Bobby Car, Tripptrapp-stolen och pulkan, försökte jag utan framgång att reducera hennes påbörjade inköpslista.

Nyårsafton tillbringade vi hemma framför teven, även det en insikt om åldern. Vi var båda så trötta efter julen att vi somnade innan midnatt och missade fyrverkeriet på Stortorget.

Jag går med blandrasen över byggplatsen. Byggarna har kommit tillbaka men mycket har inte hänt sedan sist. Att möta platschefen igen är inget jag direkt har längtat efter. Jag ser Johan framför boden pratande med elektrikern.

»Hej och god fortsättning.«

Johan ser förändrad ut på något sätt, mognare, äldre och ja, gladare.

»Farsan är tillbaka«, berättar han direkt.

»Tillbaka?« Jag tittar mig instinktivt omkring men fattar sedan att han menar att han hade vaknat på sjukhuset.

»Hur mår han«, undrar jag glad.

»På bättringsvägen«, säger Johan, »men det tar några månader. De behöver vara säkra på att alla inre organ återhämtar sig. Han var dock i bra kondition innan olyckan och det hjälper honom nu under rehabiliteringen.«

Stackars honom, tänker jag bara och minns min tid efter hjärtattacken. Det krävs tålamod och ihärdighet. Tur att han har god motivation och en familj som stöd.

Vi går in till boden och platschefen startar utan stora åthävor med byggmöte nummer sju. Han redogör statusen för byggnationen som i stort sett är oförändrad sedan förra mötet. Taket är tätt även från insidan. Utsidan är förberedd för solcellerna.

»Men så länge det är snö på taket ligger montaget på is, så att säga.«

Ytterväggarna är komplett lufttäta och isolerade. Den första lufttäthetsmätningen klarade man som förväntat med bravur. Den delen av fasaden där arkitekten önskade sig öppna träreglar förses nu med cementbundna skivor.

»Det är ett mycket tungt jobb, skivorna väger en hel del och dammar mycket vid tillsågningen«, lägger Johan till.

»Munskydd är föreskrivet.«

Det antas att jobbet är klart om en vecka. Fasadreglarna är på plats.

»Fasadskivorna och spegelskivorna har leveransproblem sedan tidigare«, berättar chefen som aldrig är ute på byggplatsen och med största sannolikhet missade att beställa materialet i tid.

Det största problemet just nu är fönstermonteringen. Här hade den före detta platschefen inte granskat massivträtillverkarens handlingar ordentligt.

»Flera hål stämde inte överens med arkitektens ritningar och levererade fönster«, understryker den nya platschefen. »Ett hål saknas helt, upptäckte man dessvärre i morse. Fönsteröppningar och ramen som löper runt liksom en del isolering måste anpassas vilket man tror blir klart denna vecka med.«

Ett extra snickarlag är bokat från och med onsdag. Montaget av fönster verkar gå långsammare än förväntat. Det är många fler arbetssteg att fixa.

»Behövs det verkligen«, frågar han mig, vilket jag inte har kompetensen att svara på. De har anlitat en fönstermontör nu som kommer nästa vecka och visar hur dessa fönster ska installeras, fick jag veta.

Johan berättade för mig innan varifrån förslaget kom, inte från platschefen, det kunde man ana. Fönstermontaget är fokus nu för att få huset tätt och varmt för invändiga arbeten. Så länge fasaden och fönstren inte är monterade och det är minusgrader, kommer inte markarbetena att fortsätta.

Inomhus har elektriker och ventilationsentreprenören startat med att sätta elstegar och upphängningar för kanaler i undertaket.

Johan lägger till, att det är av högsta prioritet att inte punktera takduken som bildar byggnadens lufttäthetsskikt. Genomföringar ska ha manschetter enligt förskrivna anvisningar.

Platschefen himlar med ögonen.

Rördragningen pågår.

Montage av innerväggsstommen pågår.

Takisoleringen utförs efter andra lufttäthetsmätningen.

Håltagningar i mellanbjälklag behöver justeras.

Det ska ändras i ritningarna.

Elkonsulten behöver komplettera sina handlingar med några utvändiga eluttag vid terrassen och scenen i nordvästra hörnet för att belysning och musikanläggningen ska kunna användas. Det missades under förfrågningsunderlagen.

Johan lägger till att elektrikern inte ska glömma manschetter vid genomföringen av ytterväggen och att dessa måste anslutas till duken INTE till massivträväggen. Det betyder att samtliga genomföringar med tomrör måste göras utifrån och innan fasaden monteras.

»Finns det genomföringar där cementskivorna monterats måste dessa säkerställas omgående«, blir ordern från Johan. Platschefen stönar.

Arkitekten behöver justera en vägg bakom utrymningstrappan som var felritad.

»Motsvarande ÄTAs kommer skickas till beställaren«, sammanfattar platschefen. Tack för det, tycker jag.

Dagboken finns på plats och är tillgänglig för beställare vid platsbesök.

Egenkontroller upprättas kontinuerligt. De ska finnas på arbetsplatsen och digitalt.

»Det finns ingen anledning att vara orolig gällande tidsplanen«, påstår platschefen bestämt. Inflyttningen efter sommaren var ju godkänd efter de förseningar som hans företrädare hade förorsakat. Tur det finns andra att skylla på, tänker jag bara, när mötet är över.

Jag ska till kontoret och träffa politikern med svarta kavajen.

Han vill veta när det är dags för ett officiellt platsbesök där han tänkte ta med lokaltidningen. Det lär nog dröja minst en månad till, anser jag.

~

MARIE

Jag sitter på kontoret och slår upp lokaltidningens första sida. "Sexuella trakasserier under nyårsfirandet" står det med stora bokstäver. Under nyårsafton blev flera tjejer på stora torget i stan offer för övergrepp från flera män med troligen utländsk bakgrund, stod det vidare.

När vi polisanmälde nyårsaftons händelse var vi inte först med det. Jag är lättad över att även så många andra tog det här steget. Samtidigt är det mycket skrämmande att få höra om ett sådant övergrepp på tjejer i vår stad. Dottern var mycket modig och familjen har stöttat henne hela tiden.

Även om sannolikheten är stor att ingen grips är det oerhört viktigt att ämnet tas upp offentligt. Jag hoppas dock att hon slipper att synas eller förhöras mer som vittne. Varje gång rivs såret upp på nytt. Hon är fortfarande i chock.

Men värst av allt så klarade inte hennes pojkvän situationen eller rättare sagt så kunde inte dottern återgå till ett kärleksfullt förhållande med honom igen. Denna gång hjälpte varken blommor eller hjärtemojis. Han hade förlorat henne.

»Jag vill inte ha mer med killar att göra«, sa hon till mig häromdagen.

»Det kommer gå över, om än inte helt, men det blir bättre med tiden«, svarade jag, fast det hjälpte inte, inte ännu.

»Det är bra att tidningen uppmärksammar ett allvarligt samhällsproblem«, tänker jag.

Varifrån gärningsmännen kommer däremot är helt oväsentligt och dessutom inte bevisat. Att piska upp en stämning med uppenbar främlingsfientlighet hjälper inte offren och kan lätt misstolkas. Dottern kunde inte bekräfta en utländsk bakgrund. Hela platsen är liksom hela landet en multikultur och just mångfald skulle vara en styrka i samhället.

Dagarna efter nyår tillbringade vi hemma med diverse fantasyfilmer och komedier för att hålla de mörka tankarna borta. Min nya partner lagade middag varje dag och tog hand om oss båda två med all kärlek han förmådde att ge. Hennes pappa kom till oss en dag också. Dottern ville inte bo hos honom. Hon kände sig inte trygg i det området just nu. Han visade stor förståelse men trivdes inte riktigt bra som besökare i mitt nya hem. Det märktes tydligt.

Jag tog ledigt några extra dagar så hon inte behövde vara hemma själv fram tills skolstarten. Lite jobb fick jag av min partner som hemleverans på kvällarna.

De sista dagarna innan skolstarten gick vi ut tillsammans. Vi gick genom stan, över den platsen och åkte med lokaltrafiken till skolan så att hennes skadade självförtroende och de kvarstående rädslorna successivt fick möjlighet att försvinna. Jag oroar mig fortfarande men jag försöker släppa taget lite mer varje dag. Vi behöver komma tillbaka till det vanliga livet, våra rutiner, skolan och jobbet.

Denna vecka är hon hos sin pappa, för första gången efter nyår. Hans sätt att ta hand om henne är helt annorlunda än mitt, kanske typiskt för en pappa. Han vill beskydda henne med övervakning. Jag däremot vill återföra henne till livet.

Han vill låsa om henne och hålla henne från den onda världen. Jag vill att hon ska våga gå tillbaka till sin ungdom igen. Vi har nog ganska olika syn på det hela men jag tar inte upp det med honom nu, ett bråk är det sista vi orkar med i det här läget. Det viktigaste är att vi finns där för henne och att hon snart mår bättre igen.

Älskade, älskade barn.

~

KAPITEL 30 - KRUT

MONA

Årets andra besök på byggplatsen Kantarellen. Normalt är jag inte så ofta på en byggarbetsplats. Men å ena sidan gillar jag byggarna här och å andra sidan blir det en del akuta frågor som behöver lösas. Som Stefan lovade efter upphandlingen ska entreprenören få stöd under bygget, speciellt i samband med de nya komponenterna och lösningarna.

Fönstermontören har varit till stor hjälp för snickarna, så stor att de anlitade honom som stöd under hela montaget till slut. Johan fick, efter en rejäl dispyt med nya platschefen och ett stödjande telefonsamtal från sjukhuset, igenom sitt önskemål.

Samtliga fönster är monterade, tätade och överisolerade nu.

I morgon är den andra lufttäthetsmätningen planerad och vi ska gå genom alla anslutningar tillsammans idag. Om testet blir godkänt kommer lösullsinstallatören under veckan och isolerar hela taket.

Jag ska främst kolla takgenomföringarna idag och går efter inloggningen i boden direkt till byggplatsen där jag möter Johan.

Han skulle sitta på kontoret och vara arbetsledare.

»Är du snickare nu igen«, undrar jag retsamt.

»Det är här ute jag hör hemma«, svarar han, »dessutom går det inte att samarbeta med honom därinne på kontoret.«

Vi går upp på taket via trappan på ställningen och kryper in genom vindsluckan.

Snickarna har byggt en brygga mellan takstolarna för framtida inspektioner men jag behöver klättra på reglarna för att nå fram till elgenomföringarna. Tiotals tomrör sticker ut genom duken med några svarta gummikragar. När jag rör vid dem löser de sig från duken, helt utan vidare.

»Vad är detta«, undrar jag. Johan rycker på axlarna.

»Elektrikern«, kommenterar han bara.

»Det är inte hållbart som du ser och det är inte de föreskrivna manschetterna«, kommenterar jag arbetet. Elektrikern hade sagt till Johan att de alltid använder dessa och att de är likvärdiga. Jag tar ett nytt tag och har hela gummimanschetten i handen.

»Du ser själv, klistret är gammalt och gummit poröst. Det håller inte ens nu och definitivt inte i hundra år.«

»Jag anade nästan att du skulle säga det«, svarar Johan generat, »men vad ska jag göra? Han lyssnar inte på mig.«

Jag tittar skeptiskt på honom.

»Han är din underentreprenör och ni har ställt kraven att varje entreprenör ansvarar för tätningen av sina egna genomföringar. Var ligger problemet?«

Johan rycker på axlarna igen. Han har försökt men med elektrikern går det inte att prata.

Då får väl jag ta hand om honom och spela BAD COP-rollen igen. Johan pekar ner på plan ett där chefs-elektrikern håller hus och blir lättad över att kunna delegera inspektörsjobbet till mig.

Jag kollar vidare på rörgenomföringarna och dessa var väl utförda. En gummimanschett sitter tajt runt varje rör och manschetten är tejpad mot duken.

Rörmokaren har gjort ett bra jobb. Skönt när det finns några som håller sig till förskrifterna. Takgenomföring-arna för ventilationshuvarna är också korrekt tätade mellan plåten och duken. Hela takduken ser fin ut.

Anslutningar mot de folieremsorna vi hade förberett över bärande innerväggar och stolpar var uppvikta och noggrant tejpade mot takens lufttäthetsskikt.

Nu behöver vi bara få elektrikern på banan. Vi lämnar försiktigt taket igen och går ner till entréplanet. Johan visar mig gubben och går sedan raka vägen bort så långt han bara kan. Vem vill vara en skvallerbytta?

»Hej«, säger jag vänligt till elektrikern.

»Hej«, svarar han skeptiskt tillbaka, »är det nåt?«

Jag ber honom att följa med mig upp på vindsbjälk-laget. Det verkar vara en stor ansträngning för mannen som är i femtiårsåldern. Jag hör honom stöna högt bakom mig. Vi klättrar tillsammans genom takluckan och jag pekar på de av mig nyligen bortplockade manschetterna.

»Vad fan har hänt här«, gapar han högt.

»Jag gjorde ett åldersbeständighetstest«, svarar jag sanningsenligt, »och jag tycker att tätt i några dagar inte riktigt duger för en hållbar byggnad.«

Han blir illröd i ansiktet.

»De satt fast när jag lämnade platsen, någon måste ha pillat loss dem«, får jag tillbaka. Jag bekräftar hans förmodan och medger brottet som tyvärr inte ändrar faktumet att de valda manschetterna inte är hållbara.

Han diskuterar några minuter till med mig om att dessa ju dög i andra byggen under trettio år och att de föreskrivna produkterna är för dyra och dessutom inte tillgängliga hos grossisten.

Jag låter honom bli av med sin frustation och avrundar vårt samtal, vänligt men bestämt:

»Denna byggnad ska ha de föreskrivna täthetsprodukterna.«

Har du problem med inköpet hjälper jag dig gärna med kontaktuppgifter. I regel tar det några dagar innan de är på plats. Det vet jag av erfarenhet.

Han försöker igen och meddelar mig:

»Om några dagar är jag på ett annat bygge och hinner inte hit igen.«

Jag vill inte vara ovänlig trots att det definitivt är hans fel att han inte skaffade produkterna i tid. Jag säger i stället:

»Vi kan kolla vad vi har i elektrikerlådan med täthetsprover som säljaren lämnade här. Kanske hittar vi några manschetter, och hållbar tejp finns det definitivt.«

Med detta sagt börjar jag återvända till uppstigsluckan. Någon gång måste man sätta punkt för saken. Vi är inte på ett dagis.

Jag möter Johan i stora samlingsrummet.

»Hur gick det«, viskar han retsamt till mig.

»Trevlig gubbe«, svarar jag och smilar tillbaka.

Vi går igenom alla fönstertätningar och kompletterar med lite tätningsmassa och tejp i några hörn. Jag rekommenderade förra gången en hållbar och miljövänlig *grön massa* på tub som de använder nu där de inte riktigt kom åt duken. Det ser bra ut inför mätningen imorgon.

Bara elektrikern måste få rätt produkter och jag frågar efter lådan, som jag vet finns här någonstans med några prover i. Vi går tillsammans till förvaringsboden och hittar verkligen lämpliga produkter. Det var tur. Jag planerar att överlämna dem till elektrikern direkt.

Han befinner sig precis i en livlig diskussion med kollegan när jag kommer tillbaka till brottsplatsen. Jag knackar honom på ryggen och överlämnar glatt mitt nyförvärvade byte. Innan jag vänder mig om för att gå tillbaka till Johan, pekar jag lika vänligt på golvet där oändligt många kabelrester avslöjar elektrikerns stafett-överlämningar: »Glöm ej att städa efter ert arbete, tack.«

En ren byggplats är en hållbar byggplats, jag instämmer helt med Johans farsa.

~

JOHAN

Haha, denna Mona, hon säger vad hon tänker. Det är verkligen bra med lite extern påtryckning ibland.

Säkert hade jag kunnat diskutera med elektrikerna igen men det hade påverkat stämningen på bygget gentemot oss snickare. De hade säkert hittat på något för att ge igen.

De hade kanske föredragit andra byggen i stället, så eftertraktade som de är. Eller så hade de påhittade leveransproblem. Allt hade i sin tur påverkat vår tidsplan och säkert även den slutliga kvalitén.

»Det är mera pedagogik på ett bygge än vad man tror«, brukar farsan säga. Och Mona är vår dagisfröken idag, skrattar jag högt för mig själv.

Jag är så glad över att fönstren är monterade, det blev verkligen lyckat. Ingen chans att vi hade hunnit det utan den externa montören. Lika främmande som montaget kändes i början lika snabbt gick det på slutet. Två snickare monterade fönstren och ett arbetslag följde efter med drevningen och lufttätningen på insidan.

Utsidan kvarstår men det gör vi efter andra lufttäthetsmätningen. Det blir spännande att se om vi kan hålla resultatet från första mätningen. Fönsteranslutningar och genomföringar är de största riskfaktorerna i täthetsskiktet.

»Bara en handflata stort får hela det sammanlagda läckaget i byggnaden vara«, lärde oss energisamordnaren, det är inte mycket. I morgon vet vi svaret.

Jag ska till sjukhuset nu. Med lite tur får farsan flytta hem snart. Han har gjort stora framsteg och alla är optimistiska, även han. Tunga veckor ligger bakom honom men säkert även framför.

Han får lära sig allt från början igen, andas, svälja och äta.

Han orkade bara med små kroppsrörelser efter att han vaknade. Att först sätta sig och sedan ställa sig upp på sina egna ben var en utmaning för honom.

Verkligen allt måste läras på nytt. Han blev arg och tappade humöret flera gånger. Hur ska man förstå att en sådan kraftig kropp, som hans, inom så kort tid kunde förlora alla sina muskler.

Två gånger per dag kommer en sjukgymnast till honom, en mycket söt och tålmodig tjej.

Inte ens farsan vågade gnälla på henne, trots att han brann av ilska inuti över den långsamma utvecklingen.

När jag tänker tillbaka på hans första skakiga steg med rullatorn för bara två veckor sedan är det helt otroligt vad han kan göra självständigt idag.

Naturligtvis går det inte tillräckligt snabbt för honom.

Det är även bra ibland att bromsa honom lite, tycker jag. Han frågar nu dagligen efter bygget, grabbarna, den nya platschefen och blir varje gång så upprörd att jag till slut blev tvungen att berätta mindre.

Vi tänkte att han skulle bo hos oss några veckor innan han flyttar till sitt eget hus igen. Jag vill vara säker på att han kan vara helt själv, utan hjälp. Jag vill inte lämna honom ensam.

Och nu har jag en överraskning till hela familjen. Barnen har tjatat så länge att jag till slut inte orkade att säga nej igen. Vi har ju både plats och tid och när jag såg Stefans rehabilitering med hjälp av blandrasen växte tanken att även farsan skulle kunna ha en liten kompis hos oss. Valpen hämtas i morgon till pojkarnas stora förtjusning. Vi får väl se vad farsan tycker.

~

Har du någon gång försökt att få ett smutsigt och skrynkligt papper rent och slätt igen?

Alla barn är som vitt papper från början, tills de kommer till skolan, tills de är aktiva i sociala medier, tills de går ut på en nyårsfest på Stortorget.

Efter polisanmälan blev livet bara värre för dottern.

När det blev bekant att hon var ett av offren på torget fick hon anonyma hatkommentarer på nätet.

»Det har träffat RÄTT person«

»Det är ju hennes eget FEL, varför bär hon så korta kjolar«

»Alla får vad de FÖRTJÄNAR,«

»Hon vill bara ha uppmärksamhet, den slampan«

När hon visade mig inläggen blev jag helt chockerad. Det är hemskt att folk skriver sådant. Men minst lika illa är att se dessa bifallande *likes*. Vad är det som händer där ute i internetanonymiteten? Varför vill man medvetet trampa på ett barn som redan ligger nertryckt på marken?

Det är bara ord, kan man tycka. Det betyder inget, kan man anse. Det går över, kan man tro. Men det gör det INTE.

Med varje kränkning, med varje mobbing blir det fina släta pappret skrynkligare och smutsigare. Det kan inte göras ogjort igen. Det blir ärr som sitter kvar för alltid. Hela långa livet. Varför vill man vara ansvarig för det?

Hon har knappt återhämtat sig efter angreppen, sover fortfarande oroligt och går inte ut längre när det är mörkt. I stället för att få stöd och hjälp från samhället blir hon ännu mer nergjord och knäckt. Jag vet inte vad jag kan göra åt det. Ska man gå till polisen igen? Kan de stoppa det?

Hon har helt tappat sitt självförtroende. Den lilla kaxiga damen som hon var för bara några månader sedan har blivit en blyg och osäker liten snigel som gömmer sig i sitt skal. Hon tar på sig för stora och vida kläder, sminkar sig inte längre, försöker allt för att inte synas. Jag vet inte om det är inbillat eller sant men igår sa hon att hon även upplever det i skolan nu. Hur de pratar, hur de pekar, hur de tittar på henne. Hon vill inte gå dit längre. Jag ville säga: »Var stark, visa alla att du inte kan besegras.« Men jag kan inte det för att jag exakt vet hur hon mår och hur svårt det är att vara stark.

Jag känner mig dessutom skyldig för att jag övertalade henne att polisanmäla övergreppen. Jag trodde det var den rätta vägen men nu är jag bara besviken och tom. Alla är vi olika och alla situationer är olika. Hon är mycket mer sensibel än jag, mer som sin pappa. Kanske var pappas metod att beskydda henne bättre i alla fall? Hennes väg kommer att bli annorlunda än min.

Vi bestämde efter en lång diskussion att radera alla hennes sociala konton så hon slipper läsa ytterligare kränkningar. Hennes pappa bytte ut hennes telefonnummer och till slut gick hon även med på att träffa en kurator.

Mobbning förekommer överallt. Nästan alla har upplevt det någon gång under sitt liv. Som vuxen är det jobbigt men för ett barn är det tusen gånger värre. Ett enda kort ögonblick förändrar hela livet, för den personen som blir drabbad men även för många fler omkring. Jag har helt tappat min drivkraft. Jag vill inget annat än att hjälpa henne. Jag har lämnat mina projekt till mannen, som har visat sig vara den rätta i mitt, i vårt liv. Jag behövs hemma nu.

Idag är det inte bara Alla hjärtans dag utan även internationella kvinnodagen. I hela världen dansar både män och kvinnor för att uppmärksamma våld mot *det svaga könet:*

One Billion Rising. Var tredje kvinna har någon gång under sitt liv blivit utsatt för våld. Detta är den hemska sanningen som ingen vill höra. Konsekvenserna är stora och kan inte accepteras, aldrig. Jag dansar min dans hemma i sovrummet, ensam och förtvivlad. Tårarna rinner i tysthet.

~

KAPITEL 31 - VÅR

STEFAN

Våren ligger i luften. Det är inte bara solen som tydligt signalerar att det är dags för naturen att vakna utan även blandrasen. Han har börjat hoppa på allt och alla den senaste veckan för att visa sin lustberedskap. Tur han inte vet hur förgäves hans ansträngningar är.

Det är som för mig, tänker jag. Att bli gammal, och med ett skadat hjärta, är inget kul. Den obligatoriska undersökningen ett år efter hjärtattacken kändes som en kastrering. Mycket går bara på låg fart och enbart med hjälp av medicin. Hon var inte alls nöjd med mitt belastnings-EKG trots alla promenader blandrasen tvingade mig till. »Det är bara att acceptera läget«, säger jag till min lilla vän, som precis som jag gärna vill men inte kan.

Kantarellens byggplats är långt ifrån ensam längre.

Det byggs överallt.

Byggföretag från olika städer har etablerat sig och små skyltar från diverse husleverantörer står i samtliga korsningar i området och pekar hejvilt mot alla väderstreck. Snart blir det svårt att hitta till förskolan utan kompass. Jag kan inte låta bli att köra en extra runda idag, till utkanten av den nya stadsdelen.

Längst bort från Kantarellen, längst bort från svampskogen men mittemot den Nya Ringvägen byggs ett nytt hus.

Lite nyfiken får man vara. Här växer det fram ett funkisslott. En stor betongkloss eller snarare sagt fyra stora betongklossar i två plan. Andra planet kragar ut på ena sidan och bildar ett tak till den blivande uteplatsen.

Huset har mer glas än hela Kantarellen, tänker jag. Stora fönster mot alla väderstreck. Entréplanet under den utkragande klossen är hel inglasat. Kan han någonsin få lugn och ro på den nya tomten? Man får väl hoppas att glasen är bra ljuddämpade när Ringvägen öppnas för trafiken, ler jag inte det minsta skadeglad när jag kör tillbaka till min byggplats vid fina skogskanten.

Jag är på bygget igen. Nu kan man verkligen se att det blir ett hus. Jag tänkte göra en liten check inför politikerns platsbesök med lokaltidningen. Byggbilder brukar inte vara det mest åskådliga ens med politikern, som aldrig lämnar huset utan svarta kavajen, på framsidan. Min tanke är att ställningen måste bort först, så man ser lite av den blivande fasaden och så vore det ju bra om vi även invändigt hade en hörna för ett vackert foto av framtida förskolan med synlig trävägg.

Blandrasen springer glad mot Johan för att han har lärt sig sen sist att kompisen har hundgodis i fickan. Johan blev så glad när hans farsa vaknade att han lovade barnen att de fick önska sig vad de ville av jultomten, för det var ju nu bevisat att tomten fanns på riktigt.

Och vad ska man tro att barnen önskade sig, japp, en hund. Valpen blev del av snickarfamiljen för några veckor sedan och som Johan sa:

»Nu har jag tre småbarn hemma. Det yngsta medlemmen har förstört alla deras skor.« Jag skrattade när jag tänkte på mina tofflor.

»Du måste uppfostra honom«, var mitt erfarna råd. Men han skrattade bara. Alla försök till uppfostran blev saboterade av ungarna direkt. De bara busar och leker med valpen, så att hans pedagogiska insatser är helt meningslösa.

»Hur är det med farsan, undrar jag när jag hinner i kapp blandrasen. Både farsan och valpen må bra, berättar Johan medan han kärleksfullt klappar om hunden. Den gamla platschefen är hemma hos dem nu och har fullt upp att göra med både träning av kroppen och hunden. Två gånger per vecka kommer det en sjukgymnast men övningarna är helt värdelösa, enligt farsan. Det han gör hemma med hunden och promenader i skogen är den verkliga terapin.

»Kanske kommer han förbi bygget en sväng idag. Jag kan inte bromsa honom längre«, menar Johan.

»Han vill se byggnaden och hälsa på kollegorna.« Precis som jag, mindes jag. Att inte veta vad som händer utanför sjukhuset och bara vänta är inget man orkar med i längden. Jag förstår helt hans ambition.

Enligt Johan skulle han vara sjukskriven minst två månader till och därefter får han enbart börja med lätta jobb bakom skrivbordet och bara några få timmar per dag. Det är nog tveksamt att han går med på det.

Johans byggföretag är helt överbelastat just nu. De har anställt tiotals nya snickare och ändå hinner de knappt med alla byggprojekt. Flera skyltar med hans företagslogotyp är uppställda i området minns jag nu, när jag tänker på min utflykt till funkishuset.

Det blev inga extraresurser på Kantarellen-bygget som nya platschefen lovat flera gånger. I stället blev det beordrade övertimmar.

»Inget som är populärt hos kollegorna«, säger Johan och himlar med ögonen.

»Vi börjar varje morgon klockan sex och slutar varje kväll klockan sjutton för att hinna med tidsplanen«, berättar han vidare.

Förra veckan genomfördes andra lufttäthetsmätningen och det blev panik efter mätresultatet. Värdet låg två gånger högre än den första mätningen och ingen kunde förklara varför. De gick runt i byggnaden, kollade fönstermontaget och provisoriska tätningar. De var perfekta. Kanske något man hade glömt?

Till slut upptäckte de en buntad kabelsträng dold och glömd i undertaket som gick rakt genom den sönderklippta lufttäthetsduken. En oskyldig elektriker var enligt Johan »bara inte helt klar med arbetet«.

»Det är trots allt inte mitt fel att man inte kunde vänta med testet«, svarade elektrikern nonchalant till en förvånad arbetsledare några dagar senare. Snickarna tejpade kabel för kabel och vad ska man säga resultatet blev nästan så lågt som förväntat.

Vi går runt huset. Träfasaden håller på att monteras. Det ser väldigt fint ut även med de få skivor man startade med igår. Hela ytterväggen är komplett isolerad och två arbetslag jobbar nu på ackord med fasaden.

Plåtslagaren håller på med fönsterblecken som har nästan samma färg som fönsterramarna, men bara nästan. Det är svårt med färgsättningen och de så kallade RAL-färgerna. Nittiotalet införde RAL, ett nytt färgmatchningssystem, anpassat till behoven hos arkitekter, designers och annonsörer. RAL-Designens färgkarta omfattar drygt tvåtusen färger men hur man än gör så blir de ändå inte helt detsamma på vissa material och med vissa färgtyper.

»Hur är det med ställningen«, undrar jag. »När ska den ner?«

Enligt Johan är det säkert minst en månad till innan den kan rivas.

Det jobbas med både fasaden och solcellsmontagen. Den sista takavvattningen och snörasskyddet behövs monteras innan taktsäkerheten är komplett. Det är lite detaljer kvar som också måste fixas, enligt kontrollansvariga.

En flyttbar del av ställningen och en trappa kommer vara kvar fram tills slutet. Det saknas spegelglas i hemvisten på plan ett men sedan är det utvändiga skiktet komplett.

~

JOHAN

Jag går in i huset, som faktiskt har blivit ett hus med rum och undertak, tillsammans med Stefan. Det har hänt en hel del.

Vi tar mittentrédörren även om själva entrén och den slutliga dörren inte är monterade. Glasfasaden och dörrar har inte levererats ännu vilket inte är så konstigt då platschefen beställde dessa för bara fem veckor sedan.

Det var en hel del diskussioner om kvalitén och produktkrav mellan platschefen och Mona.

Glasfasaden som föreskrevs i förfrågningsunderlagen har enligt Mona en mycket högre prestanda med bland annat isolerade profiler än den platschefen hade tänkt sig att beställa. Han ville ersätta den högvärdiga produkten med en lokal produkt i stället. Han kände tydligen leverantören och fick ett bra pris. Men hur han än försökte så fick han inte ihop värdena som krävdes för inomhusklimatet och fick ge sig till slut.

Det tog fyra veckor att utvärdera komponenterna och till slut blev det så som det var sagt från början. Jag har aldrig sett så vattentäta förfrågningsunderlag som de här med det nya energikonceptet. Det var bara att acceptera de högvärdiga komponenterna för att nå slutmålet. Dessutom minskar kvalitetsprodukter underhållet och följdkostnader under driften just på grund av en ökad livslängd.

Dörrarna däremot kunde beställaren kompromissa om.

Larm- och låsfunktioner kändes lika viktiga för honom som energikraven och den frekventa användningen innebär ändå ett materialbyte inom tjugo år. Diskussionen slutade med att man valde projektanpassade aluminiumdörrar med en isolerad tröskel och en extra tätning. Men även dessa är fortfarande under tillverkning.

»När monteras dörrarna«, vill Stefan veta. Han måste hämta hit politikern snart, han som vill skryta lite med bygget i medierna.

»Det tar fyra veckor minst«, svarar jag och ser hur han missmodigt noterar faktumet. Troligen har han pratat med politikern ett par gånger redan, så kanske kommer han hit med honom snart i alla fall.

Vi passerar den provisoriska byggdörren och befinner oss direkt i hjärtat av huset, den stora samlingssalen. Det känns ganska överväldigande för Stefan med, ser jag.

»Jag känner genast demokratin i rummet«, flinar han road.

Delar av rummet går över två plan och taket är sju meter högt.

Rummet är den mest flexibla delen av förskolan, helt i enlighet med pedagogiken. Det kan bli teater, samlingar men även en framtida matsal om behovet skulle ändra sig. Just nu ska alla måltider intas i var sin avdelning och matvagnar ska köras av personal och barn till motsvarande hemvist.

Från det centrala rummet går vi först till vänster flygel där det blivande köket ansluts. Här har vi kommit längst med både golvbeläggning och väggar.

Montaget av köket tar mest tid och startade före alla andra rum.

»Direkt när fuktexperten godkände betongplattans fuktkvot satt vi i gång med golvet för att kunna ställa alla köksapparater på plats. Det kommer säkert att ta tre månader innan allt är anslutet från fläktarna, ugnen, diskmaskinen till kyl- och frysrum. «

Vi går vidare till en fullpackad undercentral och fläktrum. Den kom så centralt det bara var möjligt och här finns två ventilationsaggregat uppbyggda, ett till köket och ett till de andra avdelningarna i byggnaden. Fjärrvärmecentralen, elskåpet och lite annat smått och gott får plats i rummet det med.

»Helt utan teknik går det inte ens i energieffektiva hus«, meddelar jag Stefan som säger att han minns diskussionen med Marie om storleken på teknikrummet. Ventilationssystemet behöver plats och det måste man planera rätt från början. Den friska och uppvärmda luften ska transporteras till hemvisterna via tilluftskanaler och den förbrukade luften leds tillbaka till aggregaten via frånluftskanaler.

I själva ventilationsaggregatet sker sedan utväxlingen. Den varma använda luften förvärmer den kalla uteluften genom en värmeväxlare. Luftflödena möter inte varandra på riktigt, bara deras olika temperaturer.

»Vi kommer återvinna över åttio procent av rumsvärmen. Ventilationsförlusterna blir minimerade och inomhusklimatet är alltid optimalt. Så enkelt är det«, skrattar jag, stolt över mig själv över att jag kom ihåg allt detta från utbildningen.

Vi går vidare till personalavdelningen som kommer att ligga i samma flygel, men här har det inte hänt så mycket. Därefter visar jag Stefan den första avdelningen på andra sidan av samlingsrummet. Varje avdelning har i princip tre egna helt flexibla rum för att leka, äta eller sova. Vi ska bygga några nivåskillnader också som ger rummen lite olika karaktär. Två avdelningar delar på ett allrum med bibliotek eller ateljé.

Där finns även gemensamma toalettrum som just nu bara har uppbyggda innerväggar. Alla våtenheter är samlade både i plan och över varandra för att minska rör- och kanallängder. När barnen sedan kommer till sin förskola på morgonen går de till sin avdelningsentré med kapprummet, tar av sina ytterkläder och skor och går till sin hemvist.

Två avdelningar delar på en entréhall med torkrum och ytterligare två toaletter. Här nere på plan ett kommer de minsta barnen vara. De äldre barnen får gå upp för trappan till sina avdelningar för stora barn.

Vi bygger två trappor utifrån mot kapprummen men även två inne mellan avdelningarna. En av de invändiga trapporna använder vi nu när vi tar oss vidare upp till plan två. Här uppe har vi fyra avdelningar till, med samma uppbyggnad som de två där nere för småbarnen plus utsikten till samlingsrummet.

»Väldigt spännande att se uppbyggnaden av bjälklagen«, medger Stefan,

»Vi är nästan klara«, förklarar jag nöjd för Stefan. Massivträbjälklagen har fått sin akustikpåbyggnad. Det är ett golvregelsystem av förzinkat stål som ger en effektiv steg- och luftljudsisolering, berättar jag vidare. Vi monterade fast golvregelsystemet i bjälklaget och ställde in det på förskriven höjd. Jag visar Stefan reglarna i den fortfarande synliga delen av bjälklaget.

»Sedan lade rörmokaren golvvärme i våtrummen, bara i dessa, och vi installerade mineralullsisolering mellan reglarna.« Jag pekar på öppningen.

»Golvspånskivor samt två lager gips kom ovanpå på grund av brandkraven vi har på oss. Det blev mycket material och många arbetssteg men fortfarande mindre klimatbelastning än betong enligt energisamordnarens beräkningar.«

Själva jobbet gick faktiskt snabbare än vi trodde. När alla innerväggar är klara lägger vi enbart parkett, eller där det är förskrivet, mattor ovanpå, helt enligt arkitektens rumsbeskrivning.

Det blir mjukt och skönt att gå på. Vi testade skillnaden och gick först på den råa delen av massivträbjälklaget och sedan på det färdiga golvbjälklaget.

»Det är väldigt bekvämt att gå på«, känner även Stefan. Det ljuddämpande fjädringssystemet uppnår verkligen en mycket bra stegljudsisolering. En mycket häftig och väldigt miljövänlig förskola blir det.

»Mina barn kommer älska alla dessa detaljer som vi håller på att sätta ihop. Jag kanske ska ta med dem en dag och visa dem huset i förväg«, meddelar jag Stefan, glad över idéen som jag fick nu. Precis när vi tänkte gå ner för trappan möter vi Mona. Då kan jag fortsätta och skryta lite med vårt arbete, tänker jag positivt.

Men det var bara önsketänkande märkte jag snart. Hon beundrar takhöjden med lika imponerad blick som Stefan men sedan börjar hon ställa frågor.

»Det var visst högt«, säger hon. »Hur ska ni ta hand om den varma luften längs uppe? Jag kan inte se frånluftsdonen? Utan dem kan det kanske bli rätt varmt på plan två.« Oh, tänker jag bara, att jag kunde misstolka hennes ansiktsuttryck så mycket. Hon var troligen inte imponerad utan irriterad?

»Jag ska kolla med ventilationskonsulten«, säger hon när varken Stefan eller jag kan svara på frågan.

Hon dissar dessutom rörmokarens jobb och tar med oss till rördragningarna för varmvattenrör och varmvattencirkulationsledningar. Enligt beskrivningen skulle dessa samisoleras. Båda rören skulle därmed ligga i samma isoleringsskikt. Nu när vi står framför dem ser jag det också. De är inte buntade, tvärtom, de ligger säkert två decimeter ifrån varandra.

» Skit«, for det ut ur mig. Ingen rörmokare i närheten, de hade bråttom till nästa bygge. Tar det aldrig slut med problemen?

~

MONA

Stackas Johan, han blev jätteförbannad. Det är ju inte hans fel egentligen. Jag känner mig alltid som dödens budbärare när jag kommer till byggplatsen. Det är ju verkligen inte meningen.

Jag har varit här över en timme och är väldigt imponerad av det mesta. Sedan är det en grej som blev fel och det är just den punkten som fastnar i minnet. På nedre plan hänger de första radiatorerna, vertikala element, i hörnen.

Det blev mycket snyggt, Marie kommer att älska dem. Så blir det plats vid fönsterbröstningen för montage av sittbänkar, lådor och andra leksaksförvaringar.

I våtrummen är det golvvärme som också har hunnit att komma på plats. Mellanbjälklaget har fått sitt golv, en väldig intressant lösning. Jag har inte sett systemet förut med det ovanpåliggande akustikgolvet.

Men sedan såg jag varmvattenrören och all entusiasm försvann. Det är så tråkig att säga, men det måste göras om. Jag vet att rörmokaren inte kommer att bli glad för det och Johan blir den som måste överlämna budskapet denna gång. Stackas honom.

Jag försöker byta ämne och frågar Johan hur hans pappa mår och hur det har gått eller går på rehabiliteringscentret.

Johan skrattar.

»Vilket center? Du menar, hur det går hemma för honom? Det går bättre varje dag, mest för att han är så envis och tränar. Det kommer en sjukgymnast en gång per vecka«, berättar han vidare, »men det ger typ ingenting.« Jag stannar och tittar chockerat på honom:

»Seriöst? Du menar väl inte allvar eller? Din pappa har legat i koma i flera veckor och skickades hem?« Jag kan inte tro att det är sant.

»Han ska lära sig allt från början HEMMA, själv?« Nu är det Johan som tittar förvånat på mig. Så han menade på riktigt. Jag berättar hur det är i Tyskland utan att jag egentligen fortfarande tror att tyska sjukvården är så mycket bättre än den svenska.

»Det finns rehabiliteringskliniker för människor efter att de har gått genom någon allvarlig sjukdom, både fysisk och psykisk. I minst fyra veckor, ibland flera månader, får man behandlingar som hjälper till så att patienten snart blir frisk igen«, påstår jag men blir osäker på om det nu var någon bra idé att berätta om det, men Johan tittar nyfiket på mig och jag fortsätter.

»Det är väl ett samhällsintresse också att ha friskt folk, antar jag, regelbunden träning och läkarundersökningar, träff med personer som har upplevt liknande, gruppsamtal, det är en viktig läkeprocess. Man kan väl inte lämna de drabbade personerna helt ensamma hemma?«

»Men vem ska betala detta?« vill Johan veta.

»Det mesta betalas av Försäkringskassan i Tyskland«, berättar jag vidare, »bara förtäring och en liten andel av övernattningskostnaderna står patienterna själva för.«

Jag minns när jag var utbränd och önskade mig en sådan klinik här. Det enda jag fick i Sverige var samtal tio gånger hos en psykolog, inte en enda gång mer och tveksamt att det var just det som räddade mig.

En god vän i Tyskland drabbades av samma sjukdom under samma tid som jag. Han var en hel månad på en klinik. Han gick på Yoga och Qigong och lärde sig en hel ny livsrutin för att han inte skulle bli drabbad igen. De hade gruppsamtal och individuella terapier, målade och lagade mat ihop. Han tog massor av erfarenheter med sig hem. Jag däremot fortsatte nästan som vanligt efter min sjukdom och hoppas nu varje dag att jag inte går i väggen igen.

Men risken finns helt klart fortfarande, för att jag egentligen inte har ändrat något avsevärt i mitt liv, även om jag nu känner igen tecknen och kanske hinner agera innan det är för sent.

Dock hade en terapi som den i Tyskland hjälpt mig mycket mer långsiktigt, det är jag säker på. Jag har inte ändrat mina jobbrutiner, har inte lyckats stänga *mina lådor*, jag har fortfarande mobilen nära mig dag och natt.

Det är svårt att ställa om sitt hela liv helt själv. Professionell rådgivning och samtal med andra i samma situation hjälper mycket mera.

Det är samma sak som med *hållbar byggnation*. Naturligtvis kan man lära sig en del hemma eller via internet men långsiktigt behövs en professionell vägledning, en fackmässig kunskapshöjning och praktiska erfarenheter.

Att Johans pappa efter en sådan mycket allvarlig sjukdom inte får mer hjälp och ska *laga sig själv* speglar tydligt för mig samhällets brister. Jag hoppas bara att jag aldrig blir allvarligt sjuk, inte idag och definitivt inte på äldre dar.

Vi går tysta till boden, till byggmötet och jag anar och beklagar att jag nog precis förstörde någons dag.

~

KAPITEL 32 - DÖTTRAR

MARIE

Döttrar – en välsignelse och en ökande oro i lika delar. När jag hade den här söta flickan i famnen för första gången kunde jag inte fatta min lycka. Hon var bara allt för mig. Så gosig, så snäll, så liten. Med varje år hon fyllde blev hon finare.

Hennes hår växte och jag älskade att fläta hennes hår och klä henne i rosa tjejklänningar. Vi lekte med dockor, vi pysslade och målade. Hon låtsades vara läkare och jag hade bandage på alla tänkbara kroppsdelar. Hon lagade låtsasmat i sitt barnkök eller sålde låtsasprylar i leksupermarket. Hon gillade att sjunga och dansa. Och vi missade ingen lekplats och ingen sandstrand där vi busade tills vi blev övertrötta båda två. Det var en perfekt värld.

Sedan blev hon tonårig och jag nådde inte fram till henne längre. Dörrar smälldes igen och det blev knappt några normala samtal mellan oss. Hon bara försvann i sin egen värld.

För några månader sedan önskade jag mig inget mer än att få henne tillbaka i min värld.

Men nu vill jag höra smällande dörrar igen. Jag längtar efter det trotsiga normala tonåriga barnet som utmanade mitt tålamod och mina känslor. Hon hade kvar sin barndom, sin oskyldighet, sin naivitet, sin glädje. Utan att vara förberedd, utan förvarning har hon nu hamnat i vuxenvärlden och de rosa molnen försvann.

Ja, hon är nu hos mig, med mig igen, men till vilket pris? Det är så sorgligt att se hur ledsen hon är. Vi har umgåtts alla dagar de senaste veckorna. Väldigt mysigt å ena sidan, men lika tragiskt å andra sidan. Hon var väldigt tyst och tillbakadragen hela tiden trots att hon intensivt sökte närhet. Vi satt mest i soffan hela tiden och tittade på en amerikansk läkarserie på tv i oändlighet. Vi åt choklad och glass men inget hjälpte. Hon kom inte ett steg närmare livet igen. Hon ville inte träffa kompisar, inte prata med kuratorn och absolut inte tillbaka till skolan.

»Hon har missat många lektioner«, berättar hennes lärare för mig i telefon. Även om alla har förståelse för henne, så riskerar hon sin framtid.

Jag behöver ta tag i situationen, behöver få bort henne från soffan, bort från de mörka tankarna. Och så bokade jag en långhelg åt oss i ett litet pensionat nära havet, bort från stan, bort från nuet.

Där började hon äntligen öppna sig igen. Vi gick långa strandpromenader, spelade bordtennis, biljard och shuffel i flera timmar. Det var en terapi, en nystart.

»Jag har bestämt mig för att gå tillbaka till skolan«, sa hon helt oväntat till mig när vi satt ensamma i bubbelbadet sista kvällen. Hon berättade att hon hade vågat titta på sin mobil igen och hon hade fått många fina meddelanden av vänner som saknade henne.

»Jag är redo, mamma«, sa hon och jag tackade alla gudar som fanns för hoppet som kom tillbaka.

Nu är det första veckan hon går till skolan igen. Många kompisar har fångat upp henne på rätt sätt och i rätt tid. Hon har fått hem extra läxor inför proven. Lärarna hjälper henne i alla ämnen så att hon kan komma i kapp sina klasskamrater. Det är bara några månader kvar tills hon avslutar högstadiet. Nu måste hon plugga för att få ihop sina gymnasiepoäng. Sedan ska hon gå på en ny skola, nya vänner, nya lärare, en ny chans att glömma. Förhoppningsvis hittar hon sin glädje igen, sitt liv.

Jag har också haft mycket egen tid, tid för att sortera mina tankar, hitta mig själv, det liv jag vill leva. Och jag vet nu vad jag vill.

Vi människor är flockdjur, vi följer regler och krav som bestäms av andra. Vi anpassar oss och kompromissar, allt för att passa in i flocken och därmed kan vi tappa bort oss själva.

Att följa regler och anpassa sig är säkert rätt för det mesta men gäller inte allt. Vi behöver även ha vår frihet, kunna vara nyfikna och ha mod att förändras. Den som inte vågar förändra sig, står still i livet utan att utvecklas. Jag vill inte göra det längre.

Jag har haft en partner med stor förståelse vid min sida de senaste veckorna. Om han, om vi, klarar en sådan tung situation ihop, klarar vi alla andra med. Vi har bestämt oss för att ta nästa steg. Jag vågar satsa allt.

Vi ska flytta ihop på riktigt. Jag hade ett stort bråk häromdagen med exmaken som plötsligt kände sig förrådd. Dottern ville inte vara i hans lägenhet de senaste veckorna, min nya partner tog över papparollen tyckte han och nu skulle vi dessutom flytta ihop.

Det blev en del arga samtal och sms men jag kan och vill inte ta hänsyn till honom i dessa frågor. Det är mitt liv, han måste acceptera att det inte finns plats för honom där längre. Om ett par år är dottern vuxen och lever sitt eget liv och vi kommer inte ha så mycket gemensamt kvar.

Även på jobbet vill jag ändra en del.

Jag är bra på det jag gör, det vet jag. Jag är duktig på gestaltning och tillgänglighet men jag vill bli duktig även på hållbarhet.

Jag kämpade emot Monas synpunkter i början, men så mycket har jag förstått, både genom bygget av Kantarellen och av min nya partners enastående detaljkunskap, att vi arkitekter har ett stort inflytande.

Vi har alla möjligheter att förändra och förbättra den klimatpåverkan byggnader har. Vi är nyckeln, grunden till ett hållbart samhälle och jag vill vara med och skapa det. Jag vill inte synas för min egen skull, inte nu längre.

»Priser är inte längre min drivkraft«, överraskade jag min partner med att säga när jag berättade för honom vad jag tänkte göra.

»Jag vill att mina byggnader syns, jag vill att vi gör skillnad. Jag anmäler oss båda två till Monas kurs om energieffektivt byggande nu under våren. Vad tycker du om det?«

Han var överraskad men helt på min sida. Jag skickade en bokning till Mona och lyckades verkligen få henne helt mållös av förvåning. Bara det var värt en anmälan.

Mina andra två kollegor är inte alls inne på samma spår.

Speciellt inte hon som jobbar med inredning. Hon ser sig som dirigent för en hel orkester av formgivare. Ja, där var jag också för två år sedan och det är som sagt inte fel men jag har kommit längre nu.

Till ett bra musikstycke behöver man även en triangel.

Och hållbarheten innefattar också den ekologiska delen, nytänkandet, att inte följa flocken, att sticka ut, att förändra. Hållbarheten ska inte bara vara ett tomt och uttjatat ord utan behöver uttryckas i handling.

Minskar vi inte vårt fotavtryck kan vi inte heller vara socialt eller ekonomiskt hållbara, inte nu och absolut inte i de kommande generationerna.

Vi lever enbart några år på den här planeten och vi lämnar spår. Jag är arkitekt och jag vill att mina spår är hållbara.

~

MONA

För två månader sedan fyllde hon nitton år. Hur är det ens möjligt? Jag var visst så ung själv en gång, var det inte precis nyss? Jag minns när min mamma sa:

»Vänta du bara när du har en dotter, då kommer du förstå hur jag känner.« Idag är den dagen, där denna mening blir verklighet.

Jag sitter i soffan, trött efter en lång arbetsdag. Jag blundar och ser en öppen låda som spökar i hjärnan. Jag måste stänga *Bläckfisk-lådan* för att inte bli helt desperat igen. Det blev ett tråkig slut för äldreboendet som vi har jobbat så hårt med i början av året, med förhoppningen att hjälpa den lilla kommunen att bli hållbar.

Efter vår pedagogiska presentation som tydligt visade brister med byggnadsformen var projektledaren både chockerad och generad, men ändå tacksam och optimistisk om att kunna stoppa projekteringen och börja om. Sedan blev han bara överkörd av politiken.

Nästan ett år hade arkitekten och verksamheten jobbat med det här utkastet. De ansåg nu att det var mest "rätt" för kommunen och en omstart där man tänker nytt vore för tidskrävande. De hade troligen läst forskning om äldreboenden och med dessa ensidiga kunskaper tagit fram en byggnadsform som blev helt ohållbar ekologiskt och ekonomiskt. Ändå går man vidare med denna lösning.

Vi hade påvisat både att investeringen är högre och energianvändningen till och med fem gånger högre än ett likvärdigt projekt som har energitänk från början. Vi kunde även påvisa med stöd av andra forskningsresultat att funktionen för de boende och arbetet för verksamheten är fullt möjlig även med den effektivare formen.

Och idag kom beskedet från en mycket ledsen projektledare. De ska bygga Bläckfisken i alla fall.

När jag ställde frågan vilka argument beslutet grundade sig på var svaret så enkelt som:

»Politik.«

Vi har valår och politikerna ville nu i slutspurten visa att de höll sina löften om det nya äldreboendet. Ingen i kommunen bryr sig om konsekvenserna när det väl är byggt men en politiker skulle kunna förlora valet om inte projektet åtminstone hade dragit i gång med första spadtaget – och ett leende i kameran.

En omstart med en ny skiss ansågs ta mer tid, främst till att övertala verksamheten, än om man bara som nu blundar och fortsätter med bläckfisk-formen.

Det tror inte jag, men jag blev inte ombedd att yttra mig i ämnet. Själva projekteringen hade naturligtvis tagit mer tid nu i början för att man hade behövt göra ett nytt utkast. Men bygget hade gått betydligt snabbare med en kompaktare form. Och med tanken på en hundraårig drift är en månad mer eller mindre under projekteringen definitivt inte avgörande, inte ur mitt perspektiv.

Men jag är inte politiker och jag vill inte vinna nästa val, jag vill bara bygga hållbara hus. För honom är perspektiven helt annorlunda. Hans perspektiv sträcker sig över fyra år, inte hundra.

»Vi vill inte trampa någon på tårna«, fick jag också höra.

Det var helt allvarligt menat. Man bygger inte hus efter bästa möjliga förutsättningar för människor och klimatet. Man bygger hus efter personliga känslor och relationer. Någon ska vinna nästa val, någon ska inte bli kränkt, någon gillar inte utveckling.

Vad är det för fel på oss?

Man bygger dåliga hus som grundar sig på dåliga beslut och allt för att upprätthålla prestige, karriärer och yrkesstolthet hos enstaka personer? Inte ens de höga investeringskostnaderna blev avgörande i den lilla kommunen. Det argumentet får vi annars alltid höra. Vi kan inte bygga hållbara hus, det är för dyrt.

Här kan man inte bygga hållbara hus för att det troligen är för billigt.

Jag är nedstämd och besviken och arg och sitter i soffan för att tömma mina tankar i en låda som måste stängas. Jag måste kunna gå vidare till nästa projekt, där man verkligen vill ha vår hjälp, där man bryr sig om kommande generationer. Jag ska inte ta det för personligt. Jag ska inte låta mig påverkas för mycket och ändå gör jag det igen.

Och så kommer dottern in mitt i min dystra stämning.

Hon sätter sig bredvid mig och inleder en allmän konversation om våra planer i helgen och vädret och hur jag mår. Jag tittar lite förundrad på henne för att jag märker att det inte är därför hon satt sig här.

»Vad är det som är på gång«, frågar jag lite tveksamt medan jag gnuggar ögonen för att piggna till. Jag ser att hennes ögon strålar och jag förstår att det är något viktigt hon vill berätta för mig.

»Var inte ledsen nu, mamma.« Oh, vad kommer nu?

Och så börjar hon berätta och jag får en plötslig känsla av igenkännande. Bara att rollerna var annorlunda för trettio år sedan.

Dottern har i smyg ansökt om ett praktiskt år efter sin gymnasietid, dock inte i Sverige, inte heller i Tyskland, inte ens i Europa.

»Jag vill åka till Amerika, mamma«, hör jag henne säga,» jag fick min Au Pair-plats bekräftad idag. Det blir Seattle.«

8000 kilometer och tjugo flygtimmar härifrån. Jag ramlar nästan av soffan när jag försöker att sätta mig rakt upp i en auktoritär position, vilket jag naturligtvis helt misslyckas med.

Efter sommaren ska hon flyga till en annan kontinent för tolv månader, långt hemifrån, för att vara Au Pair hos en främmande familj. Min lilla tjej, hon hade ordnat allting själv. Både stolthet och besvikelse väller upp i mitt inre. Jag hade ingen aning, precis som min mamma inte hade det då för längesedan. Det var verkligen att ge sig ut på djupt vatten.

För bara några månader sedan berättade hon om planer på att resa genom Europa med vänner men hon har ändrat sig, säger hon nu.

Det blir helt tomt i hjärtat, tårarna rinner och jag försöker dölja dem genom att vända mig bort. Nu förstår jag exakt hur min mamma kände sig för trettio år sedan när jag berättade att jag skulle flytta flera hundra kilometer norrut. Min lilla vuxna flicka.

Egentligen har hon varit självständig sedan länge. Hon fixade egna jobb både på restauranger, på gymmen och som säljare. Hon lagar mat, bakar, tvättar, hon är så duktig på så mycket. Hon har alltid varit engagerad i skolan, pluggat flitigt, skrev sitt gymnasiearbete, fick bra betyg.

Men hon kan omöjligt vara nitton år och flytta till Amerika?

Jag kan inte dölja mina tårar längre och hon kramar mig.

»Det är bara ett år«, säger hon.

»Ja, jag vet«. svarar jag, »och det kommer bli ett fantastiskt år, jag är så stolt över dig.«

I smyg vet jag dock att det är början på slutet. Mitt barn håller på att flytta ut. Mitt barn är inget barn längre. Och lika glad som jag är för hennes skull, lika mycket tycker jag synd om mig själv.

Jag kan bara säga samma sak till henne nu, som min mamma sa till mig för så många år sedan:

»Vänta du bara, när du har en dotter, då kommer du förstå dessa känslor.«

KAPITEL 33 - POLITIK

Farsan kommer till bygget nästan varje dag, några timmar, antingen den nya platschefen vill eller inte. Företagsledningen har godkänt hans önskan om en långsam återintegrering i arbetslivet och det här är ju hans bygge. Valpen är på hunddagis under tiden och stortrivs med sina nya kompisar.

Farsan har börjat blanda sig i och ifrågasätter typ allt den nya platschefen beordrar. Det är mycket uppskattat av kollegorna. Vi har äntligen fått hit två extra snickare, en ny rörmokare och en ny elektriker.

Mona kom också med kort varsel och utbildade även dem och både jag och far satt med på mötet för att flika in hur viktigt det är att göra rätt från början.

Om farsan var en konservativ platschef i början så är han nu närmast en revolutionär. Jag vet inte om han verkligen har ändrat sin inställning eller om han bara njuter av att plåga platschefen och få uppskattning av grabbarna.

Farsan går fortfarande på fysioterapi, gör sina övningar och tar hand om valpen under förmiddagarna och efter jobbet.

»Att bara vara hundvakt är inget alternativ för mig, meddelade han tydligt. Lite som jag anade.

Vi närmar oss slutspurten inför sommaren, i princip är det bara åtta arbetsveckor kvar, när man räknar bort alla vårens helgdagar.

Ingen kollega vill missa dessa eller ännu värre behöva jobba över igen. Alla har blivit väldigt fokuserade, tack vare farsans fokus på lagarbete. Ibland är han som en hockeytränare.

«Ska vi vinna denna match», typ och alla ropar tillbaka: »JA!«

Fasadskivorna och spegelglasen har kommit och monteras för fullt nu. Sedan farsan är tillbaka som vice platschef fungerar arbetsledningen igen. Jag kan utan dåligt samvete snickra, det är både bra för mig och för tidsplanen.

Markentreprenören har kommit tillbaka och har börjat med lekgården. Även bullerväggen ska byggas omgående, när fundamentet är gjutet. Landskapsarkitekten fick fram en bra lösning för hur man skulle kunna integrera bullerplanken i den starkt kostnadsbesparade utemiljön.

Några av planken ska bli klätterväggar. En vägg får ett basketbollnät och så kommer det även finnas ett plank med klätterrep och ett för målningar med krita.

Det blev en mycket bra kompromiss till den mindre lekplatsen som föreslogs under första året. Väggarna ska finansieras av Trafikverket men till att börja med lånar kommunen pengar åt dem, vad jag förstod. Nu fick de en lekfunktion på köpet. WIN-WIN, skulle man väl kalla det.

Positivt är att alla fönster är överisolerade och klara även från utsidan nu och farsan såg till att glasfasaden med tillhörande dörrar görs av en underentreprenör. Plåtslagaren sätter de sista fönsterblecken och ute växer det fram en mycket spännande förskolemiljö.

Det ger oss mer tid för interiören. Jag håller just på med isoleringen av innerväggarna när Stefan ringer: »Hur är läget på bygget?« Jag berättar i korthet vad vi gick genom under förmiddagen:

»Kabeldragningen och rördragningen i enkling pågår.« Dubbling av innerväggarna är påbörjad där det är godkänt av elektrikern och rörmokaren. Ventilationskanaler isoleras just nu. Montage av fast undertak pågår, plocktaket kommer senare, fönsterbänkarna är monterade. Smygar pågår, mellanbjälklaget är monterat, spackling av badrum är påbörjat.

Jag lägger även ärligt till:

»Ett stort bekymmer är de synliga träväggarna främst i stora samlingsrummet. Vi har slipat dem två gånger nu och det är fortfarande inte den bästa kvalitén men rent har det blivit. Målaren har förslagit en tätare lasyr för att dölja kvistarna, tror du arkitekten kan godkänna detta?«

Stefan skrattar och svarar:

»JAG godkänner detta, vi måste komma vidare och för mig låter det som ett klokt förslag.«

Farsan tog på sig hela ansvaret med felleveransen av massivträväggarna trots protesten från nya platschefen som ville fakturera efterarbeten.

»Vi ska vara seriösa«, fastslog han.

»Vi för samtal med akustikern också«, kompletterar jag mina punkter.

»Om vi får, så skulle vi kunna dölja en del av trästommen med de nya akustikträskivorna. Vill du kolla med arkitekten?« Det skulle Stefan göra och återkomma.

»Vi ligger fortfarande efter i tidsplanen men med lite tur kan byggnaden överlämnas i slutet av augusti som det är sagt. Markentreprenören har några kollegor som kan färdigställa gården under sommaren ifall det behövs«, avslutar jag min sammanfattning.

Stefan suckar lite:

»Jag räknar med att det inte blir ytterligare förseningar«, säger han strängt och fortsätter:

»På eftermiddagen kommer politiker och tidningen, ni kanske vill städa lite extra inför finbesöket.« Han skrattar igen. Jag lovar att jag ska meddela farsan om den extra städningen.

Det kommer han gilla, han var ganska missnöjd med hur arbetsplatsen såg ut under sin frånvaro.

~

STEFAN

Jag tar på mig mina nya tofflor. Blandrasen bryr sig inte längre om vare sig dem eller kuddarna. En förmiddag på kontoret väntar. Det finns en del att förbereda innan eftermiddagens stora politikerevent på byggarbetsplatsen. Jag lyckades inte längre att flytta fram hans besök.

»Nu vill jag veta vad jag betalar för«, sa han i svarta kavajen.

Tyvärr fick jag inte med någon från verksamheten denna gång heller. Chefen är fortfarande sjukskriven och den biträdande är så upptagen med att hålla den löpande verksamheten i gång att hon helt enkelt inte hinner.

Hon bryr sig rent allmänt inte om byggplatser och explicit inte om Kantarellen, förmedlade hon till mig. Dessutom är hon ju bara biträdande och inte huvudansvarig skulle jag veta. Hon funderar dessutom på att byta jobb, ingen tackar henne för hennes extraordinära insats de senaste månaderna ändå.

»Jobbet är helt övermänskligt och underbetalt«, Den insikten är hon nog inte helt ensam om. Nu förstår hon varför ingen annan ville ha jobbet.

»Arkitekten hade fria händer förut, det är ju trots allt hennes jobb«, avslutade den biträdande verksamhetschefen vårt telefonsamtal.

Marie var inte heller intresserad att synas ihop med svarta kavajen igen. Det förvånar mig trots allt, hon var annars inte speciellt svår att övertala när hon fick möjligheten att synas.

Johan gav mig en snabb överblick hur läget ser ut hos dem.

Tyvärr är glasfasaden inte färdigmonterad och större delen av ställningen kvar men han skulle kolla om han kunde flytta den lite, så att fotografen kan få en snyggare bild med politikern i förgrunden.

Energistrategen rullar in i mitt rum. Hon har svällt ut som bara den. Jag frågar retsamt:

»Hur många ungar bär du på egentligen?«

Effektiv som hon är, uppfyller hon säkert svenska barnkvoten vid ett och samma tillfälle.

»Det är inte roligt, får jag höra med en arg blick.

»Hur är läget hos dig«, undrar hon.

»Jag har gått ner två kilo de senaste månaderna och du då«, svarar jag med glimten i ögat.

»Jag har gått upp tjugofem kilo«, flinar hon tillbaka.

»Kan du hjälpa mig att knyta mina skor? Ingen chans att komma ner längre.«

Jag frågar vart hon ska medan jag böjer mig ner och knyter hennes skosnöre. En sista check hos barnmorskan skulle det bli. Bebisen ligger med rumpan neråt och det ska kollas om man inte kan få den lilla envisa babyn att vända sig om. Så är det med naturen. Man kan göra sitt bästa, följa rekommendationer och kloka råd. I slutändan ligger barnets nedkomst i naturens och möjligen läkarnas händer.

Energistrategen har varit till stor hjälp för mig den senaste tiden. Vi har haft en del diskussioner med Kantarellens nya platschef som hon lyckats lösa på kvinnors vis. Trots allt finns det en del mer ÄTAs än vi hade önskat oss. Konstigt nog är det mest tillkommande arbeten, tillägg som faktureras oss. Hur man än vrider och vänder fakturorna så har ändringarna under byggnationen nästan alltid varit till entreprenörens fördel, trots brister i vissa leveranser.

Vi fick minska lekgården ytterligare något. Men vi lyckades med nya bullerväggen och vände ett nödvändigt ont till barnens förmån. Trafikverket gick med på tilläggen för klätterväggen för att vi förfinansierar deras byggprojekt.

Jag hoppas att både energistrategen och jag kommer få en lyckad förlossning.

Man önskar sig att det som känns jobbigt nu i slutfasen, kan glömmas när man får se resultatet.

Hon tackar för hjälpen med skosnörena och påminner mig om att det är schnitzeldag i restaurangen. Vi skulle kunna träffas där klockan elva om jag vill, så är vi först i kön.

»Hungrig är jag permanent. Fast det är ju barnet så klart som kräver all näring«, smilar hon.

Jag sammanställer mina Kantarellen-underlag under resten av förmiddagen och skickar alla redovisningar och uppdateringar till politikern i svarta kavajen. Han ska ju kunna svara på journalistens frågor på plats. Så att inte någon ifrågasätter hans kompetens i ämnet.

I eftermiddag kommer han att le in i kameran och stolt visa förskolans synliga miljökännetecken som jag fick som uppdrag att rada upp för honom: solcellerna, träfasaden och gröna sedumtaken.

Det som syns är det människor tror är mest hållbart. Folk är så lättpåverkade. Ingen förstår att den verkliga hållbarheten är den som inte är synlig.

Att förskolan just på grund av sin form och sin isolering har ett mycket mindre värmebehov, kommer han inte prata om.

Att vi använder delvis återvunnen isolering är inget som syns.

Att vi har byggt förskolan med en stor flexibilitet för framtida ändrade behov är inget som det kommer att skrivas om i tidningen.

~

JOHAN

Där står han nu och blir intervjuad. Politikern i svarta kavajen.

Stefan står hos oss byggare. Vi var tvungna att backa ur synfältet så att han kan lysa framför kameran. Den enda utöver honom som blev godkänd i bilden var blandrasen.

Varför? Det får vi läsa mer om i morgondagens tidning. Politikern tar upp hunden i famnen och pratar om sitt ständigt pågående engagemang för miljö, klimat och djurskydd. Blandrasen har blivit en symbol i sammanhanget.

Stora bruna ögon och ett snällt väsen, han har ingen aning hur han blev manipulerad den lilla vovven. Kanske lika mycket som vi alla. Politiker är viktiga, de har en status i samhället, som arkitekter, forskare eller läkare.

Vi andra är underprivilegierade. Så känns det i alla fall i sådana här situationer. Är det inte vi som spikar ihop förskolan? Är inte vi lika viktiga som de som fördelar skattepengarna, eller de som beräknade konstruktionen eller personalen som kommer att ta hand om våra barn eller fastighetsskötaren som ansvarar för byggnaderna under drift?

När vetenskapsmän och ingenjörer utvecklar nya teorier, behövs inte då även arbetare för att förverkliga dessa? Det tas en del noggrant utvalda detaljbilder av huset.

Politikern står framför ett vackert fönster, klick med kameran.

Politikern pekar på samlingsrummets höjd, klick med kameran.

Politikern visar träbjälklaget och så klickar kameran igen.

Ingenting är en slump, ingenting ska visa den verkliga bilden från en pågående byggplats med hårt arbetande byggare som försöker hinna hålla tidsplanen.

Det är hans framgångar som ska visas när politikern är på plats, inte våra problem.

~

KAPITEL 34 - REFLEKTION

MONA

Jag tar av mina kläder och klär på mig baddräkten.

»Tunnan är varm«, ropade maken. Han har förberett två glas vin och har gått ut för att tända de levande ljusen. De sitter i verandastolparna som facklor och ger våra utekvällar en mysig stämning.

»Vill du verkligen inte följa med och bada«, försöker jag en gång till att övertala åttaåringen som sitter djupt upptagen med sitt senaste legobygge.

»Sluta mamma, stressa mig inte«, svarar sonen och jag ger upp med ett leende över hans envishet.

Jag tar på mig badrocken och packar in minihögtalaren.

Vilken musik skulle kunna passa idag? Jag bestämmer mig för Amy Macdonald, det är ett säkert kort och går ut till mannen.

Jag älskar verkligen platsen här ute.

Ett bad i den vedeldade tunnan funkar alla årstider oavsett vädret.

Nu under sommaren tar det bara någon timme innan kaminen har värmt sjövattnet som pumpats upp till tunnan. Varje hushåll i byn har en egen anslutning, ett smart system som sparar på dricksvattnet sommartid.

Vinterhalvåret går det åt betydligt mer vedpinnar men maken är en utekille med myror i brallan. Han behöver sysselsättas med manligt arbete som vedhuggning.

Jag tar av badrocken. Det är ljummet i försommarluften och fortfarande ljust ute. Vattnet är säkert trettionio grader och jag stönar belåten när jag sjunker ner på bänken i badtunnan.

»Trött?«, frågar jag min älskling, som verkar vara långt borta med sina tankar.

»Nej, förvånansvärt nog inte«, svarar han själv överraskad över sitt ovanliga tillstånd.

Vi sitter tysta en stund och njuter av värmen, av förmånen att få vara friska, fria och lyckliga trots ganska påfrestande vardagar.

»Vet du förresten vem som ringde idag«, frågar han mig efter en stund. Han tar en klunk rött vin och jag tittar upp nyfiken.

»Den lilla kommunen med bläckfisken«, fortsätter han utan att vänta på mitt svar.

»Jaha, hur går det för dem«, undrar jag.

»Inte så bra«, berättar han. Då har de väl gjort en kostnadskalkyl nu, tänker jag, och kommit fram att det blir för dyrt att bygga. Men så var det inte.

»Det står några ekar på tomten man hade planerat att bygga äldreboendet på. Nu har Länsstyrelsen förbjudit dem att ta ner de gamla träden för de skulle bevaras«, säger maken, »men den komplexa huskroppsformen får inte plats där emellan«, fortsätter min kära man med lite ironi i rösten.

Jag skrattar:

»Ja, den formen förstör nog vilken miljö som helst. Då kanske de äntligen vill inse problemet och satsa på en kompakt tvåplansbyggnad i stället? Så kan de bevara ekarna och bygga på tomten, allt med minsta möjliga fotavtryck«, föreslår jag.

»Ja, det rekommenderade jag med«, instämmer maken, men vet du vad projektledaren svarade?« Paus, trumvirvel. »Politikerna vill nu att de ska leta fram en ny tomt till bläckfisken.«

»Va?« Nu är jag förbluffad. »Du menar inte allvar? Sa de inte att de inte hade tid?« Nu fick de chansen att göra om och bygga hållbart och då väljer de samma felaktiga byggnad men letar efter en ny tomt? Den logiken får jag inte ihop. Jag blir bara arg.

»Sluta berätta sådant för mig«, säger jag uppretat till maken, »jag är tillräckligt arg på myndigheter och politiker och du behöver inte lägga ännu mera ved på brasan.«

Jag har exempelvis i flera omgångar försökt att meddela myndigheten för samhällsplanering, byggande och boende att deras krav och uppföljning av kraven inte är kompatibla med verkligheten. Men ingen bryr sig. Jag får nonchalanta svar av synbart överbelastade personer.

De har ett uppdrag gentemot regeringen men troligen inte mot allmänheten. De framställer energikrav som varken motsvarar dagens möjligheter eller följs upp på allvar. Och så får ointresserade kommuner alla möjligheter att kunna gå i motsatt riktning än klimatmålet. Jag tar glasen ur vinhållaren som simmar mitt i tunnan.

»Skål för verkligheten!«

Jag behöver alkohol för att döva smärtan.

»Så länge nybyggnadsprojekt bara behöver nå energikraven i teorin och med schablonvärden och dåliga befintliga hus inte har krav på sig att renoveras kommer vi inte minska koldioxidutsläppen. Alla siffror kommer bara bli greenwashing«, säger jag desperat till mitt badtunnesällskap.

Maken grinar illa. Han är den coola av oss, den diplomatiska.

Jag tar allt så jädra personligt, han bryr sig inte om dem som ignorerar verkligheten. Jag ser bara de projekt vi inte kunde rädda. Han ser våra framgångar, kastrullen och locket. Vi två passar ihop som *Faust aufs Auge*. Jag behöver säga det på tyska för att *knytnäven på ögat* skulle kanske kunna missuppfattas. På svenska blir det snarast *som hand i handske.*

»Det är ju samma sak med klimatdeklarationen«, återgår jag till projektet igen. Nu har jag börjat att haka upp mig.

»Vi visade i våra beräkningar att Bläckfisken påverkar klimatet betydligt mer än den kompakta formen. Men myndigheten för samhällsplanering har inte satt några gränsvärden än och om de kommer så blir de inte relaterade till energianvändningen«, inser jag sorgset.

»Så vi har inga mandat att påverka eller kräva förbättringar.«

»Så är det«, säger maken, »i klimatdeklarationer ingår ju inte ens tekniska prylar och de avger upp till trettio procent av koldioxidutsläppen och man ställer inte heller resultatet i relation till energiåtgången som du säger. Tror man på allvar att kinesiskt tillverkade solceller är klimatneutrala«, fortsätter min man.

»Varför tar man fram en klimatlag när ändå ingen bryr sig«, undrar jag.

»Det ger konsulter nya affärsmöjligheter och inkomster«, vet mannen som jobbat som konsult i trettio år, »men ändrar varken arbetssätten på bygget, byggnadens prestanda eller hållbarheten under livscykeln.«

Det börjar bli mörkt och stjärnorna kommer fram. Vi sitter kvar i tunnan och filosoferar över världen och människorna som håller på att förstöra vår planet.

»Hur länge kommer vi finnas kvar, tror du«, frågar jag eftertänksamt och tittar upp på himmelen.

»Kommer sonen kunna växa upp i denna värld? Hur ska vi förklara för honom att vi misslyckades?«

Mannen som alltid har ett svar på allt har inget svar på detta.

Vi lyssnar på musiken i stället. Jag gosar in mig i hans famn.

Som tur är får jag vara mig själv hos honom. Jag känner mig aldrig ensam här.

Ute på jobb är jag ensamvargen, den *arga tanten* som bara ser allt som inte är bra. Jag söker efter samarbeten men ingen är intresserad. Något måste vara fel på mig.

»Det ligger i människans natur att vara egoistisk och hänsynslös«, meddelar jag bestämt till mannen som om det påståendet skulle vara sant vore en utomjording.

Vi har visat i så många projekt nu att man kan bygga kostnadseffektivt och hållbart med kortare byggtider och ändå byggs så många hus med sämre prestanda.

Vårt koncept är inte kommersiellt, de som tog fram det, ville inte tjäna pengar utan förbättra världen. Filosofin bakom konceptet är: "Öppen tillgång för alla och överskottspengar används för forskning och utbildningar i stället för marknadsföring och lobbyism". Vi har ingen tid för politiskt påtryckningsarbete. Mina få försök med en före detta bostadsminister har lett till en entimmes audiens som inte ändrade någonting. Andra industriföretag har professionella företrädare för sina intressegrupper och särintressen som i organiserad form framför sina åsikter till politiska makthavarna.

De vinner, vi förlorar. Jorden förlorar.

»Man skulle definiera en hållbar byggnad utifrån hur *underhållbar* den är«, kom det en inte ny men värdefull insikt från min tekniknörd i tunnan.

»En komplex byggnad kommer alltid kräva mer underhåll än en enkel byggnad. Det gäller både form, material och teknik. En komplex byggnad kommer alltid vara mindre flexibel för framtiden, kommer alltid att kräva mer resurser för att byggas om eller anpassas när behoven ändrar sig«, säger han helt rätt.

Jag fortsätter i hans tankebana:

»En komplex byggnad kommer alltid att ha svårare att bli cirkulär. Jag menar det måste vara svårare att återanvända material ur en sådan byggnad efter rivningen, efter livstiden, eller hur?«

»Så är det säkert, om det nu ens är möjligt«, flikar han in, »en komplex byggnad kommer aldrig ha samma kvalitet och samma kvalitetssäkring som en enkel byggnad.«

»Ha«, fortsätter jag och flyttar mig till andra sidan av tunnan, »de flesta människor tror ju ändå att det är grön fasad eller integrerade solceller på taket som gör en byggnad hållbar. Det som finns *bakom fasaden* bryr man sig inte om.«

Mina tankar blir dystra igen, känner jag. Jag vill inte vara negativ hela tiden. Jag vill bara hjälpa.

»Känner du till *Paretoprincipen*«, frågar jag mannen efter en stund.

»Du menar effektivitetsprincipen«, svarar han, »att man med tjugo procent insats klarar åttio procent av arbetet?« Klart han känner till det, min besserwisser.

»Ja. Tänk om man även kunde applicera det på byggnadernas energiprestanda. Då skulle det betyda att man med enbart tjugo procent nytänkande kunde lyckas att spara åttio procent energi.«

Den italienska ekonomen och professorn Vilfredo Pareto visade för över hundra år sedan att tjugo procent av den italienska befolkningen innehade åttio procent av egendomen och den observationen kunde sedan generaliseras till flera olika situationer. Den används för att mäta arbetseffektivitet, försäljning eller marknadsföring. Varför skulle inte det funka i byggbranschen? Med rätt kunskap och vilja måste det kunna vara möjligt.

»Om man tillåter tjugo procent nytänkande i ett tidigt skede, det vill säga under designarbetet, måste vi kunna öka energibesparingspotentialen med åttio procent och om vi fortsätter på samma sätt under byggnation, med nya arbetsmetoder och material står vi i slutändan på det maximalt bästa resultat, en hållbar byggnad. Vad tror du?«

Han håller med och det känns genast mycket enklare.

»Det funkar säkert, älskling, det enda vi inte har är tid. Men jag gör mitt bästa, du vet. Den lilla kommunen med bläckfisken kommer kanske inte ändra just denna byggnad men projektledaren har redan sagt att de kommande projekten ska börja med en helt ny målbild. Där har du dina tjugo procent«, försöker han ge mig motivation och hopp tillbaka.

Fokusera nu på det väsentliga, Mona. Var positiv.

Nu hör jag en bil parkera på infarten. Dottern kommer hem. Hon har jobbat ikväll men ska sova hos oss. Vår familjefrukost på söndagarna har blivit en mycket omtyckt tradition.

Vi dricker ut den sista droppen vin och kliver ur tunnan. Jag älskar våra pratstunder. Det kan kännas konstigt att vi pratar jobb oavbrutet även under fritiden. Våra samtal kan kännas tunga och det är de men samtidigt kan jag prata av mig och känner en lättnad i att dela mina tankar med en likasinnad. Jag älskar honom för det liv han ger mig.

Vi går in i huset igen och en euforisk dotter springer mot mig. Hon har en vit halvlång klänning med långa ärmar på sig, en studentklänning, som troligen kom med posten idag. Så vacker hon är, så vuxen.

»Vad fint«, säger jag och försöker hålla tårarna tillbaka.

»Jag behöver byta om bara«, försöker jag bromsa henne lite när jag märker hur badvattnet droppar ner på golvet.

Hon springer tillbaka och står bara några sekunder senare framför mig igen med nästa exemplar.

»Också fin men inte lika fin som den första«, hinner jag kommentera innan jag smyger in i badrummet. Jag har precis klätt på mig mina myskläder när hon kommer till mig en tredje gång.

En mycket kortare känning som jag direkt ser att den inte är hennes stil och att hon inte heller trivs i den. Hon vet att jag säger det jag tycker och utan att tänka efter speciellt mycket så kommer det ut:

»Inte den, där ser dina ben ut som grekiska pelare.«

Det var nog klumpig sagt för hon har vackra tränade idrottsben men i just denna klänning stämde inte proportionerna. Tyvärr utlöste min kommentar kvällens värsta gräl. Hon blev jättearg och full av tvivel på sig själv igen. Hon kontrar högt:

»Jag vet själv att jag har fula ben och vit hud och leverfläckar överallt och du behöver inte påpeka det hela tiden«. Dottern springer tillbaka till sitt rum, smäller i dörren och kvällen är körd som många gånger förr. En oaktsam mening med återkommande konsekvenser. Att jag aldrig kan lära mig när man ska hålla tyst. Jag har säkert minst en miljon gånger sagt till henne hur vacker hon är både inuti och på utsidan men sedan räcker det med en mening och hela världen rasar ihop. Oftast ligger det annat bakom det men jag är alltid ventilen som får henne att pysa över.

Båda är vi trötta, jag efter jobbet och hon av allt pluggande i skolan, eller så var det ett bråk med en kompis innan under dagen, vem vet. Det är bara några veckor kvar innan hon är klar med gymnasiet och bara några veckor till innan hon flyttar hemifrån, långt bort till det stora Amerika. Jag tittar på klockan, sonen behöver läggas, men reder jag inte ut bråket med dottern först kommer han inte kunna somna ändå.

Jag tar ett djupt andetag, behöver några minuter för att samla mig. Sedan knackar jag på hennes dörr och stiger in. Hon är fortfarande arg, det går inte att ta miste på hennes blick men när jag säger förlåt går hon med på det, som tur är. Även det har vi båda lärt oss under många års träning.

Hur ledsna, arga eller besvikna vi än är, vi ska aldrig låta en dag avslutas utan en försoning. Både har vi lärt oss att första steget, det tunga, är det som är jobbigast men även viktigast.

Vi kramar varandra, hon tar på sig första klänningen igen och båda har vi tårar i ögonen. Min underbara flicka som har blivit en kvinna.

»Vi är alla fina så som vi är och dessutom unika«, säger jag till min vackra dotter som alltid kommer vara vacker för mig. Jag lägger sonen som inte kan somna utan sina fem minuters gos med mig i sängen. Sedan sätter jag mig till min neutrala och diplomatiska make i soffan. Han kramar mig hårt och jag vet varför. Jag är välsignad med mitt jobb och min familj. Tjugo procent rädsla och åttio procent vilja ger hundra procent kärlek.

~

KAPITEL 35 - DÖDEN

Jag sitter avslappnad i min ergonomiska stol och är nöjd med livet. Kantarellen växer fram som den ska och vi håller tidsplanen. Ingenting kan bromsa oss längre, eller?

Det är ingen ko på isen så länge rumpan är i land.

Energistrategen travar tungt in på mitt rum. Hon måste ha gått upp ytterligare några kilogram. Att hon orkar.

»Jag orkar inte!«, svarar hon som om hon hade läst mina tankar, »Har du hört den tråkiga nyheten?« fortsätter hon nära till tårarna.

»Är glassen slut i butiken?« försöker jag skämta.

»Nej inte alls. Verksamhetschefen har dött«, säger hon snyftande. Det hände troligen förra veckan men informationen nådde inte upp till våning tre förrän nu.

»Oh, det var ju«, försöker jag, »verkligen beklagansvärt.« Det har varit tyst från verksamhetens sida ett tag, det kan jag medge utan att veta hela sanningen. Jag ville inte väcka den björn som sover. Varje gång vi pratade om Kantarellen innan, fick det en ny ändring av materialbeställningar, flytt av hemvisternas köksdel eller nya eluttag som följd. Och varje gång fick jag en ny ÄTA-faktura av nya platschefen som på så sätt försökte maximera företagets vinst. Så jag kan inte säga att jag saknade mötena med verksamhetschefen speciellt men hon behövde ju inte dö för den delen.

»Troligen var man sedan ganska länge medveten om att verksamhetschefen inte skulle komma tillbaka, även om hon efter operationen och strålningen skulle återfått sin hälsa, säger energistrategen nu.

Jag beklagar automatiskt sorgen, men energistrategen var inte helt färdig med sin berättelse.

»Den biträdande, du vet hon som höll sig helt utanför, har slutat som hon hade lovat. Och idag har en NY verksamhetschef börjat sitt jobb.« Det gick snabbt, hinner jag tänka, men jag har ju inget med henne att göra, eller har jag?

Energistrategen träffade den nya i fikarummet och de pratade om det ena och det andra.

»Och så kom även Kantarellen upp på tapeten«, säger hon lite mer försiktig nu. Jag får en skeptisk blick av henne innan hon fortsätter.

Det visade sig att den nya verksamhetschefen kom från en annan kommun där man jobbar väldigt mycket med en pedagogik som bygger *på övertygelsen att barnen strävar efter att utveckla sig själva och att denna utveckling följer olika sensitiva perioder.*

»Va? Jag är också i en sensitiv period just nu. Du också väl?« frågar jag roat utan att ana att mitt leende snart skulle försvinna.

»Nja, du kanske är närmare sanningen än du tror. Hon vill boka ett möte med dig NU och jag sa att du har tid, visst har du det«, undrar förrädaren.

»Har jag?« Jag försöker leta fram en lämplig pärm på mitt skrivbord för att visualisera hur upptagen jag är med olika ekonomiska uppdrag men hon går inte på det och skrattar åt mitt försök.

»Kom nu, hon väntar på dig, jag följer med, så är du inte ensam.« Jag reser mig sakta upp men visar henne tydligt mitt missnöje.

Vi går ner för trappan. Att jag fortfarande känner mig andfådd efter bara några trappsteg och dessutom ner för trappan är en bedrövlig realitet.

I den gamla verksamhetschefens kontor sitter den nya verksamhetschefen bakom den gamla verksamhetschefens skrivbord, fast med nya broschyrer i handen.

»Hej Stefan, trevligt att råkas«, säger en strålande person i gul kostym. Färgrädd är hon i alla fall inte.

» Jag hörde att det är du som leder bygget av nya förskolan Kantarellen. Jag har en liten komplettering till bygget, om det är okay för dig.« Hon fortsätter stråla över hela ansiktet medan jag tappar hakan. Sedan berättar hon om de stora framgångar hon haft i sin gamla kommun med en pedagogik vars utgångspunkt är att barn är nyfikna och fulla av upptäckarglädje.

»Barnens intressen varierar ju med ålder och mognad,« skulle jag förstå. Montessoripedagogik är en riktig pedagogik och inget annat. Pedagogiken bygger på att barn under olika mognadsstadier är speciellt mottagliga för olika slags kunskap.

»Nu ska vi gå från det konkreta till det abstrakta«, säger hon *pedagogiskt* och skrattar, fast jag vet fortfarande inte vart det hela ska leda.

»Det material som används i förskoleverksamhet och även i skolverksamhet ska stimulera till såväl praktiska som intellektuella och sinnestränande övningar, förstår du?«

»Måste jag«, tänker jag och känner mig avslöjad.

»Traditionella hemvister med jämnåldriga barn finns inte i den här riktiga pedagogiken«, får jag lära mig vidare.

»Här har man åldersblandade grupper där barnen lär av varandra, utvecklar sitt samarbete och ser sig själva ur olika perspektiv.«

Nu börjar jag långsamt ana åt vilket håll det barkar. NEEEJ, vill jag skrika men säger diplomatiskt i stället:

»Mycket intressant men jag har ett möte nu, kanske kan vi fortsätta en annan gång.«

Jag tänker precis resa mig från stolen.

»Vänta en sekund, Stefan, desto tidigare du har med mina ändringar, desto bättre är det säkert för både ekonomin och tidsplanen«, smilar hon, så jag börjar undra om hennes mungipa växter uppåt.

»Vilka ändringar?« Nu lyckades hon få min uppmärksamhet i alla fall. Skit också.

»Som sagt, alla barnens sinnen ska stimuleras. Förskolemiljön ska vara väl förberedd och anpassad. Bord, hyllor och stolar ska vara i barnens höjd. De flesta material är självrättande, varpå barnen får uppleva tillfredsställelsen med att se att de lyckas med en uppgift, fortsätter den nya verksamhetschefen utan minsta tecken på irritation.

Jag måste befinna mig i en mardröm? Kan någon väcka mig? Dessa drömmar om kvinnor har blivit väldigt plågsamma för en gammal man som mig. Jag tittar mot energistrategen som lyssnar med stor uppmärksamhet. Hennes hormoner måste ha gjort henne döv?

För bara några månader sedan var *ett förhållningssätt som byggde på en stark tro på människans möjligheter, en djup respekt för barnen samt en övertygelse om att alla barn föds intelligenta, med en stark inneboende drivkraft att utforska världen* det enda som gällde och nu måste vi stimulera barnen igen?

I den *riktiga pedagogiken* ska barnen arbeta så fritt som möjligt och pedagogens roll är bara att observera eleverna och ge dem handledning, hör jag långt borta som ekot ur pedagogiska djungeln.

»Det ska inte heta hemvister längre utan nu är det klassrum och dessa ska vara mera inbjudande, med färger och mönster och annat tilltalande«, säger chefen nu, »det underlättar lärandet och gör det mer intressant och roligare.«

Enligt montessoripedagogiken kommer barnen att vilja lära sig mer än i andra förskolor.

»Och allt detta för att de har roligt när de lär sig«, meddelar hon glatt, med mungipor som definitivt strävar uppåt.

Roligt? Det är inte alls roligt. Verkligen inte roligt, tänker jag, när jag ovilligt tar emot en lista med ändringspunkter jag troligen skall ta med till entreprenören i det mest olämpligaste skede. Men man vill ju inte trampa en ny kollega på fötterna, inte på hennes första dag.

Fast jag vill trampa på något annat i stället, precis nu. Då måste jag ropa in ett krismöte med Marie och Johan för att reda ut om dessa ändringar kan, måste, behövs genomföras. Jag önskar mig "militären" tillbaka.

Som tur köper verksamheten in sina leksaker själv, tänker jag bara. Enligt den nya verksamhetschefen ska det finnas många leksaker fast bara en av varje.

»Inte för att man vill ha barn som bråkar.«, säger den permanent skrattande. »Vi tror att barnen på så sätt lär sig respekt och att dela med sig.«

Det vill jag minnas funkade ju inte så bra varken i den kapitalistiska eller kommunistiska läran, men jag säger inget. Den italienska fru Montessori, som själv var barn i slutet av 1800-talet, vet säkert hur det moderna samhället fungerar. Då låg ju den andra pedagogiken som inte var en pedagogik åtminstone hundra år närmare.

Men vad vet jag?

~

KAPITEL 36 - TILL SIST

MARIE

Kantarellens verksamhetschef har avlidit. Det var en tråkig nyhet. Hon var en mycket stark kvinna, tyckte jag. Men cancer är en skitstövel och skonar inte ens de bästa. Ändå kom det plötsligt och överraskande. Nu kan jag inte påstå att jag brukade ha kontakt med verksamheten efter att jag gjort klart mina byggritningar, oftast är samarbetet över när handlingarna är stämplade.

Normalt hade därmed denna dödsinformation inte ens nått mig.

Men i den här kommunen verkar allting vara lite annorlunda.

Igår träffade jag den nya verksamhetschefen ute på byggplatsen och det visade sig att även hon är en stark person som brinner för sitt område. Tyvärr går hennes åsikter om pedagogik inte helt hand i hand med hennes företrädares. Det är som med allt annat också, det finns inte bara en sanning utan många.

Hennes heter Montessori. Det finns en del likheter i de två olika pedagogikerna, men så klart även ett antal skillnader. Det mesta berör inte byggnaden, det var positivt. Jag blev även glad att hon gillade form och rumsuppdelningar som det var byggt nu efter mina ritningar.

Men hon hade en del interiöra ändringar. Vi skulle komplettera med både färg, platsbyggda organiska former och inredningar. Frågan var, finns det tid och pengar för detta? Beslutet kom plötsligt och oväntat och från högsta kommunala nivå.

Ja, Kantarellen ska anpassas till den nya pedagogiken. Vi fick kolla med produktionen vad som är möjligt i ett så sent skede.

Och Johan hade svaren. Att flytta innerväggar var inte att tänka på, inte för att det inte gick men det skulle innebära för mycket extra tid i den ändå tajta tidsplanen. I stället ska de nu beställa några skjutväggar som kan dela rummen.

»Just för att byggnaden är så kompakt och ventilationssystemet är behovsanpassat är den mera flexibel och tål mer ändringar än andra byggnader«, förstod jag av Johan. Normalt är modifieringar i detta skede eller senare helt omöjliga. Om byggnaden behöver kompletteras eller byggas om är det svårt att realisera.

Men jag håller med, byggnadsformen är inte bara hållbar utan även underhållbar som jag har hört nu så många gånger från så många olika håll.

Målaren har bara grundat ett första lager, inget problem att komma med önskemål här heller.

»Färgen kan blandas efter kända färgkort från RAL, men skynda gärna på kreativitetsprocessen«, fick jag som råd av honom.

Nya verksamhetschefen gav mig i stort sett fria händer, hon har väldigt färgglada föreställningar som dessutom varierar från rum till rum. Sådant gillar mina konstnärliga gener.

Den gamla platschefen, som hade kommit tillbaka, kunde även bromsa plattsättaren lite. Jag ska ta fram kakel och klinkers efter det nya önskade färgmönstret och så hoppas vi att det inte blir leveransproblem.

Den nya verksamhetschefen ville även byta ut den fasta möbleringen. De var inte levererade än men det låg en order på dem. Att avbeställa dem, helt utan kostnad, var inte möjligt längre, enligt Johan. Kommunen godkände de extra kostnaderna ändå, förvånansvärt nog.

De nya möblerna har en lång leveranstid men kunde komma efter sommarlovet om de beställdes snarast.

En hel del jobb för mig med Kantarellen denna vecka, med andra ord. Stefan, främst Stefans chefer, gick med på allt och nu sitter jag här och ritar om. De behöver underlagen på måndag.

Jag måste jobba övertid igen och mamma-dotter onsdagen behöver flyttas till helgen. Som tur är, är dottern hos sin pappa denna vecka. Han hoppade in och utmanade henne i badminton. Jag är så glad att hon börjar bli sig själv igen.

Även relationen med exmaken har anpassat sig till det nya normala och dottern känner sig tryggare igen. Gärningsmännen bakom händelsen på nyårsafton kunde inte gripas men folket är på sin vakt, oavsett kön. Trots att vi tog bort dotterns konto på hennes sociala mediagrupper har jag i hemlighet kollat vidare på de olika mediala plattformarna och uppdaterat mig.

Hon vet inget om det och just nu vill jag inte heller öppna gamla sår. Men reaktionerna på nätet har faktiskt blivit omvända, till det positiva. Kanske visar jag henne sidorna om några veckor.

Det finns en #metoo-grupp där andra drabbade tjejer och kvinnor skriver om sina erfarenheter och det finns ett klart budskap:

Ingen tjej ska behöva vara orolig på en mörk hemväg, vid busshållplatsen eller i sociala medier. Det är inte acceptabelt att misshandla tjejer oavsett i vilken grad och omfattning. Medmänskligheten har inte helt försvunnit här på jorden.

Det kanske finns hopp.

JOHAN

Alla känner apan, apan känner ingen. Farsan känner alla.

»Den nya verksamhetschefen är svägerska till politikern i svarta kavajen«, berättade han för mig när jag överraskat informerade honom om den nya pedagogiken på förskolan Kantarellen. Det förklarar en hel del.

De plötsliga ändringar som nästan fick kosta vad de ville, tilläggen och extra beställningar. Naturligtvis är det för barnens bästa och det är man nu helt övertygad om, den nya pedagogiken där alla barn förverkligar sig själva är det absolut bästa för våra barn.

Som tur är har vi här en flexibel byggnad med fribärande tak och enbart några bärande innerväggar och stolpar.

Det går absolut att flytta de flesta, men det skulle påverka den påbörjade golvläggningen och därmed tidsplanen enormt. Till slut enades vi om att främst ändra färgsättningen i rummen och bara komplettera med några lätta flyttbara väggar.

Jag sitter med farsan i lilla personalmatsalen i nedre boden för att slippa höra den nya platschefens gnäll över alla dessa sena ändringar. Framför oss ligger de första ritningarna utbredda, som Marie har mailat över.

»Det är verkligen en del ändringar«, stönar jag.

Då knackar det på dörren. Vi tittar lite skeptiskt på varandra men ropar både samtidigt:

»Kom in.« En man i medelåldern öppnar dörren och går in i rummet. Känner vi varandra? Han ser både trött och förtvivlad ut, men även bekant på något sätt. Jag kommer bara inte på vad det är.

Han berättar att han är byggherre och ägare av villan längs bort från förskolan och att hans byggare försvunnit och inte kommit tillbaka. Företaget har troligen gått i konkurs fick han veta av grannarna och de kan inte avsluta jobbet hos honom. De har byggt flera villor i området och fuskat under uppförandet. Flera missnöjda byggherrar betalade inte sina fakturor och så fick de lägga ner.

»Jag såg era byggskyltar här lite överallt. Ni verkar vara ett större byggbolag och jag undrar om ni inte kunde hjälpa mig och bygga färdigt mitt hus«, ställer han frågan tydligt riktad mot min far.

»Det är inget problem med betalningar, lägger han till. »Jag har pengar och kan betala i förväg, bara huset bli klart.«

Han har nästan tårar i ögonen när han avslutar sin historia.

»Du är tyvärr inte ensam om det här«, säger farsan och tittar fundersamt på mig.

»Vi har jättemycket att göra«, säger jag direkt. Titta inte så på mig, tänker jag. Men det är för sent.

Farsan med sin omtanke och medlidande med andra människor hade redan fattat ett beslut. Han ber mig att följa med mannen till hans bygge och kolla läget. Vad behövs göras, omfattningen av arbetet och bedömning av kostnader och så skulle vi kolla internt om vi kan skicka ett snickarlag för att avsluta bygget.

Missmodigt tar jag bilnyckeln och lovar byggherren att följa efter honom till hans hus. Han ser väldigt tacksam ut när vi lämnar boden. Vi kör genom hela området som verkligen växt fram ur typ ingenting. Bara ett år har gått sedan den första grunden göts och nu står det säkert ett fyrtiotal nästan färdiga villor i olika färg och form uppradade på väldigt små tomter.

I slutet av området ligger en hörntomt vid en korsning där gatan möter Nya Ringvägen. Stackars honom, är min första tanke, han fick verkligen den sämsta tomten. Här är mannen ju utsatt för trafik från två håll när gatan öppnas om några månader. Jag stannar bilen på den provisoriska infarten och följer efter honom.

Jag tittar på huset, ett funkishus kallar man det nog, flera lådor på varandra och mycket glas åt alla väderstreck. Inte min grej, jag saknar snickarglädjen.

Den medelålders mannen öppnar entrédörren som mer eller mindre sitter monterad i den gigantiska nedre betongklossen. Egentligen är betongen bara själva stommen för att byggnaden består mestadels av glas. Försommarsolen är varm utomhus men när vi kommer in i byggnaden så är det inte varmt längre, det är hett.

Man tror att man står i en bastu. Han ser min skeptiska blick och svarar: »Solgardinerna är inte monterade ännu, det är en punkt på listan.« Jag är inte säker på om de hjälper så mycket, här behövs aircondition blir min spontana reaktion, men jag säger inget.

De flesta glasen är verkligen bara fasta fönster, inte öppningsbara. Det finns en enorm skjutdörr som han försöker att öppna men den visar sig snart vara ytterligare ett av problemen som behövs åtgärdas. Huset känns för mig som en steril jättebunker.

Slipat betonggolv, ståltrappa och glas överallt. Hur tänker han möblera och städa här? Men det är inte mitt problem.

Han visar mig runt och jag stirrar häpen på allt. Det är också ett sätt att tolka nytänkandet slår det mig, inte hållbart, inte funktionellt men modernt för ögonblicket. Om jag har lärt mig något det senaste året, så är det var köldbryggor finns och hur lufttätheten säkerställs. Köldbryggor ser jag här typ överallt och trots betongen på insidan ser man rakt genom de icke drevade fönsteranslutningarna.

Betongplattor som kragar ut, glasen som ligger längst ute i fasaden, trösklar, golvet och taket, allt utan isolering. Skulle vår fuktsakkunnige göra en termografering här under vintern skulle han få väldigt färgglada bilder i sin värmekamera. Det ser jag utan infrarött och det ser inte bättre ut i sovrummen och arbetsrummet.

Det har fuskats i badrummet också, jag ser att fallet till brunnen saknas och kakel har spruckit. Trösklarna är inte handikappanpassade, elledningar är inte färdigdragna och värmepumpen inte ansluten, jag ser inte rördragningen dit heller.

Jag blir väldigt skeptisk när jag ser alla fel på det här bygget och tänker på garantier och ansvar. Det är en sak att avsluta ett jobb, en annan att åtgärda fel som delvis kanske inte ens går att rätta till helt. Om vi skulle gå in här och jobba vidare, hur skulle det bli på slutbesiktningen? Vi kan inte stå för felen de andra byggarna har gjort och bli syndabockar under garantitiden.

Jag vänder mig om mot honom:

»Du måste först anlita en besiktningsman för att notera felen rent juridiskt innan en annan byggare kan gå in och göra klart jobbet. Det behövs även en åtgärdsplan.«

Jag försöker förklara detta för honom men han blir arg direkt och tittar irriterat på mig. Om jag inte bara kunde fixa det så att han kan flytta in vill han veta, men jag nekar.

Huset är inte bara hett inomhus utan även hett för oss som byggare, här *bränner vi fingrarna* om vi börjar ta över arbetena.

»Jag beklagar, jag kan inte hjälpa dig i nuläget«, avslutar jag och lämnar huset. Han svär efter mig att jag kommer ångra att jag inte ville hjälpa honom.

Men jag lyssnar inte, utan stiger in i min bil och åker tillbaka till förskolan. Detta hus vill jag inte ha något att göra med.

När jag kommer fram med bilen, väntar farsan på mig. »Nu vet jag varför han kändes bekant. Det var han med mynten på tomten«, säger farsan.

På eftermiddagen slutar jag i tid, för första gången på länge.

Jag tänker hämta sönerna från förskolan för att visa dem Kantarellens byggplats innan vi åker hem och bygger med lego och äter pizza, farsans specialpizza.

Den stora pojken kommer springande mot mig med en bild i handen. Den visar en bläckfisk som han har målat i olika färg.

»Oh«, sa jag, »vad fin den blev. Du har målat så noggrant och inte över kanten.«

Han svarade stolt: »Ja, bättre att vara noggrann än att komma sist.« Vilken liten filosof han är. Jag grunnar fortfarande på denna mening. Det skulle kunna bli årets valspråk.

~

STEFAN

Som förväntat fick jag mailat en stor hög med nya ÄTAs, fint kronologiskt sorterade av nya platschefen. Oväntat fick jag ett direkt godkännande av kommunchefen för samtliga tillägg.

När jag lite tyst undrade, om dessa tusentals kronor inte hade gjort sig fint på lekgården, får jag bara ett »Fråga inte«, tillbaka som svar. Jag har naturligtvis nu också förstått att den nya verksamhetschefen och den svarta kavajen har ett släktskapsförhållande men hur deras relation plötsligt kan rota fram så mycket skattepengar, är ett mystiskt mirakel för mig.

Jag var ute på bygget igår igen. Vi hade byggmöte med grabbarna. De är just nu i ett byggtillstånd som kallas *LPP – Löses På Plats.*

Det är många små detaljer som aldrig ritats upp, glömdes bort eller missats att samordna under projekteringen. Även själva byggmetoden till nya energikonceptet kan leda till kompletteringar, eftersom ingen hade utvecklat dem på papper innan.

Dessa måste nu lösas av snickarna. Vi har bland annat upptäckt att den stora glasfasaden vid entréerna som Marie ville ha över två plan inte bara har en synlig kant i trämellanbjälklaget så som hon hade ritat.

Bjälklaget har ju även fått en synlig golvuppbyggnad ovanpå och dessutom synliga kanaler under bjälklaget och det ser ju inte klokt ut från utsidan genom glasfasaden. Sådant tänker inte arkitekten på. Lösningen kom från de skickliga hantverkarna inte från den teoretiska konsulten. Snickaren ska nu bygga ett slags lock av trä, för att dölja bjälklagskanten, bestämdes igår.

Även träskivan som bildar fönstersmygen blev för smal för att dölja lufttäthetstejpen från fönsterramen helt och en extra trälist måste sågas till och monteras. Den fanns inte med i ritningarna heller. Fotlisten och taklisten ska specialanpassas liksom innerdörrkarmar. Många mantimmar som inte är kalkylerade.

De fick ett litet problem med höjden på plan två mellan trägolvet och våtrummen, ett extraskikt flytspacklet behövdes för utjämningen. Diskussionen om tilläggskostnader pågår.

Marie var mycket noggrann med tillgänglighetskraven och även kontrollansvarig har påpekat åtgärder men det är fortfarande oklart om det är fel i ritningarna eller i utförandet. Det är enormt mycket som händer på bygget nu. Väldigt många detaljer som ska på plats och nya ändringar och tillkommande önskemål gör inte saker direkt enklare. Avbeställningar, ombeställningar, ändringar till målaren och plattläggaren. Det är stress jag gärna kunde vara utan.

Som tur är kan jag sitta i min fina kontorsstol ibland, klappa blandrasen och bara filosofera lite över livet. Jag har lärt mig att delegera och snart är jag pensionär.

På helgen ska vi västerut. Lilla Flugsvampen har äntligen fått ett namn. Ett modernt namn fick jag lära mig. Stackas pojke. Jag hoppas det tar tid innan hans lekkamrater upptäcker att namnet rimmar på TOA.

Som tur är finns idag pedagogiken som inspirerar barn att lära sig respekt och att man inte mobbar ett barn för dess namn. Under min barndomstid hade han nog haft det svårt.

Frun har blivit helt galen sedan hon blev farmor. Hon har shoppat ännu fler leksaker och barnkläder den senaste tiden och nu hittade hon sönernas gamla dopkläder. Hon tvättade dem, strök dem och broderade på namnet. Jag måste medge att hon lyckades smitta mig med lite av glädjen inför helgens dop. Främst är jag dock nyfiken på, hur deras sterila hem har blivit *efter flugsvampens invasion*.

Men nu är det dags för lunch, ser jag med glädje. Blandrasen får ett ben och jag går ner till restaurangen. I dag blir det en stor *wallenbergare* med ärtor och potatis. Ja, jag tar en extra sked ärtor för att hålla mitt grönsakslöfte.

KAPITEL 37 - FÖRSENINGAR

Jag är på väg till sjukhuset igen. Det är en livlig sommareftermiddag. Solen står högt på himlen, snart har vi årets längsta dag. Cyklister har tagit över både gator och vägar.

Det är ett mysterium för mig att det inte sker flera olyckor med dessa hänsynslösa pedaltrampare. Nuförtiden trampar de ju i för sig knappast längre, allt går bara på el, lika onödigt som dessa *sparkcyklar* som ligger i buskarna överallt. Svoom, där kom en till, säkert femtio kilometer per timme och ingen hjälm. Livsfarligt även för fotgängare.

Jag skyndar mig in genom huvudentrén innan det som är kvar av hjärtat behöver pumpa för hårt. I den sjukhuslänga jag befinner mig nu luktar det inte sjukhus på vanligt sätt, inte blod och inte död. Här luktar det liv och bajs i stället, grimaserar jag när jag trycker på knappen och går genom automatikdörren.

Den energiska energistrategen har fått sitt barn i natt, äntligen efter två veckors försening. Jag var helt säker på att hon när som helst skulle explodera. Ett nytt liv på det här jordklotet. Med tanken på mammans energi har barnet säkert potential att rädda världen.

Jag kliver in på BB-avdelningen och frågar efter min kollegas rum. I handen håller jag den största blomsterbukett jag kunde hitta. Hon är inte ensam, som förväntat, tänker jag när jag går genom dörröppningen. Hennes viljestarka polispojkvän sitter med naken överkropp i andra hörnet av rummet och beundrar med tunga ögonlock miraklet som sover på hans bröst. Han nickar kraftlöst när jag kliver in.

»Oj, är det allt som kom ut«, undrar jag direkt, när jag får ser den lilla stumpan. Hon strålar:

»50 centimeter lång och 3800 gram.«

»Men var är de andra tjugotre kilona? Jag trodde det skulle bli minst två till«, flinar jag. Hon flinar tillbaka.

Trött ser hon ut men inte i närheten så sliten som polisen.

Han har somnat i fåtöljen nu igen och är helt borta. Energistrategen ber mig att ge henne bebisen för att avlasta pojkvännen.

Jag lägger ner blommorna och fiskar upp det lilla sovande paketet från sin pappas bröst.

»En tös eller hur«, frågar jag medan jag lägger stumpan med rosa mössa i sin mammas famn.

»Ja. Du känner väl till ordspråket: *Pojkar gör pojkar och män gör flickor*«, skattar hon väl medveten om att jag har söner. Nej, det hade jag aldrig hört innan. Med tanken på bebisens pappas nuvarande tillstånd tvivlar jag också lite på detta påstående.

»Hur gick förlossningen«, vågar jag ställa den typiska *BB-frågan* dagen efter nedkomsten men ångrar mig genast.

Jag är verkligen inte sugen på att få veta mera i detalj. Men jag hade hört att frågan förväntas.

Energistrategen tvekar:

»Jag är inte säker på att du klarar av att höra det, med tanke på ditt gamla hjärta«, retas hon.

Hon har i alla falla inte tappat humorn. Så hemskt kan det väl inte ha varit. Det är ändå tur att kvinnor ansvarar för uppgiften och tur att mammakänslorna är så starka att de glömmer smärtorna direkt efter förlossningen, annars skulle alla barn vara ensambarn, funderar jag.

Tjugofyra timmar låg hon i värkarbete. Det var ganska länge.

Pojkvännen körde hit henne igår efter lunch, med blåljus. Båda var säkra på en snabb förlossning då avståndet mellan värkarna blev kortare och kortare.

När de precis kommit in i entrén så gick vattnet och även barnmorskan trodde att det skulle bli en snabb nedkomst.

»Efter första undersökningen blev man dock förvånad över att livmodermunnen inte hade öppnat sig mer än två centimeter«, visualiserar hon med avståndet mellan tummen och pekfingret.

»Nu börjar det bli lite pinsamt«, tänker jag. Att få höra så mycket om hennes öppning mellan livmodern och livmoderhalsen känns lite för privat. Hon ser hur jag rynkar pannan men fortsätter hänsynslöst med ännu mer detaljer. Jag är inte säker på om jag någonsin kan få dem ur minnet igen.

»Barnmorskan rekommenderade lustgas för att minska smärtan«, säger hon och skrattar högt.

»Vilken missbedömning! Han där borta«, hon pekar på den sovande polismannen, »som redan var fullt upptagen med att hålla min hand, fick nu även ta sig an tiotals spypåsar fyllda med gårdagens granatäpplen. Trevligt, eller hur?« Hennes matvanor hade blivit väldigt speciella den senaste tiden, berättar hon. Hon var mycket sugen på olika typer av exotiska frukter som hon åt i stora mängder.

»Om du fortfarande är sugen på frukter«, retar jag henne, »kan jag hämta några kärnor från marknaden.« Hon rynkar pannan och jag skrattar igen. Kvällen innan åt hon just dessa goda röda kärnor ihop med vaniljglass. Allt detta kom sedan med hjälp av lustgasen upp igen.

»Just de små granatäppelkärnorna som fyllde påse efter påse kommer vara ett minne för livet, kan du tro.«

När livmodermunnen inte ville öppna sig och värkarna inte ville minska, fick hon epiduralbedövning, så kallad EDA.

Då hade hon redan tillbringat sju timmar på sjukhuset.

»Det gav mig några smärtfria vilotimmar«, minns hon. »Jag trodde jag var i sjunde himlen. Vilken skillnad med denna efterlängtade bedövning. Du anar inte«, ler hon nu.

Lite sömn fick hon och även polisen innan de några timmar senare satte i gång förlossningen på riktigt, med någon slags värkstimulerande dropp och allt började från början.

Hon gick och hon låg, hon gungade och studsade men det blev ingen större öppning. Bebisen som fortfarande inte låg helt i rätt vinkel med huvudet ville ändå komma ut. Energistrategen fick pressreflexer trots att hon fortfarande bara hade öppningskontraktioner och då blev det farligt.

»Försök att pressa ett expansionskärl ut genom en vattenutkastare«, visualiserar hon. Ja, nu kan jag ungefär föreställa mig situationen men vill jag verkligen det? Både hon och barnet blev så stressade att man till slut äntligen hämtade en läkare som nästan paniskt bedömde att ett akut kejsarsnitt behövdes göras.

Som tur var gick det att komplettera epiduralbedövningen med spinalanestesi, en regional bedövning som gjorde att hon kunde vara vaken under snittet.

»Allt gick plötsligt jättesnabbt, för snabbt för att man skulle kunna behålla lugnet«, berättar hon. De senaste timmarna hade hon mestadels varit ensam med sin emellanåt skräckslagna polispojkvän men nu sprang hela förlossningsavdelning omkring henne och förberedde henne inför operationen. Pojkvännen gjordes *steril*, hur det nu gick till och sedan var de inne i operationssalen.

Inom bara några minuter kom tösen ut och polisen fick klippa bort en del av navelsträngen när läkarna bedömde hennes hälsotillstånd som kraftfullt och normalt.

»Ja, det var allt«, avslutar hon och ler mot sin dotter.

»Det som inte dödar oss gör oss starka. And here we are.«

Hon smeker flickan försiktigt över det tunna svarta håret och ler belåtet.

Tur jag är en man, tänker jag, jag mår illa bara av att höra historien. Kvinnor är visst hjältar.

~

MONA

Det är veckan efter studentfirandet. Vi har återgått till det normala livet igen, man kan knappt tro det. I flera veckor var fokuset i princip bara på festen. Hennes fest.

Och det blev en stor succé. Vi delade upp kalaset i två aktiviteter, själva utspringet med kompisfest i veckan och mottagningen med vänner och familjen under helgen. Det blev en svensk-tysk blandning som fungerade dubbelt så bra. Hon hade tid med sina kompisar och även tid med oss.

Utspringet blev som vanligt en blöt upplevelse, det regnade på förmiddagen men det är man van vid när man är född i den här stan. Tur att hon hade en extra-klänning att byta till och det var inte den med *grekiska pelare*. Studentmössan hade hon försäkrat dyrt och skulle

verkligen få en ny efter regnet, vilken försäljnings.
strategi.

Hela studentfirandet här i Sveriges är en enda stor
affär, antagligen jämförbart med Melodifestivalen. Till
mössorna och minst tre klänningar kom plakaten, glasen,
dekorationer, tält, catering och presenter. Många som tjä-
nar pengar på denna högtid.

Till helgen kom solen tillbaka, i alla fall tidvis.

Det var torrt hela dagen och det är man för det mesta
redan nöjd med. Svenska vänner kom från långt håll och
tyska familjen reste hit och stannade i flera dagar.
Dottern var minst lika stolt över den stora mottagningen
som vi alla var över henne. Flera gånger rullade tårar ur
olika människornas ögon. Hennes mormor och morfar
blev kvar en hel vecka.

Vi lyckades koordinera deras resa ihop med tyska
vänner, så slapp vi att hämta dem under de mest
stressiga dagarna av förberedelser. Vi dansade, grillade,
firade som om det var sista gången och på sätt och vis var
det ju så.

Nu är hon klar med skolan och Amerika väntar. Det
är tyst igen, lite för tyst kanske.

Som tur är, är det snart midsommarfest och maj-
stången väntar på oss. Dottern vill verkligen följa med till
Dalarna.

»En sista gång«, sa hon vemodigt och det är vi mycket
glada för. Så fina minnen jag har med henne vid sjön
Siljan. Första midsommaren var kransen större än hela
hon. I år kommer hon bära den som en prinsessa. Den
vackraste blomman på jorden.

Jag blir avbruten i mina tankar när telefonen ringer.
Det är min käraste som kommer med intressanta inte helt
överraskande nyheter. Han har fått höra av projekt-

ledaren i den lilla kommunen som ville bygga ett äldreboende i form av en bläckfisk att entreprenörerna nu hade lämnat sina anbud.

»Kostnaderna överstiger samtliga kommunala möjligheter och det övervägs en omprövning nu«, berättar han hoppfullt.

Inte helt oväntat, tycker jag. Nu kommer hela projektet att bli försenat i alla fall.

»De måste hitta någonstans de kan göra besparingar. Det har gått ett halvt år sen vi påpekade problemen och nu kan de inte bygga huset i alla fall«, skrattar han lite skadeglatt i andra ändan i luren.

»De som lider mest är säkert seniorerna som får vänta ännu längre på att bli omhändertagna. Och vart hittar man besparingar om man inte optimerar byggnaden, tror du«, frågar jag honom.

»Ingen aning, men troligen i inredningen, i omsorgen, i kvalitén av vården, något åt det hållet«, säger han medveten om att man inte förstår att det är arkitekturen som var orsaken till den nuvarande situationen.

Vi funderar själva sedan länge på att bygga ett äldreboende med vårt koncept men har inte riktigt fått ihop en styrgrupp och finansiärer till idén vi drömt om i många år. Vår vision är att bygga en kombination av äldreboende, förskola, hunddagis och rehabiliteringscenter. Så kan man kanske sammanfatta det. Vi tror både på den sociala kombinationen och värdet av att ha de olika åldersgrupperna och behoven under samma tak, eller i alla fall på samma gård. Att hjälpas åt, skapa glädje och livslust. Vi drömmer om det här stället där ingen behöver vara ensam längre och vi tror på generationsövergripande verksamheter. Ett hållbart liv i kombination med en hållbar byggnad, det är vår vision.

Förseningar blir det även för min *skola för byggherrar* som jag har planerat i flera år att kunna erbjuda till alla som vill bygga hus.

Våra erfarenheter behöver nå ut till allmänheten i tidigt skede av deras byggplaneringar, tyckte jag. Men även detta är bara ett bottenlöst hål. Jag har utvecklat en endagsutbildning för både privata och kommunala byggherrar för att berätta mera om gestaltning, material, byggrutiner och kvalité när man bygger eller renoverar hållbart, men ingen kommun, ingen myndighet, ingen förening är intresserad av en sådan utbildning.

Vi gjorde lite Youtube-filmer, erbjöd utbildningarna även digitalt men inget napp. Det kan vara frustrerande ibland när man bara kämpar mot stora väderkvarnar. Det finns så mycket vi kunde förmedla efter våra många år i byggbranschen.

Vad är hållbart byggande på riktigt: arkitektur, materialval, komponenter, tekniklösningar, kvalitetssäkring?

Varför vill ingen se vinsten för hela samhället?

Igår var jag på byggplatsen av en skola i en kommun i närheten av mitt kontor. De bygger sin tredje skola nu efter samma genomtänkta energikoncept. De har följt upp sina skolor.

Deras investeringskostnader ligger trettio till fyrtio procent lägre än kostnader för andra skolor i landet. Energianvändningen ligger till och med femtio till sjuttio procent under normalförbrukningen.

Skolorna är funktionella och har ett mycket gott inomhusklimat och driftteknikern är nöjd med de låga underhållsbehoven. Trots dessa goda resultat byggs det fortfarande i nittioåtta procent av Sveriges kommuner med betydligt sämre prestanda och för mycket högre kostnader. Är det vettigt?

Jag pratade med byggarna och undrade om det kanske är för komplicerat att bygga enligt energikonceptet. Svaren jag fick var samstämmiga:

»Det är väl inte mera komplicerat eller speciellt att bygga så här. Det mesta är som vanligt och det som är NYTT har vi lärt oss nu.«

Det är NYTT bara en gång, därefter är det ERFAREN-HET.

Varför vill man ligga efter när man kan ligga i framkant?

Jag kommer inte rädda världen idag heller, tyvärr. Så jag packar ihop min dator och lämnar mitt kontor mitt i bokskogen, både rastlös och vemodig. Jag vet inte hur jag ska kunna nå ut till tio miljoner människor med ett ämne som troligen ingen är intresserad av.

Så länge en post på sociala medier av en dansande katt eller en sovande bebis får mer uppmärksamhet än klimatkatastrofer, flyktningar och fattigdom kan jorden knappast vara en planet med intelligent liv på.

~

MARIE

Jag är på byggplatsen Kantarellen. För tredje gången, det måste vara rekord. Johan förser både mig och den nya verksamhetschefen med varsin väst. Hjälm och skyddsskor lär inte behövas längre. Utifrån är byggnaden i princip klar. Den är stor med sina två plan men jag lyckades få den att se luftig ut ändå.

Jag är nöjd med resultatet. Fasadskivorna och träribborna ger ett mycket fint samspel och mest nöjd är jag med spegelskivorna bredvid hemvisternas fönster i entréplan. Det var en bra tanke, reflektionen av svampskogen har starkare konturer än de genomskinliga fönsterglasen och ger byggnaden en levande karaktär. När man backar lite ifrån huset ser man både solcellerna och grästaken på de lägre förrådsbyggnaderna.

Där har vi vår miljöprofil. De horisontella solavskärmningarna i form av skärmtak är fortfarande under byggnation men man anar hur bra de gestaltar formen som annars kan bli mycket kompakt. Även balkongen gör sig fint och bryter ner den massiva grundstrukturen.

Annars ser byggnaden ut som vilket hus som helst. Gården växer fram och man kan ana omfattningen. Barnen kommer få världens uteplats. Jag måste medge, betydligt större än om vi hade byggt i ett plan. Byggarna håller på med plattläggningen och cykelvägen.

Mot tågspåren byggs en bullervägg. Den behöver jag titta lite närmare på. Helt fantastisk. Framför bullerväggen som kommer bli en klättervägg har man fällt ner en typ av studsmatta så att barnen landar mjukt. »Dessutom är att hoppa en av de bästa motionsformer för koordination och balans man kan tänka sig«, kommenterar verksamhetschefen. Själva klätterväggen har olika svårighetsgrader med motsvarande antal klättergrepp i olika färg och form. Snickarna håller på att skruva fast dem, liksom krokar för att hänga upp rep.

Det var verkligen en genialisk idé av landskapsarkitekten. Byggarna berättar att även basketbollkorgen kommer att monteras efter sommaren, tyvärr blev det förseningar med leveransen.

Jag är imponerad av byggnaden, det kan jag verkligen medge.

Monas energieffektiviseringskurs har öppnat mina ögon för sammanhanget. Hon hade duktiga föredragshållare som verkligen fick ihop en helhetssyn från gestaltning, teknik, livscykel, kostnader, kvalitet och underhåll.

Förra veckan skrev jag även kursprovet och jag kan inte minnas när jag var så stressad sist, både inför och under tentamen. Det måste ha varit de tre timmar som gick snabbast ever. Nu väntar jag på Monas besked om jag har klarat tentamen. Lite osäker är jag för att jag inte hann med alla uppgifter under den korta tiden. Min partner gjorde det helt suveränt. För honom var varken beräkningar eller ritningar något problem, en sådan nörd.

Johan öppnar entrédörren åt oss och vi kommer in i stora salen. Ja, målaren har fått ihop det ganska bra med träkvalitén.

»De slipade av ytan två gånger och nu är det målat med en tätare lasyr«, berättar Johan. »Man kan fortfarande se träfaner och kvistar bakom men utan industrikänsla eller hur?«

Verksamhetschefen gillar färgvalet i alla rummen. Målaren hade provmålat på en innervägg för att hon skulle godkänna.

Målaren och plattsättaren ligger efter men båda hoppas att det blir klart innan sommarlovet som börjar om tre veckor.

»Det är främst elektrikern som har tidsproblem just nu«, säger Johan. Det är problem med fiber och larm och man har efter inbrottsförsöket förra veckan skärpt säkerheten på bygget.«

»En oidentifierad person försökte att ta sig in med en borrmaskin genom ett av fönsterglasen på baksidan«, berättar Johan med ett lite hånfullt skratt.

»Men han lyckades inte.« Vi går till det blivande personalrummet och han pekar på det skadade glaset. Skrattande lägger han till att dessa energieffektiva fönster inte verkar vara något att leka med. Tjuven lyckades aldrig komma genom andra glaset.

Nu väntar entreprenören på ett nytt glas, det är lite extraarbete men kunde ha blivit betydligt värre.

Sakerna som finns i byggnaden nu går upp till flera hundratusen i värde: Tv:arna, surfplattor, köksapparater.

»Att det finns människor som vill stjäla från barn är helt obegripligt för mig«, säger jag besviket. Johan tror dock inte att det var det som var själva planen.

»Jag tror att det var någon som bara ville förstöra, vandalisera, ta hämnd.«

Vem skulle det kunna vara? Det syns att bygget börjar bli färdigt. Jag ser på långt håll att man isolerar kanaler i fläktrummet. Att de lyckades fylla det stora rummet med så många prylar. Jag trodde aldrig att det behövdes så mycket utrymme för tekniken.

Elektrikern driftsätter precis solavskärmningar och rörmokaren håller på med de små toalettstolarna i de våtrum där plattsättaren har blivit klar. Även om Johan säger att de ligger efter så syns det för mig som var här sist för en månad sedan väldigt tydligt att det går framåt.

Jag gillar Johans "kappa" mot bjälklagskanten och en del andra lösningar de själva kommit på. Jag är faktiskt imponerad av arbetet entreprenören har gjort utöver det som var ritat. Det är alltid en del detaljer man aldrig tar upp under projekteringen.

Det stämmer, som arkitekt skulle man vara ute i verkligheten betydligt oftare. Det är både lärorikt och inspirerande speciellt när man har en arbetsledare som Johan vid sin sida. Jag har inga problem att ställa frågor, tänker inte ens tanken att jag kunde göra bort mig. Jag funderar inte ens över hans eller min position som så ofta har varit ett hinder för ett bra samarbete. Jag förstår nu mycket bättre att *vi behöver varandra*.

Vilken fin sommardag det är, tänker jag när jag sitter i bilen och känner mig glad igen för första gången på länge. Det har släppt så mycket de senaste veckorna.

Dottern mår bättre. Exmannen har träffat en tjej och pratar normalt med mig igen. Jag vågar faktiskt tillåta mina känslor och vill kalla dem för kärlek. Våra uppdrag bli mer och mer hållbara på riktigt. Jag gillar livet.

Nu, i solen och med denna frihetskänsla kommer jag även på vad jag ska göra med pengarna jag fick över efter lägenhetsförsäljningen. Jag ska köpa en motorcykel.

Det är ett tag sedan jag tog körkort och ihop med den nya mannen vid min sida kommer det bli en oförglömlig sommar. Han föreslog en kort tripp med sin hoj till midsommar men jag vill inte bara vara hans spätta. Jag vill köra själv. Det ska bli en överraskning för honom i kväll. Jag är redo för flera äventyr.

Mitt nya liv är värt att älska och jag kan säga att jag är lycklig.

Mobilen surrar, det är säkert han.

Jag kan inte låta bli, måste kika på displayen.

Sedan går allting jättesnabbt.

Jag hinner inte reagera när traktorn dyker upp efter kurvan.

Jag bromsar för fullt men det är för sent.

~

JOHAN

Jag är trött när jag kommer hem till grabbarna. De senaste veckorna har verkligen tagit hela min kraft. Flickvännen är redan hemma, framför henne står en stor flaska med bubbel. Hennes ögon lyser. Då vet jag att hon har klarat sin examen. Jag kramar henne hårt, lyfter och snurrar runt med henne.

»Grattis, älskling, grattis grundskolefröken!«

Jag är riktigt stolt över henne. Mitt hjärta och min hjärna. Det har blivit som tidigare mellan oss sedan farsan vaknat och livet har kommit i gång igen. Nu när hon har pluggat färdigt kommer vi också ha mer tid för varandra. Den mörka tiden är över, solen skiner igen.

Jag vill inte tänka på alla jobb som återstår i min förskola just nu. Problemen med styr och fiber, inkoppling av solceller, leveranser och kompletteringar, kvarstående mätningar och injusteringar.

I kväll ska vi fira min tjej. Nu är hon lärare och med stor säkerhet får hon en mentor i kommunens grundskola och startar sitt drömjobb efter sommaren. Pojkarna är lika glada och hoppar upp på sin mamma. Även valpen piper av glädje och vill vara med. Vi dansar allihop genom köket och tycker om livet just i detta ögonblick.

Korken smäller när jag öppnar flaskan med mousserande vin och alla skrattar högt. Jag häller i bubbel till oss i två av våra bröllopsglas, barnen får sina muggar fyllda med läsk.

Vi skålar för mamma. Sedan ringer jag farsan. Jag vill fråga om han vill komma förbi och fira med oss.

Telefonen ringer. Inget svar. Jag kollar på displayen om numret var rätt och väntar. Han svarar alltid direkt, det här är ovanligt och jag känner hur jag börjar bli rädd med en gång. Det har väl inte hänt något? Precis när jag tänker lägga på och har bestämt mig att ta bilen, trots bubbel, för att köra förbi hos honom svarar han i telefonen. Puh!

»Är allt okay med dig?«, undrar jag fortfarande ängslig. »Jag blev orolig när du inte svarade.«

»Ja, ta det lugnt«, säger han. »Varför är du orolig, vad menar du? Jag spelar kort hemma med några kompisar.«

»Vilka kompisar«, undrar jag. Han har aldrig berättat att han spelar kort och att han har kompisar? Nu är det jag som är överraskad.

»Vilka spelar du med«, frågar jag en gång till.

»Vad du är nyfiken då!«

»Och? Vilka spelar du med«, kommer det ut lite strävare än menat.

»Okay, okay, det är Stefan från kommunen, hans fru och hennes kompis.«

»Jaha, vad är det för en kompis?«

»Nu måste jag sluta, hälsa din flickvän.« Och så lägger han på.

Flickvännen har tagit fram pizzadegen ur kylskåpet, världens bästa deg som bara farsan kan fixa. Vi har alltid några i frysen och en i kylskåpet för just sådana här tillfällen.

»Kommer han?«

»Nej, han spelar kort«, säger jag fortfarande skeptisk.

»Han hälsar och gratulerar.«

»Va?« Hon skrattar högt. Vi är båda helt perplexa kan man säga, farsan som aldrig har folk hemma, spelar nu Skitgubbe eller vadå?

I smyg är jag naturligtvis glad över att han inte är ensam och att han troligen har hittat vänner. Det är ett bra tecken.

Han återhämtar sig och kanske fick han även insikt om att livet inte bara är jobb.

Barnen toppar pizzan med skinka, ananas och massor av ost.

Jag tar fram lego-lådan och vi bygger ett slott till mamma under tiden pizzan gräddas i ungen.

När pizzan är klar sätter vi på en Nalle Puh-film, myser ihop och äter för en gångs skull allihop i soffan.

Valpen blir jätteglad över varje pizzabit som rent slumpmässigt då och då hamnar i hans mun. Barnens fingrar är också mycket goda att slicka på. Vi tittar på ytterligare ett avsnitt på björnen med honungen, tills sönerna somnar i soffan och flickvännen och jag smyger oss in i sovrummet.

~

KAPITEL 38 - SOMMAR

MONA

Husbilen har tagit oss söderut i år. Vi har passerat Danmark, Tyskland och Österrike och närmar oss Gardasjön.

Sedan två veckor är vi på väg och har hunnit träffa morföräldrarna och vänner och nu är vi nära Peschiera del Garda. Här ska vi stanna en hel vecka och njuta av sol, bad och världens bästa glassar.

Maken och jag har jobbat från husbilen under tiden, det är en av fördelarna när man är egenföretagare och konsult. Väldigt mycket går att lösa via telefonen och mail och jobbet är sannerligen roligare i en sådan här vacker sommarmiljö.

Igår ringde en platschef som jag känner. Han ska bygga en skola enligt vårt energikoncept. Vi har jobbat ihop i två andra projekt förut men i en samverkansform ihop med beställaren.

Den nya skolan upphandlades, efter politikerönskemål, traditionellt med totalentreprenad igen. Platschefen valde bort mig som energisamordnare utan att ens prata med mig om detta.

Det berörde mig mycket. Han bestämde sig för att fortsätta med arkitektkontoret som ritade förfrågningsunderlagen och samma kontor ska nu även ställa upp med en kollega som energisamordnare.

Han ångrar sig nu och ville be mig om hjälp. Det tyder ändå på stark karaktär, tycker jag. Byggnadsformen till den här nya skolan var inte optimal från början för att bli både kostnadseffektiv och energisnål, så som de andra två skolorna var som vi byggde gemensamt innan.

Jag flaggade för problematiken tidigt men har inte fått gehör. Beställarens tanke under förfrågningsunderlagen var att man skulle optimera utkastet ihop med entreprenören efter upphandlingen. Alla förbättringsförsök han tog fram blev dock avvisade. Arkitekten ville inte frångå designen och inte beställaren heller. Energiberäkningarna visar väldigt lite marginal för att klara energikraven och de gjordes av samma arkitektkontor som inte ville förändra formen. Det kan vara ansträngande att behöva styra sina egna kollegor.

Jag lovade platschefen att kolla med beställaren men kände samtidigt att mina händer är för bakbundna för att tvinga fram något. Jag har varken mandat eller uppdrag.

Men det finns en sak jag aldrig kan låta bli. Jag kan inte sitta bredvid och medvetet titta på eller blunda när en byggnad byggs sämre än den skulle behöva. Så även om jag i detta fall bara sitter på läktaren och inte är med i spelet kan jag inte hålla igen mina synpunkter. Jag har öppnat min mentala låda till den här skolan nu och vill absolut att projektet blir bra.

Maken har pratat i telefon nästan oavbrutet under de senaste dagarna. Där har vi nackdelen med att vara egenföretagare.

Man måste alltid vara tillgänglig och de projekt vi två har ihop är alltid samtalsämnet oavsett veckodag, årstid eller klockslag, och oavsett plats: på kontoret, i husbilen eller i badkaret. I princip är det aldrig tyst mellan oss någon gång och det är väl ändå en bra sak.

Min make är duktig och mycket mera taktisk än jag. Medan jag får ont av att se de dåliga hus som byggs trots att vi har påpekat problemen, så som med äldreboendet Bläckfisken visar han tålamod.

Han är både ödmjuk och smart. Han sa till mig nyss:

«Vi måste acceptera beslutet och ska inte gå på och tjata eller kanske kränka dem. Det där med energi och miljö är nytt för dem. De måste ta det steg för steg i sin egen takt och låta dem långsamt svälja resultatet. Och det gjorde de nu. Strax innan sommaren kom de tillbaka till honom. Nu ska de bygga en skola och den ska byggas enligt vårt energikoncept. Och det bästa är att de har ramavtal med en arkitekt som nyss gick energiutbildningen hos mig och han vet exakt hur han ska tänka med formen, glasandelen och gestaltningen omkring. Min make är klok. Han använder sitt huvud medan mina beslut styrs av magkänslor. Klart att han vinner.

Men nu är det semester. Sladdbarnet bygger med lego i sittgruppen bakom mig och är helt upptagen med sina små figurer. Nu kör maken in till stan och ropar oväntat:

»ROUNDABOUT! Håll fast dina klossar nu kommer en rondell.» För sent även denna gång. Bordet töms och killen stönar över sina förstörda legobyggen.

~

JOHAN

Sista arbetsdagen. Och vi är nästan i mål, tack vare farsan som blev den nya gamla platschefen igen. Det har kommit in många byggprojekt den senaste tiden och någon bestämde internt att den gamla nya platschefen skulle behövas på ett annat bygge man precis hade upphandlat.

Det är ett äldreboende en bit borta från denna kommun. Han sa varken adjö eller farväl och försvann från sin kontorsplats lika snabbt som han dök upp efter farsans olycka. Ingen saknar honom.

Stämningen däremot blev bara bättre, alla är mer positiva och glada skulle jag vilja säga. Och nu är det sommar och huset är nästan klart. Det som kvarstår invändigt är detaljarbete, skjutväggar och inredning. Men vi är klara med golvet, måleriarbeten, innertaken och akustikväggen. Det blev riktigt snyggt, inget syns längre av massivträväggens industrikvalitet.

Det tog längre tid att platsbygga väggen än kalkylerat och jag är fortfarande säker på att de färdiga plattorna hade varit mera lönsamma i slutändan. Det där med leveranstider var enbart en förevändning, tror jag.

I efterhand ser jag att jag har lärt mig massvis, inte bara om ett nytt energikoncept utan även om ledarskap, lagarbete och ekonomi.

Elektrikern har lite kvar och vi har flyttat injusteringen av ventilationen och den avslutande lufttäthetsmätningen till efter sommaren.

Gräsmattan på lekgården har börjat växa och de flesta lekredskapen är monterade, staketet med. Det finns några kantstenar kvar att sätta men det hinner vi med till slutbesiktningen i mitten av augusti. Bullerväggarna blev riktig fina, alltid bra när man kan kombinera två funktioner.

Problemen med solelen kvarstår. Något är fel med växelriktaren eller så har de kopplat ihop optimerarna felaktigt. Jag har anlitat en solcellsexpert nu som dock inte heller hann med innan sommaren.

Farsan har dejtat ett par gånger och även firat midsommar med henne och Stefans familj i deras stuga norrut. Han försökte hålla det hemligt men det är inget som funkar i vår lilla familj.

Till slut fick han presentera sin nya särbo för oss och vad ska jag säga, hon är mycket trevlig. Liksom farsan är hon änka och de verkar ha mycket gemensamt utöver det: trädgården, natur, snickerier och troligen kortspel har jag nu förstått.

Den här sommaren ska vi inte snickra, varken farsan eller jag, vi har annat att göra. Det var ett löfte.

~

STEFAN

Energistrategen står vid mitt kontor, på bröstet hänger den nästkommande generationen.

«Hej du!» Hon låter lycklig.

«Vad gör du här«, undrar jag inte mindre lycklig över att se henne.

Bebisen sover i *babybjörnen* men strategen är full av energi igen. Blandrasen nosar nyfiket på båda. Hon har tappat en del kilo de sista fyra veckorna, lägger jag märke till. En fin ljusgul sommarklänning har hon på sig, sandaler, bruna ben och sedan dessa strålande ögon, svårt att motstå.

»Jag kommer precis från kommunchefen«, säger hon.

»Jaha, är inte du mammaledig typ elva månader till«, undrar jag.

»Ja, det är sant«, instämmer hon, men vi måste ju planera för framtiden. Hon ler.

Vad har den där energiska kvinnan nu för sig igen?

Hon berättar att hon precis kommer från kommunchefen och hur nöjd han var med resultatet av kommunens första projekt på trettio år. Trevligt att höra, tänker jag lätt sårad. Ingen har sagt något om att projektet är en framgång till mig.

»Hur som helst«, fortsätter hon, »växer kommunen och det kommer behövas en grundskola och en idrottshall till.«

Det officiella beslutet tas efter sommaren men hon hade hört via verksamhetschefen som hade hört från politikern med svarta kavajen att det är på agendan nu och att det ska bli ett minst lika framgångsrikt projekt, det med. Kommunens nya miljö- och energiplan som energistrategen hade tagit fram under tiden Kantarellen byggdes blev godkänd och antagen för alla kommande kommunala byggprojekt, även renoveringsarbeten.

»Respekt«, säger jag eftertryckligt och ärligt, »men vad exakt har jag med saken att göra. Jag ska gå i pension efter årsskiftet.«

»Det var just det jag ville prata med dig om«, får jag som svar tillbaka.

»Vi behöver dig ett år till, Stefan. Kan du tänka dig att förbereda ramhandlingar till skolan fram tills jag kommer tillbaka?«

Hon meddelar mig även att hon ska gå en projektledarutbildning snart och anser att jag vore den bästa mentorn hon kan tänka sig efteråt.

»Du behöver inte fatta ett beslut nu direkt«, lägger hon till, »men tänk på saken. Vi kan ta det efter sommaren. Diskutera det hemma med frun först. Vi behöver dig.«

Om jag kunde tänka mig ett år till på kommunen så vore hon mycket tacksam och kommunchefen med, som säkert snart kommer till mig med samma önskemål.

Nu är det jag som tappar hakan. Hon behöver mig. Det var snällt sagt. Jag blir verkligen rörd. Orkar jag ett åt till? Vill jag verkligen jobba mera? Nu fick jag faktiskt något att tänka på under semestern.

Nu är det snart sommarlov och det kommer bli riktigt bra, tror jag.

Min skickliga frus intuition var riktig när hon kopplade ihop sin gamla vän med min gamla platschef. De två passar perfekt ihop.

Vi har spelat kort både hos oss, hos vännen och hos Johans farsa och jag tror de har träffats ett antal gånger utöver dessa med oss.

Frun har bjudit in båda till stugan några dagar, kortspelen är packade liksom boule och kubb. Sommaren kan börja.

~

MARIE

Det var nära.

Så nära att jag fortfarande hallucinerar om olyckan. Tre sekunder var jag ouppmärksam, bara tre.

Jag såg inte traktorn som hade svängt ut från ängen på stora vägen. Jag bromsade tre sekunder för sent men lyckades ändå att stanna bara någon meter framför traktorn. Tyvärr såg bilen bakom mig inte mina bromsljus i tid och körde, om än med lägre hastighet, men ändå, rakt på min bil. Ingen person blev skadad, bara våra bilar men jag var i chock i flera timmar efteråt.

Jag har aldrig varit med om en olycka, det var skrämmande.

Men jag måste säga att jag blev extremt lättad över all bilsäkerhet som finns idag. Man tar den för given till den dagen den behövs.

Bilen var på verkstan i två veckor och är helt återställd nu.

Jag har med hjälp av min partner skakat av mig rädslan och i stället provkört några motorcyklar. Det kändes förvånansvärt enkelt fast det gått så lång tid. Jag köpte ett MC-ställ, skor och en ny hjälm. Jag är redo. Min nya kärlek blev jätteglad över mitt förslag om en MC-semester med egna hojar.

Vi kollade på nätet efter motorcyklar för kvinnor, urvalet kändes något begränsat med tanke på höjden och vikten. Jag har lärt mig att en kvinnas hoj ska ha en motoreffekt på maximalt 35 kW, vikten på hojen ska då vara mindre än 175 kilogram och cylindervolymen omkring 400 kubikcentimeter. Och nu hittade vi en lämplig maskin till mig.

Yamaha XV 535 S Virago.

Några justeringar behövs, vi ska byta sadeln och ändra fjädringen bak och gaffelbenen fram, så det blir rätt höjd. Det finns en verkstad i stan som ska fixa allt imorgon. Prylarna är beställda och jag är extremt nervös.

Det kommer bli vår första gemensamma sommar. Två veckor med hojarna i Norden och två veckor med dottern i solen.

Det var en spännande resa i år med nya projekt, nya utbildningar och med honom.

Jag vågade, trots skepsis i början, byta riktning privat och på jobbet och jag ångrar ingenting. Jag har alldeles för länge accepterat ett liv som inte var mitt. Jag befann mig som i en trång korsett och kunde knappt andas, ständigt pressad mellan tvivel på mig själv och längtan efter erkännande.

I augusti börjar dottern gymnasiet, hon klarade alla prov, pluggade extra mycket. Nu bestämde hon sig för naturvetenskapsprogrammet. Hennes drivkraft och självkänsla verkar vara tillbaka och jag hoppas att jag kan ge henne stöd dessa tre år med.

Efter sommaren startar även bygget av vårt gemensamma projekt från markanvisningstävlingen. Jag är så stolt över oss att vi fick med både miljömål och energitänk efter att vi jobbat länge med att övertyga beställaren.

Min partner har rätt, vi arkitekter har makt och möjligheter och vi behöver använda dem klokt och hållbart.

Mona hjälpte mig med presentationen och jag fick med även henne i projektet som energisamordnare.

Vem trodde det i början att vi två skulle gilla att samarbeta. Jag skulle till och med våga gå så långt som att säga att vi även kompletterar varandra, efter vår gemensamma resa i en liten kommun med stora ambitioner.

Skolan med idrottshallen blev överklagad och det är inte alls säkert om och när den byggs.

Men Stefan ringde nyss och nämnde något om ett nytt uppdrag jag kan räkna med efter sommaren. En dörr stängs och en annan öppnas. Det är livet.

~

KAPITEL 39 - BESIKTNINGAR

STEFAN

Jag sitter i min bekväma ergonomiska stol, under stolen ligger blandrasen och sover. Han verkar drömma. Alla fyra ben är utsträckta, men han rör sig som om han sprang. Däremellan hörs ett glatt pipande ljud. Han är nog kvar på sandstranden.

Mitt skrivbord är nästan tomt. Jag hann rensa bort alla pärmar och underlag innan semestern. Enda dokumentet som nu ligger framför mig är en detaljplan. Här ska det byggas en grundskola med idrottshall har kommunchefen sagt.

Jag hade flera hetsiga diskussioner med frun hemma, om hjärtat och åldern, om plikt och känslor, om barnbarn och gemensam tid. Vi hittade en kompromiss.

Jag jobbar heltid ett halvt år längre än planerat. När Energistrategen är tillbaka efter sin mammaledighet trappar jag ner min anställning, först till sjuttiofem procent och därefter till halvtid.

»De behöver mig«, sa jag bestämt till henne. Frun insåg sedan vad det betyder för mig. Jag fick lova henne att inte stressa mer än vad som behövs och att jag fortsättningsvis dricker mindre kaffe och äter mer hälsosamt. Vad gör man inte för livet.

Själv kommer hon att åka västerut en gång per vecka från och med nästa vecka och ta hand om Flugsvampen så att även svärdottern kan börja jobba igen. Denna utsikt gjorde att hon nästan glömde bort både mig och mitt nya uppdrag.

Jag behövs här, sa även kommunchefen innan sommaren.

Jag ska finnas kvar, på min stol på mitt kontor, för min kommun.

Nästa månad ska det klubbas igenom i kommunfullmäktige och sedan ska vi bygga en skola. Mona har lovat mig att sammanställa en erfarenhetsåterföring från Kantarellen. Vi kommer inte göra samma fel igen, bara nya.

Men idag ska jag först till Kantarellens slutbesiktning. Alla kommer vara på plats, samtliga entreprenörer och underentreprenörer, besiktningsmannen för bygg och för värme, ventilation och sanitet, besiktningsmannen för el, kontrollansvarig och min energisamordnare. Hon ska efteråt träffa verksamheten och driften för en utbildning i energikonceptet.

Idag är det sanningens dag. Vi får se om det blir anmärkningar och vi får veta om byggnaden klarade alla certifieringskrav.

Det blir en spännande dag. Jag hoppas bara hinna med lunch emellan. Det står *vegetariska köttbullar med potatismos* på menyn.

Ja, energistrategen lyckades även med matomställningen i matsalen och det var inte alls så dumt.

~

JOHAN

Som tur är så fungerar ventilationssystemet. Det är nästan trettio grader varmt ute men svalt och skönt inomhus. Folk springer omkring överallt och besiktningen har inte ens börjat. Alla kollar runt och ställer frågor och vill se det ena eller det andra.

Vi hade bara två veckor efter semestern på oss för att lösa de kvarstående uppgifterna. Snickarna har monterat klart inredningen, elektrikern testade larmet, solavskärmningarna och fibern.

Vi har justerat in ventilationssystemet, mätt upp akustik och genomfört den sista lufttäthetsmätningen med en mycket nöjd fuktexpert.

Elektrikern hade förstört lufttäthetsskiktet under dörrtrösklarna igen när han installerade larmet och kablarna från solcellerna blev inte tätade efter att man flyttade dem och gjort ett nytt hål genom duken.

Det var dock de enda anmärkningarna och vi tätade så bra vi kunde. Nu blev provtryckningen godkänd i både övertryck och undertryck och vi fick ett protokoll som vi lämnade in för certifieringen. Mona skrev till mig när hon fick protokollet att det faktiskt blev det mest lufttäta huset hon har jobbat med hittills.

Byggnaden är godkänd enligt energikonceptet vi har jobbat efter. Alla i gänget blev oerhört stolta, kan jag säga.

Nu är vi redo och besiktningsmannen hälsar oss alla välkomna.

Han delar upp oss i grupper så vi kan hinna med besiktningen inom den tvåtimmarsperiod som han planerat. Vi ska sedan träffas i samlingsrummet igen för en avslutande sammanfattning.

Jag ska följa med honom och tar fram den orange byggtejpen för att markera hans anmärkningar under besiktningen. Det är inte Monas tejp så klart, den skulle man inte kunna få bort efteråt.

Vi startar direkt i samlingsrummet och han hittar en list och en målning som han inte gillar. Jag markerar. Han kollar undertak och golvbeläggningar och överallt hittar han några små petitesser, kanske för att kunna ha någonting att skriva i sitt protokoll.

Han öppnar alla fönster, alla dörrar och kollar alla solgardiner men kan inte hitta några större felaktigheter. Han är förvånad över de inåtgående fönstren och jag förklarar för honom varför vi valde dessa och hur energikonceptet fungerar.

Vi går in i alla våtrum och han kollar allt kakel och klinker, fall till brunnen, höjder till toaletten, tätningar kring handfaten. Inga fel.

Inga anmärkningar gällande tillgänglighet och barnsäkerhet heller. Balkongräcket är tillräckligt högt, klämskydden är rätt monterade och trappan har en låsbar grind. Det är nästan att han ser förtvivlad ut.

Vi går ut och kollar fasaden. Här gör han en beställareanmärkning gällande träribborna som han anser ligger för långt isär. Det kan bli ett problem i framtiden med fåglar, som man delvis faktiskt redan ser på några nersmutsade ytor. Han kollar fönsterbleckens lutning som han anser vara på gränsen men godkänner smygen och resterande fasad.

Till slut går vi upp på taket, kollar utstigningsluckorna, snörasskydd, solcellsinfästningar, utrymningstrapporna och vattenavrinning.

Yttre miljön är i stort sett klar, men de hann inte med kantstenen och det blev äntligen något att anmärka på.

När vi kommer tillbaka står alla andra redan i samlingsrummet.

Byggbesiktningsmannen sammanfattar sina få punkter i en enda mening:

»Jag har aldrig haft så få anmärkningar på ett så stort bygge.« Mona börjar applådera och alla andra hänger på.

Jag kikar på farsan. Denna gång vet vi båda att inte bara byggnadens yttre skikt är utmärkt, utan att den är det även bakom fasaden.

Mona kommer fram med en plakett i handen.

»Vill du montera plattan direkt vid entrén«, frågar hon mig.

På plaketten står det vilken certifiering vi har klarat och jag går direkt ut och skruvar fast den. Mona följer med och tar ett kort på mig när jag sätter fast belöningen för vårt hårda arbete.

»Klart! Du får dela bilden på sociala medier«, svarar jag på hennes fråga om jag godkänner att bilden sprids. Det är ju sällan man får denna typ av uppmärksamhet.

Jag är ju bara en snickare och det här är ju bara ett hus.

~

MONA

Jag tog med mig några presenter till byggarna. Ingen jättestor grej, bara chokladpraliner och lite kex som tack för ett bra samarbete. Det är bara en liten gest. Så som många föräldrar tackar sin dagis - eller skolfröken för en lyckad termin eller som man ger till en sjuksköterska som har tagit hand om en familjemedlem. Alla förtjänar tacksamhet för att de gjort sitt bästa, tycker jag.

Även certifikatet och plaketten lämnade jag över till Johan och platschefen som lite senare viskade i mitt öra:

»Fan vad envis du var, men bra blev det, riktigt bra.«

Efter en framgångsrik besiktning åt jag lunch med en glad Stefan, en sista gång, tänkte jag lite ledsen ändå. Men under lunchen avslöjade han sina hemliga planer.

»Jag går inte i pension ännu ska du veta«, berättade han. »Kommunen vill bygga en ny grundskola med samma energitänk. Jag ska leda projektet tills energistrategen kommer tillbaka från sin mammaledighet.«

»Är det sant«, ropade jag glatt, »Det var goda nyheter. Orkar du med ditt hjärta?«

Han skrattade.

»Oh ja och vet du varför? För att jag har tre krigarkvinnor vid min sida, gissa vilka det är?«

Efter lunchen följer jag med Stefan till det gula kommunhuset. Han hade bokat konferensrummet längst uppe på taket åt mig igen.

»Jag vet att du är van vid bättre klimat och vi snart också men idag får du nöja dig med glasburken en gång till.« Han flinar.

Det finns ännu ingen inredning på förskolan och vi beslutade att hålla utbildningen med förskolepersonalen i gamla kommunhuset igen. Det är faktiskt en av mina favoritutbildningar.

Här sitter inte byggfolk utan helt normala människor som har helt normala frågor och helt normala funderingar och det brukar bli underbara diskussioner och nya insikter om hus och beteenden, konsekvenser och möjligheter.

Jag lägger fram en användarhandbok och sex barnböcker, en till varje avdelning medan konferensrummet fylls med den nya verksamhetschefen och hennes kollegor.

KAPITEL 40 - INVIGNING

Det är början av september, solen värmer fortfarande huden, sommaren hänger kvar i luften. Jag ser mig omkring. Alla är på sin plats.

Politikerna står finklädda och uppsträckta framför ingången till det nya huset och tar emot gratulationerna från kommuninvånarna. Politikern i svarta kavajen ger ivrigt en intervju till lokaltidningen. Jag hör något om internationell och hållbart och löften om flera projekt i kommunen.

Jag grimaserar, klart att uppskattningen går till dem som syns mest. Jag minns hur varenda en gnällde över mina val i början, om själva det där internationella konceptet och naturligtvis om ekonomin. Vi klarade att hålla budgeten som hokuspokus ökades på när nya pedagogiken togs fram, men ändå. Nu står de där och låtsas att de förstår energikonceptet och filosofin bakom huset de ska inviga.

Trettio springande, hoppande och studsande barn syns på gården och på bullerklättervägen i den precis nyöppnade lekparken. Svenska vimplar är upphängda vid entrén och ett blågult band är knutet mellan skärmtakets yttre stolpar.

Politikern i svarta kavajen ska snart hålla sitt tal. Nu fick han något att skryta med inför kommande val.

Jag måste medge att jag inte var helt övertygad från början om att vi skulle klara denna resa så briljant. Osäkerheten om rätt val av certifiering i början, tungt med de två "krigarkvinnorna" under projekteringen, sedan myntfyndet, hjärtinfarkten, byggolyckan och nya pedagogiken. Det har verkligen hänt en del.

Men resultatet är enastående. Marie har lyckats att omsätta filosofin i sin design och på mig imponerar kvalitén. Inga slit-och-släng-material, inga halvdana provisoriska lösningar.

Allt är noggrant utfört, även det man inte ser nu längre. Knappt några anmärkningar under slutbesiktningen, certifikatet i fickan och en plakett upphängd vid entrén.

Även kommunens fastighetsförvaltare är med oss i dag.

Han, som alltid gnäller över för lite plats i undercentralen eller tekniskt strul med aggregaten. Men han har ingenting nämnt för mig, han är förvånansvärt tyst och det kan bara betyda att även han är nöjd. Det enda han anmärkte på efter sitt första besök var den öppna fasaden.

»Varför gjorde ni så här«, sa han, »det fattar väl vilken dåre som helst att mellanrummen kommer bli skadade av både lekande barn och skitande duvor.« Det tar jag lätt på, skulle det råka bli så går det lätt att komplettera fasaden med träplankor som lock. Men fasaden ska få sin chans, snygg är den i alla fall.

Marie har kommit på sin nya hoj, det du. Nu står hon med energistrategen och beundrar bebisen. Det var en oväntad bild ändå, hon som brukar stå längst fram har backat ur rampljuset för att gosa med lilla stumpan. I första hand är alla kvinnor väl mammor ändå, antingen de nu vill eller inte.

Mona pratar med Johan och hans farsa. Skönt att hon kom hit trots att hon fyller år. Hon sa att hon brukar fira i Tyskland, men för Kantarellens skull ställde hon in resan.

Tre riktigt starka kvinnor har jag fått träffa de senaste tjugofyra månaderna. Jag sa ju från början att jag inte har något emot kvinnor i den här branschen, men dessa tre ska man akta sig för.

De kör över vilken dum karl som helst.

Marie har imponerat mest på mig. Vilken resa hon har gjort, från ifrågasättande och egensinnighet till nytänkande och öppenhet, fast egensinnigheten lever nog kvar.

Jag går inte i pension efter årsskiftet som det var planerat men Kantarellen är mitt sista projekt som går ända fram till färdigställande. Ja, ärligt talat så är det även det enda nybygget i min karriär och därmed naturligtvis också det bästa.

En av Centerpartiets ledare klappade mig till och med på axeln för att jag höll budgeten. Politikern är ekonom, en bättre komplimang än så kan man knappast få. Jag hoppas de inte glömmer löftet om komplettering av lekparken nästa år.

Blandrasen har dragit till sig tre små barn med luftballonger i händerna.

»Får vi klappa honom, snälla?« Han tittar på mig och viftar ivrigt med svansen, det kan nog tydas som ett ja.

Jag undrar om inte det var han som räddade mitt liv i smyg eller bättre sagt frun som envisades med den nya sysselsättningen att ha hund.

Det blev en riktig fin sommar i år. Först med våra nya vänner och många spel, både inne och ute. Sedan kom även båda sönerna till stugan, den ena med nya bebisen, den andra med sin nya Chihuahua. Ljudet de två miniatyrerna orsakade låg på ungefär samma decibelnivå. Konstigt nog kände ingen sig störd utom jag och blandrasen. Ibland undrar jag om alla runt omkring är döva.

Då klipper politikern i svarta kavajen det blågula bandet, han som är släkt med nya verksamhetschefen som dagen till ära strålar bredvid honom i en orange byxdräkt. Kameran fångar in deras leenden.

Imorgon kommer bilden synas på lokaltidningens första sida med rubriken:

Politikern och verksamhetschefen klipper stolt bandet till Kommunens Framtid.

~

MONA

Jag brukar alltid bli lite melankolisk när ett projekt är färdigbyggt och när jag måste lämna över "barnet". Nästan två år tog denna resa med både toppar och dalar. Här står nu verkligen ett hus med tak och väggar och fönster och allt.

»Vackert blev det dessutom utan bekostnad av funktionen«, säger jag tyst till mig själv och ler nöjt. Förskolan blev kanske inget typiskt prestigeprojekt, varken för arkitekten eller kommunen.

Det blev ett hus till barnen i stället, de som leker ute just nu. Till barnen som enligt den nya pedagogiken inte bråkar om leksaker utan respekterar varandra. Och till de framtida barn som kanske är barn till dessa barn eller till de barnens barn. Fast de undervisas kanske efter en annan ny pedagogik då. Vem vet?

Förskolan kommer stå på den här fina platsen länge och påverka samhället och klimatet på minsta möjliga sätt. Den kommer även ge tillbaka lite av energin den tog och tar, när den genererar energi med hjälp av solen.

Det är början av september, normalt firar jag min födelsedag i Tyskland, vid havet i Travemünde, med min man och mina tyska vänner. Men idag står jag här och tar farväl utav projektet som jag har kämpat för, utvecklats med, gjort mitt bästa för att det ska kunna växa fram, i två år. Ja, jag är melankolisk. Jag kommer sakna beställaren men mest snickarna. Det blev ett bra samarbete. Jag rev ingen mur här men jag byggde en bro och känner mig nöjd med förskolan som fyller år samma dag som jag. Nu har jag tjugotvå "barn". Ingen kommer minnas förlossningarna som jag, ingen firar födelsedagarna framöver som jag.

»Vi har knappt något underhåll på huset« kommer driftteknikern nämna i uppföljningsenkäten efter två år. Och det är han fortfarande förvånad över.

Personalen kommer i samma enkät skriva: »Vi gillar hur tyst det är i huset, bortsett från barnens röster så klart när de leker inomhus. Luften i förskolan är fantastisk. Ingen lukt av bajsblöjorna som normalt biter sig fast i näsborrarna, inte här.«

»Alla här älskar de djupa fina fönsternischerna, där barnen kan sitta och bygga torn eller titta i böcker. Det passar så väl in i den nya pedagogiken«, kommer de att meddela mig.

»Mest nöjda är vi med inomhustemperaturen både sommar och vintertid«, kommer jag också få läsa.

Det kommer även fastighetsskötaren bekräfta. Han får aldrig klagomål om det här huset i motsats till alla de andra fastigheterna han tar hand om i kommunen.

Naturligtvis kommer de även ha några kritiska synpunkter, inte helt oväntat. Det är ju det där med vanor och rutiner och det gäller inte bara arkitekten och byggarna utan även förskolepersonalen.

»Att gå i trappan med barnen mellan entrévåning och övervåning behövde vi träna på och det tog några månader innan vi hittade bra rutiner,« kommer de säga. Det finns bara golvvärme i våtrummen men inte i de andra rummen, som i normala nybyggen.

»Golven upplevde vi som kallare där vi inte hade mjuka mattor, men vi skaffade flera sedan till samlingsrummen och några barn har även inneskor på sig nu.«

Sen har de också synpunkter om antalet toaletter vid entrén. »Här hade vi önskat oss fler.« Kökspersonalen hade gärna haft ett bättre flöde i köket och matsalen och hur hade man hade tänkt här?

Så är det med teori och verklighet.

Men alla kommer vara eniga om en sak:

Den nya förskolan är fantastisk och alla är nöjda, fastighetsskötaren, som aldrig har fått en sådan stor undercentral, kommunen som har sjuttiofem procent mindre energikostnader och hyresgästerna som älskar att vara både inomhus, på lekgården och i skogen för att plocka pinnar och mossa.

Kantarellen är byggd men nya skolor väntar på mig, nya beställare, nya arkitekter, nya byggare, nya utmaningar.

Jag ska fortsättningsvis försöka att implementera *Byggherreskolan* hos alla som vill bygga eller renovera hus.

Jag ska inte ge upp i min egen kommun heller.

Jag kommer utbilda experter och jag kommer driva energifrågor i landet. Jag kan helt enkelt inte låta bli.

Jag är energisamordnare och missionär och jag har en passion.

Hade jag idag kunnat se in i framtiden hade jag kanske fått se hur det här internationella energikonceptet lärs ut till arkitekter och ingenjörer på universiteten.

Jag kanske hade sett hur nästa generation lyckas att göra byggbranschen hållbar och energieffektiv på riktigt.

~

JOHAN

Egentligen brukar jag inte vara med på invigningar. Snickare blir sällan inbjudna till sådana event. Men Kantarellen var verkligen något extraordinärt och chefen gick med på att både farsan och jag fick vara här idag.

Farsan har fått ett nytt projekt där han är arbetsledare igen. Han har gått ner i arbetstimmar totalt sett och vill inte ta för stora projekt och för mycket ansvar. Jag tror nog att han har hittat nya fritidsaktiviteter i stället och hans tankar kretsar inte enbart kring jobbet längre. Farsans nya särbo är en riktig pärla och han har blommat upp igen på gamla dagar. Man ska aldrig säga aldrig.

Jag har också ett nytt jobb. Jag ska bygga omklädningsrum åt en fotbollsförening. Hela ytan är på femhundra kvadratmeter och innehåller sju omklädningsrum, en cafeteria och ett kök. Inget energikoncept här, men mycket snickerier.

Jag tycker om att snickra men jag hoppas verkligen att jag någon gång får ett nytt projekt med dessa höga energikrav. Jag har lärt mig massor och det som gick snett första gången har jag skrivit ner till Monas erfarenhetsåterföringsrapport. Man kan alltid bli bättre, bara man bestämmer sig för det. Våga tänka nytt.

Sunt förnuft och noggrannhet.

Synd bara att man inte har med dessa två paroller i alla projekttidsplaner.

Min flickvän är lärare i den gamla grundskolan i kommunen och stortrivs med barnen och kollegorna. Valpen har vuxit men är lika busig fortfarande. Han går till en valpförskola under dagarna för att leka med andra hundar.

På måndag kommer jag lämna våra söner i sin nya förskola Kantarellen för första gången. Inskolningen behövs egentligen inte. De har varit här ett par gånger med mig och älskar leksakerna både inomhus och utomhus, mest klätterväggen. Om själva byggnaden bryr de sig inte så mycket. Varför skulle de det, de är ju barn?

Lustigt att man behöll arbetsnamnet Kantarellen till denna förskola. Det var dagisbarnen själva som röstade om namnet och av en slump eller vem vet, blev det just den svampen de fick plocka i skogen bakom lekplatsen förra veckan.

Alla är här idag och inviger huset. Många kommuninvånare har kommit, jag ser farsans sjuksköterska vid entrén och den ambitiösa polisen bredvid Marie. Jag är riktigt stolt, för första gången, över en byggnad jag har varit med och skapat. Lite högtidligt blir det när politikern klipper bandet. Det är fikadags. Jag ser hur Stefan tar första kanelbullen, då betyder det nog att buffén har öppnat.

Hade jag kunnat se in i framtiden skulle jag ha vetat nu att jag kommer bygga många flera energiprojekt och att jag inom inte all för lång tid själv bor i ett sådant hus med min tjej, mina söner och två hundar.

~

MARIE

Vilken härlig dag. Solen skiner, Kantarellen är invigd och jag har en liten bebis i famnen. Så söt hon är tösen som luktar så gott.

Vi tog hojen hit, min nya man och jag. Det är sällan det blir en sådan fest när ett av mina hus invigs. Jag är riktigt stolt, det är jag.

Insikten kom lite senare men det gör inget, bättre sent än aldrig.

Det blev inte ett traditionellt prestigeprojekt.

Jag kommer inte att få ett arkitekturpris för Kantarellen och det behöver jag inte heller. Jag ser barnen här och nu, lyckliga barn och det är ju för dem vi har byggt förskolan.

Min partner och jag var överens om det. Vi behöver inte uppskattningen av en jury som inte förstår någonting om energikonceptet och inte har varit en del av vår resa här. Det handlar inte enbart om design och gestaltning utan det är helheten som gör en byggnad hållbar. Det har ännu inte gått fram till alla dem som delar ut priser. Den bästa belöningen fick jag faktiskt idag, här på invigningen.

Sedan ska jag självklart skicka hit en fotograf för nu har vi en av våra bästa referenser här, i en liten kommun, vid svampskogen. Den häftiga klätterbullerväggen, de djupa fönstersittplatserna, de reflekterande spegelglasen och de flexibla skjutväggarna är bara några av de många innovativa lösningar som alla involverade lyckades med.

Energistrategen ser strålande ut, som bara en stolt mamma kan vara. Jag tror hennes känslor även gäller byggnaden. Bredvid mig står energistrategens polispojkvän. Lite trött ser han ut att vara med smala ögon med mörker ränder under. Typiskt karlar, de tål inte de korta nätterna med nyfödda barn, det så kallade starka könet. Jag lämnar tillbaka bebisen till sin mor lite vemodigt och följer polisens blick. Vad tittar han på?

»Det är han, vad gör han här«, viskar polisen i energistrategens öra. Jag tittar åt samma håll. Där står en man i medelåldern vid staketet och glor på den jublande folkmassan. Han ser suspekt och misstänkt ut på något odefinierbart sätt. Vem är det? Jag rycker lite närmare polisen för att höra vad han berättar för sin flickvän.

Det var mannen med mynten, hör jag.

Han som placerade ett gammalt mynt på tomten i förhoppningen att förskolan skulle byggas någon annanstans? Han som hatar barn, han som trodde att han skulle få det lugnare och ensammare här vid skogskanten i sitt nya hus? Jaha, är det han? Jag undrar vart han har flyttat nu och varför han kom hit idag?

Sedan ser jag hur alla har börjat fika och glömmer bort honom genast. Jag är oerhört fikasugen. Något sött skulle jag behöva nu eller surt, eller både och. Konstigt detta sug har jag sedan några veckor tillbaka. Jag ber min partner att hämta en bulle och vänder mig tillbaka till staketet, men den medelålders mannen är borta.

När jag precis ska ta emot en starkt luktande sockerkaka märker jag ett ännu starkare begär, längst nere i magen som långsamt kryper upp. Jag hinner säga förlåt och sedan springer jag till skogsbrynet och spyr.

Om jag hade kunnat se i framtiden hade jag vetat att jag just idag skulle ta mitt sista glas rödvin och köra den sista hojturen på en ganska lång period.

~

KAPITEL 41 - HUSET

Kantarellen blev ett *Passivhus Plus*.

~

SLUTORD

Vi alla lämnar våra fotavtryck på jorden. När vi äter,
köper kläder, reser eller bygger och underhåller våra
hus. Hur stort det avtrycket blir, ligger i våra händer.

Minskar vi våra behov, bygger vi hållbart och energi-
effektivt och lever vi ansvarsfullt med tanke på kom-
mande generationer kan vi fortfarande rädda planeten.
Det är vår skyldighet att värna om platsen vi bara
gästar.

En hållbar byggnad behöver sakkunskap i alla led.
Beställaren, arkitekten och andra konsulter, byggare,
hyresgäster, alla är lika viktiga.

Boken ska visualisera hur avgörande jämställdhet,
respekt och samarbete är även i byggbranschen. Därför
valdes dessa fyra huvudkaraktärer.

Det spelar ingen roll om det är män eller kvinnor,
arkitekter eller snickare.

Bara tillsammans kan vi lyckas att minimera byggna-
dernas och därmed människans ekologiska fotavtryck.

STEFANS VISDOMSORD:

Känner du till denna?

Två gamla gubbar träffas i svampskogen.

Den ENA med bara halva hjärtat kvar,

den ANDRA med en blåslagen hjärna.

Den ENA med blandrasen,

och den ANDRA med valpen.

Säger den ENA: Bra karl reder sig själv.

Svarar den ANDRA: Bättre sent än aldrig.

MARIES TIPS OM LIVET:

Livet består av många RESOR, korta och långa, lyckliga och tragiska. Inte alltid vet man vart tåget kommer att gå och kanske ändrar sig målen under tiden.

Det är helt okay och det får vara skrämmande ibland men sluta aldrig att resa, annars slutar du att leva. Våga att testa nytt.

Lämna din komfortzon. Fundera över hur ditt liv påverkar andras, påverkar omgivningen.

Hitta din egen väg, följ inte blint regler du inte själv har satt upp. Ifrågasätt det gamla och analysera nya möjligheter.

Framsteg i stället för stillastående. Förändringar sker genom att man tar ett första steg.

JOHANS FARSAS PIZZA:

Ingredienser:

Deg:
50 gram jäst
3 dl ljummet vatten (37 grader)
1 tsk salt
½ dl olivolja
7 dl vetemjöl

Topping:
2 dl tomatsås
1 msk pizzakryddor
2 dl riven mozzarella
120 gram skinka
en burk ananas

Tillagning:
Rör ut jästen i vatten, blanda ner salt och olja.
Tillsätt lite mjöl i taget tills degen är fast.
Låt degen jäsa i 30 minuter.

Kavla ut degen på en oljad plåt, tillsätt lite mer mjöl om
det behövs. Bred på tomatsås och strö på pizzakryd-
dorna.
Fördela skinka och ananas och avsluta med osten.

Grädda cirka 20 minuter i ugnen på 225 grader

Smaklig måltid!

MONAS ORDLISTA FÖR BYGGANDET AV KANTARELLEN:

Ord	Förklaring
Användar-handbok	Är en komplettering till skötselpärmar för att enkelt förklara hur man ska bete sig i ett energieffektivt hus.
Armering	Används för att förstärka betonggjutningar och finns som både stänger och nät.
BBR	Boverkets riktlinjer hur man ska bygga hus.
Betong	Är ett material som består av bergmaterial, ballast, sammanbundet av cement och vatten. Betongens egenskaper bestäms till största del av förhållandet mellan vatten och cement, vattencementtalet. Hållfasthet är betongens viktigaste egenskap näst efter beständighet.
Bjälklag	Finns i betong eller trä och delar de olika våningsplanen från varandra. Bjälklag finns i olika spännvidd och kan behöva motsvara flera krav utöver hållfastheten, exempelvis brand och akustik.
Boden	I byggboden finns både kontor, omklädningsrum och våtrum till byggarna men även verktyg och material under byggnationen.

Brandcell

För att minska spridningen av brand i en byggnad ska det finnas brandceller, d.v.s. avgränsade delar av byggnaden inom vilken en brand under en föreskriven minsta tid kan utvecklas utan att sprida sig till andra delar av byggnaden.
Brandcellen ska vara avgränsad från byggnaden i övrigt genom exempelvis omslutande väggar och bjälklag.
Det är också viktigt att det finns utrymningsvägar som leder direkt till en gata eller ett utrymme i en byggnad som leder från brandcellen till utgångar som till exempel trapphus.

Cellglasplatta

Platta utan betong. Cellglas är oftast gjort av återvunnet glas och kan inte brinna. Glas börjar smälta först vid mycket höga temperaturer och klarar stora laster.

Cellplast-
isolering

Är ett högeffektivt isoleringsmaterial som utvinns ur olja men består till 90 % av luft. Används ofta som isolering mot marken under betongplattan och finns i olika hållbarhetsklasser.

Cellulosa-
isolering

Är ett återvunnit isoleringsmaterial gjort av cellulosafiber som produceras från tidningspapper. Det grundläggande materialet är träfiber och har använts i tusentals år. Används som både skivor och lösull.

Certifieringar

Det finns olika kriterier för att uppnå olika miljö- och energimål utöver dagens krav, både nationella och internationella.

| Cirkulärt byggande | Handlar om att se livscykelbaserat på bostäder och fastigheter, det är ett förhållningssätt som fokuserar på materialcykeln. |

Cirkulärt byggande
Handlar om att se livscykelbaserat på bostäder och fastigheter, det är ett förhållningssätt som fokuserar på materialcykeln.

Detaljritningar
En ritning i en stor skala där man ser detaljerna i en liten del av byggnaden.

Distansprofil
Är en ram som sitter mellan glasen i ett isolerglas. Består i energieffektiva fönster av komposit.

Dubbling
Innerväggar – när två gipsskivor sätts efter installationen av el och isolering.

Energibalansberäkning
Eller energiberäkning är en uppskattning på hur mycket energi ditt hus kommer att förbruka under ett år. Ju bättre beräkningsverktyget är desto närmare är man verkligheten. I energieffektiva hus räknas med ett program som heter PHPP.

Energideklaration
Är ett dokument som ger dig information om byggnadens energianvändning. Deklarationen berättar bland annat vad byggnaden har för energiprestanda och energiklass (A–G). Energieffektiva hus har alltid energiklass A.

Energiglas
Även kallat lågemissionsglas, är en särskild typ av fönsterglas, där glasets ena sidan försetts med ett mycket tunt metallskikt.

Energi- samordnare	Personen som är spindeln i nätet när det gäller att skapa ett energieffektivt hus. Hen gör inte bara energiberäkningar utan utbildar, informerar och kvalitetssäkrar byggnaden från första pennstrecket till uppföljningen efter två år.
Enkling	Innerväggar - när gipsskiva sätts på ena sidan av regelstommen.
Expansionskärl	Är ett slutet värmekärl gjort av stål. Det är utformat för att absorbera den termiska expansion av vattnet som uppstår när ett värmesystem blir varmt.
Flytspackel	Är en självutjämnande betongblandning som man köper i torr form som ska blandas med vatten. Används för utjämningen av betonggolv.
Fotlist	Bildar en visuell övergång mellan sockel och panel.
Fönstersmygen	Eller fönsternisch kallas den djupa ramen i en vägg runt ett fönster när fönstret är monterat i den yttre delen av väggen.
Garanti- besiktning	Görs efter två år av en oberoende besiktningsman och man kollar allt från tak till grundstenar. Är det fel som beror på entreprenören, så ska denna åtgärda felen skyndsamt och utan kostnad för husägaren. I en garantibesiktning tar besiktningsmannen upp sådana fel och brister som inte kunnat upptäckas vid slutbesiktningen men som kommit fram efterhand.

Gavel	Kortsida av byggnad, del av fasad på en byggnad som finns mellan de lutande sidorna av takfallet.
Gipskartong	Är en solid gipsplatta som klistras över med tjock kartong. Kartong skyddar panelen mot sprickor och spill, och gör det också möjligt att skruva in panelskruvar och skruvar.
Glasfasad	Transparenta väggar av glas med antingen stål-, aluminium- eller trästomme.
Glespanel	Används vanligtvis som underlag för panel eller tak. Glespanelen monteras glest för att ge plats för både isolering och eldragning. Används även som en regel där man kan fästa innertak och panel.
Hampaisolering	Är en ekologisk isolering och en effektiv koldioxidsänka. Hampa tar upp mer koldioxid under sin tillväxt än vad som släpps ut vid produktion. Används som både skivor och lösull.
Kantbalk	Befinner sig runt varje hus. Kantbalken är den del av husgrunden som i normala byggnader syftar till att ta upp de största lasterna från huset. I hållbara byggnader flyttas lasterna inåt till betongvoten så att isoleringen kan hållas oavbruten. Främst används begreppet mycket för platta på mark-grunder.

Karmen och bågen	Karmen utgör fönstrets stomme medan bågen är den ram som håller glasrutan och monteras i karmen. Bågen kan vara fast eller öppningsbar.
Klimatdeklaration	Ska redovisa klimatpåverkan från byggskedet – det vill säga från byggprodukttillverkningen, transporter under byggproduktionsskedet och bygg- och installationsprocessen. Klimatdeklarationen omfattar byggnadens samtliga konstruktionsdelar och hela byggnadens klimatskärm.
Klimatskärm	Byggnadens hölje bestående av bärande, isolerande och väderskyddande skikt.
Kompakthet	Strävan att minimera byggnadens omslutande area i förhållandet till användbar golvyta.
Kontrollansvarig	En kontrollansvarig enligt PBL, förkortat KA, ibland även benämnd certifierad kontrollansvarig, skall hjälpa byggherren att se till att alla kontroller görs som är nödvändiga för att kraven i bygglagstiftningen följs.
Köldbrygga	Eller så kallat psi-värde, kan uppstå i olika konstruktioner oberoende av dess material, med den skillnaden att till exempel trä leder kyla och värme sämre än stål och betong. Med en köldbrygga menas att en konstruktionsdetalj i en byggnad har kontakt med den kallare utsidan, och kan leda värme från den varma insidan. Är alltså den del i konstruktionen där värmeledningsförmågan är större än i övriga delar av byggnaden.

Lambdavärde	Se värmeledningsförmåga.
Livscykelanalys	Kort kallat för LCA, är en av flera metoder för att bedöma/redovisa miljöpåverkan.
LLP löses på plats	Anslutningsdetaljer som inte är ritade eller utvecklade av konsulterna och behövs lösas på plats av snickarna.
LOU	Lagen om offentlig upphandling.
Lufttäthetsduk	I träbyggnationer används idag oftast den blåa plastfolien men det måste inte vara så. Det finns diffusionsöppna dukar som ett bra och mera hållbart alternativ.
Lufttäthetsmätning	Vilket ofta även benämns lufttäthetsprovning, provtryckning, tryckprovning eller Blower-door-provning, utförs åt byggherrar, förvaltare och byggentreprenörer med flera för att verifiera att uppställda lufttäthetskrav uppfylls.
Långsida	Den längre av sidorna i en rektangel, en byggnad eller liknande.
Lösvirke (hus)	Ett lösvirkeshus är ett hus som byggs på plats, bräda för bräda.
Manschetter	För en lufttät genomföring av rör, tomrör och kanaler används manschetter. Dessa sätts över genomföringar och tejpas fast mot lufttäthetsskiktet.
Massivträ	Eller KL-trä, består av en korslimmad skiva med färdiga ytor, exakta mått och

väldefinierade egenskaper. Massivträ lämpar sig för alla typer av byggnader och har många klimatfördelar jämfört med andra material.

Mineralull-isolering	Är ett isoleringsmaterial som tillverkas av glas- respektive stenråvara som smälts och spinns till tunna trådar. På trådarna sprutas ett bindemedel som härdas när isoleringen passerar genom en ugn. Används i första hand som värmeisolering men kan också användas som brandisolering, som skydd mot buller eller för att bibehålla kyla.
Motströms-värmeväxlare	Består av tunna aluminium- eller komposit-lameller som bildar korsade luftkanaler. Den varmare frånluften värmer lamellerna och överför värme till den kallare uteluften. I en motströmsvärmeväxlare finns ingen fukt- eller luktöverföring.
Passivhus	Är byggnader som till största del *passivt* värms upp via solen, interna värmevinster och återvunnen värme i ventilationssystemen. Detta medför en värmeenergibesparing på upp till 75%. Passivhus är välisolerade och lufttäta och har rätt byggda högre kvalitet och bättre komfort än vanliga hus. Mer info: www.igpassivhus.se
Platsbyggt	Innebär ett hus som byggs bräda för bräda och spik för spik på byggplatsen.
Platschef	Har ofta en nyckelroll vid byggen av olika slag och ofta innebär jobbet att ha totalansvaret för ett helt bygge och hur det utförs.

Prefab

Prefabricering är förtillverkning av delar på en annan plats än där de sedan ska monteras.

Primer

Att lägga en primer är ett steg i det viktiga förarbetet när du bygger vissa delar i ett hus. exempelvis för att rensa betongen innan man tejpar lufttäthetsduken mot den.

Primärenergi

Primärenergi är en teknisk term för energi som inte, av människan, har omvandlats till någon annan form av energi. Primärenergi kommer från primära energikällor som är en benämning på energikällor i den form som de tillförs ett energisystem. Det kan till exempel röra sig om råa bränslen som råolja och stenkol, men även sol och vind är exempel på primärenergikällor.

Pålar/ Pålning

Pålning (pålgrundläggning) används i samband med byggnad av hus, vägar, järnvägar, broar och andra anläggningsarbeten för att överföra last från ovanliggande konstruktion förbi lösa jordlager ned till bärkraftiga jordar eller berg.

Reglar

Reglar är det gemensamma namnet för rektangulära lister från 45 x 45 mm till exempelvis 45 x 195 mm.

Roterande värmeväxlare

Består av ett roterande hjul med ett stort antal små kanaler av aluminium. Den varmare frånluften värmer kanalerna och överför värme till den kallare uteluften.

Råspontluckor Råspont är spontat virke som ofta används till underlag vid taktäckning med till exempel takpannor eller takpapp. Råspontluckor är gjorda av råspontbrädor som är sammanfogade till en lucka för att spara tid och arbete vid takintäckning.

Sedumtak/ grästak Sedumtak är ett spännande tak med levande fetknoppsväxter. Ett sedumtak skyddar mot solens UV-ljus och förlänger livslängden. Vegetation skyddar mot de temperaturväxlingar som ett oskyddat tätskikt utsätts för.

Slutbesiktning En slutbesiktning syftar till att kontrollera att entreprenaden utförts på ett korrekt sätt. En slutbesiktning ska utföras av någon av parterna, beställaren eller entreprenören.

Solceller Är en typ av fotodiod. Solcellen består av två skikt, vars kemiska bindningar är vitala för att det fotovoltaiska fenomenet ska ske: P-skiktet och N-skiktet. Det vanligaste ämnet i solceller är kristallint kisel. Solel kallas den el du kan producera själv med hjälp av solceller.

Spännvidd Avstånd mellan bärande väggar och stolpar. Bjälklag eller tak kan ha över tio meter spännvidd.

Stomme Byggnadens stomme har en bärande eller stabiliserande funktion. Bjälklag, väggar, tak, knutpunkter och förband ingår i stommen. Stommen kan vara av så kallat lösvirke eller av prefabricerade byggelement i betong, stål, plåt eller trä, till exempel balkar, pelare, bjälklagselement samt vägg- och fasadelement.

Taklist — Det översta horisontella område som sticker ut som lister längst upp på en vägg eller strax under en taklinje.

Taxonomi — Är ett klassificeringsverktyg som klassar ekonomiska aktiviteter utifrån deras klimategenskaper.

Tejp — Är ett tunt självhäftande band som används för att sammanfoga föremål. Vanligtvis är endast en sida häftande, men dubbelhäftande tejp där bägge sidor är häftande förekommer också. Tejpen brukar vara upplindad på en rulle och kan placeras i en tejphållare. I energieffektiva byggnader är en hållbar lufttäthet avgörande och tejpen motsvarar speciella krav.

Termografi — Är en avbildningsmetod som bygger på att påvisa små temperaturskillnader mellan bildområden genom den IR-strålning de utsänder.

Tillgänglighet — Är ett begrepp som används för att beskriva hur pass väl en verksamhet, plats eller byggnad fungerar för människor med funktionsnedsättning.

Träfiberisolering — Är en ekologisk byggnadsisolering som i huvudsak är baserad på träfiber tillverkad av granflis från nordiska skogar. Isoleringen är lätt att bearbeta och åldringsbeständig. Används som både skivor och lösull.

Tröskel	Upphöjd bräda i golv vid en dörröppning som gör att dörren sluter tätt till golvet när den är stängd. I energieffektiva hus är tröskeln under ytterdörren av komposit.
Undertak	Ett undertak är ett system av undertaksplattor med eller utan konstruktion som monteras direkt mot eller med ett mellanrum mot det redan befintliga bjälklaget.
Vattenutkastare	En vattenutkastare är helt enkelt en kran som du monterar utomhus på en vägg. Du får en genomföring genom ytterväggen. Vattnet stängs av på insidan av väggen och därigenom riskerar du inte att kranen fryser sönder. En vattenutkastare öppnas och stängs via ett vred med en separat nyckel.
Ventilations-aggregat	Mekanisk ventilation, dvs fläktar som får luften att cirkulera och bytas ut. Utöver regelverket kring luftomsättning påverkar även kraven på energiförbrukning valet av ventilationssystem. Energieffektiva byggnader har alltid ett FTX-system. F står för frånluft, T står för tilluft och X står för värmeåtervinning. I energieffektiva byggnader har man ventilationsaggregat med 80 – 95% värmeåtervinning. I gamla byggnader har man oftast självdrag.
Voten	Betongplattans djupare del, under bärande väggar för upptagandet av lasterna från väggar och tak.

Värmebehov	Beskriver hur mycket värme en byggnad behöver efter en energibalans. I energibalansen ställs värmeförluster genom väggar, tak, platta och fönster emot värmevinster genom solen och apparater och människor i byggnader. I ett välisolerat och energieffektivt hus är värmebehovet under ett år mindre än 15 kilowattimmar per kvadratmeter använd golvarea.
Värme-effektbehov	Värmeeffektbehovet tas fram för kallaste dagen under året för att dimensionera värmesystemet i en byggnad. I ett energieffektivt hus ligger den maximala dygnsvärmeeffektbehovet på cirka 10 Watt per kvadratmeter.
Värmekamera	Även kallad termisk kamera eller det mindre specifika infraröd kamera, är en anordning som fångar en bild med infraröd strålning, som en vanlig kamera fångar en bild med synligt ljus. Synliggör om en byggnad saknar isolering eller har luftläckage.
Värmelednings-förmågan	Lambda, kan även kallas termisk konduktivitet, värmekonduktivitet eller specifik värmeledningsförmåga och är egenskapen hos ett material att leda värme.
Värmepump	En teknisk anordning som för över värme från ett kallt till ett varmt ställe, detta kräver energi på något sätt enligt termodynamikens andra huvudsats. Tekniken i en värmepump är i princip den samma som för ett kylskåp men skiljer sig när det gäller hur den används. Det finns olika typer av värmepumpar:

frånluftsvärmepumpar, bergvärmepumpar och luft-luft-värmepumpar.

Växelriktare

Tillbehör till solcellssystem. En växelriktare eller inverter som den också kallas, är en typ av spänningsomvandlare som omvandlar en elektrisk spänning, vanligtvis från 12 V likspänning till 230 V växelspänning.

Återvinning

Det pratas mer och mer om att återvinna material när man bygger hus idag. Det kan både vara material från helt annan användning som exempelvis glasflaskor eller tidningar som blir isolering i byggnader. Även byggmaterial ska efter rivningen av ett hus kunna återanvändas igen för att vara hållbara.

ÄTA

Ändringar, tillägg, avdrag som en entreprenör lägger fram till beställaren under byggnation.

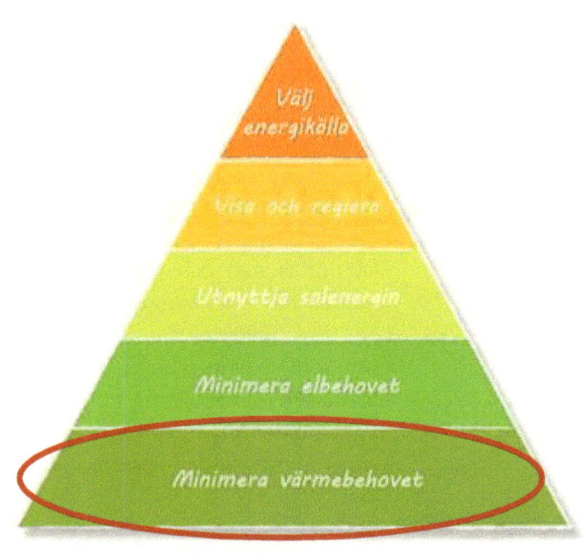

Bild 1: Kyotopyramiden

Först och främst måste man minimera värmebehovet. Därefter minimerar vi elbehovet, tänker oss förnyelsebar energi, styr och väljer värmesystem.

(Bilden är lånad av Passive House Institutet.)

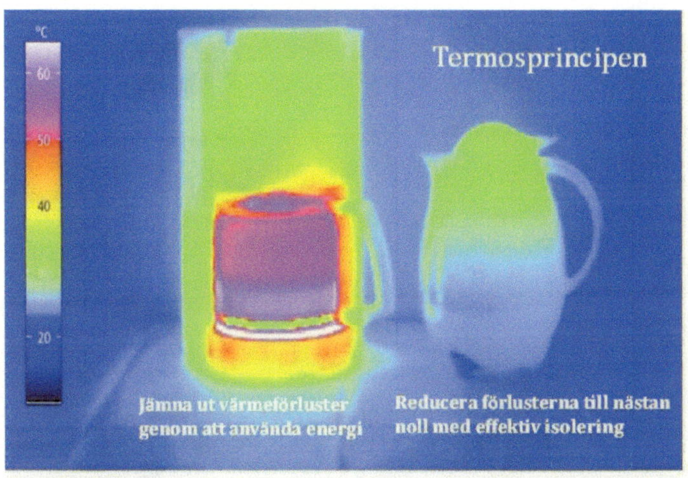

Bild 2: Minimera värmeförluster med välisolerat hölje.

Termografibild av en kaffebryggare (vänster) som behöver energi för att hålla kaffet varmt.

Termografibild av en termos (höger). Det välisolerade höljet håller kaffet varmt utan att man behöver tillföra energi.

(Bilden är lånad av Passive House Institutet.)

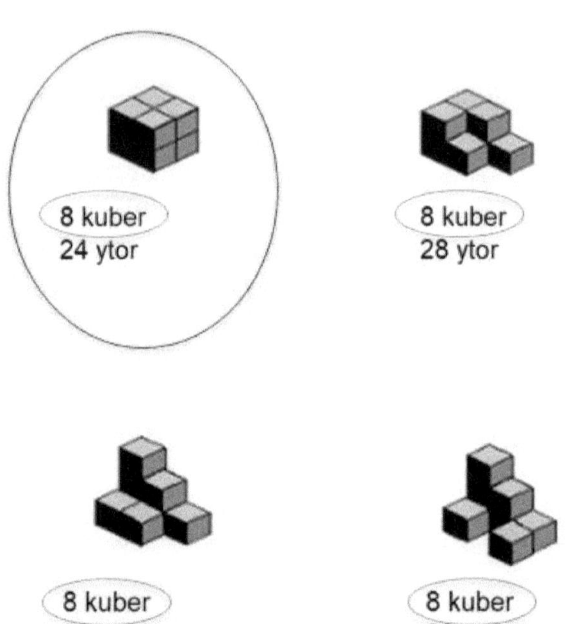

Bildgrupp 3: Kompakthet:

Alla fyra byggnadsformer har samma volym men olika mängder omslutande area.

Det påverkar kostnader i investering och drift.

Ju mer kompakt en byggnad är, desto effektivare och mera hållbar är den.

Bildgrupp 4:

En icke kompakt byggnad (som "Bläckfisken") är som fingervantar, mycket värme går förlorad.

Det blir mindre solvinster på grund av självskuggning och mycket dyrare att bygga.

Ofta blir även utförandekvalitén sämre. Liksom underhåll och drift.

Bildgrupp 5:

En kompakt byggnad (som "Kantarellen"), här i två plan och med gestaltning utanför klimatskalet är som tumvantar.

Mindre ytor mot kalla luften betyder mindre värmeförluster och varmare händer.

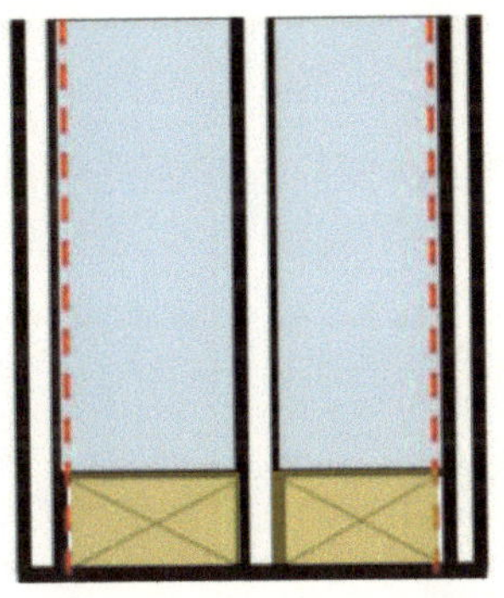

Bildgrupp 6:

Bilden till vänster visar en schematisk glaskassett med tre glasrutor och argongas mellan glasen.

Från vänster till höger är skikten i glasrutan:
Glas – LE – Argon – Glas – Argon – LE – Glas
(LE = streckad röd linje = Lågemissionsskikt)
Glaskant: Glas – Distansprofil – Glas – Distansprofil – Glas

Bilden till höger visar ett treglasfönster – visualiserat med en tändare framför glasen. Tändarens låga speglar sig i alla tre glasrutorna och det gröna är lågemissionsskiktet.

Så ser du vilket sorts glas det är.

Bild 7:

Ett fönster är en mycket viktig komponent i en byggnad och ger dagsljus, utsikt och solvinster.

Men ett fönster har även stora värmeförluster och det finns risk för övertemperatur.

Valet av fönster ska man göra med stor eftertanke.

Bilden visar ett treglasfönster med kompositdistansprofiler, isolerad fönsterram och tre täthetsskikt.

(Bilden är lånad av SmartWin.)

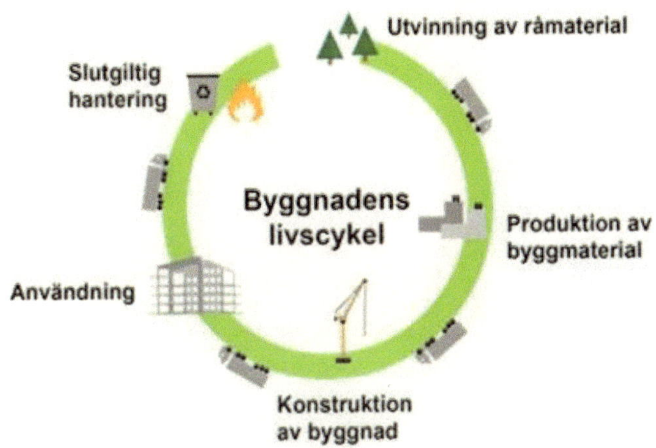

Bild 8:

En byggnads livscykel innefattar allt från utvinningen av råmaterial, tillverkningen av byggprodukter, själva byggande som i Kantarellen, driften och användningen tills rivningen av huset.

Vill man bygga hållbart måste man även tänka på transporter, återbruk, livslängd och vad som händer 'på slutet'.

(Bilden är lånad av Hållbart Byggande.)

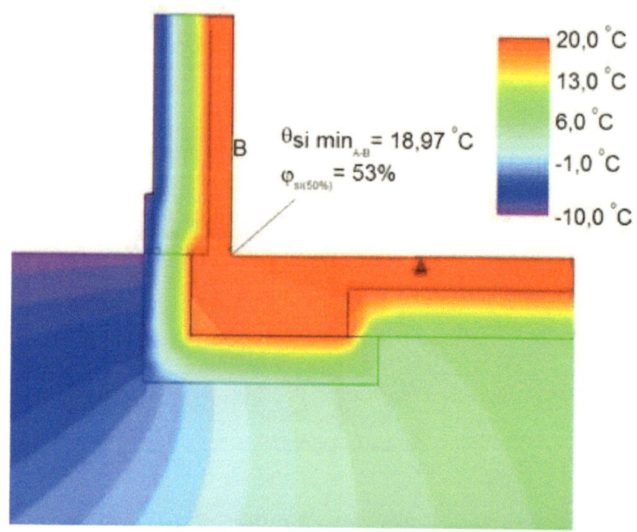

Bild 9:

Visualisering av en anslutningsdetalj: 'yttervägg mot plattan på mark'.

Röd färg symboliserar värmen inomhus.
Blå symboliserar den kalla uteluften.

Bilden visar en kantbalk utan köldbryggor.
Ingen värme läcker ut tack vare den omlöpande isoleringen.

Bild 10: En välisolerad byggnad med solavskärmning. Här kan man sitta i fönsterbänken.

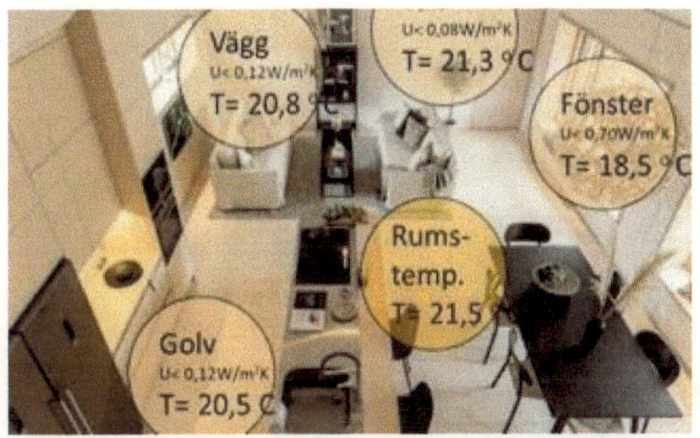

Bild 11: Komfort i välisolerade hållbara byggnader, liknade temperaturer i hela huset.

Bild 12: Spegelglas som fasadmaterial, i stället för över-dimensionerade glasfasader, i en hållbar förskola såsom Kantarellen. *(Bilden är lånad av TOL Arkitekter.)*

Mitt första tack går till dig min make Tommy. Utan dig hade jag aldrig vågat, hade jag aldrig startat och absolut inte slutfört. Du är underbar. Jag älskar dig till månen och tillbaka.

Tack till Valter, min kanske största supporter. Du uppmuntrade mig till att omarbeta boken till en andra upplaga.

Men mitt största tack går till min lektör Pernilla, som finslipade boken med tålamod och kunskap.

Känner du igen dig i en av karaktärerna eller i delar av händelserna? Tusen tack till DIG med. Utan DIG hade inspirationen inte väckts och boken inte skrivits.

Och till slut tack till Amber som var min trogna nattkamrat under skrivandet. *Wuff.*

Jag kanske skulle tillägga att förskolan Kantarellen naturligtvis är fiktiv. Så snabbt och nästan problemfritt byggs inte många hus i verkligheten.

Mer om passivhus:

Besök gärna min webbsida och hitta mer info om mig, mina böcker, inläsningar av mina böcker och mässor.

Skanna QR-koden med din mobilkamera och få upp adressen på mobilen.

Välkommen till www.kreutzerwesslund.com

» Byggherrens, arkitekternas och entreprenörens utmaningar beskrivs med levande personskildringar som blandas med dramatiska händelser och personliga tragedier.«
Barbro Titti Eriksson, Arkitekt MSA/SAR/KKH-R

»En utvecklande berättelse med personer som växer personligen och i sin yrkesroll, men även visar på att det inte behöver vara så svårt att bygga hållbart.«
Pernilla Hoffer Jansson, bokmal och för grön byggnation

»Alla beställare, projektörer, entreprenörer och politiker borde läsa boken innan man startar upp ett nytt byggprojekt.«
Valter Jeppsson, F.d. byggnadsinspektör